de Bibliotheek
Breda
Prinsenbeek

D1179092

VOOR MIJN ZUSJE

Eveneens van Heather Gudenkauf:

In stilte gehuld
Broer

HEATHER GUDENKAUF

Voor mijn zusje

 DE KERN

Deze uitgave bevat tevens de eerste vijftien pagina's van
Broer, de volgende thriller van Heather Gudenkauf.
Zie pagina 285 e.v.

Tweede druk, eerste in deze uitvoering, mei 2012

Oorspronkelijke titel: *These Things Hidden*
Oorspronkelijke uitgever: MIRABooks
This edition published by arrangement with Harlequin Enterprises II BV/S.à.r.l.
Copyright © 2011 by Heather Gudenkauf
Copyright © 2011, 2012 voor deze uitgave:
De Kern, een imprint van Uitgeverij De Fontein, Utrecht
Vertaling: Jolanda te Lindert
Omslagontwerp: Marry van Baar
Omslagillustratie: Ayal Ardon/Trevillion Images
Auteursfoto omslag: © Weber Portrait Design
Opmaak binnenwerk: Hans Gordijn
ISBN 978 90 325 1362 7
ISBN e-book 978 90 325 1269 9
NUR 305

www.dekern.nl

Alle personen en gebeurtenissen in dit boek zijn door de auteur bedacht.
Enige gelijkenis met bestaande – overleden of nog in leven zijnde – personen
berust op puur toeval.

Alle rechten voorbehouden. Niets uit deze uitgave mag worden verveelvoudigd
en/of openbaar gemaakt door middel van druk, fotokopie, microfilm, elektronisch,
door geluidsopname- of weergaveapparatuur, of op enige andere wijze, zonder
voorafgaande schriftelijke toestemming van de uitgever.

Voor Scott

Allison

IK STA AL TE WACHTEN ALS DEVIN KINEALLY NAAR ME TOE KOMT LO-
pen, haar hoge hakken klikken op de tegelvloer. Zoals altijd draagt
ze haar grijze advocaten-mantelpakje. Ik haal diep adem en pak
mijn kleine tas met mijn weinige bezittingen erin.

Devin is hier om me naar het opvanghuis in Linden Falls te brengen, waar ik in opdracht van de rechtbank in elk geval de komende
zes maanden zal wonen. Ik moet bewijzen dat ik voor mezelf kan
zorgen, een baan kan houden en uit de problemen kan blijven. Na
vijf jaar mag ik Cravenville verlaten.

Met een hoopvolle blik kijk ik of ik achter Devin mijn ouders kan
ontdekken, ook al weet ik dat ze er niet zullen zijn.

'Hallo, Allison,' zegt Devin hartelijk. 'Ben je er helemaal klaar
voor om hier weg te gaan?'

'Ja, ik ben er klaar voor,' antwoord ik, met meer zelfvertrouwen
dan ik voel. Ik ga naar een plek waar ik nog nooit ben geweest, waar
mensen zijn die ik nog nooit heb ontmoet. Ik heb geen geld, geen
baan, geen vrienden en ben verstoten door mijn familie, maar ik
ben er klaar voor. Ik moet wel.

Devin pakt mijn hand, knijpt er even in en kijkt me aan. 'Het
komt wel goed, hoor. Dat weet je toch?'

Ik slik moeizaam en knik. Voor het eerst sinds ik tot tien jaar
Cravenville werd veroordeeld, voel ik tranen achter mijn oogleden
branden.

'Ik zeg niet dat het gemakkelijk zal zijn,' zegt Devin en ze gaat
op haar tenen staan om een arm om mijn schouder te slaan. Ik to-
ren boven haar uit. Ze is klein en heeft een zachte stem, maar ze is
bikkelhard. Dat is een van de vele dingen die ik zo prettig vind aan

Devin. Ze heeft altijd gezegd dat ze haar best voor me zou doen en dat heeft ze ook gedaan. Ze heeft me duidelijk gemaakt dat, hoewel mijn vader en moeder de rekeningen betalen, ik haar cliënt ben. Zij is de enige die mijn ouders op hun plaats lijkt te kunnen zetten. Tijdens ons tweede gesprek met Devin (het eerste vond plaats toen ik in het ziekenhuis lag), zaten we met z'n vieren aan een tafel in een spreekkamertje in de provinciale gevangenis. Mijn moeder probeerde het gesprek te leiden, ze kon het feit dat ik gearresteerd was niet accepteren, dacht dat het allemaal één grote vergissing was en wilde dat ik de zaak liet voorkomen, mijn schuld zou ontkennen en de beschuldigingen zou aanvechten. Dat ik de naam van de Glenns zou zuiveren.

'Luister,' zei Devin op een rustige, maar ijskoude toon tegen mijn moeder. 'Het bewijs tegen Allison is overweldigend. Als we de zaak laten voorkomen, is de kans groot dat ze voor een heel lange tijd de gevangenis in zal gaan, misschien wel voor altijd.'

'Het kán niet gebeurd zijn zoals zij beweren,' zei mijn moeder op een al even ijskoude toon als Devin. 'We móéten dit rechtbreien. Allison moet thuiskomen, haar diploma halen en gaan studeren.' Haar perfect opgemaakte gezicht en haar handen trilden.

Mijn vader, die als financieel adviseur werkte en bij uitzondering een vrije middag had genomen, stond zo plotseling op dat hij een glas water omstootte. 'We hebben je ingehuurd om Allison hier weg te krijgen,' riep hij. 'Doe je werk!'

Ik kromp in mijn stoel in elkaar en dacht dat Devin dat ook wel zou doen.

Maar dat deed ze niet. Heel rustig legde ze haar handen plat op tafel, strekte haar rug, stak haar neus in de lucht en zei: 'Mijn werk is alle informatie beoordelen, alle opties bekijken en Allison helpen om daaruit de beste te kiezen.'

'Er is maar één optie.' Mijn vaders dikke wijsvinger schoot uit en bleef een paar centimeter voor Devins neus hangen. 'Allison moet thuiskomen!'

'Richard,' zei mijn moeder op dat bedaarde, irritante toontje van haar.

Devin knipperde niet eens. 'Als u die vinger niet weghaalt, krijgt u hem misschien niet terug.'

Langzaam liet mijn vader zijn hand zakken en zijn dikke borstkas ging heftig op en neer.

'Mijn werk,' herhaalde ze met haar blik strak op mijn vader gericht, 'is het bewijs te bekijken en te bepalen wat het beste verweer is. De openbare aanklager is van plan Allison van de jeugdgevangenis naar de gewone gevangenis te sturen en haar te beschuldigen van moord met voorbedachten rade. Als we de zaak laten voorkomen, zit ze de rest van haar leven in de gevangenis. Zeker weten.'

Mijn vader sloeg zijn handen voor zijn gezicht en begon te huilen. Mijn moeder sloeg beschaamd haar ogen neer.

Toen ik voor de rechter stond, die precies op mijn natuurkundeleraar leek, waren de enige woorden die ik hoorde – ook al had Devin me voorbereid op mijn hoorzitting en had ze me verteld wat ik kon verwachten – 'tien jaar'. Voor mijn gevoel was dat hetzelfde als levenslang. Ik zou het laatste jaar van highschool missen, en mijn volleybal, basketbal, zwemmen en voetbal. Ik zou mijn beurs van de University of Iowa kwijtraken en nooit advocaat worden. Ik weet nog dat ik achteromkeek naar mijn ouders, terwijl de tranen over mijn wangen stroomden. Mijn zusje was niet naar de hoorzitting gekomen.

'Mam, alsjeblieft,' snikte ik toen de gerechtsdienaar me wegleidde. Ze keek met een uitdrukkingsloos gezicht strak voor zich uit. Mijn vader kneep zijn ogen stijf dicht, haalde diep adem en probeerde zijn zelfbeheersing terug te winnen. Ze konden het niet eens opbrengen me aan te kijken. Ik zou zesentwintig zijn als ik vrijkwam. Ik vroeg me af wie ze zouden missen, mij of de persoon die ze hadden gewild dat ik zou zijn. Omdat mijn zaak in eerste instantie door de kinderrechter was behandeld, mocht mijn naam niet aan de pers worden doorgegeven. Op de dag waarop mijn zaak aan de gewone rechter werd overgedragen, werd het zuiden van Linden Falls opeens getroffen door een overstroming en werden honderden huizen en bedrijven vernield. Vier doden. Dankzij mijn vaders contacten en veel belangrijker nieuws is mijn naam nooit genoemd in de kranten. Ik hoef niet te zeggen dat mijn ouders heel blij waren dat de goede naam van de familie Glenn niet helemaal was bezoedeld.

Ik loop achter Devin aan naar haar auto en voor het eerst in vijf jaar voel ik de zon ongefilterd op mijn lichaam, zonder prikkeldraad ertussen. Het is eind augustus en de lucht is zwaar en heet. Ik haal diep adem en realiseer me dat gevangenislucht niet echt anders ruikt dan vrije lucht.

'Wat wil je eerst doen?' vraagt Devin.

Ik denk diep na voordat ik antwoord geef. Ik weet niet goed wat ik ervan moet vinden dat ik Cravenville verlaat. Ik vond het jammer dat ik niet kon autorijden. Toen ik gearresteerd werd, had ik net een jaar mijn rijbewijs. Eindelijk zou ik wat privacy hebben. Ik zou zonder dat tientallen mensen naar me keken naar het toilet kunnen gaan, douchen, eten. En ook al moest ik naar een opvanghuis, feitelijk zou ik bijna helemaal vrij zijn.

Het is grappig. Ik heb vijf jaar in Cravenville gezeten en dan zou je verwachten dat ik niet kon wachten om die gevangenis te verlaten, maar toch is dat niet zo. Ik heb daar geen vrienden gemaakt en ik heb ook geen prettige herinneringen aan die plek, maar ik had er wel iets wat ik nooit eerder in mijn leven had gehad: vrede – een bijzonder, kostbaar iets. Hoe kan ik vrede hebben met wat ik heb gedaan? Ik heb geen idee, maar het is wel zo.

Toen ik nog jonger was, voordat ik in de gevangenis kwam, had ik nooit rust in mijn hoofd. Mijn hersens waren superactief. Ik had geweldige cijfers. Ik deed aan vijf sporten: volleybal, basketbal, hardlopen, zwemmen en voetbal. Mijn vrienden vonden me mooi, ik was populair en had nooit problemen. Maar onder de oppervlakte, diep vanbinnen, was het alsof mijn bloed kookte. Ik kon niet stilzitten, ik kon nooit rustig aan doen. Elke ochtend stond ik om zes uur op om te gaan hardlopen of in de sportzaal op school te gaan gewichtheffen. Daarna ging ik snel onder de douche, at de mueslireep en de banaan op die ik 's ochtends al in mijn rugzak had gestopt en daarna had ik de hele dag les. Na schooltijd trainde ik of speelde ik een wedstrijd, daarna ging ik naar huis voor het avondeten met mijn ouders en Brynn om vervolgens nog drie of vier uur huiswerk te maken of te leren. Eindelijk, eindelijk, tegen middernacht probeerde ik te gaan slapen. Maar de nachten waren het ergst. Als ik in bed lag, kon ik mijn gedachten niet stilzetten. Ik kon niet ophouden me de hele tijd zorgen te maken over wat mijn ouders van me vonden, over wat anderen van me vonden, over het eerstvolgende examen, over de eerstvolgende wedstrijd, mijn studie, mijn toekomst.

Ik had iets verzonnen waardoor ik 's nachts wat rustiger werd. Dan ging ik op mijn rug liggen, trok de dekens om me heen en stelde me voor dat ik in een bootje lag. Ik verzon een meer dat zo groot was dat ik de oever niet kon zien, en de lucht was een omgekeerde kom: zwart, zonder maan en met ontelbare twinkelende kerstboomlichtjes als sterren. Het waaide helemaal niet, maar mijn bootje vervoerde me over het rimpelloze, donkere water. Het enige geluid was het zachte geklots van het water tegen de zijkant van het bootje. Daar werd ik iets rustiger van en dan kon ik mijn ogen sluiten en rusten. Omdat ik nog maar zestien was toen ik in de gevangenis kwam, hebben ze me tot mijn achttiende apart gehouden van de gewone gevangenen. Nadat ik die eerste afschuwelijke weken had overleefd, realiseerde ik me opeens dat ik mijn bootje niet meer nodig had en heerlijk kon slapen.

Devin kijkt verwachtingsvol naar me op. Ze wacht tot ik haar vertel wat ik als eerste wil doen nu ik vrij ben. 'Ik wil mijn moeder en mijn vader en mijn zusje zien,' zeg ik tegen haar terwijl ik probeer niet te snikken. 'Ik wil naar huis.'

Ik heb spijt van veel van wat er is gebeurd, vooral van wat mijn daden voor mijn zus hebben betekend. Ik heb geprobeerd me daarvoor te verontschuldigen, het goed te maken, maar dat is niet genoeg geweest. Brynn wil nog steeds niets met me te maken hebben.

Brynn was vijftien toen ik gearresteerd werd en, nou ja, ongecompliceerd. Dat dacht ik tenminste. Brynn werd niet kwaad, nooit. Het was net alsof ze haar woede in een doosje kon stoppen, tot dat doosje zo vol was dat haar woede nergens meer naartoe kon en in verdriet veranderde.

Toen we nog klein waren en met onze poppen speelden, pakte ik altijd de pop met het roomwitte, gave gezichtje en het zachte, niet verwarde haar. Zodoende bleef voor Brynn alleen de pop over met een getekende snor op haar gezicht en met het rafelige haar dat met een botte schaar was geknipt. Brynn leek dat nooit een probleem te vinden. Ik kon de nieuwe pop gewoon uit haar handen trekken zonder dat ze een spier vertrok. Dan pakte ze de lelijke, beschadigde pop en hield hem in haar armen alsof ze hem zelf had uitgekozen. Ik kon haar alles voor me laten doen, zoals het vuilnis buiten zetten of stofzuigen als het mijn beurt was.

Achteraf gezien waren er wel signalen, kleine gebreken in Brynns laconieke persoonlijkheid die bijna niet opvielen, maar als ik stilletjes naar haar keek, zag ik ze wel. Ik heb ze echter gewoon genegeerd.

Soms trok ze met haar vingers de donkere haartjes uit haar armen, een voor een, tot de huid helemaal rauw en rood was. Dat deed ze gedachteloos, zich totaal niet bewust van hoe gek dat eruitzag.

Toen ze geen haar meer op haar armen had, begon ze aan haar wenkbrauwen. Ze plukte aan de haartjes en trok ze eruit. Ik had het gevoel dat ze probeerde haar huid af te werpen. Onze moeder zag wel dat Brynns wenkbrauwen steeds smaller werden en ze probeerde van alles om haar ermee op te laten houden. Zodra Brynns hand naar haar gezicht ging, schoot mijn moeders hand uit en sloeg hem weg. 'Wil je er soms gek uitzien, Brynn?' vroeg ze dan. 'Wil je dat soms? Dat alle meisjes je uitlachen?'

Brynn hield op met haar wenkbrauwen uit te trekken, maar verzon nieuwe manieren om zichzelf te straffen. Ze beet haar vingernagels af tot op het leven, kauwde op de binnenkant van haar wangen, krabde en plukte net zo lang aan wondjes en korstjes tot ze gingen ontsteken.

We zijn complete tegenpolen, yin en yang. Ik ben groot en stevig, en Brynn is klein en tenger. Ik ben een lange, stevige zonnebloem en draai altijd mijn gezicht naar de zon, en Brynn is nagelkruid, spichtig en onduidelijk, kopje naar beneden, meewiegend in een briesje. Hoewel ik haar dat nooit heb verteld, hield ik meer van haar

dan van wat of wie ook. Ik vond haar aanwezigheid vanzelfspre-
kend, ging ervan uit dat ze altijd voor me klaar zou staan en altijd
naar me op zou kijken. Maar het is net alsof ik voor haar niet meer
besta en dat kan ik haar niet kwalijk nemen, echt niet.

Ik heb ontelbare brieven aan Brynn geschreven, maar ze heeft
me nooit teruggeschreven. Dat vond ik het ergste van de gevangenis. Nu ik vrij ben, kan ik Brynn opzoeken, haar dwingen me te
ontmoeten, haar dwingen naar me te luisteren. Dat is alles wat ik
wil. Tien minuten samen met haar en dan is alles weer goed.

Als we in de auto stappen en Cravenville achter ons laten, krijg
ik kriebels in mijn maag, van opwinding en angst. Ik zie Devin aarzelen. 'Misschien moeten we even ergens stoppen en iets eten, en
je daarna naar Gertrude House brengen. Daarna kun je je ouders
bellen,' zegt Devin.

Ik wil niet naar dat opvanghuis. Daar ben ik waarschijnlijk degene die de meest gruwelijke misdaad heeft begaan. Zelfs een hero-
inehoertje, veroordeeld voor een gewapende overval en moord, zal
denk ik meer medeleven opwekken dan ik ooit zal doen. Ik zou veel
liever bij mijn ouders wonen, in het huis waarin ik ben opgegroeid,
waaraan ik goede herinneringen heb. Hoewel daar iets verschrik-
kelijks is gebeurd, vind ik dat ik daar toch zou moeten zijn, in elk
geval voorlopig.

Maar ik zie het antwoord al op Devins gezicht: mijn ouders willen me niet zien. Ze willen niets met me te maken hebben, ze willen
niet dat ik thuiskom.

Brynn

ALLISON STUURT ME BRIEVEN. SOMS WIL IK DAT IK ZE KAN BEANT-
woorden, haar kan opzoeken, me als haar zusje kan gedragen. Maar
er is altijd iets wat me weerhoudt. Oma zegt dat ik met Allison moet
praten, dat ik moet proberen haar te vergeven. Maar dat kan ik niet.
Het is net alsof er op die avond vijf jaar geleden in mij iets kapot is
gegaan. Er is een tijd geweest waarin ik alles had willen geven om
een echte zus voor Allison te zijn, om even intiem met haar te kunnen omgaan als toen we nog klein waren. Ik vond haar geweldig. Ik
was ontzettend trots op haar, niet jaloers zoals mensen dachten. Ik
heb nooit Allison willen zijn, nee, ik wilde gewoon mezelf zijn. En
dat kon niemand begrijpen, mijn ouders al helemaal niet.

Allison was de meest bijzondere persoon die ik kende. Ze was
slim, sportief, populair en mooi. Iedereen hield van haar, terwijl ze
niet eens erg aardig was. Ze was nooit echt gemeen tegen andere
mensen, maar ze hoefde er niets voor te doen dat mensen haar aardig vonden. Dat was gewoon zo. Ze had zo'n gemakkelijk leventje
dat ik alleen maar toeschouwer kon zijn.

Voordat Allison Linden Falls' *golden girl* werd, voordat mijn ouders al hun hoop op haar vestigden, voordat ze ophielden mijn hand
te pakken om me te laten weten dat alles in orde was, waren Allison
en ik onafscheidelijk. We waren net een tweeling, hoewel we helemaal niet op elkaar leken. Allison was – is – veertien maanden ouder dan ik. Ze is lang en heeft lang, sluik, lichtblond haar. Ze heeft
zilverblauwe ogen die afhankelijk van haar stemming óf dwars door
je heen keken óf je het gevoel gaven dat jij de enige was die ertoe
deed. Ik was klein en tenger, met een woeste bos haar in de kleur
van verdord eikenblad.

Op een bepaald moment leek het wel alsof we altijd hetzelfde dachten. Toen Allison vijf was en ik vier, smeekten we onze ouders of we samen één kamer mochten, ook al waren er vijf slaapkamers in ons huis en we dus alle keus hadden. Maar we wilden bij elkaar zijn. Toen onze moeder eindelijk ja zei, schoven we onze twee identieke bedden tegen elkaar aan en vroegen papa of hij er een lichtroze doek omheen wilde hangen die we konden dichttrekken zodat het leek alsof we in een tent sliepen. Daarin lagen we urenlang te spelen en boeken door te bladeren.

De vriendinnen van onze moeder deden heel overdreven over onze relatie. 'Ik snap niet hoe je het voor elkaar krijgt,' zeiden ze tegen haar. 'Hoe is het mogelijk dat die meiden van je het zo goed met elkaar kunnen vinden?' Dan zei onze moeder met een trotse glimlach: 'Dat komt doordat ik hen heb geleerd elkaar te respecteren.' Waarna ze er op haar gebruikelijke laatdunkende manier aan toevoegde: 'We verwachten van hen dat ze elkaar goed behandelen en dat doen ze dan ook. We vinden het ook belangrijk om als gezin veel tijd samen door te brengen.'

Allison rolde alleen maar met haar ogen als mijn moeder zoiets zei en dan glimlachte ik stiekem achter mijn hand. We brachten als gezin inderdaad veel tijd samen door – in de zin dat we in dezelfde ruimte waren – maar we praatten eigenlijk nooit met elkaar.

Allison was twaalf toen ze besloot een eigen kamer te nemen. Ik was wanhopig. 'Waarom?' vroeg ik. 'Waarom wil je je eigen kamer?'

'Gewoon,' zei Allison, en ze liep met een arm vol kleren langs me heen.

'Je bent gek! Wat heb ik gedáán?' vroeg ik. Ik liep achter haar aan naar de kamer naast onze kamer, de kamer die nu van mij alleen zou zijn.

'Niets, Brynn. Je hebt niets gedaan. Ik wil gewoon wat privacy,' zei Allison en ze legde haar kleren in haar nieuwe kast. 'Ik ben in de kamer naast je. Het is echt niet zo dat je me nooit meer ziet. Jezus, Brynn, je gaat toch zeker niet huilen, hè?'

'Ik huil niet,' zei ik terwijl ik mijn tranen probeerde weg te knipperen.

'Nou, help me dan maar even mijn bed te verplaatsen,' zei ze. Ze greep me bij de arm en nam me mee naar onze kamer. Mijn kamer. Toen we de matras door de deur en over de overloop trokken en sjorden, wist ik dat niets ooit nog hetzelfde zou zijn. Toen ik zag dat ze haar school- en sportmedailles, bekers en lintjes in haar nieuwe kamer neerzette en ophing, realiseerde ik me dat we helemaal niet meer op elkaar leken. Allison bracht steeds meer tijd door met haar vrienden en haar buitenschoolse activiteiten. Ze hadden haar gevraagd mee te spelen in een bijzonder prestatiegericht volleybalteam en ze was bijna elke vrije minuut aan het trainen, studeren of lezen.

Terwijl ik alleen maar bij Allison wilde zijn.

Mijn ouders hadden totaal geen medelijden met me. 'Brynn,' zei mijn moeder. 'Stel je niet aan. Natuurlijk wil Allison een eigen kamer. Het zou pas vreemd zijn als ze dat niet wilde.'

Ik heb altijd geweten dat ik een beetje anders was dan andere kinderen, maar ik heb nooit het gevoel gehad dat ik vréémd was, tot mijn moeder dat zei. Ik bekeek mezelf in de spiegel om te kijken of ik kon ontdekken wat er zo vreemd aan me was. Mijn bruine krullen dansten, als ik ze niet kamde, in een wilde bos om mijn hoofd. Wat er over was van mijn wenkbrauwen vormde korte, dunne komma's boven mijn bruine ogen, waardoor ik altijd een beetje vragend keek. Mijn neus was gewoontjes, niet te groot en niet te klein. Ik wist dat ik later een heel mooi gebit zou hebben, maar toen ik elf was zaten ze gevangen in een beugel waardoor ze in een perfecte rij werden gedwongen, als soldaten in het gelid. Op mijn wenkbrauwen na vond ik mezelf er niet vreemd uitzien. Ik besloot dat het vreemde ín me moest zitten en beloofde mezelf plechtig dat ik dat deel van mezelf verborgen zou houden. Ik hield me op de achtergrond, keek toe en uitte nooit een mening of een idee. Niet dat iemand daarnaar vroeg. Als Allison in de buurt was, was het gemakkelijk om naar de achtergrond te verdwijnen.

Ik huilde, die eerste nacht alleen in onze kamer. De kamer leek veel te groot voor één iemand. Hij leek leeg met alleen maar mijn boekenplank en mijn ladekast, en een paar knuffels. Ik huilde omdat de zus van wie ik hield me niet meer bij haar in de buurt leek te willen hebben. Ze liet me achter zonder ook maar één keer achterom te kijken.

Tot ze zestien was en me eindelijk weer nodig had.

Ik had die avond niet eens thuis zullen zijn. Ik zou met een stel vrienden naar de film gaan, tot mijn moeder ontdekte dat Nathan Canfield er ook bij zou zijn. Dat wilde ze echt niet hebben. Hij was betrapt toen hij alcohol dronk of zo en hij was niet de soort vriend met wie ik geassocieerd mocht worden, zei ze. Daarom mocht ik die avond niet uitgaan.

Ik vraag me vaak af hoe anders mijn leven zou zijn verlopen – hoe anders het leven van ons allemaal zou zijn verlopen – als ik die avond in de een of andere bioscoop had gezeten en samen met Nathan Canfield popcorn had gegeten. Als ik die avond niet thuis was geweest.

Ik weet niet hoe Allison er tegenwoordig uitziet. Volgens mij blijf je er in de gevangenis niet goed uitzien. Haar hoge jukbeenderen van vroeger zijn nu misschien wel bedekt met een laagje vet en haar lange glanzende haar is nu misschien wel pluizig en kortgeknipt. Ik heb geen idee. Ik heb Allison niet meer gezien sinds de politie haar kwam halen.

Ik mis mijn zus, de zus die mijn hand vasthield toen ik huilde omdat ik voor het eerst naar groep 1 moest, die me hielp woordjes schrijven tot ik ze van buiten kende, die probeerde me tegen een voetbal te leren trappen. Die Allison mis ik.

Die andere... totaal niet. Ik zou er helemaal geen moeite mee hebben als ik mijn zus de rest van mijn leven nooit meer zou zien. Toen ze naar de gevangenis moest ben ik door een hel gegaan. Nu heb ik eindelijk het gevoel dat ik een thuis heb in het huis van mijn oma. Ik heb mijn vrienden, mijn school, mijn oma, mijn beesten, en daar heb ik genoeg aan.

Ik ben bang te ontdekken hoe die vijf jaren in de gevangenis Allison hebben veranderd. Ze was altijd zo knap en zo zelfverzekerd. Stel dat ze niet meer hetzelfde meisje is dat Jimmy Warren, de schrik van de buurt, met haar blikken kon doden? Stel dat ze niet meer hetzelfde meisje is dat acht mijl kan lopen en daarna honderd sit-ups kan doen zonder zelfs maar te hijgen?

Of, nog erger, stel dat ze wel dezelfde is? Stel dat ze helemaal niet is veranderd?

Allison

IK DENK DAT MIJN ZUS NIET EENS WEET DAT IK BEN VRIJGELATEN.
Toen ik twee jaar in de gevangenis zat, was ze klaar met highschool
en is ze verhuisd naar New Amery, op tweeënhalf uur rijden ten
noorden van Linden Falls, waar onze vader is opgegroeid. Ze
woont bij onze oma. Het laatste wat ik heb gehoord, is dat ze op
een kleine universiteit zat en als studierichting Gezelschapsdieren
had gekozen. Brynn was altijd al gek op dieren. Ik ben blij dat ze iets
is gaan studeren wat bij haar past. Als mijn ouders hun zin hadden
gekregen, zou ze in het gat zijn gesprongen dat ik had opengelaten
en rechten zijn gaan studeren.

Brynn beantwoordt mijn brieven nog steeds niet en wil ook niet
met me praten als ik haar in oma's huis opbel. Ik bedoel, ik begrijp
het wel. Ik begrijp wel waarom ze niets met me te maken wil hebben. Als ik in haar schoenen stond, had ik misschien wel net zo
gereageerd. Maar volgens mij had ik het niet zo lang volgehouden.
Vijf hele jaren negeert ze me nu al. Ik weet dat ik het heel normaal
vond dat ze er was, maar toen was ik nog maar een kind. Ik was wel
slim, maar wist helemaal niets. Ik begrijp nu welke fouten ik heb
gemaakt, maar ik weet echt niet hoe ik mijn zus terug kan krijgen,
hoe ik ervoor kan zorgen dat ze me vergeeft.

Tijdens de rit naar Linden Falls zeggen Devin en ik niet veel tegen elkaar, maar dat is prima. Devin was niet eens veel ouder dan
ik toen mijn ouders haar inhuurden om mij te verdedigen. Ze was
net afgestudeerd en kwam naar Linden Falls omdat haar jeugd-
vriendje hier was opgegroeid. Ze wilden trouwen en samen een
advocatenpraktijk beginnen. Ze zijn nooit met elkaar getrouwd.
Hij vertrok, zij bleef. Zonder Devin had ik misschien wel langer

in de gevangenis gezeten, veel langer. Ik ben haar erg dankbaar.

'Je moet een heel nieuw leven opbouwen, Allison,' zegt Devin als ze de highway op rijdt die de rivier de Druid kruist en naar Linden Falls leidt. Ik knik, maar zeg niets. Ik wil blij zijn, maar ik ben eigenlijk vooral bang. Nu ik de stad binnen rijd waar ik ben geboren en getogen, word ik onzeker en ik vouw mijn handen zodat ze niet gaan trillen. Er komen allerlei herinneringen naar boven als we langs de kerk rijden waar we elke zondag naartoe gingen, langs mijn basisschool en langs de highschool waarvan ik nooit het diploma heb behaald.

'Gaat het?' vraagt Devin weer.

'Ik weet het niet,' zeg ik eerlijk en ik leun met mijn hoofd tegen het koele glas van het raampje. We rijden zwijgend door, langs het St.-Anne's College waar ik Christopher heb ontmoet, langs de straat die we zouden inslaan als we naar het huis zouden gaan waarin ik ben opgegroeid, langs het voetbalveld waar mijn team drie jaar achter elkaar kampioen van de stad is geworden. 'Stop,' zeg ik opeens. 'Stop, rij hier even in, alsjeblieft.' Devin rijdt naar het voetbalveld en parkeert naast een veld waar een groep tienermeisjes aan het voetballen is. Ik stap uit en sta een paar minuten aan de kant te kijken. De meisjes zijn helemaal verdiept in hun spel. Hun gezichten zijn rood van de warmte en hun paardenstaarten drijfnat van het zweet.

'Mag ik meedoen?' vraag ik. Ik vraag het zacht, verlegen. Het klinkt helemaal niet als mijn stem. De meisjes zien me niet eens staan en voetballen door. 'Mag ik meedoen?' vraag ik weer, iets harder nu. Een klein, gedrongen meisje met bruin haar dat ze met een hoofdband uit haar gezicht houdt, blijft staan en bekijkt me kritisch. 'Heel even maar?' vraag ik.

'Tuurlijk,' zegt ze, en ze rent achter de bal aan.

Voorzichtig stap ik het veld op. Het gras heeft een diepe smaragdgroene kleur en ik buk me om het aan te raken. Het is zacht en nat van een eerdere regenbui. Ik begin te rennen, eerst langzaam, maar dan sneller. In de gevangenis heb ik geprobeerd in vorm te blijven door rondjes te rennen op de omheinde binnenplaats en door in mijn cel push-ups en sit-ups te doen. Maar het voetbalveld is zeker honderd meter lang en ik raak algauw buiten adem en moet stoppen. Ik buk me, met mijn handen op mijn knieën, mijn spieren doen nu al pijn.

De meisjes komen mijn kant weer op, hun huid ziet er gebruind en gezond uit vergeleken met mijn eigen bleke huid die zo weinig zon heeft gezien. Iemand trapt de bal naar me toe en dan komt alles opeens terug, het vertrouwde gevoel van de bal tussen mijn voeten, het instinctieve besef waar je naartoe moet. Ik ren tussen de meisjes door, dribbel en schop de bal over het veld. Heel even kan ik vergeten dat ik een eenentwintigjarige ex-gevangene ben wier leven al voorbij is. Een meisje trapt de bal naar me toe en ik zigzag tussen de speelsters door en breek uit. Zonder noppen glijd ik even uit in mijn goedkope tennisschoenen, maar ik hervind algauw mijn evenwicht. De middenvelder komt mijn kant op en ik doe net alsof ik naar links ren, laat haar achter me en geef een pass naar het meisje met de hoofdband. Ze schopt de bal over de schouder van de keepster in het doel. De meisjes beginnen te juichen. Heel even kan ik me inbeelden dat ik dertien ben en een potje voetbal met een paar vriendinnen, en ik glimlach, ik lach, ik veeg het zweet van mijn voorhoofd.

Dan kijk ik achterom en ik zie dat Devin aan de zijlijn geduldig op me staat te wachten, met een geamuseerde uitdrukking op haar gezicht. Ik zal er wel mal uitzien, een volwassen vrouw in een kakikleurige broek en een poloshirt, die met een stel tieners aan het voetballen is.

'Je bent een natuurtalent,' zegt Devin als we teruglopen naar haar auto.

'Ja, daar heb ik nu gelukkig iets aan,' zeg ik beschaamd, blij dat mijn gezicht al rood is van de inspanning.

'Je weet maar nooit,' zegt Devin. 'Kom op, we hebben nog wat tijd over voordat ze ons in Gertrude House verwachten. Laten we iets gaan eten.'

Als Devin stopt voor het opvanghuis waar ik de eerstvolgende zes maanden zal wonen, begint het weer te regenen. Het is een heel groot victoriaans gebouw, met afbladderende verf, luiken en een veranda met witte spijlen. 'Ik had niet verwacht dat het zo groot zou zijn,' zeg ik terwijl ik omhoogkijk. Zonder de prachtige voortuin zou het huis er dreigend uitzien.

'Er zijn zes slaapkamers, met twee of drie vrouwen per kamer,' vertelt Devin. 'Je zult Olene aardig vinden. Ze is een jaar of vijftien geleden met Gertrude House begonnen. Haar eigen dochter is overleden toen ze uit de gevangenis kwam. Olene dacht dat Trudy, als ze na haar vrijlating uit de gevangenis een plek had gehad om naartoe te gaan, een plaats waar de rechtbank haar naartoe had kunnen sturen, nu nog zou leven. Daarom heeft ze Gertrude House geopend. Zo wil ze vrouwen leren hoe ze na ontslag uit de gevangenis hun leven weer op orde kunnen krijgen.'

'Hoe is ze gestorven?' vraag ik als we uit de auto stappen en naar de voordeur lopen.

'Trudy wilde absoluut niet weer bij haar moeder wonen. In plaats daarvan trok ze bij haar vriend in, maar dat was juist degene die haar aan de drugs had geholpen. Drie dagen nadat ze uit de gevangenis kwam, overleed ze aan een overdosis. Olene heeft haar gevonden.'

Ik weet niet wat ik daarop moet zeggen en daarom stappen we zwijgend de regen in en rennen we naar de veranda. Devin klopt op de voordeur en een vrouw van een jaar of zestig doet open. Ze draagt een vormeloze jurk van spijkerstof, is slank, heeft heel kort grijs haar en een gebruinde, leerachtige huid. Ze ziet eruit als een uitgedroogde wortel die te lang in de groentela heeft gelegen.

'Devin!' roept ze uit. Ze omhelst haar stevig, waarbij de zilveren armbanden om haar dunne polsen rinkelen.

'Hallo, Olene,' zegt Devin lachend. 'Het is altijd weer fijn om je te zien.'

'Jij moet Allison zijn.' Olene laat Devin los en neemt mijn hand in de hare. Haar hand is warm en haar greep is stevig. 'Wat fijn je te leren kennen,' zegt ze met een lage, schorre stem. De stem van een roker. 'Welkom in Gertrude House.' Haar groene ogen kijken me doordringend aan.

'Ook fijn jou te leren kennen,' zeg ik en ik probeer mijn ogen niet neer te slaan.

'Kom maar binnen, dan leid ik je even rond.' Olene stapt de hal binnen. Ik kijk naar Devin, even in paniek, maar ze geeft me een bemoedigend knikje en zegt: 'Ik moet terug naar mijn kantoor, Allison. Ik bel je morgen, oké?' Ze ziet mijn bezorgde blik en omhelst me even. Ook al blijft mijn lichaam stijf en gespannen, toch ben ik dankbaar voor haar aanraking. 'Dag Olene, en bedankt!' roept Devin. Tegen mij zegt ze: 'Volhouden, hoor, alles komt goed. Bel me als er iets is.'

'Met mij gaat het goed,' zeg ik, meer om mezelf gerust te stellen dan Devin. 'Met mij gaat het prima.' Ik zie haar snel de trap af lopen en terug naar haar auto, terug naar haar eigen leven. Dat had ik kunnen zijn, denk ik. Ik zou dat grijze mantelpakje kunnen dragen en mijn cliënten in mijn dure auto kunnen rondrijden. In plaats daarvan draag ik een rugzak waar al mijn bezittingen in passen en ga ik in een huis samenwonen met mensen die ik in mijn andere leven niet eens zou hebben aangekeken. Ik kijk weer naar Olene.

Ze kijkt aandachtig naar mij, met een blik die ik niet helemaal kan plaatsen. Medelijden? Verdriet? Denkt ze aan haar dochter? Ik heb geen idee.

Ze schraapt haar keel, een rasperig, vochtig geluid, en begint met de rondleiding. 'Op dit moment hebben we tien bewoonsters, elf nu jij hier ook bent. Je deelt een kamer met Bea. Aardige vrouw. Dit was vroeger de bibliotheek.' Olene knikt naar een groot, rechthoekig vertrek links van ons. 'We gebruiken hem als vergaderzaal. Hier komen we elke avond om zeven uur bij elkaar. Dit is de eetzaal. Het avondeten is precies om zes uur. Ontbijt en lunch moet je zelf voor zorgen. De keuken is daar. Als ik je alles heb laten zien, gaan we daar wel even naartoe. Net zoals in de meeste huizen, is de keuken het hart van Gertrude House.'

Olene is sneller gaan lopen en ik moet mijn best doen haar bij te houden. We bekijken niet alle kamers. Na mijn kale gevangeniscel is Gertrude House een overweldigende aanslag op mijn zintuigen. Overal zie ik lichtgekleurde muren, schilderijen en foto's, meubels en snuisterijen. In een ander deel van het huis hoor ik muziek en volgens mij hoor ik zelfs een baby huilen. Als Olene mijn vragende blik ziet, zegt ze: 'Familieleden mogen op bezoek komen. Wat je hoort is Kaseys baby die huilt. Kasey vertrekt volgende week. Terug naar huis, naar haar man en kinderen.'

'Waarom is ze hier?' vraag ik als Olene me meeneemt naar wat een familiekamer blijkt te zijn.

'In Gertrude House schenken we geen aandacht aan elkaars misdaden. We proberen ons te concentreren op wat we kunnen doen om ieders leven te verbeteren en elkaar te helpen bij het bereiken van ieders doelstellingen. Ondanks dat, wordt hier veel gepraat zodat je elkaar heel snel goed leert kennen.'

Ik ben opeens heel moe en vraag me af of Olene me gauw naar mijn kamer zal brengen. Ik wil alleen nog maar onder de dekens kruipen en slapen. We komen een kleine, zware vrouw tegen met zwart haar tot aan haar taille en verschillende piercings in haar neus en lip. 'Allison, dit is Tabatha. Tabatha, dit is Allison Glenn. Ze komt bij Bea op de kamer.'

'Ik weet wie je bent,' zegt Tabatha grijnzend. Ze zwaait haar haar naar achteren en tilt een grote emmer met schoonmaakspullen op.

Ik heb nooit gedacht dat ik de reden dat ik naar de gevangenis gestuurd ben geheim zou kunnen houden, maar ik zou veel liever bekendstaan als het meisje dat auto's jatte of coke snoof of zelfs als degene die haar man die haar mishandelde vermoord heeft in plaats van degene die ik echt ben.

'Leuk je te ontmoeten,' zeg ik en dan snuift ze zo luidruchtig dat ik bang ben dat een van haar neuspiercings eruit vliegt en in mijn borstkas blijft steken. Daardoor moet ik aan mijn vriendin Katie denken en ik schiet bijna in de lach. Toen we veertien waren, nam ze een navelpiercing zonder dat haar ouders dat wisten. Toen ze hem liet zien, was hij opgezwollen en ontstoken. Ik probeerde haar te helpen, maar ze was kietelig en wrong zich in allerlei bochten als ik alleen maar in de buurt van haar buik kwam. Brynn kwam binnenlopen terwijl ik Katie hielp de wond schoon te maken en we konden niet ophouden met lachen. Elke keer als Brynn en ik daarna iemand zagen met een ongebruikelijke piercing, kregen we de slappe lach.

Ik besluit Tabatha te negeren en vraag aan Olene: 'Mogen we hier de telefoon ook gebruiken? Mag ik mijn zusje bellen?'

Brynn

IK HOOR DE TELEFOON OVERGAAN. MIJN OMA ROEPT: 'IK NEEM HEM wel!' Even later komt ze de keuken binnen waar ik een boterham klaarmaak. Als ik de blik op haar gezicht zie, weet ik dat het iets met Allison te maken heeft. 'Het is je zus,' zegt ze. Ik schud mijn hoofd, maar ze zegt: 'Brynn, ik denk dat je even met haar moet praten.'

Mijn oma probeert me op strenge toon toe te spreken, maar ik weet dat ze me nooit zal dwingen met haar te praten. 'Nee,' zeg ik terwijl ik pindakaas op mijn boterham smeer.

'Je zult haar toch een keer te woord moeten staan,' zegt ze geduldig. 'En volgens mij zul je je daarna beter voelen.'

'Ik wil haar niet spreken,' zeg ik vastbesloten. Ik kan niet kwaad worden op mijn oma. Ik weet dat ze tussen twee vuren zit. Ze wil voor ons allebei het beste.

'Brynn, als je niet telefonisch met haar wilt praten en haar brieven niet beantwoordt, zal ze wel een andere manier vinden om je te pakken te krijgen.'

Opeens begrijp ik het. Dat zie ik in haar oude, vriendelijke, blauwe ogen.

Allison komt vrij. Misschien is ze dat al...

Mijn handen beginnen te trillen waardoor er een klodder pindakaas van het mes glijdt en op de vloer terechtkomt. Ik ben bang dat ze hier onverwacht zal opduiken. Bijvoorbeeld als ik in de achtertuin Milo, een kruising tussen een Duitse herder en een chowchow, leer om langs een lekkernij te lopen zonder hem op te eten. En dat ik me dan omdraai en zij daar naar me staat te kijken, te wachten op de woorden waarvan ik weet dat ze nooit uitgesproken zullen worden. Wat kan ik in vredesnaam tegen haar zeggen? Wat kan zij me nog vertellen wat ze niet al in haar brieven heeft gezegd? Op hoeveel manieren kan iemand sorry zeggen?

Ik buk me om met een stukje keukenrol de pindakaas op te ruimen, maar Milo is me voor. 'Ik kan niet met haar praten.'

Mijn oma perst haar lippen op elkaar en schudt gelaten haar hoofd. 'Oké, ik zal het haar zeggen. Maar, Brynn, je zult haar toch een keer onder ogen moeten komen.' Ik geef geen antwoord, maar loop achter haar aan naar de woonkamer waar ze de telefoon weer oppakt.

'Allison?' Mijn oma's stem trilt van emotie. 'Brynn kan niet aan de telefoon komen.' Het is even stil als ze luistert. 'Het gaat goed met haar... heel goed...'

Ik kan er niet meer tegen, ren naar de keuken, pak mijn boterham en loop de achterdeur uit naar mijn auto. Het is veel gemakkelijker om met dieren om te gaan dan met mensen. Dat heb ik lang geleden al geleerd. Van mijn ouders mocht ik nooit een huisdier hebben, te veel haar, te veel rommel, te tijdrovend. Elke keer als ik een zwerfhond of een zwerfkat mee naar huis nam, hoopte ik, bad ik dat ik hem mocht houden. Eén keer maar. Ik probeerde ze netjes te maken door hun verwarde vacht te kammen met een oude kam, bespoot hun vacht met deodorant, poetste hun gebit met een oude tandenborstel. Oude, reumatische zwerfhonden of katten met één oog en gerafelde oren. Dan paradeerde ik met ze voor mijn ouders heen en weer. Zien jullie wel hoe lief hij is? Zien jullie wel hoe zacht haar vacht is? Zien jullie wel hoe tam, hoe lief, hoe knap? Zien jullie wel hoe eenzaam ik me voel? Zien jullie dat wel? Maar nee. Verboden voor huisdieren. Mijn vader nam me dan mee naar het dierenasiel waar ik het dier moest achterlaten. Elke keer begon ik te huilen en klampte ik me zo stevig aan het dier vast dat hij begon te krabben of te vechten om bij me weg te komen.

Mijn oma vindt het wel goed dat ik dieren in huis neem, hoewel ze de grens bij vijf heeft gelegd. We hebben twee katten, een beo, een cavia en Milo. Oma zegt dat genoeg genoeg is en dat ze niet zo'n getikte ouwe poezenvrouw wil worden waar de dierenbescherming naartoe moet.

Ik train Milo als therapiehond. Hij leert dat hij dertig seconden stil moet blijven zitten en liggen, en dat hij moet komen als hij wordt geroepen. Oma helpt me hem te leren dat hij stil moet blijven zitten als twee mensen ruziemaken. We verzinnen maffe ruzietjes over wie aan de beurt is om het vuilnis buiten te zetten of te koken. Volgens mij weet Milo heel goed dat we het niet echt menen, hij gaapt alleen maar en gaat liggen en kijkt van de een naar de ander tot we in de lach schieten. Als de training afgelopen is, hoop ik dat ik Milo kan meenemen naar verpleeg- en ziekenhuizen. Het is bewezen dat dieren in staat zijn bij zieke en oude mensen pijn en psychoses te verminderen. In de toekomst wil ik een eigen bedrijf beginnen en therapiehonden gaan trainen. Voor het eerst in mijn leven heb ik een plan, een heel goed plan bovendien. Ik wil me door niets en niemand van mijn doel laten afbrengen. Niet door mijn ouders en al helemaal niet door mijn zus.

Had Allison maar gedaan wat ze altijd deed – de juiste beslissing nemen – dan zou alles nu heel anders zijn. Dan had ze niet weg gehoeven. Dan zouden onze ouders gelukkig zijn en had ik me op de achtergrond kunnen houden waar ik op mijn plek ben. Maar dat heeft ze niet gedaan. Ze heeft het verknald, en goed ook, en ze heeft me in dat huis achtergelaten, alleen met onze ouders.

Ik was niet zo'n perfect meisje als zij en dat zal ik nooit worden ook. O, maar ze hebben wel geprobeerd dat van me te maken. Tijdens highschool hebben ze me ongelooflijk onder druk gezet. In dat huis kon ik niet rustig nadenken, daar kon ik geen enkele beslissing nemen, kreeg ik geen lucht. Ik probeerde naar St.-Anne's College te gaan, probeerde mijn klasgenoten bij te houden, probeerde vrienden te maken, maar elke keer als ik een klaslokaal binnen liep raakte ik in paniek. Het begon altijd in mijn oren, een raar zoemend geluid dat naar mijn keel sijpelde en naar mijn vingertoppen trok waardoor ze gevoelloos werden. Dan verkrampte mijn borstkas, kreeg ik geen lucht. Dan staarden de docenten en leerlingen naar me en dan staarde ik terug tot ze leken te smelten: hun oren gleden langs hun wangen naar beneden, hun lippen druppelden langs hun kin, tot er alleen nog vlezige plasjes over waren.

Pas nadat ik een potje slaappillen had geslikt, die ik in mijn moeders medicijnkastje had gevonden, lieten mijn ouders me eindelijk met rust. Ze waren blij dat ze me, met een koffer en een recept voor antidepressiva, naar de overkant van de rivier en door de bossen naar het huis van mijn oma konden sturen.

Het is fijn hier. Oma heeft me meegenomen naar een arts, waarna ik medicijnen kreeg. Die hebben me heel goed geholpen en het gaat nu goed met me. Maar ik wil niet met Allison praten. Ik kan niet met haar praten. Dat is beter. Beter voor haar en beter voor mij.

Voor het eerst in haar leven heeft Allison haar verdiende loon gekregen.

Allison

IK LEG DE TELEFOON NEER EN REALISEER ME HEEL GOED DAT OLENE ME de hele tijd in de gaten houdt met haar snelle, vogelachtige blik. Zodra ik hier gewend ben en een baan heb, koop ik allereerst een mobieltje zodat ik een beetje privacy kan hebben als ik iemand bel. Ik weet zeker dat mijn ouders wel een telefoon voor me willen kopen, maar ik wil niet dat ons eerste gesprek over geld gaat. Bovendien wil ik hun laten zien dat het goed met me zal komen, dat ik voor mezelf kan zorgen. Ik vraag me af wat ze nu van me vinden. Eigenlijk had ik gehoopt dat ze voor Gertrude House zouden staan wachten om me te verwelkomen zodra ik aankwam.

Olene moet helderziend zijn, want ze zegt: 'Veel bewoonsters hebben een mobieltje, maar de regel is dat je die uitzet tijdens je corvee of groepssessies. We willen elkaars behoefte aan rust respecteren.'

Olene gaat verder met de rondleiding. Ze neemt me mee naar de keuken, waar we om beurten zullen koken en naar een achthoekig vertrek met een plafond dat boven de tweede verdieping eindigt. Hier kunnen de bewoonsters televisiekijken. Een grijsharige vrouw in een serveerstersuniform ligt op een bank te soezen en een jong vrouwtje met een donkere huid heeft een peuter op schoot en zingt zacht een Spaans liedje voor hem. De tv staat op een soapserie met het geluid uit.

'Dit is Flora met haar zoon Manalo,' fluistert Olene. 'En dat is Martha.' Olene gebaart naar de slapende vrouw. Flora knijpt haar ogen wantrouwend tot spleetjes en trekt Manalo steviger tegen zich aan. Het jongetje zwaait met een mollig handje naar ons en grijnst.

'Leuk je te ontmoeten,' zeg ik.

Flora zegt in snel Spaans iets tegen Olene, op een gespannen en vijandige toon, en Olene antwoordt ook in het Spaans. Ik krijg het gevoel dat Olene nog heel veel met de andere bewoonsters van Gertrude House moet praten om hen gerust te stellen wat mij betreft.

'Laten we naar boven gaan, dan laat ik je je kamer zien,' zegt Olene. Ze pakt me bij de arm en duwt me van de televisiekamer naar de wenteltrap die naar de slaapkamers leidt. Ik voel Flora's ogen in mijn rug prikken als ik achter Olene aan de trap op loop. Ik ben hier nog maar twintig minuten en iedereen lijkt al te weten wie ik ben en wat ik heb gedaan. Ik weet dat ik me daar niet zo veel van zou moeten aantrekken, want in de gevangenis heb ik datzelfde meegemaakt, maar op de een of andere manier voelt dit anders.

'We verwachten dat iedereen een actieve rol speelt om het huis schoon te houden,' zegt Olene en ik kan zien dat dit inderdaad zo is. Er is geen stofje te zien en de vloeren glanzen. Olene klopt zachtjes op een gesloten deur voordat ze hem opent. Dan zie ik een kleine kamer met een stapelbed en twee kleine kledingkasten. Op de bedden liggen blauwwit gebloemde dekbedden en dikke, zachte kussens. Ik voel me weer ontzettend uitgeput en wil heel graag gaan liggen. De muren zijn hemelsblauw geverfd en er hangen frisse witte gordijnen voor de ramen. Het is een vredige kamer.

'Je kamergenote Bea is nu aan het werk. Over een paar uur komt ze thuis. Als je wilt kun je even uitpakken, dan kom ik straks terug om je de rest te laten zien.' Ik kijk naar het stapelbed en aarzel, vraag me af welk bed voor mij is. 'Jij slaapt beneden,' zegt Olene. 'Bea slaapt het liefst boven. Ze zegt dat ze claustrofobisch wordt als ze beneden slaapt.'

Olene geeft me een klopje op mijn arm en wil vertrekken. 'Olene,' zeg ik. Als ze zich omdraait, valt het me op hoe vriendelijk haar vermoeide gezicht is. 'Dank je wel.'

'Graag gedaan.' Ze glimlacht. 'Rust maar even uit en geef maar een gil als je iets nodig hebt.'

Mijn weinige bezittingen passen in een la van mijn bureau en dan is er nog ruimte over. Op een bepaalde manier doet Gertrude

House me denken aan het zomerkamp waar ik op mijn elfde was. Ik slaap op een kamer met een stapelbed en Olene heeft me verteld dat we volgens een strak schema leven dat in de woonkamer hangt. Vanaf het moment dat we opstaan, om halfzes, tot het licht om half- elf uitgaat, is onze dag gevuld met taken en groepssessies: van met geld omgaan en woedemanagement tot interviewvaardigheden.

Ik ga op het onderste bed zitten en merk dat de veren stevig zijn maar wel meegeven. Dit voelt als een echt bed, heel anders dan de harde ijzeren plaat in Cravenville met de ruwe, kriebelige lakens die naar bleekmiddel roken. Ik pak een donzig kussen en begraaf mijn neus erin. Het ruikt naar lavendel en ik voel tranen in mijn ogen prikken. Misschien is het hier zo slecht niet. Het kan niet erger zijn dan in de gevangenis. Misschien gaan de andere vrouwen me aardig vinden. Misschien maken mijn ouders zich niet langer druk over wat de buren zullen denken en accepteren ze me weer als hun dochter. En misschien, heel misschien, zal Brynn me vergeven.

Ik snuif de geur nog eens op en wil het kussen terugleggen... maar dan zie ik haar. Haar lege ogen kijken me aan en haar besmeurde plastic gezicht is bevroren in een halve glimlach. Ik pak de pop op. Ze is oud en beschadigd en ziet eruit alsof ze uit een afvalbak is gehaald. Op haar blote borstkas staat één woord, geschreven met een zwarte stift, een woord dat me vanaf nu overal zal achtervolgen, waar ik ook naartoe ga. *Moordenaar*.

Claire

HET IS ZONDAGMIDDAG EN IN BOOKENDS IS HET SCHEMERIG EN RUS-
tig. Een plotselinge regenbui heeft de verstikkende augustushitte
én alle klanten verdreven. Claire Kelby pakt een doos boeken uit en
Joshua probeert over de toonbank heen te kijken. Zijn blonde haar
piekt. Ze onderdrukt de neiging aan haar vingers te likken en zijn
piekerige haar glad te strijken.

Met zijn donkerbruine ogen kijkt hij verwachtingsvol naar haar
op.

'Kan ik u helpen, jongeman?' vraagt Claire zogenaamd ernstig
aan haar zoon.

'Ik verveel me,' zegt Joshua somber en hij trapt met zijn sport-
schoen tegen de voorkant van de toonbank.

'Heb je al die boeken al gelezen?' vraagt Claire. Joshua kijkt
achterom naar de planken vol boeken, daarna kijkt hij zijn moeder
weer aan, knikt en probeert niet te glimlachen.

'O-o,' zegt Claire sceptisch. 'Waar is Truman?'

'Slaapt,' gromt Joshua met zijn wenkbrauwen gefronst. 'Alweer,'
voegt hij eraan toe. Truman is hun zes jaar oude roodgestreepte
Engelse bulldog.

'Dat kan ik hem niet kwalijk nemen. Het is een regenachtige dag,
dus een prima dag om te slapen,' zegt Claire. 'Wil je me helpen? Ik
moet ontzettend veel dozen openmaken en ontzettend veel boeken
op de planken zetten voordat we sluiten. Of wil je ook even slapen?'

'Ik ben niet moe,' zegt Joshua koppig, hoewel zijn oogleden
zwaar aanvoelen. 'Wanneer is papa hier?'

'Al heel gauw,' zegt Claire troostend en ze bukt zich over de
toonbank om een kus op zijn blonde hoofd te drukken. Dan kijkt

ze om zich heen, de boekwinkel is zowel een toevluchtsoord als een last. Jaren geleden hadden de winkel en de verantwoordelijkheden die erbij hoorden, geholpen haar geestelijk gezond te houden. De lange werkdagen hadden haar beziggehouden, haar aandacht opgeeist, haar afgeleid van de wetenschap dat haar lichaam, dat haar haar hele leven goed had gediend, haar uiteindelijk had bedrogen. Soms drong dat besef ineens tot haar door en dit drukte dan zo zwaar op haar dat ze moest ophouden met wat ze aan het doen was – een klant helpen, boeken uitpakken, de telefoon beantwoorden – en ze bewust haar best moest doen om zich te ontspannen zodat ze weer lucht kreeg.

Maar toen, ongelooflijk gewoon, was Joshua er opeens – zomaar, zoals wel vaker gebeurt bij wonderen. Hij kwam op het moment dat ze allang hadden geaccepteerd dat ze nooit kinderen zouden krijgen, op welke manier dan ook.

Bookends lijkt langzaam maar zeker alle tijd in beslag te nemen die ze met haar zoon wil, moet, doorbrengen. Binnenkort gaat hij naar groep 1 en daarom zorgt ze ervoor dat ze al haar vrije tijd aan hem besteedt, ook al weet ze dat hij veel liever buiten zou spelen dan bij haar in haar boekwinkel te zijn.

Bijna twaalf jaar geleden was Claire begonnen met de voorbereidingen om de boekwinkel te kunnen openen. Ze had de perfecte locatie gevonden aan de met eiken omzoomde Sullivan Street in het onlangs gerenoveerde deel van Linden Falls, een kleine zakelijke lening afgesloten en een medewerkster aangenomen om haar parttime te ondersteunen. Jonathan had er de mooiste boekwinkel van gemaakt die Claire zich maar kon voorstellen. Oorspronkelijk had het pand een kledingatelier gehuisvest, eigendom van een onafhankelijke vrouw die halverwege de negentiende eeuw samen met haar oude vader naar Linden Falls was verhuisd. Het was een heerlijke winkel, met een druk blikken plafond en walnoten houtwerk dat Jonathan onder lagen verf, lak en vuil van jaren tevoorschijn had getoverd.

Op de bovenverdieping en de zolder hadden Claire en Jonathan beschimmelde rollen stof en enorme potten met knopen van mosselschelpen, been en tin gevonden, verstopt onder een tafel. Claire genoot ervan zich voor te stellen welke jurken op die tafel waren ontworpen: een doopjurk met een kanten zoom, het met pareltjes versierde zijden lijfje van een trouwjurk, een zwarte rouwjurk van kasjmier.

Joshua probeert op de toonbank te klimmen en zijn schoenen schrapen langs de voorkant. 'Ik verveel me,' zegt hij weer als hij op de grond glijdt. 'Wanneer komt hij nou?' vraagt hij nog eens.

Claire loopt naar Joshua toe, tilt hem op en zet hem naast de kassa op de toonbank. 'Hij komt je over ongeveer...' – ze kijkt op haar horloge – '... een halfuur ophalen. Wat wil je doen?'

'Vertel eens over mijn Adoptiedag,' zegt hij. Claire kijkt hem lang aan. 'Alsjeblieft,' voegt hij eraan toe.

'Oké,' zegt Claire, en ze tilt hem weer op. Zoals zo vaak tegenwoordig verbaast ze zich erover hoe groot hij wordt. Ze kan bijna niet geloven dat hij al vijf is. Ze legt haar neus tegen zijn hals en snuift de vertrouwde geur op van de Yardley of London-zeep waarin hij die ochtend heeft gebaad.

Joshua, die opeens behoefte heeft aan privacy, stuurt haar tegenwoordig de badkamer uit als hij zich uitkleedt om in bad te stappen. 'Alleen Truman en papa mogen hier zijn als ik in bad ga, omdat wij allemaal jongens zijn,' zegt hij.

Daarom zit Claire, nadat ze zijn bad heeft laten vollopen, op de overloop op de grond, met haar rug tegen de gesloten badkamerdeur te wachten. Om de paar minuten roept ze: 'Gaat het goed daarbinnen?'

Nu tilt ze Joshua naar de gemakkelijke bank in een hoek van de boekwinkel en daar gaan ze zitten voor zijn favoriete verhaal, het verhaal van hoe Joshua van hen werd.

'Voordat we het over Adoptiedag kunnen hebben,' zegt Claire, 'moeten we eerst praten over de eerste keer dat we je zagen.' Joshua nestelt zich dichter tegen haar aan en, zoals elke dag in deze vijf jaar, geniet Claire van dat lieve gebaar. 'Vijf jaar geleden zaten papa en ik aan de keukentafel en vroegen we ons af wat we zouden gaan eten, toen de telefoon ging.'

'Dat was Dana,' mompelt Joshua en hij frunnikt aan de melkwitte parel van haar ene oorbel.

'Dat was Dana,' zegt Claire. 'En zij zei dat er in het ziekenhuis een heel mooi jongetje op ons wachtte.'

'Dat was ik. Dat was ik in het ziekenhuis,' zegt Joshua tegen Truman, die heeft besloten naar hen toe te lopen. 'En die mevrouw kon niet voor me zorgen en daarom liet ze me achter bij de brandweerkazerne en de brandweermannen zagen mij in een mandje liggen.'

'Hé, wie is dit verhaal aan het vertellen?' vraagt Claire terwijl ze hem een zachte por in zijn ribbenkast geeft.

'Jij.' Joshua trekt zijn neusje op en probeert spijtig te kijken.

'Weet je, we kunnen het ook samen vertellen,' zegt Claire troostend.

'Alle brandweermannen wisten niet wat ze moesten doen!' roept Joshua uit. 'Ze stonden daar maar en keken naar me en zeiden: "Het is een baby!"' Joshua steekt zijn handen naar voren, met de palmen omhoog, en met een verbijsterde uitdrukking op zijn gezicht.

'Je was inderdaad een verrassing.' Claire knikt. 'De brandweermannen belden de politie en de politie belde Dana en Dana bracht je naar het ziekenhuis en Dana belde ons.'

'En toen je me de eerste keer in je armen nam, begon je te huilen en kon je niet meer ophouden.' Joshua giechelt.

'Dat is waar,' zegt Claire. 'Ik huilde als een baby. Jij was zo'n mooi jongetje en...' Op dat moment horen ze de winkeldeur opengaan en komt Jonathan binnen. Zijn werkbroek en T-shirt zitten onder de verfstrepen en het stof van de renovatieklus waar hij aan werkt.

'Hallo, jongens,' roept hij, en hij schudt de regen uit zijn zwarte krullen. 'Wat zijn jullie aan het doen?'

'Adoptiedag,' zegt Claire.

'Aha,' zegt Jonathan met een brede grijns. 'De beste dag ooit.'

'Mama huilde,' fluistert Joshua. Hij draait zijn gezicht van haar weg, alsof ze hem niet kan horen als ze zijn lippen niet kan zien.

'Dat weet ik,' fluistert Jonathan terug. 'Ik was erbij.'

'Hé, maar papa huilde ook, hoor,' protesteert Claire met een liefhebbende blik naar haar beide mannen. 'We namen je mee naar huis en dertig dagen later zei de rechter: "Nu is Joshua officieel een Kelby.""

'Wat was ik daarvoor dan?' vraagt Joshua een beetje bezorgd.

'Toen was je een das met drie staarten,' zegt Jonathan plagend.

'Toen was je een wens die we elke ochtend hardop uitspraken als we wakker werden en een gebed dat we elke avond zeiden als we naar bed gingen,' zegt Claire tegen hem en ze slikt de tranen weg zoals ze altijd deed als ze eraan dacht hoe anders alles zou zijn als Dana, de maatschappelijk werkster, andere mensen zou hebben gebeld.

'Je was een Kelby vanaf de eerste dag dat we je zagen,' zegt Jonathan. Ook hij gaat op de bank zitten, zodat Joshua tussen zijn ouders in zit.

'Een Kelby-sandwich,' zegt Joshua en hij begint met zijn favoriete spelletje. 'Ik ben de pindakaas. Jullie zijn het brood.'

'Jij bent de leverworst,' verbetert Jonathan. 'Het olijfbrood, het gebakken ei met zachte, witte kaas.'

'Nee.' Joshua lacht. 'Jullie zijn een kalkoen-met-dressingsandwich.'

'Hé, maar ik ben gek op een kalkoen-met-dressingsandwich,' protesteert Jonathan.

'Bah.' Joshua steekt zijn tong uit.

'Bah,' zegt Claire terwijl Jonathan haar over Joshua's hoofd heen aankijkt. Ze weten allebei wat het heeft gekost om op dat punt te komen. De onvruchtbaarheid, het hartverscheurende verlies van hun eerste pleegkind, het verdriet en de teleurstelling die ze hebben meegemaakt. Hun ogen die zeggen: maar het verleden ligt nu in het verleden, waar het hoort! Wij hebben onze kleine jongen en dat is het enige wat telt!

Charm

CHARM TULLIA DUWT DE DEUR VAN BOOKENDS OPEN, DE LIJST MET studieboeken in de ene en haar mobieltje in haar andere hand – voor het geval Gus belt. Ze wil dat haar stiefvader haar elk moment kan bereiken. Ze weet dát het telefoontje een keer komt waarin ze te horen krijgt dat Gus is gevallen, koorts heeft of erger. Het regent niet meer, maar ze veegt haar voeten zorgvuldig op de mat voor in de boekwinkel.

Claire begroet haar hartelijk, zoals altijd sinds Charm jaren geleden voor het eerst Bookends binnen kwam. Claire vraagt altijd hoe het gaat met haar opleiding tot verpleegkundige en met haar stiefvader.

'Het gaat niet zo goed met hem,' zegt Charm. 'De verpleegkundige van Thuiszorg zegt dat hij binnenkort misschien naar een hospice moet.'

'Dat spijt me,' zegt Claire met oprecht verdriet in haar stem. Charm buigt haar hoofd en begint in haar tas te rommelen om haar ogen te verbergen die vollopen met tranen bij de gedachte dat Gus doodgaat. Daarom is het zo gemakkelijk en zo moeilijk voor Charm om steeds weer naar Bookends te gaan. Claire Kelby is gewoon zo áárdig.

'Is Joshua er ook vandaag?' vraagt Charm terwijl ze zoekend rondkijkt.

'Je bent hem net misgelopen,' zegt Claire verontschuldigend. 'Jonathan heeft hem opgehaald en mee naar huis genomen.'

'Oké, doe hem mijn groeten maar,' zegt Charm. Ze probeert haar teleurstelling te verbergen en schuift haar boekenlijst over de toonbank naar Claire. 'Ik heb de meeste boeken die ik moet hebben in de universiteitswinkel kunnen kopen, behalve deze en die is ontzettend duur,' vertelt Charm. Ze wijst naar een titel. 'Heb jij een idee?'

'Ik zal eens voor je kijken,' belooft Claire. 'Wanneer studeer je af? Duurt niet lang meer zeker.'

'In mei. Ik kan niet wachten!' zegt Charm met een glimlach.

'Ik bel je morgen om je te vertellen wat ik te weten ben gekomen over dat boek. Zorg goed voor jezelf, oké, Charm? En vergeet niet dat je me altijd mag bellen als er iets is.'

'Dank je wel,' zegt Charm, ook al weet ze dat ze Claire nergens over zal bellen, behalve over dat boek. Hoeveel bewondering Charm ook heeft voor Claire en haar gezin, hoe fijn ze het ook vindt om met haar te praten, Charm weet al veel te veel van Claire's leven. Als Claire zou weten hóéveel, denkt Charm, zou ze nooit meer op dezelfde manier naar haar kijken.

Nadat ze bij de supermarkt wat inkopen heeft gedaan, rijdt Charm via de brug over de Druid naar het platteland tussen Linden Falls en het stadje Cora om te kijken hoe het met Gus is. Hoewel ze het niet wil toegeven, wordt Gus met de dag zwakker. Als ze de oprit op rijdt, kijkt ze naar het boerderijtje waar ze al sinds haar tiende woont. Gus heeft het huis altijd heel goed onderhouden en ze moet goed kijken om tekenen van verval te zien. Die zijn er wel: de verf op de zwarte luiken begint te vervagen en te bladderen en de witte gevels moeten dringend met een hogedrukspuit worden gereinigd. Het gazon is netjes gemaaid, maar niet op de manier zoals Gus dat zou doen, als hij gezond was. Charm heeft een tijdlang geprobeerd het gazon in Gus' favoriete diagonale patroon te maaien, maar wist heel goed dat de imperfectie hem stoorde, ook al zei hij er niets van. Ten slotte had Charm een veertienjarige buurjongen ingeschakeld om het gras te maaien, maar niemand mocht van Gus aan zijn bloemperken komen. Die zijn dan ook nog steeds zijn domein, ook al hebben ze te lijden onder zijn ziekte.

Charm stapt uit haar auto, pakt de zakken met boodschappen en loopt naar de zijdeur. Ze ziet Gus op zijn knieën zitten, met gebogen hoofd, en heel even denkt ze dat hij bewusteloos is. Ze laat haar boodschappenzakken op de grond vallen en rent naar hem toe. Als Gus haar hoort aankomen, draait hij langzaam zijn hoofd om en staat hij moeizaam op, terwijl hij met trillende handen zijn kleine draagbare zuurstoftank optilt. 'Charm, waar was je?' vraagt hij schor. 'Ik begon me al zorgen te maken.' Zijn geruite overhemd is veel te groot voor zijn magere lichaam en zijn kakibroek hangt losjes om zijn heupen. Met een van pijn vertrokken gezicht trekt hij zijn tuinhandschoenen uit en laat ze op de grond vallen. Hij heeft zijn dikke zwarte haar uit zijn gezicht geveegd en ondanks zijn vale huidskleur en diepliggende ogen kan Charm nog zien hoe knap hij vroeger was. De man met wie haar moeder het langer had volgehouden dan met al haar andere vriendjes en met wie ze uiteindelijk was getrouwd. Toen Charm nog klein was, kon ze vol trots naar hen kijken, naar haar knappe blonde moeder en de knappe, grappige Gus, de brandweerman.

Reanne Tullia is vier jaar samen geweest met Gus – een wereldrecord voor haar, denkt Charm. Uiteindelijk kreeg haar moeder genoeg van haar rol in het gelukkige gezinnetje. Eerst verliet ze Gus, daarna scheidde ze van hem. Charm was tien toen ze gingen samenwonen en veertien toen haar moeder Gus verliet. Reanne overbrugde de korte afstand over de Druid en ging weer in Linden Falls wonen. Charm ging een paar weken met haar mee, maar het was ondraaglijk. Midden in de nacht belde Charm Gus op. Ze smeekte hem of ze terug mocht komen en hij zei ja, zonder vragen te stellen. Gus was zo lief om Charm en haar broer bij hem te laten wonen.

Nu is Gus heel erg ziek. Hij heeft longkanker, het gevolg van zijn werk als brandweerman en jarenlang roken. Nadat Gus ongeveer vijf jaar geleden ziek werd, is hij met vervroegd pensioen gegaan. Sinds zijn diagnose vraagt hij haar steeds weer waarom ze bij een ouwe zieke man wil blijven. 'Omdat dit mijn thuis is,' zegt ze dan. 'Jij bent mijn thuis.'

'Hallo, Gus.' Charm probeert gewoon te klinken, ze wil niet dat hij weet dat zij zich zorgen maakt. 'Ik ben even naar de boekwinkel geweest en daarna heb ik boodschappen gedaan.'

Gus kijkt haar lang aan en vraagt dan: 'Hoe gaat het met die kleine jongen?'

'Hij was er niet, maar volgens Claire gaat het goed met hem. Volgende week gaat hij al naar groep 1. Kun je dat geloven?'

Gus schudt zijn hoofd. 'Nee, niet echt. Maar ik ben blij dat het goed met hem gaat.'

'Ik heb *kolaches* voor je meegebracht,' zegt Charm voordat hij nog meer over Joshua kan zeggen. Ze geeft hem de zak met Tsjechische pasteitjes waar hij zo gek op is. 'Ik beloof je dat ik ooit ga leren hoe ik die moet maken,' zegt ze als hij de zak van haar wil aannnemen.

'Niet nodig, dit is perfect,' zegt hij, hoewel ze weet dat het niet zo is. Gus maakte vroeger verrukkelijke authentieke *kolaches* volgens een recept van zijn grootmoeder. Nu is hij meestal te zwak om langer dan tien minuten te blijven staan.

'Ik heb je moeder gesproken,' zegt Gus met een schorre stem, waardoor hij ouder klinkt dan hij is. Charm weet vaak niet goed of dat door de kanker komt of doordat hij van slag is omdat haar moeder heeft gebeld.

Charm en haar moeder spreken elkaar zelden. Een enkele keer proberen ze hun relatie nieuw leven in te blazen, maar hun ontmoetingen eindigen meestal met bittere tranen en woedende woorden.

'Wat wilde zíj nou weer?' vraagt Charm nors.

Ze lopen via de zijdeur de keuken in. Charm trekt een stoel onder de tafel vandaan, waarbij de poten over het verbleekte blauw gebloemde linoleum schrapen. Gus laat zich langzaam op een stoel zakken. Hij staat de laatste tijd niet zo stevig op zijn benen en ze is steeds bang dat hij valt. Gisteren struikelde hij over de naad tussen het linoleum en de vloerbedekking en viel, waardoor zijn knieën bloedden en zijn ellebogen blauw werden. Charm moest hem als een driejarig kind op een stoel zetten, zijn geschaafde knieën schoonmaken en er pleisters op plakken. Ze weet dat ze nu echt met Gus moet bespreken dat er overdag, als zij op school of in het ziekenhuis is, iemand bij hem is.

'Ze is toch niet langs geweest?' vraagt Charm, met grote ogen van schrik. Als haar moeder op bezoek is geweest, had ze meteen gezien hoe ziek Gus is en was ze als een roofvogel om hem heen gaan cirkelen. Gus heeft niet veel bezittingen, maar het huis en de auto zijn wel van hem. Reanne heeft altijd gevonden dat zíj na de scheiding recht had op het huis en het zou Charm niets verbazen als ze nu zou proberen het in handen te krijgen.

Gus schudt zijn hoofd, dat nu eigenlijk te groot lijkt voor zijn lichaam. Hij is de laatste maanden ontzettend afgevallen. 'Nee, ze wilde alleen maar praten.' Charm ziet dat Gus een *kolache* uit de zak haalt en een hapje neemt. Hij doet dat voor haar, hij wil niet dat ze de dokter belt en haar vertelt dat hij niet eet. Hij eet tegenwoordig nooit meer dan een paar hapjes ergens van.

'Ze wilde geld, zeker?' vraagt Charm, maar ze kent het antwoord al. Zo typisch haar moeder. Geen telefoontjes, geen verjaardagskaarten, niets. En dan opeens, boem! Een telefoontje. Niet naar Charm natuurlijk. Reanne weet wel beter.

'Nee, nee,' zegt Gus verdedigend. 'Ze belde alleen even om te vragen hoe het met ons ging.'

'Vroeg ze naar mij?' vroeg Charm sceptisch.

'Ja, inderdaad.' Met een trillende hand brengt Gus de *kolache* langzaam weer naar zijn mond. Zijn gezicht is bleek. Hij heeft geprobeerd zich te scheren, maar in zijn hals heeft hij heel veel stoppeltjes laten zitten. 'Ze vroeg hoe het met je was, hoe het op school ging en of er nieuws was.'

'Wat heb je haar verteld?' vraagt Charm, bijna bang. Ze vindt het niet prettig als haar moeder iets over haar leven weet. Hoe minder ze weet, hoe minder ze tegen haar kan gebruiken.

'Niet veel,' zegt Gus ellendig. Charm weet dat hij nog steeds van haar moeder houdt. Ze is heel lief, tot ze dat niet is, denkt Charm, en dan wil je haar als een lastige mug van je af slaan. Maar Gus is nog altijd niet over haar heen, zelfs na al die jaren niet. 'Ik heb haar verteld dat het goed met je gaat, dat je komende lente examen doet en dat je een lieve meid bent.' Dan loopt Gus' gezicht rood aan, hij wordt opeens woedend. 'Ze vroeg natuurlijk ook naar je broer. Ik heb haar verteld dat ik al jaren niets meer van hem heb gehoord en dat ik die rotzak helemaal niet mis.'

'Dat vond ze zeker wel fijn om te horen!' Charm glimlacht. Haar broer is het lievelingetje van haar moeder. Zijn vader was de enige man van wie haar moeder echt heeft gehouden, maar hij op zijn beurt wilde niets met haar te maken hebben. Slimme man, denkt Charm.

Gus legt de *kolache* op tafel en kijkt naar Charm, met een gekwetste blik in zijn vermoeide blauwe ogen. 'Ze zei dat hij had gebeld en een vreemd bericht had ingesproken.'

'O,' zegt Charm nonchalant, alsof het haar niets kan schelen. 'Wat voor bericht?'

'Dat zei ze niet. Ze zei dat ze met jou wilde praten. Ze wil dat je haar terugbelt,' zei Gus schor.

'Je ziet er moe uit,' zegt Charm. 'Waarom ga je niet even liggen?' Gus gaat er niet tegenin en dat zegt al genoeg. Langzaam schuift hij zijn stoel naar achteren en staat hij onzeker op. 'Niet vergeten dat Jane later vanavond nog even langskomt,' zegt ze ter herinnering.

Jane, een verpleegkundige van Thuiszorg, komt bijna elke avond even bij Gus kijken. Charm had geregeld dat Jane langskwam toen Gus bloed ging ophoesten en steeds verwarder werd. Jane controleert zijn bloeddruk, luistert naar zijn longen en houdt in de gaten of hij goed wordt verzorgd. Gus is altijd heel trots op zijn uiterlijk en probeert zich altijd netjes te maken voordat Jane komt. Hij zorgt dan dat zijn overhemd in zijn broek zit en dat zijn haar is gekamd. De kanker heeft zijn huid een gelige glans gegeven en zijn vroeger zo sterke armen in takjes veranderd, maar Gus is nog altijd een natuurlijke flirt.

'Aha, Jane.' Gus glimlacht. 'Mijn favoriete verpleegkundige.'

'Hé,' zegt Charm zogenaamd beledigd. 'Ik dacht dat ik je favoriete verpleegkundige was.'

'Jij bent mijn favoriete aanstaande verpleegkundige,' zegt Gus. 'Jane is mijn favoriete gediplomeerde verpleegkundige.'

'O, nou, oké dan,' zegt Charm. Ze loopt achter Gus aan voor het geval hij valt, zoals een moeder achter haar wankele peuter aan loopt. 'Als dat maar duidelijk is.' Ze zorgt dat Gus veilig in bed komt te liggen, zet een glas water op zijn nachtkastje en controleert nog eens of zijn zuurstoftank goed functioneert.

'Charm,' zegt Gus terwijl hij het dekbed tot aan zijn kin optrekt, 'ik heb vandaag ook nog iemand anders gesproken.' Hij zegt dat zo ernstig dat ze weet dat het een belangrijk gesprek was.

'Ik heb de mensen in het hospice opgebeld...'

Ze valt hem in de rede. 'Gus, niet doen...' De tranen springen haar in de ogen. Ze is nog niet klaar voor dit gesprek.

'Ik heb het hospice gebeld,' zegt hij vastbesloten. 'Als het zover is, wil ik hier zijn, in ons huis. Niet in het ziekenhuis. Begrijp je dat?'

'Het is te vroeg –' begint Charm, maar Gus houdt haar tegen.

'Charm, kindje, als jij verpleegkundige wilt worden, moet je wel leren om naar de patiënt te luisteren.'

'Maar je bent mijn patiënt niet.' Ze probeert niet te huilen en trekt de luxaflex naar beneden om de lage avondzon tegen te houden.

'Als het zover is, moet je het hospice bellen. Ik heb het nummer naast de telefoon gelegd.'

'Oké,' zegt ze, vooral om Gus een plezier te doen. Ze is er nog niet klaar voor dat Gus doodgaat. Hij is de enige echte familie die ze heeft, die ze ooit heeft gehad. Ze heeft hem nodig. Zijn gezicht vertrekt van uitputting en pijn. 'Kan ik nog iets voor je halen voordat ik naar school ga?' vraagt Charm. Ze vindt het vreselijk dat ze weg moet, maar is tegelijkertijd ook opgelucht.

'Nee, ik wil alleen even mijn ogen dichtdoen. Ik ben oké, hoor. Ga maar,' zegt hij tegen haar.

Ze staat nog even in de verduisterde kamer naast Gus' bed en kijkt naar zijn op- en neergaande borstkas en luistert naar de mechanische ademhaling van het zuurstofapparaat.

Wat moet ik zonder hem beginnen? Waar moet ik dan naartoe?

Claire

CLAIRE EN JONATHAN VERTELLEN JOSHUA NIET ALLES OVER ZIJN ADOP-tiedag. Ze vertellen hem niet dat Claire erbij zat toen Jonathan zijn ellebogen op de tafel plantte en zijn hoofd in zijn handen liet rusten. Dat hij aarzelde toen Dana opbelde over het kind dat in de steek was gelaten. Dat Claire tegen zichzelf moest zeggen: 'Wees geduldig, wacht tot hij zover is.' Dat er toen hij eindelijk zijn hoofd hief rode cirkeltjes op zijn voorhoofd stonden, waar hij met zijn vingers tegen de huid had gedrukt. Dat Claire naar hem toe had willen gaan, op elk plekje een zoen had willen drukken, teder. 'Alleen maar tot ze een ander pleeggezin voor hem vinden, Claire,' zei Jonathan weinig overtuigend. 'Hoor je me? Niet voor de lange termijn. Echt niet. Dat kán ik niet.' Hij schudde zijn hoofd alsof hij nog steeds verbijsterd was. 'Zoals dat met Ella kan ik niet nog een keer doen. Ik kan me niet nog een keer aan een kind hechten en het ten slotte weer laten weghalen. Daar gáát het juist om bij pleegzorg, dat de kinderen teruggaan naar hun ouders.'

'Ik kan dat ook niet,' had Claire gefluisterd. 'Ik kan dat zoals met Ella ook niet nog een keer verdragen.' Maar op de een of andere manier wist Claire dat zijn moeder niet zou terugkomen, dit kleine jongetje niet bij hen zou weghalen. Zo wreed kon God niet zijn, niet na alles wat er was gebeurd.

Een jaar eerder was er een dode baby gevonden, aan de andere kant van de staat, in een bevroren maïsveld. Daarna had de staat Iowa snel een Safe Haven-wet aangenomen, waardoor een moeder haar pasgeboren baby tot een leeftijd van twee weken bij ziekenhuizen, de politiebureaus of brandweerkazernes mocht afgeven zonder dat ze bang hoefde te zijn voor vervolging wegens het in de steek laten van haar kind. De artsen dachten dat deze baby ongeveer een maand oud was en heel even was Claire bang dat de politie de biologische moeder zou vinden. Maar die angstige gedachten duwde ze snel naar de achtergrond. Dit kleine jongetje, het kleine jongetje dat zij mee naar huis zouden nemen, zou de eerste baby zijn die een Safe Haven-plaats zou verlaten. Hij zou hun kind worden.

Toen Dana Joshua in Claire's armen legde, had ze het gevoel dat ze was genezen. Alsof alle miskramen en alle operaties nooit gebeurd waren. Het verdriet, het verlies, werden een vage herinnering. Dit was waarop ze al die jaren hadden gewacht. Op dit prachtige, perfecte jongetje.

Onderweg van het ziekenhuis naar huis kochten ze een paar noodzakelijke dingen: luiers, flessen, babymelk. Spontaan pakte Claire ook een boek met babynamen. Eindelijk, eindelijk zouden ze een kind een naam mogen geven. In het boek stonden de namen alfabetisch, met erachter de herkomst en de betekenis. De naam van dit kind, besloot Claire, moest een speciale betekenis hebben. Omdat ze hem niet het cadeau van zijn geboorte had gegeven, wilde ze hem zijn naam geven en die moest iets betekenen.

Claire vond de naam Cade mooi, maar die betekende 'mollig' of 'lomp'. Jonathan vond het prettig dat de naam Saul 'gebeden voor' betekende. Dat was een mogelijkheid, want hier hadden ze jaren voor gebeden. De naam Holmes betekende 'veilige haven', maar Jonathan vond die naam een beetje saai en was bang dat andere kinderen hem Sherlock zouden noemen. Claire bladerde verder en opeens viel haar blik op de naam Joshua, 'gered door God'. 'Joshua,' zei ze hardop. Ze proefde de naam op haar tong, voelde de naam op haar lippen. Claire glimlachte naar Jonathan en draaide zich om naar de baby die haar zoon zou worden. 'Joshua,' zei ze nog eens, iets harder, en op dat moment, al slapend, slaakte hij een zachte, fluisterende zucht. Tevreden. Veilig. Gered.

Charm

VANAF HET MOMENT DAT ZE BEGON MET HAAR STAGE IN ZIEKENHUIS St.-Isadore, gaat er geen dag voorbij dat Charm niet aan de baby denkt. Ook al weet ze dat hij goed wordt verzorgd en dat er van hem wordt gehouden, ze kan in het ziekenhuis niet langs de gele Safe Haven-borden lopen zonder te denken aan het verdriet en de opluchting die ze voelde nadat ze hem had opgegeven, hoewel hij niet alleen van haar was natuurlijk. Eerlijk gezegd voelt ze vooral opluchting. Als ze hem niet naar de brandweerkazerne had gebracht, had ze waarschijnlijk nooit haar highschooldiploma gehaald, laat staan dat ze naar de universiteit had gekund. En Charm is ervan overtuigd dat haar moeder er op de een of andere manier in geslaagd zou zijn het leven van de baby te verpesten.

Charm loopt snel door een straat met aan weerszijden de eerbiedwaardige gebouwen van de St.-Anne's campus. De kleine, particuliere universiteit staat in het centrum van Linden Falls en is omringd door historische huizen en met kasseien bestrate straatjes die al beginnen te verbrokkelen. Buiten adem voegt ze zich bij een groepje studenten dat onderweg is naar hun college Leiderschap en hedendaagse problemen in de verpleging. Sophie, een lang, slungelig meisje die met kinderen met kanker wil gaan werken, loopt net te vertellen dat ze paranormale band met haar moeder heeft.

'Echt waar,' zegt Sophie als ze het lokaal binnenlopen. 'Soms hoef ik maar aan haar te denken en dan belt ze me.'

'Echt niet!' Charm snuift. 'Ik geloof je niet.' Charm kijkt of haar medecursisten het met haar eens zijn, maar ze glimlachen allemaal met een wetende blik, knikken en zeggen dingen als: 'Het is wel zo, dat heb ik ook met mijn zus.'

'Laat eens zien dan,' zegt Charm. Ze slaat haar armen over elkaar en leunt achterover in haar stoel.

'Oké.' Sophie haalt haar schouders op, pakt haar mobieltje uit haar tas en legt hem op het bureautje.

'En nu?' vraagt Charm.

'Niets, gewoon wachten. Ze zal zo wel bellen,' zegt ze.

Ongelovig schudt Charm haar hoofd, maar een paar minuten later begint Sophies telefoon te trillen en te dansen op het tafelblad. Sophie pakt de telefoon op en laat iedereen het schermpje zien. *Mama*.

'Hoi mam,' zegt Sophie in de telefoon. 'Ik dacht net aan je.' Ze kijkt met een triomfantelijke blik naar Charm.

Charm is onder de indruk, maar ook verdrietig. Zij kan niemand verzinnen met wie zij zo'n bijzondere band heeft. Met haar moeder al helemaal niet. Reanne moet altijd in het middelpunt van de belangstelling staan. Voor haar was Charm nooit genoeg, haar broer niet en Gus ook niet. Reanne Tullia was altijd op zoek naar iets wat beter was, opwindender. Charm heeft geen idee waar haar broer is en haar vader zou heel goed dood kunnen zijn. Charm had vorig jaar een vriendje en hij belde haar toen wel, maar eerder doordat hij zich zo belachelijk onzeker voelde dan doordat ze een bovennatuurlijke band met elkaar hadden.

Gus, denkt ze. Misschien heeft ze zo'n relatie met Gus. Hij heeft haar leren fietsen, hij heeft haar leren delen en optellen, hij was degene die in het publiek zat en een traan wegpinkte toen ze haar highschooldiploma kreeg.

Alles wat Charm weet over hoe je een goede ouder moet zijn, een goed mens, heeft ze van Gus geleerd. En ze weet één ding heel zeker: als ze gaat trouwen en kinderen krijgt, zal ze er voor hen zijn, dag en nacht. Ze zal niet vertrekken als het moeilijk wordt of alleen maar heel erg saai.

En dat is iets wat haar moeder en haar broer nooit hebben geleerd.

Brynn

HET IS DE EERSTE LES VAN HET SEMESTER EN IK BEN ZENUWACHTIG, ook al ken ik alle docenten en mijn meeste medeleerlingen. Een bekend gevoel kruipt als een dikke stofwolk mijn borst in en gaat op mijn borstbeen liggen. Ik probeer diep en rustig adem te halen, zoals dokter Morris me heeft uitgelegd, en dat helpt.

Ik heb echt zin in de vakken van dit semester: Dieren in de samenleving en Bescherming van huisdieren. Ik ga ook buiten de campus stage lopen. Omdat ik al als vrijwilliger bij het dierenasiel werk, wil ik vragen of ik op een paardenfokkerij mag werken. Ik heb nog nooit op een paard gezeten, maar ik heb gelezen dat men paarden gebruikt om mensen te helpen met gedragsproblemen, met eetstoornissen en met autisme. De meeste mensen weten helemaal niet dat paarden ontzettend intelligent zijn. Eind negentiende eeuw was er een paard, Beautiful Jim Key, dat samen met zijn trainer dokter William Key door het land trok. Beautiful Jim Key kon verschillende muntstukken onderscheiden, op een kassa een bedrag aanslaan en het juiste wisselgeld teruggeven. Hij kon ook spellen en klokkijken en had volgens zeggen het IQ van iemand van elf. Ik weet niet of het waar is, maar dat zou ik wel leuk vinden.

Ik hoor mijn mobieltje trillen en graai in mijn tas om het te zoeken. Heel even denk ik dat Allison mijn mobiele nummer van iemand heeft gekregen, maar dat heb ik zelfs niet aan onze ouders gegeven en ik weet dat oma het ook niet aan haar zou hebben gegeven. Ik glimlach als ik naar het schermpje kijk. Het is mijn vriendin Missy. Ik klap mijn mobieltje open en druk het tegen mijn oor. 'Hoi, Missy, hoe is het?'

'Feestje vanavond, bij mij thuis, acht uur,' zegt Missy.

'Ter gelegenheid waarvan?' vraag ik, en ik zet mijn auto in een leeg vak op het parkeerterrein van het Prairie Community College.

'Gewoon een weer-naar-schoolfeestje. Kun je komen?'

'Tuurlijk,' zeg ik. Ik pak mijn boekentas van de achterbank en loop naar het gebouw Dierwetenschappen. 'Ik moet tot negen uur werken, maar ik kom meteen daarna.'

Ik heb Missy leren kennen in november van het jaar waarin ik naar New Amery ben verhuisd. Ik was in september bij mijn oma gaan wonen en voelde me ontzettend verdrietig en eenzaam. Ik heb de eerste twee maanden in New Amery alleen maar in de logeerkamer van mijn oma zitten huilen en in mijn dagboek zitten schrijven. Ik moest mijn uiterste best doen om geen zelfmoord te plegen. Op een bepaald moment had mijn oma er genoeg van. Ze kon het niet meer aanzien me zo te zien.

'Kom op, Brynn,' zei ze, toen ze naar mijn kamer was gekomen en op mijn bed was gaan zitten. 'Het is de hoogste tijd dat je uit bed komt en weer gaat leven.' Ik keek vanonder de dekens naar haar op, maar gaf geen antwoord. Mijn oma was zo anders dan mijn vader dat ik soms niet kon gelóven dat ze zijn moeder was. 'Ik wil je iets laten zien,' zei ze en ze trok de dekens van me af.

'Wat?' vroeg ik chagrijnig. Op dat moment wilde ik alleen maar de dekens over mijn hoofd trekken en slapen. Vergeten dat ik zo'n mislukkeling was, een loser, een nobody.

'Kom mee, wacht maar,' zei ze terwijl ze haar hand naar me uitstak. Mijn oma zette me in haar auto, reed door New Amery en stopte voor een lang, plat gebouw. Ervoor stond een groot bord waarop in grote rode letters stond: NEW AMERY DIERENASIEL.

Ik ging rechterop zitten en vroeg aan mijn oma: 'Waarom zijn we hier?'

'Kom op, dat zal ik je laten zien.' Ze glimlachte naar me en ik liep met tegenzin achter haar aan naar binnen. We werden begroet door een vriendelijke zwarte labrador en een meisje van mijn leeftijd. Ze droeg een rood vest en een badge met haar naam erop: MISSY. Ze stond achter een hoge balie en had een rood jong katje in haar armen. Ik hoorde het gedempte gekef en gehuil van de honden die in een ander deel van het gebouw in kennels zaten.

'Hallo, dames,' zei het meisje vrolijk. 'Wat kan ik vandaag voor jullie doen?'

Mijn oma keek me aan. 'Wat kan zij vandaag voor je doen, Brynn?'

'Meen je dat?' vroeg ik ongelovig. 'Oma, meen je het echt?'

'Ga maar eens kijken.' Ze knikte in de richting van de kennels. 'Er zit daar vast wel een klein monster op je te wachten... Ga het maar zoeken.'

'Kom mee,' zei Missy. 'Ik ga je wel voor.' Nadat Missy een deur had geopend, hoorde ik een overweldigend gejank en gekef. Aan weerszijden van de lange, smalle gang waren allemaal kennels met allerlei soorten honden erin: een beagle, een Engelse setter, labradors en heel veel bastaards. Ik bleef staan voor een massa roodbruine vacht die me met een heldere, smekende blik aankeek.

'Wat is dit voor hond?' vroeg ik Missy.

'Dat is Milo. Hij is een kruising tussen een Duitse herder en een chowchow. Twee maanden oud. Ze hebben hem gevonden op een steenslagweg ten zuiden van de stad. Het arme beest was uitgehongerd en uitgedroogd. Het is een druk ventje, maar ook een schatje.'

Ik keek naar mijn oma. 'Mag ik hem hebben?' vroeg ik, al durfde ik het eigenlijk niet te hopen. Hij was nog maar een paar maanden oud en had nu al enorme klauwen, en Missy had gezegd dat hij druk was. 'Volgens mij heeft hij me nodig.'

'Natuurlijk, Brynn. Je mag hem hebben,' zei ze, en ze sloeg haar arm om mijn middel.

Via Missy ben ik als vrijwilliger in het dierenasiel gaan werken en daardoor hoorde ik over de opleiding Huisdieren aan de universiteit in de stad. Ik weet nog steeds niet waarom de knappe, vrolijke en ruimdenkende Missy mij, dat voorzichtige en saaie meisje, uitkoos als vriendin, maar ik ben heel blij dát ze dat deed. Ik weet nog dat mijn moeder me, toen ik dertien was, naar hetzelfde voetbalkamp stuurde als Allison. Ik was ontzettend slecht in voetbal en maakte er een puinhoop van zodra de bal mijn kant op kwam. Allison heeft me de hele week genegeerd. Elke keer als ik met haar probeerde te praten of me bij haar vriendinnengroepje voegde, negeerde ze me totaal. Toen ik er na een tijdje echt niet meer tegen kon en als een baby begon te huilen, rolde Allison met haar ogen en schoot ze in de lach. De rest van het kamp ben ik in mijn hutje gebleven, zogenaamd met een verstuikte enkel.

Het is zo'n opluchting om een vriendin te hebben, vooral omdat ze evenveel van dieren houdt als ik. Ik laat mijn telefoon weer in mijn tas vallen en dan voel ik het potje met de medicijnen die ik nu al een jaar slik. Ik heb mijn dosis van vandaag nog niet genomen. Gisteren ook niet. Ik voel me beter. Sterker. Ik heb zelfs minder problemen met het nieuws dat Allison uit de gevangenis is dan ik een jaar geleden zou hebben gehad.

Misschien kan ik beter stoppen met die pillen. Misschien kan ik het nu een tijdje zonder proberen.

Allison

IK KIJK NAAR DE POP, HAAR LEVENLOZE OGEN KIJKEN TERUG EN IK VOEL
me slap worden. Het is 5 jaar, 1 maand en 26 dagen geleden. Ze zou
nu 5 jaar of 61 maanden of 269 weken of 1883 dagen of 45.192 uren
of 2.711.520 minuten of 162.691.200 seconden oud zijn. Dat heb
ik bijgehouden.

Veel vrouwen in Cravenville hadden kinderen. Sommigen hebben zelfs achter de gevangenismuren een kind gekregen. Ik rende
altijd rondjes op de binnenplaats van de gevangenis, stampend met
mijn tennisschoen op het beton. 'Waar ren je naartoe, babymoordenaar? Probeer je jezelf te ontlopen?' Dat vroeg iemand in een hoek
van de binnenplaats, gevolgd door een lachbui. Ik negeerde hen. Als
ze niet babymoordenaar of trut of iets ergers tegen me zeiden, zeiden ze helemaal niets. Ze keken dwars door me heen, alsof ik lucht
was. Die vrouwen waren zelf ook moordenaars: ze hadden hun man
vermoord of hun vriendje doodgestoken of tijdens een roofoverval
een winkelbediende doodgeschoten. Maar ik ben erger. Een hul-
peloze baby, nog maar net geboren, werd in de rivier gesmeten om
vervolgens te worden meegesleurd door de stroom waardoor het
kind tegen de oever klapte.

De vrouwen in Gertrude House zijn net als de vrouwen in Cravenville. Ik heb me nog nooit zo eenzaam gevoeld als nu. Ik weet
hoe moeilijk het voor mijn ouders is geweest om te zien hoe diep
ik ben gevallen, maar ik verlang ernaar dat ze me komen opzoeken.
Het is zo lang geleden dat ik mijn moeders hand heb vastgehouden,
dat mijn vader me heeft aangeraakt of dat ik mijn zusje heb horen
giechelen. We zijn nooit een aanrakerig gezin geweest, maar soms,
als ik heel stil blijf zitten, voel ik het gewicht van mijn vaders grote,

vakkundige hand op mijn hoofd. Soms, als ik mijn ogen sluit, kan ik me voorstellen dat alles net zo is als voordat alles misging. Dan kan ik me voorstellen dat ik weer op highschool zit, hardloop op de atletiekbaan en mijn record probeer te verbeteren, in mijn kamer kansberekeningen maak, mijn moeder help met koken of met mijn zus zit te kletsen.

Ik had een plan. Ik zou glansrijk slagen voor het toelatingsexamen van de universiteit, volleyballen voor University of Iowa of Penn State en rechten gaan studeren. Ik had mijn toekomst al helemaal uitgestippeld. Nu is mijn toekomst weg. Voorbij. Allemaal dankzij een jongen en een zwangerschap.

Ik lag in het ziekenhuis aan het infuus toen ik Devin ontmoette. Ze vertelde me dat ik zou worden beschuldigd van moord met voorbedachten rade en van het in gevaar brengen van een kind. 'Dacht je dat de baby dood was toen je haar in de rivier gooide?' vroeg ze me tijdens dat eerste gesprek. Ik haalde mijn schouders op en gaf geen antwoord.

'Dacht je dat ze dood was?' vroeg ze weer terwijl ze voor mijn bed heen en weer liep. Ze bleef aandringen, maar ik wilde alleen maar in elkaar kruipen en doodgaan, en zij bleef maar doorgaan met vragen wat er allemaal was gebeurd.

'Tuurlijk,' zei ik ten slotte. 'Tuurlijk, ik dacht dat het dood was.'

Ze draaide zich vliegensvlug om. 'Noem haar nooit een *het*. Begrijp je dat?' zei ze streng. 'Je noemt haar de *baby* of *zij* of *haar*, maar nooit *het*. Begrepen?'

Ik knikte. 'Ik dacht echt dat de baby al dood was,' zei ik. Ik wilde het geloven, maar ik wist dat niets van wat ik zei de waarheid was. De lijkschouwer had al bewezen dat ik loog.

Uiteindelijk zorgde Devin ervoor dat ik bekende: doodslag, een misdaad klasse-D waar vijf jaar gevangenisstraf op staat, en het in gevaar brengen van een kind, een misdaad klasse-B, wat betekende dat ik tot meer dan vijftig jaar kon worden veroordeeld, hoewel Devin me verzekerde dat ik nooit zo lang zou hoeven zitten. Ik hoefde niet in het getuigenbankje te zitten om mezelf te verdedigen. Zover is het nooit gekomen. Ik heb nog nooit aan iemand verteld wat er die avond is gebeurd en niemand schijnt erg geïnteresseerd te zijn in de precieze details. Ik denk dat ik iedereen doe denken aan iemand die ze zouden kunnen kennen, aan een zus, een dochter, een kleinkind. Misschien wel aan zichzelf. Iedereen weet wat ik heb gedaan. Daar nemen ze genoegen mee. Devin had gelijk. Ik werd veroordeeld tot tien jaar in Cravenville. Hoe gruwelijk dat toen ook klonk, het was veel beter dan de vijfenvijftig jaar waartoe ik veroordeeld had kunnen worden. Ik vroeg Devin waarom het zo'n korte straf was.

'Daar zijn allerlei redenen voor,' vertelde Devin. 'Overvolle gevangenissen, de omstandigheden waarin de misdaad is gepleegd. Tien jaar is heel weinig, Allison.'

En in juli, een maand geleden, kwam Devin me in de gevangenis opzoeken. Ik was aan het hardlopen op de binnenplaats, de hitte straalde me vanaf het beton tegemoet. Ik voelde de warmte door mijn tennisschoenen en mijn sokken heen stromen. Ik stond uit te hijgen toen ik Devin snel naar me toe zag lopen, gekleed in haar grijze mantelpakje dat ze als een uniform droeg en op pumps. Ik heb nog nooit schoenen met hoge hakken gedragen, ik ben nog nooit naar een schoolbal geweest. 'Allison, goed nieuws,' zei ze ter begroeting. 'De Commissie Voorwaardelijke Invrijheidsstelling gaat je zaak herzien. Volgende week moet je voor de commissie verschijnen om te worden ondervraagd.'

'Voorwaardelijke invrijheidsstelling?' vroeg ik verbijsterd. 'Maar ik ben hier nog maar vijf jaar.' Ik had nooit durven denken dat ik misschien eerder zou worden vrijgelaten.

'Dankzij je goede gedrag en alles wat je hebt gedaan om je te ontwikkelen, kom je in aanmerking voor een hoorzitting. Is dat niet geweldig nieuws?' vroeg ze, en ze keek vragend naar mijn bezorgde gezicht.

'Dat is inderdaad goed nieuws,' zei ik, maar vooral omdat ze dat wilde horen. Hoe moest ik haar uitleggen dat ik, nu ik was gewend aan de opsluiting, het afschuwelijke eten, de wreedheid van de gevangenis, nu ik me had neergelegd bij het hoe en waarom ik hier was beland, het hier eigenlijk wel prettig vond. Voor het eerst in mijn leven hoefde ik niet perfect te zijn. Ik hoefde mijn toekomst niet te plannen. In de gevangenis werd dat allemaal voor me bepaald. Tien lange jaren van gewoon zijn.

'We moeten bespreken welke vragen de leden van deze commissie je kunnen stellen. Maar het belangrijkste is dat je berouw toont over wat er is gebeurd.'

'Berouw?' vroeg ik.

'Berouw, spijt,' zei Devin streng. 'Het is cruciaal dat je zegt dat je spijt hebt van wat je hebt gedaan. Als je dat niet doet, laten ze je echt niet voorwaardelijk vrij. Kun je dat doen? Kun je zeggen dat het je spijt dat je jouw pasgeboren baby in de rivier hebt gegooid?' vroeg ze. 'Je hebt er toch spijt van?'

'Ja,' zei ik na een tijdje. 'Ik kan wel zeggen dat het me spijt.' En dat heb ik ook gedaan. Ik zat voor de commissieleden toen ze mijn dossier doornamen. Ze complimenteerden me met mijn goede gedrag in de gevangenis, met mijn werk in het gevangenisrestaurant, met het feit dat ik mijn highschooldiploma had gehaald en mijn studiepunten voor de universiteit. Ze keken me verwachtingsvol aan en wachtten. 'Het spijt me,' zei ik. 'Het spijt me dat ik mijn baby pijn heb gedaan en het spijt me dat ze is gestorven. Dat was een vergissing. Een afschuwelijke vergissing en ik wilde dat ik het ongedaan kon maken.'

Mijn ouders waren niet aanwezig tijdens de hoorzitting. Ik vroeg me bezorgd af of de commissieleden uit hun afwezigheid zouden afleiden dat, als mijn ouders niet eens kwamen om me te steunen, ze niet konden aandringen op mijn vervroegde vrijlating. Maar Devin vertelde me dat ik me geen zorgen hoefde te maken, dat mijn oma bij de hoorzitting was en dat de kans groot was dat ik zou worden vrijgelaten. 'Waar het om gaat is dat je geprobeerd hebt alles goed te maken in de gevangenis. Dat je aan jezelf hebt gewerkt.' Devin had gelijk. Ze heeft altijd gelijk. De Commissie Voorwaardelijke Invrijheidsstelling stemde unaniem voor mijn vrijlating.

Ik ontmoet mijn kamergenote, Bea, een herstellende heroïneverslaafde, tijdens het avondeten. We zijn maar met ons vijven. De andere bewoonsters zijn aan het werk of bij goedgekeurde activiteiten. Ik wil graag weten welke verschillende banen deze vrouwen hebben gekregen – ik zou zo graag zelf geld willen verdienen – maar ik durf het niet zo goed te vragen. Ik durf ook niets te zeggen. Iedereen kijkt naar me alsof ik een besmettelijke ziekte heb of zo. Behalve Bea dan. Zij lijkt zich niet druk te maken over mijn verleden. Of misschien heeft ze de smerige details nog niet gehoord. Bea heeft het smalle, pokdalige gezicht van een verslaafde, en harde zwarte ogen die kijken alsof ze de hel of erger hebben gezien. Ze heeft ook magere, sterke armen die eruitzien alsof ze ons allemaal verrot zou kunnen slaan, zodat iedereen Bea met rust laat. Het is niet zo dat geweld, in welke vorm dan ook, is toegestaan in Gertrude House, maar toch vertelt Bea iedereen enthousiast over haar eerste avond in Gertrude House.

'Twee dames kregen ruzie over wie als eerste de telefoon mocht gebruiken. Maar er hangt niet voor niets een intekenlijst. De ene vrouw, die in de gevangenis had gezeten voor verduistering, sloeg die andere vrouw met de hoorn van de telefoon in haar gezicht.' Bea lacht bij de herinnering. 'Overal bloed en tanden. Weet je nog, Olene?' vraagt Bea terwijl ze een sperzieboon aan haar vork prikt.

'Ja hoor,' zegt Olene wrang. 'Niet bepaald een leuk moment. We moesten de politie bellen.'

'Ja, en omdat ik hier nieuw was, moest ik al het bloed en alle tanden opruimen.' Bea rilt bij de herinnering.

'Maar Bea,' zegt Olene vriendelijk berispend. 'Ik heb je geholpen.'

Na het avondeten en nadat ik heb geholpen met de afwas, probeer ik mijn ouders en Brynn weer te bellen. Niemand neemt op. Ik zit verslagen op de bank met de telefoon in mijn hand en luister naar de kiestoon tot Olene de kamer binnen komt, de telefoon zachtjes uit mijn hand trekt en tegen me zegt dat ik tot zeven uur mezelf moet vermaken, dan komen we als groep bij elkaar. Het verbaast me niet dat ik als ik naar boven ga in mijn kamer nog een kapotte pop vind, met haar hoofd in een emmer water. Ik slik moeizaam en dan word ik woedend. Waar halen deze vrouwen die zelf afschuwelijke dingen hebben gedaan het lef vandaan mij te veroordelen? Met een trap, geperfectioneerd in mijn tweede jaar op voetbalkamp, schop ik tegen de emmer waardoor hij over de hardhouten vloer vliegt, het water alle kanten op spat en een plasje vormt bij mijn voeten. Ik hoor voetstappen op de trap en de overloop, draai me vliegensvlug om en smijt de slaapkamerdeur met zo'n knal dicht dat de muren ervan trillen en het geluid door het hele huis echoot.

Een paar minuten later wordt er op de deur geklopt. 'Ga weg!' zeg ik kwaad.

'Allison?' vraagt Olene. 'Gaat het?'

'Het gaat prima, ik wil gewoon alleen gelaten worden,' zeg ik, iets zachter.

'Mag ik even binnenkomen?' vraagt Olene. Ik wil nee zeggen, ik wil uit het raam klimmen en wegrennen, maar ik kan niet naar huis gaan en ik mag dit gebied niet verlaten. 'Allison, doe alsjeblieft de deur open.'

Ik doe de deur op een kiertje open en zie Olene's groene ogen naar me kijken.

'Het gaat prima,' zeg ik weer, maar het water uit de emmer stroomt langs mijn voeten de overloop op. Olene wacht, zegt niets, kijkt me alleen maar met haar verstandige ogen aan tot ik opzij stap om haar binnen te laten.

Olene neemt alles in zich op, de omgekieperde emmer, de pop, het plasje water, en slaakt een zucht. 'Ik vind dit heel erg, Allison,' zegt Olene. 'Je moet de anderen maar even laten uitrazen. Hou je gedeisd en doe je werk, dan zullen ze je behandelen als de rest.' Kennelijk ziet ze mijn verdrietige blik, want ze vraagt: 'Wil je dat ik er vanavond tijdens de groepssessie over begin?'

'Nee,' zeg ik vastbesloten. Ik neem aan dat het niet goed uitpakt als je deze vrouwen de les leest.

'Ik zal een handdoek voor je pakken.' Olene klopt even op mijn arm en laat me alleen met mijn gedachten. Ik neem me voor me gedeisd te houden, me twee keer per maand te melden bij mijn begeleider, mijn werk te doen en me met mijn eigen zaken te bemoeien, maar ik weet ook dat ze me niet zomaar met rust zullen laten. Ik weet dat ze me haten vanwege mijn misdaad. Ze denken dat ze een beter mens zijn dan ik. Ze vinden dat ze een prima reden hebben voor de slechte dingen die ze hebben gedaan: de drugs, hun vriendje, hun ellendige jeugd. Maar ik? Ik had de perfecte ouders, de perfecte jeugd, het perfecte leven. Ik had geen excuus. Olene komt terug en geeft me een stapel handdoeken. 'Zal ik je helpen?'

Ik schud mijn hoofd. 'Nee, bedankt, ik doe het wel.' Ze komt binnen, pakt de emmer en de pop, en vertrekt. Zachtjes sluit ze de deur achter zich. Ik dweil het water op en ga op het onderste bed liggen. Ik wil mijn ogen dichtdoen, maar elke keer dat ik dat doe, zie ik alleen maar de lege, dode ogen van de pop.

Als ik terugdenk aan die avond, herinner ik me dat de baby helemaal niet huilde zoals je wel op televisie en in de bioscoop ziet. Eerst klemt de moeder haar kaken op elkaar, ze gromt en bereidt zich voor op de laatste perswee, en dan verschijnt de baby die de wereld met een klaaglijk huiltje begroet, alsof hij kwaad is dat hij vanuit haar warme, schemerige aquarium op de felverlichte, koude wereld is geplaatst. Dat huiltje is nooit gekomen.

Ik zag de angst in Brynns ogen toen ze de baby aan me wilde geven. Ik zei nee. Ik wilde haar niet aanraken. Toen knipte Brynn met trillende handen de navelstreng door en legde haar voorzichtig als een klein pakje in een hoek van het vertrek. 'Je hebt een dokter nodig, Allison,' zei ze bezorgd en ze veegde mijn zweterige haar van mijn voorhoofd. Ik had het zo ontzettend koud en rilde zo heftig dat mijn tanden ervan klapperden. Brynn keek even naar de roerloze, stille baby. 'We moeten iemand bellen...'

'Nee, nee,' zei ik snel en ik probeerde mijn benen te bedekken omdat ik me opeens bewust was van het feit dat ik naakt was. Ik probeerde mijn mond in bedwang te houden, dwong de woorden er soepel uit te komen, overtuigend. Als me dat niet lukte, dat wist ik, zou Brynn instorten. 'Nee, we gaan het aan niemand vertellen. Niemand hoeft het te weten.' Ik wist dat het kil klonk, wreed zelfs. Maar zoals ik al zei, had ik een plan: afstuderen, volleyballen, college, rechtenstudie. Christopher was een vergissing en de zwangerschap een zelfs nog grotere vergissing. Ik moest ervoor zorgen dat Brynn haar hoofd koel hield en me steunde.

'O, Alli,' zei Brynn. Haar kin trilde en de tranen stroomden over haar wangen. Ze hád het bijna niet meer. 'Ik ben over een paar minuutjes terug,' zei ze en ze legde de dekens zorgvuldig om me heen. 'Ik ga deze lakens weggooien.' Ik wilde slapen, alleen maar slapen. Ik wilde mijn ogen dichtdoen en gewoon verdwijnen.

Met mijn armen drukte ik me op van het vochtige bed en ik zwaaide langzaam mijn benen over de rand. Ik schreeuwde het bijna uit van de brandende pijn tussen mijn benen. Ik wachtte tot de stekende pijn wat wegebde en stond op, steunzoekend aan het bedtafeltje. Ik keek naar de hoek van de kamer waar Brynn de baby had neergelegd. Ik kan dit doen, zei ik tegen mezelf, ik moet dit doen.

Terwijl ik me vasthield, keek ik naar beneden en zag de roestkleurige vlekken op mijn bovenbenen. Brynn had me zo goed mogelijk schoongemaakt, maar het bloed druppelde nog tussen mijn benen en ik kreunde. Er was zo veel bloed! In de hoek zag ik het stapeltje handdoeken waar Brynn de baby in had gewikkeld. Het leek zo ver weg. Ik moest me aankleden en alles schoonmaken. Het zou algauw donker zijn en er was altijd de kans dat mijn ouders vroeg thuiskwamen. Ik moest een beslissing nemen. Boven het geluid van de regendruppels op het dak uit dacht ik dat ik Brynn beneden hoorde en de klap van de hordeur. Ik wist wat ik moest doen, waar ik haar naartoe moest brengen. Dan zou het net zijn alsof ze er nooit was geweest, alsof ze nooit had bestaan. Daarna zou ik snel mijn slaapkamer schoonmaken en de komende dagen doen alsof ik griep had. Daarna zou alles weer normaal worden. Dat móést gewoon.

Maar het lijkt wel alsof het nooit echt afgelopen is, dit... Het heeft zich als een kwaadaardige tumor vastgehecht aan mij en aan Brynn en zelfs aan mijn ouders, en we zullen er nooit van bevrijd worden. Ik begin te huilen. Mijn hele leven heb ik alles goed gedaan en dan maak ik één fout en is mijn leven verwoest. Eén vergissing. Het was gewoon niet eerlijk.

Claire

ALS CLAIRE IN HET OUDE VICTORIAANSE BED STAPT DAT ZIJ EN JONATHAN twaalf jaar geleden hebben gekocht en opgeknapt, maakt ze in gedachten de aantekening dat ze Charm over een paar dagen moet bellen om te vragen hoe het met haar gaat. In de loop der jaren is ze Charm aardig gaan vinden: een mollig, zachtaardig meisje met een voorliefde voor zelfhulpboeken. Toen ze *De gevolgen van echtscheiding* kocht, hoorde Claire dat Charm al vanaf haar tiende bij haar stiefvader Gus woonde, zelfs nadat haar moeder van hem was gescheiden en vertrokken was. En toen ze *Broers en zussen: een relatie voor altijd* kocht, had Charm haar verteld dat ze haar oudere broer al jaren niet meer had gezien, maar zich wilde voorbereiden voor het geval hij ooit terug zou komen. Toen Charm ging studeren, kwam ze langs met een boekenlijst en hoorde Claire dat ze heel graag verpleegkundige wilde worden en dat sinds kort bekend was dat Gus longkanker had. Charm kwam naar de winkel en kocht boeken voor haar vrienden en een boek over honkbal voor haar eerste vriendje.

Ze had zelfs een keer *Mother: A Cradle to Hold Me* van Maya Angelou gekocht voor haar moeder, met wie ze een betere band probeerde te krijgen. 'Ze begreep het niet,' vertelde Charm later. 'Ze dacht dat ik haar belachelijk wilde maken en haar moederlijke gevoelens wilde afkraken door haar een dichtbundel te geven. Ik kan gewoon niets goeddoen.' Charm zei dit zo verdrietig dat Claire zich troost met de wetenschap dat zij Joshua elke dag weer vertelt hoeveel ze van hem houdt. Dat ze, ook al maakt ze fouten, zoals de keer dat ze Joshua er ten onrechte van had beschuldigd dat hij Truman al zijn Haloween-snoep had gegeven, erop vertrouwt dat hij nooit zal twijfelen aan haar liefde voor hem.

Claire vindt Joshua in de woonkamer. Hij rolt een tennisbal naar Truman die lui toekijkt als de bal langs hem heen rolt. 'Pak hem, Truman!' dringt Joshua aan. 'Pak de bal!' In plaats daarvan staat Truman op en loopt hij de kamer uit. 'Truman!' roept Joshua teleurgesteld.

'Hij komt wel terug,' zegt Claire. Ze bukt zich, pakt de bal en geeft hem aan Joshua. 'Maak je maar geen zorgen.'

'Op de televisie is een bulldog die Tyson heet die kan skateboarden,' zegt Joshua en hij plukt aan de gerafelde zoom van zijn broek. 'Truman wil niet eens achter een bal aan lopen.'

'Truman doet andere coole dingen,' zegt Claire en ze probeert wanhopig iets te verzinnen.

'Wat dan?' vraagt Joshua somber.

'Hij kan binnen drie seconden een heel brood opeten,' zegt ze, maar Joshua lijkt niet onder de indruk. Ze zucht en gaat naast Joshua op de grond zitten. 'Je weet toch wel dat Truman een held is?' Joshua kijkt haar sceptisch aan. 'Toen jij bij ons kwam, was je nog heel klein.'

'Dat weet ik,' zegt Joshua wijs. 'Zes pond.'

'Toen je ongeveer een week bij ons was, lag je op een avond in je wiegje. Papa en ik waren zo moe dat we op de bank in slaap waren gevallen, ook al was het nog maar halfacht.'

Daar moet Joshua om lachen. 'Gingen jullie om halfacht naar bed?'

'Ja, inderdaad,' zegt ze en ze pakt zijn hand die, zonder dat ze dat heeft gemerkt, niet meer zo mollig is. Zijn vingers waren lang en spits, en heel even vroeg ze zich af van wie hij dat had. Van zijn biologische moeder of vader? 'Toen je een baby was, sliep je heel weinig. En als je al sliep, sliepen wij ook. Maar goed, wij lagen dus heerlijk op de bank te slapen en opeens hoorden we Truman heel hard blaffen. Je papa probeerde hem mee naar buiten te nemen zodat hij kon plassen, maar Truman wilde niet naar buiten. Papa rende om het huis heen achter hem aan, maar Truman bleef maar rennen en bleef maar blaffen. Het was eigenlijk wel grappig.' Ze glimlachen allebei bij de gedachte aan Jonathan die slaperig achter

Truman aan rent. 'Maar uiteindelijk rende Truman de trap op en hij bleef staan wachten, blaffend, tot we achter hem aan naar boven liepen. Toen we boven waren, rende hij je kamer binnen. We fluisterden: sst, Truman, sst, je maakt Joshua wakker, maar hij bleef blaffen. En toen opeens wisten papa en ik dat er iets mis was. Heel erg mis. Door al dat geblaf had je moeten gaan huilen.'

Joshua fronst zijn voorhoofd als hij hierover nadenkt. 'Werd ik niet wakker?'

'Nee, je werd niet wakker,' zegt Claire en ze rilt als ze eraan terugdenkt. Ze trekt hem op schoot.

'Waarom niet?' vraagt hij. Hij trekt haar trouwring van haar vinger, schuift hem om zijn duim en draait hem rond zodat de diamant een gespikkelde regenboog vormt op de muur.

'Papa deed het licht in je kamer aan en we keken in je wieg en het leek alsof je sliep, maar dat was niet zo. Je ademde niet.' Joshua's handen bewegen niet meer, maar hij zegt niets. 'Papa haalde je zo snel uit bed dat je longen wakker schrokken, want toen begon je meteen te huilen.'

'Wauw,' zegt Joshua opgelucht en hij begint de ring weer rond te draaien.

'Wauw, zeg dat wel!' zegt Claire. 'Truman heeft je gered die dag. Hij kan dus misschien niet skateboarden, maar hij is wel een heel bijzondere hond.'

'Dat is zo,' mompelt Joshua. 'Ik zal sorry tegen hem zeggen.' Hij schuift de ring weer aan zijn moeders vinger, springt van haar schoot en rent weg om Truman te zoeken. Wat ze Joshua niet vertelt is dat zij, in de eindeloze seconden waarin Claire en Jonathan hem in zijn wiegje zagen liggen, blauw en roerloos, tot ze zijn boze kreet hoorden, zelf haar adem inhield. Het kan toch niet dat ik hem nu alweer kwijt ben, had ze gedacht. Had God zich bedacht? Pas toen er weer lucht in zijn longetjes kwam, haalde ze zelf ook weer adem.

Claire staat langzaam op, zich maar al te zeer bewust van haar leeftijd: vijfenveertig jaar. Op Joshua's tiende verjaardag is zij vijftig. Als hij veertig is, is zij tachtig. Het moederschap is het moeilijkste, het angstaanjagendste en het allermooiste wat ze ooit zal meemaken. Ze vindt het fantastisch als hij mama tegen haar zegt, maar het allerfijnste vindt ze het om Jonathan en Joshua samen te zien. Zij bladeren samen door doe-het-zelftijdschriften en ze kijken samen, helemaal gelukkig, naar oude afleveringen van *This Old House*. Claire moet altijd lachen als Joshua, als iemand hem vraagt wat hij later wil worden, zegt Bob Villa of zijn vader. Als ze samen aan het schaven, schuren en lakken zijn, een schoorsteenmantel, kledingkast of trapleuning opknappen, als ze ziet dat Jonathan Joshua leert hoe hij een spijker moet inslaan of een schroef moet indraaien, zwelt haar hart van trots.

Ook al is Joshua hun enige kind, Claire weet dat hij anders is dan andere kinderen. Ze heeft heel lang gedacht dat hij een dromer was. Zijn hoofd zit zo vol creatieve en fantasierijke ideeën dat ze bijna kan negeren dat hij hen vaak niet schijnt te horen als ze iets tegen hem zeggen. Ze moeten Joshua wie weet hoe vaak zeggen dat hij iets moet doen en dan lijkt hij het te begrijpen, maar toch doet hij het zelden. Soms verlaat hij hun wereld helemaal. Dan zit hij totaal verdiept in wie weet wat voor zich uit te staren en blijft hij weg tot ze hem voorzichtig terughalen naar de realiteit. Het lijkt wel alsof hij omringd is door een beschermlaagje dat de wreedheid van de wereld bij hem vandaan houdt. Ze denkt dat hij zonder dat beschermlaagje onbeschut en heel kwetsbaar zou zijn. Claire weet niet of dit is veroorzaakt door de korte tijd waarin hij geen zuurstof kreeg of door een traumatische gebeurtenis voordat hij bij hen kwam. Soms is ze bang dat hun liefde niet genoeg is om Joshua's vertrouwen in de wereld om hem heen te herstellen.

Claire glijdt met een vinger langs de rij foto's op de salontafel. Foto's van de dag waarop ze Joshua mee naar huis namen, de dag waarop hij officieel van hen was, de eerste keer dat hij pap at, zijn eerste Kerstmis. Elke dag weer zegt Claire een dankgebedje voor het meisje dat Joshua vijf jaar geleden bij de brandweerkazerne achterliet. Dankzij haar hebben zij en Jonathan hun zoon. Ze denkt wel eens aan haar, aan de vrouw die Joshua heeft gebaard. Kwam ze uit Linden Falls of uit een plaats hier ver vandaan? Was ze jong, een tiener die gewoon niet wist wat ze moest doen? Was ze een volwassen vrouw die al een paar kinderen had en niet voor nóg een kind kon zorgen? Misschien heeft Joshua ergens broers en zussen die net zo zijn als hij. Misschien is zijn moeder een drugsverslaafde of wordt ze mishandeld. Claire weet het niet en wil het ook niet weten. Ze is dankbaar dat het meisje heeft besloten hem af te staan. Met die ene daad van altruïsme of egoïsme – ze zal nooit weten welke – heeft dat meisje haar alles gegeven.

Brynn

ER ZIJN TIENTALLEN ANDERE JONGELUI IN MISSY'S TWEEKAMERAPPARTE-ment dat ze met twee andere meisjes deelt. De enige die ik ken is Missy. Zij zit op de bank met een jongen te vrijen. Ik sta een beetje ongemakkelijk in een hoek en probeer niet te kijken naar hun fanatieke gezoen, naar zijn tong die hij in haar mond steekt en naar zijn hand die in haar bloes kruipt. Ik neem een slok uit het glas dat iemand me in de hand heeft gedrukt en verwelkom de plezierige verdoving die de drank veroorzaakt. Ik mag geen alcohol drinken bij mijn medicijnen, maar dat geeft niet want ik heb ze al geen dagen ingenomen. Een jongen die ik volgens mij ken van de campus perst zich tussen de lichamen door en komt naar me toe. 'Hoi,' zegt hij met luide stem, in een poging boven de keiharde muziek uit te komen.

'Hoi,' zeg ik, en ik baal meteen behoorlijk van mijn geweldige sociale vaardigheden. Hij is klein, maar toch groter dan ik, en hij heeft met gel pieken in zijn blonde haar gemaakt.

'Volgens mij ken ik jou,' zegt hij terwijl hij zich naar me toe buigt. Zijn adem ruikt naar zoete mixdrankjes.

'O,' zeg ik zorgeloos, alsof dat me elke dag overkomt. Ik neem nog een slok, maar merk dat mijn beker leeg is. Mijn gezichtshuid voelt slap en ik raak mijn wangen aan om te controleren of ze er nog wel zijn.

'Hier, neem de mijne maar,' zegt hij en hij veegt galant met zijn T-shirt de hals van het mixdrankflesje schoon. Hij heeft allemaal sproeten op zijn neus en ik zou ze willen aanraken en tellen. Ik voel me duizelig en leun tegen de muur om niet te vallen.

'Bedankt,' zeg ik. Ik pak het flesje aan en neem een slok omdat ik niets meer weet te zeggen.

'Ik ben Rob Baker,' zegt hij met een grijns.

'Leuk je te ontmoeten,' zeg ik en ik glimlach ook. 'Ik ben Brynn.'

'Dat weet ik,' zegt hij. 'Jij bent Brynn Glenn.' Mijn glimlach wordt breder. Hij weet hoe ik heet.

'Ja, dat klopt,' zeg ik flirterig en ik zet een wankele stap naar hem toe. Ik vraag me af hoe het zou voelen om hem te zoenen. Zijn tong tegen de mijne.

'Ik kom uit Linden Falls,' zegt hij en mijn hart slaat een slag over. 'We gingen vroeger naar dezelfde kerk.' Ik weet nu precies wat er komt. Hij kijkt niet naar me omdat hij me op de campus heeft gezien of omdat hij me leuk vindt. 'Je zus is toch Allison Glenn?' Ik kan niets zeggen. Ik kijk hem zwijgend aan. 'Allison is toch je zus?' herhaalt hij. Hij kijkt achterom naar een aantal jongens die ons in de gaten houden.

'Nee,' zeg ik, maar ik zie aan zijn gezicht dat hij weet dat ik lieg. 'Ken ik niet.' Ik kijk langs hem heen alsof ik iemand zoek.

'We gingen naar dezelfde kerk. Onze moeders verkochten gebak als vrijwilliger. Jij bent Brynn Glenn,' houdt hij vol.

'Nee hoor, echt niet.' Ik geef hem het flesje terug waarbij de inhoud over zijn T-shirt gutst, en stap langs hem heen de menigte in. Wankel loop ik tussen de zweterige lichamen door naar de deur en naar buiten. Daar wordt mijn gezicht afgekoeld door de koele avondlucht. Ik loop naar mijn auto en stap in. Ik weet dat ik nu niet kan rijden. Mijn hoofd voelt zwaar en ik leg hem op het stuur en sluit mijn ogen. Vroeger vroegen docenten altijd: 'Jij bent Allison Glenns zusje, hè? Ben je net zo knap, sportief, grappig (je mag je eigen bijvoeglijk naamwoord invullen) als je zus?'

Nou nee, dat ben ik dus niet. Ik ben mijn zus niet, zou ik willen roepen. Ik lijk helemaal niet op haar en dat zal ook niet gebeuren. Maar ook al doe ik mijn uiterste best en ook al vertrek ik naar het einde van de wereld, Allison is er altijd. Het gaat altijd weer om Allison.

Allison

DIE AVOND VROEG IK ME AF HOE DE POLITIE WIST DAT HET MIJN BABY was. Iemand moet hebben gebeld en ik was het zeker niet. Diep in mijn hart weet ik dat het Brynn was, ook al kan ik niet geloven dat ze het lef had de telefoon te pakken. Brynn kon niet eens zelf een pizza bestellen. Vijf jaar later kan ik me nog steeds amper voorstellen dat zij dat telefoontje heeft gepleegd.

De vreemde gevoelloosheid die ik de dag daarvoor vlak na de bevalling had gevoeld, had plaatsgemaakt voor een brandende pijn die zo hevig was dat de tranen me in de ogen sprongen. Ik was blij dat de agent me ondersteunde. Brynn stak haar hand naar me uit. 'Alli,' huilde ze. Ik ontweek haar hand. Ik voelde me zo ziek dat ik dacht dat ik zou verbranden als iemand me aanraakte. Ik weet dat ik Brynn kwetste toen ik haar ontweek. Ze was altijd zo gevoelig. Op een bepaalde manier begreep ik wel waarom ze deed wat ze deed. Dit was veel te veel voor een meisje van vijftien, zeker voor iemand als Brynn. Voor haar eigen bestwil hoopte ik dat ze niemand zou vertellen dat ze me bij de bevalling had geholpen. Het was helemaal niet nodig dat we allebei in de problemen kwamen door iets wat alleen maar mijn fout was. Toen ik langzaam achter in de politieauto stapte, hoorde ik Brynns vreselijke kreten.

Daarna heb ik Brynn niet meer gesproken of gezien.

In de politieauto verloor ik het bewustzijn zodat we allereerst naar het ziekenhuis reden. Daar kreeg ik dertig hechtingen en ik lag drie dagen aan een infuus vol antibiotica. De blik waarmee de verpleegkundigen en de artsen in het ziekenhuis naar me keken, was nieuw voor me. Iedereen verzorgde me heel goed. Ze waren allemaal veel te professioneel om dat niet te doen, maar ik werd nooit vriendelijk aangeraakt: niemand legde een koele hand op mijn gloeiende voorhoofd, niemand schudde mijn kussens op. Ik zag alleen woede en afkeer. Angst. Mijn ouders waren in eerste instantie verbijsterd toen ze zagen dat ik door de politie werd weggeleid, maar daarna werden ze woedend. 'Belachelijk,' siste mijn moeder toen de vrouwelijke rechercheur die naar het ziekenhuis was gekomen om me te verhoren vroeg of ik de baby in de rivier had gegooid. Ik zei niets.

'Allison,' zei mijn moeder, 'vertel haar dat het allemaal één grote vergissing is.' Nog steeds zei ik niets. De agente vroeg me waarom er een zwarte zak vol bebloede lakens in de afvalbak in onze garage zat. Ik gaf geen antwoord. Ze vroeg me hoe het kwam dat ik bijna doormidden was gescheurd, dat mijn borsten waren opgezwollen en er melk uit druppelde.

'Allison. Zeg tegen ze dat je dit niet hebt gedaan,' beval mijn vader.

Eindelijk zei ik iets: 'Volgens mij heb ik een advocaat nodig.'

De rechercheur haalde haar schouders op. 'Dat is misschien wel een goed idee. We hebben de placenta gevonden.' Ik slikte moeizaam en keek naar mijn handen. Die waren dik en opgezwollen, alsof ze niet van mij waren. 'In een sloop onder in een vuilniszak.' Ze draaide zich om naar mijn vader. 'In uw afvalbak. Bel uw advocaat maar.' Toen ze mijn ziekenkamer verliet, draaide ze zich even om en ze vroeg zacht: 'Heeft ze gehuild, Allison? Huilde je baby toen je haar in het water gooide?'

'Ga weg!' gilde mijn moeder en ze leek in niets meer op de beheerste, keurige vrouw die ze normaal was. 'Ga weg, dit kunt u niet doen! U hebt het recht niet hier te komen met uw beschuldigingen en ons zo verdrietig te maken!'

'Pff,' zei de agente. Ze knikte naar mij toen ze de deur opende en zei: 'Zij ziet er helemaal niet verdrietig uit.'

Charm

GUS GAAT SNEL ACHTERUIT. 'WAAR IS DE BABY?' VRAAGT HIJ AAN CHARM als ze thuiskomt van het ziekenhuis.

'Hij is veilig,' zegt ze geruststellend. 'Weet je nog, hij is nu bij dat aardige gezin? Zij zorgen heel goed voor hem.'

Charm hoort dat iemand op de voordeur klopt. Ze haalt de pan aardappelpuree van het fornuis en loopt naar de deur. Jane staat op de trap, met haar zwarte haar in een paardenstaart en haar tas vol trucjes, zoals zij dat noemt.

'Hé, hoe gaat het?' vraagt ze en ze stapt naar binnen. 'Het wordt herfst.' Ze rilt even en Charm neemt de jas van haar aan.

'Inderdaad, en het is nog maar eind augustus. Het gaat prima met ons,' zegt Charm. 'Gus zit in de andere kamer tv te kijken.'

'Aha, voedsel voor de geest.' Ze glimlacht.

Charm haalt haar schouders op. 'Een prima tijdverdrijf.'

'Hoe gaat het met hem?' vraagt Jane, serieus nu.

'Prima. De ene dag beter dan de andere.'

'En jij? Hoe gaat het op school? Lukt het allemaal? Het is nogal wat voor iemand van eenentwintig om naar school te gaan en voor een oude man te zorgen.'

'Hé, je mag Gus niet oud noemen. Dat vindt hij heel erg. Het gaat goed met ons, hoor,' zegt Charm, iets onvriendelijker. Ze weet waar Jane naartoe wil. Bijna elke keer als ze langskomt, begint Jane over een ziekenhuis of een verpleeghuis. 'Ik bel hem drie keer per dag en ga in de lunchpauze even bij hem kijken.'

'Dat weet ik wel.' Jane steekt kalmerend haar handen omhoog. 'Je doet het geweldig. Ik zeg alleen maar dat er altijd andere mogelijkheden zijn. Je moet het me laten weten als het slechter met Gus

gaat of als je meer hulp nodig hebt. Oké?' Ze kijkt Charm ernstig
aan.

'Oké,' zegt Charm, maar ze weet heel goed dat Gus zijn huis
nooit zal willen verlaten.

'Ik zag je moeder laatst,' zegt Jane nonchalant terwijl ze de keuken rondkijkt. Charm is zich ervan bewust dat zij als verpleegkundige moet controleren of Gus alles krijgt wat hij nodig heeft. Ze
maakt zich echter geen zorgen, omdat het huis altijd schoon is en
ze ervoor zorgt dat er altijd voldoende eten in de koelkast staat.

'O?' vraagt Charm alsof het haar niet interesseert, hoewel ze ontzettend graag álles over haar moeder wil horen.

'Ja, ik kwam haar tegen in de Walmart in Linden Falls. Ze ziet er
goed uit. Zei dat ze als serveerster werkt bij O'Rourke's.'

Charm reageert niet. Haar moeder heeft in de loop der jaren zo
veel baantjes gehad, dat Charm zich afvraagt of ze het hier lang zal
uithouden.

'Ze is nog steeds bij die man, Binks.'

'Nog wel,' zegt Charm verbitterd.

'Ze vroeg naar je. Ik zei dat het geweldig met je gaat,' zegt Jane
vriendelijk.

'Ze kan me zelf toch vragen hoe het met me gaat, ze weet waar ik
ben. Ze heeft hier lang genoeg gewoond om dat nog te weten.'

'Ze vroeg zich af of je iets van je broer hebt gehoord,' vraagt Jane
omzichtig.

'Nee,' zegt Charm gespannen. 'Al jaren niet. De laatste keer dat
ik iets over hem hoorde, was hij aan de drugs en hield hij zich bezig
met allerlei bijzonder illegale activiteiten.'

'Het gaat écht goed met je, weet je,' zegt Jane weer. 'Volhouden
jij! Nog even en dan ben je klaar met je studie en kun je met je eigen leven beginnen.' Ze hangt haar tas aan haar schouder en roept
tegen Gus: 'De vrouw van je dromen is hier, Gus! Zet die rotzooi
op de tv eens even uit!' Ze horen Gus hartelijk lachen en het klikje
van de televisie die wordt uitgeschakeld.

Charm ziet hoe voorzichtig en zorgzaam Jane met Gus omgaat
en ze weet dat ze op die manier met al haar patiënten omgaat. Ze

geeft hem pijnstillers en weet hem zelfs een glimlachje te ontlokken dwars door de pijn heen waar de morfine niet bij kan. Ze behandelt Gus met de waardigheid en het respect dat hij zo belangrijk vindt. Omdat dat het enige is wat hem nog rest. Hij weet dat hij doodgaat, maar Jane maakt die weg gemakkelijker voor hem. Ze praat tegen hem alsof hij nog steeds de man is die hij vroeger was, de brandweerman, een gerespecteerd lid van de gemeenschap, een goede vriend en buurman.

Ze is zich ervan bewust dat iemand zou kunnen ontdekken wat ze vijf jaar geleden hebben gedaan. Als iemand hoort welke wet ze heeft overtreden, dan zou haar droom om verpleegkundige te worden in rook opgaan.

Ik wil doen wat Jane voor andere mensen doet, denkt Charm. Ik hoop dat ik daar de kans voor krijg.

Brynn

IK WORD RILLEND WAKKER. DE RAMEN VAN MIJN AUTO ZIJN BESLAGEN en het duurt even voordat ik weet waar ik ben. Ik veeg de condens weg. De lucht is donker en ik zie dat ik nog steeds voor Missy's appartement sta. Er brandt geen licht meer en het is stil op straat.

Ik heb een stijve nek doordat ik met mijn hoofd op het stuur heb liggen slapen en mijn mond is droog, alsof er een prop watten in zit. Ik denk weer aan de vorige avond, toen ik heel even dacht dat die jongen zich voor mij interesseerde. Alleen voor mij. Ik had gedacht dat ik door uit Linden Falls te vertrekken opnieuw kon beginnen, ergens waar niemand wist waar ik vandaan kwam en niemand wist wie mijn zus was. Maar ik had het mis.

Ik start de auto en zet de verwarming zo hoog mogelijk, zodat de warme lucht in mijn gezicht blaast. Op het dashboardklokje is het halfvier. Ik hoop dat mijn oma niet is opgebleven tot ik thuiskom en zich nu zorgen om me maakt. Ik probeer uit te vinden of ik al nuchter genoeg ben om terug naar huis te rijden of dat ik bij Missy moet aankloppen en daar moet gaan slapen. Het lijkt me vreselijk om haar onder ogen te moeten komen, dat ik haar moet vertellen waarom ik zo snel ben vertrokken. Ik weet zeker dat iedereen dat al weet. Nog even en ik bevind me weer in precies dezelfde situatie als toen ik nog in Linden Falls woonde. Dat meisje. Brynn Glenn. Dat meisje wier zus naar de gevangenis moest omdat ze haar pasgeboren baby had verdronken.

Ik besluit dat ik veilig naar huis kan rijden. De wereld tolt niet meer rond zoals gisteravond, ook al heb ik barstende hoofdpijn en kramp in mijn maag. Ik doe het licht aan en rij voorzichtig naar huis. Ik heb geen idee wat ik tegen mijn oma moet zeggen. De waarheid, denk ik. Zij is zo ongeveer de enige tegen wie ik eerlijk kan zijn, in elk geval tot op zekere hoogte. Zij weet dat ik me thuis een buitenstaander voelde. Mijn oma begreep dat. Ze heeft me verteld dat zij datzelfde gevoel had toen ze nog met mijn grootvader en vader in één huis woonde. Ze waren allebei perfectionistisch en interesseerden zich allebei voor financiën en astronomie. Ze heeft me verteld dat ze altijd het gevoel had dat ze van buitenaf naar hen keek, dat ze altijd bij hun kringetje wilde horen maar niet wist hoe ze daar in moest komen.

Toen ik veertien was, heb ik een tekencursus gevolgd. Een van onze eerste opdrachten was een zelfportret. Ik heb urenlang met potlood en papier voor de spiegel gezeten en naar mezelf gekeken. De punt van mijn potlood raakte het papier niet aan en mijn hand bleef boven het papier hangen als een vlinder die een plekje zoekt om te landen. Toen Allison na een tijdje langs mijn kamer kwam, stak ze haar hoofd om de hoek.

'Wat ben je aan het doen?' vroeg ze.

'Niets,' zei ik. 'Gewoon een opdracht voor mijn tekencursus. Ik moet een zelfportret maken.'

'Mag ik het zien?' vroeg ze, en ze kwam mijn kamer binnen. Ik weet nog dat ik dacht: mijn zus is zo mooi. Ik zou haar moeten tekenen, maar dat durfde ik haar niet te vragen. Ik liet haar mijn lege schetsboek zien en ze keek me aan, met een bezorgde frons in haar voorhoofd. 'Volgens mij is dat het moeilijkste wat er is, voor een kunstenaar. Jezelf tekenen. De wereld laten zien hoe jij jezelf ziet.' Ze schudde haar hoofd, alsof ze onder de indruk was. 'Misschien moet je met je ogen beginnen,' stelde ze voor. 'En van daaruit verdergaan.' Daarna was ze verdwenen, naar de volgende activiteit, het volgende schoolproject, de volgende training.

Ik ben daar heel lang blijven zitten, glimlachend. Niet alleen omdat Allison me met haar aanwezigheid had vereerd – wat zelden gebeurde – maar omdat ze me een kunstenaar had genoemd. Bij uitzondering was ik niet het zusje, de nobody. Ik was Brynn Glenn, de kunstenaar.

Het zelfportret dat ik uiteindelijk heb gemaakt, heb ik nog steeds.

Daarop zit ik voor een spiegel, naar mezelf te kijken, met potlood en papier in de hand. En als je goed naar het papier kijkt dat ik vasthoud, zie je een ander meisje in een spiegel kijken met potlood en papier in haar hand, en op dat papier zie je een ander meisje, enzovoort, tot het meisje in de spiegel zo klein is dat je haar bijna niet meer kunt zien. Ik vond het vrij goed en dat vond mijn tekenleraar ook. Ik kreeg een tien. Ik liet de tekening aan mijn ouders zien en zij zeiden dat ik het heel goed had gedaan. Ik vroeg of ik een lijstje mocht hebben zodat ik mijn tekening kon inlijsten en hem in de woonkamer of zo kon ophangen, maar mijn moeder zei nee. Omdat de tekening niet bij de inrichting van ons huis paste.

Ik heb die tekening nooit aan Allison laten zien. Ik was bang voor wat ze zou kunnen zeggen. Allison had me heel even een kunstenaar gevonden. Ik wilde dat ze dat bleef denken, dat ze dat zou blijven vinden.

Als ik met mijn auto de oprit op rijd, zie ik dat mijn oma een lamp voor me heeft laten branden. Zo zachtjes mogelijk doe ik de achterdeur van het slot en loop ik de keuken binnen. Het licht boven het fornuis is aan en er ligt een briefje op de tafel. 'Hoop dat het leuk was met je vrienden. Er ligt cake op het aanrecht.' Ik glimlach. Dit is nóg een reden waarom ik van mijn oma hou. Er is altijd cake. Omdat mijn maag nog niet goed voelt drink ik een glas water. Daarna loop ik naar mijn slaapkamer. Milo ligt opgerold op mijn bed, diep in slaap. Ik duw hem opzij en kruip onder de dekens, maar ik kan niet slapen. Ik sta weer op, pak mijn medicijnen en neem twee extra pillen als compensatie voor de laatste dagen en haal mijn tekenboek tevoorschijn. Ik stap weer in bed en begin te tekenen. Het is net alsof mijn hand uit zichzelf beweegt. Donkere wolken, een rivier, mijn zus, een baby... En ik, die toekijkt.

Allison

IK MOET VANDAAG DE BADKAMERS VAN GERTRUDE HOUSE SCHOONMA-
ken en daarna heb ik een afspraak met Olene over een mogelijk sollicitatiegesprek voor een baan in een boekwinkel in de buurt. Ik ben
heel enthousiast over die kans op een baan, maar ook zenuwachtig.
Olene is lid van verschillende wijkgroepen en veel van haar meiden,
zoals ze ons noemt, werken bij bedrijven in de buurt van Gertrude
House. Ik zet mijn emmer met schoonmaakspullen op de grond en
klap de deksel van het toilet open. In de pot zie ik een bijzonder
realistische babypop die met grote, starende ogen naar me opkijkt.
Mijn adem stokt. De pop heeft hetzelfde gladde roze schedeltje als
mijn baby en ze steekt haar armpjes naar me uit alsof ze me smeekt
haar op te tillen. Ik ren niet zwaaiend met de toiletborstel de badkamer uit, klaar voor de aanval; ik gil niet, ik sla geen smerige taal
uit en roep niet dat ik wraak zal nemen. Ik laat me op de grond zakken met mijn voorhoofd tegen de blauw betegelde muur en begin
onbedaarlijk te huilen.

Ten slotte stapt Olene de badkamer binnen – op geen enkele
deur in dit huis zit een slot – en ze gaat naast me op de grond zitten.
Ze houdt me vast terwijl ik huil zoals ik in geen jaren heb gehuild.
Niemand heeft me ooit zo zien huilen, mijn moeder niet, mijn vader niet en zelfs Brynn niet. Ik klamp me aan Olene vast, haar magere schouders drukken tegen mijn wang, en ik huil en huil...

'Stil maar, Allison, stil maar,' fluistert ze in mijn oor. Haar adem
ruikt naar sigaretten, maar dat vind ik nu heel prettig. 'Het wordt
echt beter,' belooft ze. 'Hoor je me, Allison?' Ik snotter en knik tegen haar hals. 'Kom, dan help ik je opstaan en je gezicht wassen.' Ze
legt haar ruwe, leerachtige handen op mijn schouders. 'Het zal niet

gemakkelijk zijn,' zegt ze. 'Het zal misschien nog veel erger worden voordat het gemakkelijker wordt. Niemand kan iets veranderen aan wat je hebt gedaan of aan wat er in het verleden is gebeurd.' Ik buig mijn hoofd en begin weer te huilen. 'Maar...' zegt ze op zo'n scherpe toon dat ik haar aankijk, 'maar je hebt wel invloed op wie je nu bent en hoe je overkomt. Begrijp je dat?' Ik kan geen antwoord geven. 'Begrijp je dat?' vraagt ze weer en dan knik ik.

'Treed de wereld tegemoet met hoop, Allison,' zegt Olene vriendelijk, met tranen in haar ogen. 'Als je de wereld hoopvol tegemoet treedt, word je daarvoor beloond. Dat beloof ik je,' zegt Olene op zo'n manier dat ik weet dat ze ditzelfde al tientallen keren, misschien al wel honderden keren, tegen andere meisjes heeft gezegd.

Ik knik weer en wrijf in mijn ogen.

'Gaat het weer een beetje?' vraagt Olene.

'Ja hoor,' zeg ik verdoofd, snikkend en snotterend. Iedereen kan immers zien dat het niet goed met me gaat. 'Over een paar minuutjes.'

'Oké.' Ze krabbelt overeind en blijft even over me heen gebogen staan alsof ze zich afvraagt of ze nog iets moet zeggen. 'Ik zie je straks bij de groepssessie.' Dan ziet ze de babypop weer in de toiletpot liggen. 'Zal ik die meenemen?'

'Nee hoor, ik doe het wel,' zeg ik. Als ze weg is, hoor ik de deur zachtjes in het slot vallen. In de spiegel zie ik mijn opgezwollen ogen en mijn vlekkerige gezicht. Ik wil niet dat de andere vrouwen me zo zien, zeg ik tegen mezelf. Ik loop naar de wastafel en spat koud water tegen mijn gezicht. Opeens bedenk ik dat mijn baby ook geschrokken moet zijn van het koude rivierwater en ik slaak een gesmoorde kreet. Ik dwing mezelf nog een keer in de spiegel te kijken en strijk mijn haar glad. Het is nog altijd lang en glanzend, een zonnige blonde kleur. Ik haat het. Ik pak een handvol haar, haal diep adem en ga in het medicijnkastje op zoek naar een schaar, maar kan er geen vinden.

Ik pak een oude handdoek uit de linnenkast, haal de druipende pop uit het toilet en wikkel hem stevig in de handdoek. Dit is mijn test, denk ik, mijn initiatie in de vrouwenclub van dit opvanghuis,

Phi Beta Felon. Nou, ik ben een ruige testpersoon. Als ik de badkamerdeur opendoe, gaan de andere bewoonsters opzij en ik loop langs hen heen, met mijn neus in de lucht en mijn rug recht. Ik loop doelbewust over de overloop en de trap af, negeer hun gegrinnik en hun opmerkingen terwijl ze achter me aan lopen. Ik loop door de keuken en via de achterdeur naar buiten waar de grote zwarte afvalbakken staan. Ik wrik het plastic deksel open en smijt het bundeltje er met een nonchalante zwaai in. Het landt geluidloos te midden van stinkende etensresten, vieze tissues en het afval van vrouwen die slechte dingen hebben gedaan.

Hoop. Olene zei dat ik de wereld met hoop tegemoet moest treden. Dat wil ik doen. Dat moet ik doen, maar ik weet niet hoe.

Als ik door de gangen van Gertrude House loop, hoor ik 'moordenaar' fluisteren en ik zie de woedende blikken vol afkeer van de andere bewoonsters. Ik zal mijn verleden nooit achter me kunnen laten als ik in Linden Falls blijf. Ik moet die baan in die boekwinkel krijgen en mijn tijd in Gertrude House uitzitten, en daarna kan ik weggaan. Maar eerst moet ik mijn zusje zien en haar dwingen met me te praten.

Claire

DE STRAATLANTAARNS IN SULLIVAN STREET GAAN OM HALFTIEN FLIK-
kerend aan, hoewel het al sinds zeven uur pikkedonker is. Joshua
staat met zijn vingers tegen het voorraam van Bookends gedrukt
naar de zilverkleurige regenvlagen te kijken. Hij laat vingerafdruk-
ken op het glas achter die Claire voor geen goud zou willen wegve-
gen. Kijk, lijken die vieze vingers op de ruit te zeggen, kijk eens wie
hier was, een jongetje van vijf dat gek is op winegums en limonade
met een chocoladesmaakje. Die had Claire, in een zeldzaam toe-
geeflijke bui, allebei aan Joshua gegeven. Zo laat op deze maandagavond hadden ze helemaal niet meer in Bookends zullen zijn, maar
Ashley, Claire's parttimer van zeventien, had zich ziek gemeld. Toen
begon het plafond te lekken, zodat ze snel van alles moest verplaatsen en moest gaan dweilen. Truman sloop naar de achterkamer en
Claire gaf toe aan Joshua's gesmeek om zijn favoriete suikerhou-
dende snacks.

Nu, twee uur later, klautert Claire uitgeput de oude, rammelige,
steile ladder op die er volgens Jonathan binnenkort voor zal zorgen
dat ze haar nek breekt, om de balans af te maken die al uren eerder
klaar had moeten zijn.

'Mam,' zegt Joshua zeurderig. 'Ik zag bliksem. Volgens mij gaat
het onweren.'

'Nog een paar minuutjes, Josh, dan houden we ermee op en gaan
we naar huis. Ik ben bijna klaar. Ben je moe?' Joshua schudt zijn
hoofd. 'In het vervolg moet je eerder naar bed, want volgende week
moet je naar school,' zegt ze terwijl ze de bovenste boekenplanken
controleert en noteert welke titels ze moet bestellen.

'Mag ik naar boven gaan?' vraagt Joshua. Boven de boekwinkel bevindt zich een leeg maar gemeubileerd appartement dat Jonathan aan het moderniseren is, in de hoop dat ze het binnenkort aan een student kunnen verhuren.

'Nee, sorry,' zegt Claire. 'Papa heeft daar nog heel veel gereedschap liggen. Bovendien is het er toch niet leuk, alleen een lekkend plafond. We gaan zo naar huis, echt, over...' Ze wil op haar horloge kijken en valt bijna van de ladder. 'Oeps,' zegt Claire en ze grijpt zich vast. 'Over een kwartiertje.'

Joshua slaakt een diepe zucht alsof hij zijn moeder niet helemaal gelooft. 'Oké. Dan ga ik daar weer naartoe.' Hij wijst naar de kinderhoek en loopt met vermoeide passen weg.

Wat een oud mannetje, denkt Claire. Dan hoort ze het deurbelletje en ze ziet twee jonge mannen binnensjokken. 'Sorry, we zijn gesloten,' zegt ze verontschuldigend. Ze vindt het vreselijk om lezers weg te sturen. Niet alleen om het geld, maar ook omdat ze dat hunkerende gevoel kent, het verlangen om een nieuw boek in je handen te houden. 'Morgen om negen uur zijn we weer open,' voegt ze eraan toe. Ze krijgt pas argwaan als ze hun capuchon over hun hoofd trekken en hun gezicht verbergen achter de kraag van hun oversized sweatshirt. Het is eind augustus en ondanks de regen is het 's avonds nog steeds warm en vochtig. Ze wordt bang en kan maar aan één ding denken: Joshua.

De kleinste van de twee kijkt omhoog naar Claire, waarbij zijn capuchon van zijn hoofd af glijdt. Zijn donkere ogen kijken haar kwaad aan. De andere jongen, langer en dunner, rent naar de kassa. Met een magere vinger met een afgekloven nagel slaat hij op de kassa, waarna de la met een ting openglijdt en tegen zijn maag klapt zodat het geluid van de muntstukken die tegen elkaar aan rammelen door de winkel galmt. 'Hé!' roept Claire ongelovig. 'Wat doe jij nou?'

De lange jongen negeert haar, haalt bankbiljetten en rollen munten uit de kassa en stopt ze in de zakken van zijn sweatshirt. Claire klautert van de wankele ladder af met maar één gedachte: ze moet zichzelf tussen Joshua en de dieven plaatsen.

'Blijf daar,' zegt de langste van de twee. Ze stapt nog een tree lager en hoopt van harte dat Joshua in de kinderhoek achter in de winkel blijft. 'Ik zei blijf daar!' roept hij en hij loopt naar Claire toe. Zijn capuchon glijdt weg, zodat ze bruine sliertjes haar ziet rondom een gezicht dat knap zou zijn als het niet vertrokken was in een woedende grimas. Ze ziet vlekkerige tanden. Meth-mond, denkt Claire. De jongen heeft lege, donkere ogen. Waar is Truman? vraagt Claire zich af. Waar is die hond als je hem nodig hebt?

Weer denkt Claire aan Joshua en ze hoopt dat hij zich schuil zal houden, maar als ze achteromkijkt, ziet ze hem staan. Hij kijkt haar met bange ogen aan. Hij lijkt zo klein en broos. Zijn gezicht is vertrokken van angst en hij houdt zijn gebalde vuisten voor zijn buik. De dieven hebben hem nog niet gezien. Claire schudt heel zachtjes haar hoofd tegen hem, wil hem dwingen naar de kinderhoek terug te gaan en zich daar te verstoppen, maar Joshua kan geen stap verzetten. Claire klimt nog een tree lager waarop de jongen zijn hand in de zak van zijn sweatshirt steekt. Er dwarrelen een paar bankbiljetten op de grond en dan ziet ze metaal glanzen. 'Blijf verdomme staan!' snauwt hij en hij haalt een mes uit zijn zak.

'Ik... Ik blijf ook staan,' zegt Claire en ze kijkt van Joshua naar het mes.

'Jezus.' Zijn partner loopt naar de kassa. 'Wat doe je nou? Stop dat weg.' Deze jongen is kleiner, gedrongener, met het lichaam van een turner of een worstelaar. Er piekt zwart krullend haar onder zijn capuchon vandaan en zijn ogen zijn grijs, leigrijs.

'Hou je bek,' zegt de lange tegen zijn vriend en daarna tegen Claire: 'Waar is de kluis?'

'Er is geen kluis, alleen een kassa.' Ze krijgt kramp in haar benen en bedwingt de neiging ze te bewegen.

'Waar is de kluis?' vraagt hij weer met een hoge gefrustreerde stem.

Allemaal horen ze het gejammer en Claire's maag verkrampt. Joshua.

'Wat is dat?' vraagt de kleinste dief aan niemand in het bijzonder.

'Mama?' zegt Joshua. 'Gaan we al naar huis?' Angstig kijkt hij van zijn moeders gezicht naar het mes dat de langste dief in zijn hand heeft.

'Het is in orde, Josh,' zegt Claire, buiten adem door haar angst. 'Ga terug. Het komt wel goed. Ga naar achteren en wacht daar op mij.' Aarzelend stapt Joshua naar achteren.

'Nee! Jij blijft hier!' roept de langste. Joshua knippert met zijn ogen en aarzelt heel even, maar rent dan naar het achterste deel van de winkel. De langste dief rent achter hem aan, waarop Claire snel naar beneden klimt. Dan begint de ladder te wankelen.

De scharnieren van de ladder raken door haar snelle bewegingen ontwricht en ze verliest haar evenwicht. Ze is niet meer heel hoog, nog maar een meter of zo, en ze probeert haar lichaam te draaien zodat ze niet op haar rug terechtkomt. Ze lachte altijd als iemand een situatie als deze beschreef en vertelde dat het leek alsof de tijd stilstond. Maar dat was ook zo, want tijdens haar korte val naar de hardhouten vloer onder haar signaleert ze verbazingwekkend veel details.

Tijdens haar val kijkt ze naar de langste dief die besluit dat het niet de moeite waard is achter Joshua aan te gaan. 'Schiet op!' roept de andere jongen zenuwachtig. Alleen komt het eruit als 'Schiiiieeeet oooooop!' Langzaam en uitgerekt als toffee. Hij is bang, dat ziet ze aan zijn ogen. Hij kan niet ouder zijn dan vijftien, denkt Claire, en ze vraagt zich af of hun moeders wel weten waar ze mee bezig zijn. 'Laten we maken dat we wegkomen!' schreeuwt hij met lange, uitgerekte lettergrepen, en dan rennen ze naar de deur. Ze gaan weg. Goddank en daarna versnelt alles, terug naar de normale snelheid.

Claire's rechterschouder komt eerst op de grond terecht. Een explosie van pijn trekt door haar arm, daarna klapt haar hoofd tegen de vloer en explodeert er een warmgele lichtflits achter haar oogleden. Vanuit de deuropening hoort ze de langste jongen schreeuwen: 'Ophangen! Leg die telefoon neer!'

Dan hoort ze zijn stem, klein en aarzelend. 'Het is hun schuld dat mijn moeder is gevallen,' zegt Joshua in de telefoon. Zijn stem trilt, klinkt bang. 'Ze hebben het geld meegenomen,' voegt Joshua er snel aan toe.

'Rennen!' probeert Claire te gillen, maar alle lucht is uit haar longen geslagen.

'Leg die verdomde telefoon neer!' zegt de dief met opeengeklemde kaken.

Claire kruipt met zwaaiende armen naar Joshua toe, negeert de pijn in haar schouder en probeert bij haar zoon te komen. 'Rennen,' hijgt ze wanhopig.

Joshua laat de telefoon vallen die op de grond klettert. Daarna rent hij niet weg, maar loopt hij naar zijn moeder toe en laat zich naast haar op de grond vallen. In de verte hoort ze een sirene en vlak bij haar oor hoort ze Joshua's gejaagde ademhaling. De dieven horen de sirenes ook en rennen de winkel uit.

'Het is oké, Joshua!' zegt Claire zwakjes tegen hem. 'Het is oké, knul.' Hij zit met gekruiste benen naast haar, zijn kleine handje om haar pols geklemd alsof hij bang is dat ze wegdrijft. Ze wordt misselijk van de scheurende pijn in haar schouder en de bonkende pijn in haar hoofd. Ze draait haar hoofd opzij en geeft over. Claire hoort hem snikken en voelt zijn lichaam naast haar schokken, maar hij blijft haar pols vasthouden, steviger nu. 'Niet huilen, Joshua,' fluistert Claire, terwijl de tranen over haar wangen stromen. 'Huil niet, alsjeblieft.' Eindelijk torent Truman boven hen uit, knuffelt Claire's gezicht met zijn natte neus, gaat zitten en zo wachten ze met z'n drieën op hulp.

Pas als de ambulance er is en de broeders Joshua beloven dat ze hier zijn om te helpen, laat hij Claire los. Er zitten vijf perfect ronde vlekjes op haar pols. 'Het is oké, Josh,' herhaalt Claire steeds weer.

'Een van de politieagenten zal bij uw zoon blijven tot uw man hier is,' zegt een van de ambulancebroeders tegen Claire. 'U hebt een behoorlijke smak gemaakt. We moeten röntgenfoto's maken en u moet onderzocht worden door een arts. Hebt u veel pijn?'

Claire knikt. 'Mag hij niet bij me blijven? Ik wil hem liever niet alleen laten,' zegt Claire. Ze probeert haar hoofd op te tillen om naar Joshua te kijken, maar ze krimpt van de pijn in elkaar. Hij zit op de leesbank met Trumans kop op zijn schoot. Een jonge politieagente loopt naar hem toe, knielt en zegt iets tegen Joshua waardoor zijn mondhoekjes opkrullen en hij bijna glimlacht.

'We moeten u echt meenemen naar het ziekenhuis, mevrouw. De agente blijft wel bij hem.'

'Ik ben bang dat ik weer moet overgeven,' zegt Claire beschaamd.

'Geen probleem.' Hij knikt naar Claire. 'Ik weet bijna zeker dat u een behoorlijke hersenschudding heeft. Kots maar een eind weg.'

Als Claire in het ziekenhuis aankomt en naar de spoedeisende hulp wordt gereden, staat Jonathan ongeduldig voor de deur te wachten.

'Claire?' vraagt hij als de brancard stilstaat. 'Claire, gaat het wel?'

'Joshua,' zegt ze. 'Waar is Joshua?' Ze gaat vlug rechtop zitten waardoor er een pijnscheut door haar hoofd trekt.

'Hij is in orde,' zegt Jonathan. Met tranen in zijn ogen kijkt hij naar zijn vrouw. 'Een agente brengt hem hier nu naartoe.' Hij streelt even zachtjes over haar hoofd. 'Hoe gaat het met je? Wat is er gebeurd?'

Claire probeert de roofoverval te beschrijven terwijl de ambulancebroeder haar door de gang rijdt. Jonathan blijft haar hand vasthouden, maar haar ogen zijn zwaar en vallen steeds dicht. Ze wil alleen maar slapen, maar verzet zich tegen dat gevoel. 'Je had Joshua moeten zien,' zegt ze, met bewondering en trots in haar stem. Claire kijkt naar haar pols, de pols die Joshua zo stevig vasthield terwijl ze op hulp wachtten. Even raakt ze in paniek als ze ziet dat de rode vlekjes op haar pols verdwenen zijn. Even heeft ze het gevoel dat Joshua is verdwenen, voor altijd. Maar dan hoort ze het vertrouwde geluid van Joshua's voetstappen en staat hij naast haar.

'Moedige knul van me,' fluistert Claire en ze steekt haar hand naar hem uit, voordat ze zich eindelijk overgeeft aan de slaap.

Allison

TIJDENS DE GROEPSSESSIES WEET IK NOOIT OF IK NU WEL OF NIET MIJN mond open moet doen. We krijgen allemaal de kans om te praten over relaties die invloed kunnen hebben gehad op de verkeerde keuzes die we hebben gemaakt. Daar pieker ik over. Ik heb niet het idee dat iemand in Linden Falls ooit zo diep gezonken is als ik. Ik was de perfecte dochter van perfecte ouders, maar achteraf gezien begin ik daaraan te twijfelen. Mijn ouders gaven ons eten en kleren en zorgden ervoor dat we alles kregen wat we nodig hadden op educatief, sportief en maatschappelijk gebied. We gingen zelfs elke zondag naar de kerk, maar toch ontbrak er iets. Buiten de zwempartijtjes, volleybaltoernooien, de voorbereidingscursus voor de SAT-toets – die zo belangrijk was voor mijn universiteitskeuze – en activiteiten van de jongerenkerk was er eigenlijk niet veel. We praatten en lachten eigenlijk nooit met elkaar, en ik kan me niets herinneren dat niet strak was ingepland en werd genoteerd op de kalender die aan de keukenmuur hing. Ik zou dus met de groep kunnen praten over mijn ouders en het feit dat we niet met elkaar communiceerden en waarom ik echt niet het gevoel had dat ik hun kon vertellen dat ik zwanger was.

Maar de échte oorzaak van mijn ongelooflijk diepe val was Christopher.

Ik kwam Christopher toevallig tegen, op het St.-Anne's College. Ik deed weer mee aan een SAT-toets, in de hoop dat ik nóg beter zou scoren. Ik wilde een perfecte 2400 halen. Elk jaar haalden maar driehonderd studenten deze score en daar wilde ik bijhoren. Alleen dan zou ik in aanmerking komen voor een prestigieuze universiteit.

Op een zaterdagmiddag liep ik na de test het lokaal uit de felle zon in. Mijn hoofd tolde nog van de examenvragen en mijn antwoorden. Ik was moe en hongerig, en vroeg me bezorgd af hoe ik het ervan af had gebracht. Nu kwam het moeilijkste deel: het wachten. Ik moest een hele maand op de uitslag wachten. Mijn maag verkrampte bij die gedachte en ik bleef stokstijf staan. Ik denk dat ik er verloren of ziek heb uitgezien, want even later stond er een jongen naast me die me bezorgd aankeek. Hij was langer dan ik, dat zag ik als eerste, omdat maar weinig jongens langer zijn dan ik. Het tweede wat me opviel, was dat hij ouder was, een jaar of tweeëntwintig. Hij had roodbruin haar dat om zijn oren krulde en zijn scherpe gelaatstrekken werden alleen verzacht door zijn ogen. Deze hadden zo'n diepbruine kleur en waren zo mooi dat het me pijn deed ernaar te kijken. Hij droeg een sporttrui van de Cubs en later hoorde ik dat hij daar een enorme fan van was.

Ik was eraan gewend dat jongens naar me keken, jongens van school met hun belachelijke seksueel getinte opmerkingen die ze alleen maar riepen om hun vrienden te imponeren. Ik dácht niet eens aan ze, daar verspilde ik mijn tijd niet aan. Zelfs volwassen mannen bleven staan om naar me te kijken – vrienden van mijn vader, de bedrijfsleider van de supermarkt – hoewel zij dat veel onopvallender deden. Natuurlijk is het vleiend als iemand vindt dat je er goed uitziet, dat is altijd leuk om te weten, maar ik had er gewoon geen tijd voor.

Als ik niet sliep, was ik alleen maar aan de studie, dan pompte ik zo veel mogelijk kennis in mijn hoofd. Ik was net iemand met een vreetbui, die zich met zakken donuts en chips in een kast opsluit en dat eten in zijn mond propt zonder te weten waarom, maar het gewoon moet doen. Zo voelde ik dat ook: ik had behoefte aan steeds meer informatie en wist niet waarom. Nou ja, er waren natuurlijk allerlei voor de hand liggende redenen, zoals goede cijfers halen zodat ik naar een goede universiteit kon gaan en ik een goede baan kon krijgen en goed kon verdienen. Maar er zat meer achter. Ik heb een keer tien uur achter elkaar geblokt voor een geschiedenisproefwerk over de Amerikaanse Revolutie. Ik wist alles al, maar ik moest de stof blijven doorlezen en onthield onbelangrijke namen en data en veldslagen. Ten slotte kwam mijn vader, die altijd op zijn tenen rondliep alsof hij bang was de lucht om me heen in beroering te brengen, naar mijn kamer. Hij pakte het boek uit mijn handen en stond erop dat ik naar beneden ging om iets te eten. Ik probeerde dat te compenseren en deed aan zo veel mogelijk teamsporten, maar dat maakte deel uit van diezelfde ketting zonder einde. Ik moest verder hardlopen, sneller hardlopen, maar niet om een andere deelnemer te verslaan. Nee, het was iets anders. Ik weet niet wát het was, maar ik weet wel dat ik me ellendig voelde.

'Gaat het?' vroeg de jongen met de bruine ogen. 'Je ziet er niet goed uit.'

Ik bloosde en keek naar hem op, maar stond met mijn mond vol tanden.

'Het is net alsof je in shock bent of zo,' zei hij. 'Je gaat toch niet flauwvallen, hè?'

'Nee, hoor,' zei ik. 'Het gaat prima met me.'

'Nou, dat is fijn. Ik zou niet willen dat je doodgaat of zoiets.'

Nou, ik ging dus niet dood, hoewel ik iets meer dan negen maanden later wenste dat dat wel het geval was geweest. We liepen naar een café in de buurt, dronken koffie en praatten en lachten met elkaar. Hij was de enige die me aan iets anders dan aan mezelf kon laten denken en voor het eerst in mijn leven had ik echt plezier. Hij vertelde me dat hij derdejaars was op het St.-Anne's College en economie studeerde. De volgende drie weken brachten we elk vrij moment samen door. Ik hield echt van Christopher, maar het ging allemaal veel te snel. Ik heb even overwogen om te liegen over mijn leeftijd, maar ik heb misschien wel van alles gedaan, maar liegen hoorde daar niet bij. Toen niet in elk geval. Christopher trok zijn wenkbrauwen op toen ik hem vertelde hoe oud ik was, maar dat weerhield hem er niet van om in het restaurant mijn hand te pakken. Het was niet mijn bedoeling hem geheim te houden, maar dat heb ik wel gedaan. Ik heb hem niet voorgesteld aan mijn ouders of aan Brynn, ik heb hun niet eens over Christopher verteld. Ik weet niet goed waarom niet. Hij was tweeëntwintig, veel te oud voor een meisje dat net zestien was geworden, en ik weet dat mijn ouders me zouden hebben verboden met hem om te gaan. Misschien wist ik diep vanbinnen wel dat het niet lang zou duren, dat hoewel het niet verkeerd was als een meisje van zestien verliefd werd op iemand van tweeëntwintig, het wel verkeerd was dat een volwassen man verliefd werd op een tienermeisje. Daarom hield ik onze relatie geheim.

In de drie weken dat ik met hem omging, heb ik niet één school- boek ingekeken. Mijn huiswerk raffelde ik al voor schooltijd of tij- dens de studie-uren al. Mijn cijfers kelderden. Ik ging wel naar de volleybaltraining, maar hoorde niet eens wat de trainer zei. Mijn moeder vroeg of het wel goed met me ging. Brynn keek me arg- wanend aan, maar zei niets. Ook mijn docenten niet. Ik weet zeker dat ze dachten: niemand is perfect, zelfs Allison Glenn niet. Ik denk dat ze het stiekem wel prettig vonden me zo te zien. En ik, ik was ongelooflijk gelukkig.

Die eerste week troffen we elkaar op gewone plekken – een bio- scoop, restaurant of parkeerplaats – maar die zaterdag nam hij me mee naar zijn huis. We troffen elkaar in het stadspark en daar stapte ik in zijn auto. Hij reed Linden Falls uit en stak de Druid over. 'Woon je niet in de stad?' vroeg ik verbaasd.

'Nee, even buiten Linden Falls,' zei hij.

Het was een leuk huis, eenvoudig en klein, maar schoon.

Hij trok de koelkast open en haalde er frisdrank uit.

'Kom mee, dan laat ik je mijn kamer zien.' Ik trok mijn wenk- brauwen plagerig op. 'Wil je niet?' vroeg hij. Hij sloeg zijn armen om mijn middel en trok me naar zich toe.

'Ik wil wel,' zei ik en ik gaf hem een zoen.

Hij nam me mee naar zijn slaapkamer. Het was een donker en klein vertrek met een geruite dekbedhoes en kale muren. 'Je bent geen binnenhuisarchitect, hè?' vroeg ik plagend.

'Ach, een man moet niet te veel bagage hebben,' zei hij en hij gleed met zijn hand in de taille van mijn spijkerbroek.

'Ga je ergens naartoe dan?' vroeg ik terwijl ik zijn shirt over zijn hoofd trok.

'Ja, inderdaad,' zei hij met een grijns. 'Als jij mij m'n gang laat gaan.'

'Ja hoor, ik laat je je gang gaan,' fluisterde ik. En dat deed ik. Ik liet hem zijn gang gaan. En toen hij in me kwam, was ik helemaal niet bang of bezorgd. Het deed ook geen pijn. Het voelde alsof ik thuiskwam en het enige wat ik kon doen, was zijn naam zeggen, steeds weer en weer en weer. 'Christopher, Christopher, Christopher...'

Charm

IN DE KRANT STAAN NIET VEEL DETAILS OVER DE ROOFOVERVAL OP DE boekwinkel, alleen dat Claire Kelby en haar zoontje van vijf op dat moment aanwezig waren en dat Claire met een ambulance naar het ziekenhuis is gebracht. Nadat Charm dat krantenartikel heeft gelezen, gaat ze snel naar Bookends om te kijken hoe het met Claire en Joshua is.

In de loop der jaren had Gus van zijn vrienden bij de brandweer alle roddels te horen gekregen. Ze vertelden hem alles wat ze wisten over het kleine jongetje dat bij de brandweerkazerne was achtergelaten en dan ging Gus naar huis en vertelde hij alle details aan Charm die er gretig en hunkerend naar luisterde. Hij was gezond en geadopteerd door een leuk stel, de moeder had een boekwinkel, de vader was timmerman, en ze hadden hem Jacob of Jeffery of Joshua genoemd.

Er waren maar vier boekwinkels in de stad en Charm had er geen enkel probleem mee gehad om die ene boekwinkel te vinden die eigendom was van een vrouw die getrouwd was met een timmerman. Bookends. Een leuke naam, vond ze. Die klonk sterk, energiek, veilig.

De eerste keer dat Charm de moed had Bookends binnen te stappen, was ze achttien. Ze had verwacht dat de winkel gesloten zou zijn, misschien niet eens meer bestond. Ze glipte ongemerkt naar binnen en liep naar achteren, naar het gedeelte met de zelfhulpboeken. Ze hoefde hem alleen maar even te zien, zei ze tegen zichzelf, hem alleen maar aan te kijken, dan kon ze weer vertrekken. Een paar minuten later zag ze een vrouw langskomen met een stapel boeken in haar hand en een klein jongetje vlak achter haar aan.

Hij was klein en had blond haar, de kleur van rijp graan. Ze ging snel zitten, zodat het nog moeilijker was haar te ontdekken tussen de stapels boeken over onderwerpen als hoe je een minnaar moest krijgen, een minnaar moest vasthouden en moest leven zonder een minnaar. Als iemand haar zag, dacht ze, zou het net lijken alsof ze op zoek was naar een boek waarmee ze zichzelf zou kunnen helpen. De gedrongen kleine bulldog, die rondliep in de winkel, kwam naar haar toe en ze gaf een klopje op zijn kop. Ze hoopte dat hij niet zou verraden waar ze zich had verstopt. De vrouw liep weer langs zonder haar te zien, maar Charm zag het gezicht van het jongetje. Het mooie gezicht van zijn vader. Dezelfde mooie wipneus, dezelfde oren die iets te ver uitstaken. Hij had donkerbruine ogen, chocoladekleurig. Ze had hem gevonden!

Hun ogen, elkaars spiegelbeeld, hielden elkaar vast. Zag ze een flits van herkenning? Charm wilde dat graag denken, ze wilde dat hij in gedachten dagen, maanden en jaren terugging en een herinnering aan haar terugvond. Maar het moment was te kort.

Ze dacht dat ze gewoon zou kunnen weglopen als ze hem had gezien. Dat ze, nadat ze zijn gezicht had gezien en wist dat hij een gezin had dat goed voor hem zorgde en van hem hield, gewoon kon weglopen zonder achterom te kijken. Dat was niet zo. Ze kon niet gewoon weglopen. Wie waren deze mensen die zich over hem hadden ontfermd? Wie waren de Kelby's? Nee, ze kon nog niet weglopen. Nu nog niet. Misschien wel nooit.

Nadat ze Joshua die eerste keer in de boekwinkel had gezien, duurde het drie weken voordat ze weer genoeg moed had verzameld om terug te gaan. Ze liep weer naar de afdeling zelfhulpboeken, omdat die achter in de winkel achter de kassa lag en ze van daaruit het beste zicht had op de winkel. Ze kon prima zien wie er kwam en ging. Ze deed net alsof ze een boek las over je idealen en hoe je daarnaar toe moest werken. Het bleek echt een goed boek te zijn en ze besloot het te kopen.

Ze wilde zo dichtbij komen dat ze kon zien of het echt goed met hem ging, of er echt goed voor hem werd gezorgd. Ze wilde met één blik tegen hem zeggen: jij bent een jongen van wie veel werd gehouden. Je bent op een koele zomeravond geboren en toen ik je de eerste keer in mijn armen hield, was ik geen kind meer, maar een moeder, ook al was dat maar heel kort. Jij was een baby die het heerlijk vond als iemand je kale hoofdje streelde, een zieke man voor je zong en een jong meisje je in slaap wiegde. Je kon huilen tot alle tranen die je uit je lijfje kon persen op waren, maar dan kon je naar me opkijken alsof ik de enige mens op de hele wereld was en dan was het niet meer belangrijk dat ik de vorige nacht maar twee uur had geslapen. Het geheim van jou was te zwaar. Ik gunde je een ongelooflijk saaie jeugd met een moeder en een vader. Dat zou ze hem met haar ogen hebben verteld.

En de jongen zou haar hebben aangekeken en zonder de woorden te spreken zou hij hebben gezegd: ik ken jou. Ik weet niet precies waarvan, maar ik ken je ergens van, ergens waar het warm en goed was.

Vanachter een boek over een man die dacht dat zijn vrouw een hoed was, bleef Charm wachten. Vanuit haar ooghoek zag ze een kleine jongen in een wit T-shirt naar de kinderhoek rennen. Ze liep er langzaam naartoe om hem beter te kunnen zien. Het was hem, dat wist ze zeker. Hij glimlachte, hij leek gelukkig. Het ging goed met hem.

Nu weet ze dat Claire en Jonathan de perfecte ouders voor hem zijn. Ze zocht hem niet op om over hem te treuren of om zichzelf ervan te overtuigen dat ze de juiste beslissing heeft genomen. Ze komt, denkt ze, om te kijken. Om te leren. Om te zien wat zijzelf als kind nooit heeft gehad, om te ervaren wat haar moeder haar nooit heeft kunnen geven. Zo zou een moeder moeten zijn, denkt ze, als ze ziet dat Claire zich bukt om Joshua te knuffelen of een traan van zijn gezichtje veegt of iets in zijn oor fluistert. Ik heb hier de hand in gehad, denkt Charm. Hij is veilig.

Nu loopt Charm Bookends binnen en ze ziet Virginia achter de toonbank staan. 'Hallo,' zegt ze buiten adem. 'Ik hoorde dat er gisteravond een roofoverval was. Is iedereen in orde?'

'Claire en Joshua zijn heel bang geweest, maar het gaat goed met ze. Maar vandaag willen ze natuurlijk thuisblijven. Claire heeft een lichte hersenschudding en een pijnlijke schouder, maar Joshua is niet gewond. Het jochie heeft zomaar 911 gebeld!' Virginia schudt haar hoofd als ze daaraan denkt.

'Echt waar?' vraagt Charm. 'Heeft Joshua dat gedaan?'

'Ja, echt.' Virginia knikt alsof ze het zelf niet kan geloven. 'De overvallers zeiden dat hij moest ophangen, maar dat weigerde hij. Hij zei tegen de telefoniste dat er "slechte mannen in de boekwinkel waren".'

'Goed van Joshua. Wanneer gaat Claire weer aan het werk?' vraagt Charm.

'O, morgen, denk ik. Ze wil nog een parttimer aannemen. Ze wil niet dat een van ons nog in zijn eentje moet werken. Ken je iemand die een baantje zoekt?'

'Ik zal het eens navragen bij de andere verpleegkundestudenten. Hebben ze veel geld meegenomen? Heeft de politie ze al te pakken?'

'Een paar honderd dollar. En nee, er is nog niemand gearresteerd, voor zover ik weet. Claire en Joshua moeten vandaag naar het politiebureau om een verklaring af te leggen,' zegt Virginia als er een klant haar aankopen op de toonbank legt.

'Wil je Claire vertellen dat ik langs ben geweest? Wil je haar zeggen dat ze me moet bellen als ze iets nodig heeft?'

'Zal ik doen, Charm, liefje.' Opeens zegt Virginia: 'Waarom neem jij dat baantje niet? Claire zou je hier heel graag willen hebben. Net als Joshua.'

'Ik wilde dat ik daar tijd voor had, maar dat is niet zo. Ik zal het wel rondvertellen. Bedankt, Virginia.' Charm neemt afscheid en stapt naar buiten. Ze vraagt zich af hoe het zou zijn om samen met Claire in de boekwinkel te werken, om hen elke dag te kunnen zien. Ze weet dat dat niet praktisch is, niet veilig. En niet goed.

Wat ik ook doe in mijn leven, denkt ze, ik wil er hoe dan ook aan meewerken dat een klein jongetje een thuis heeft dat niet kapot is of onvolledig. Ze geniet van die wetenschap en put troost uit de zekerheid dat Joshua nooit zal weten hoeveel pijn een moeder kan veroorzaken.

Brynn

IK WORD WAKKER ALS DE TELEFOON GAAT EN DENK DAT HET ALLISON
misschien weer is. Ik ga rechtop zitten. Ik proef nog steeds de mixdrankjes die ik gisteravond heb gedronken en mijn kleren ruiken
naar sigarettenrook. Ik had vanochtend niet naar huis moeten rijden, niet in mijn toestand. Ik probeer op de wekker te kijken. Halftien. Ik ben mijn les van acht uur misgelopen. Geweldig! Ik loop
naar de badkamer en heb het gevoel dat ik door modder waad. Mijn
hoofd bonkt nog steeds. Ik verwacht elk moment dat mijn oma
roept dat Allison aan de telefoon is, maar dat gebeurt niet. Misschien heeft ze tegen haar gezegd dat ik nog lig te slapen. Misschien
was het Allison niet eens. Maar ik weet dat ze het was. Ik heb er een
soort zesde zintuig voor en daar baal ik van. Misschien kan ik mijn
oma weer vragen of we een ander telefoonnummer kunnen aanvra-
gen. Daar hebben we het al eens over gehad, maar zij zegt altijd dat
ze Allison niet kan buitensluiten, dat zij ook een kleindochter van
haar is. Ik begin te kokhalzen en ga boven de toiletpot hangen. Er
komen luide, droge geluidjes uit mijn keel, maar er komt niets uit,
alleen de bittere smaak van gal vermengd met het mixdrankje met
aardbeiensmaak.

Toen ik zes was, namen mijn ouders Allison en mij mee naar de
Minnesota Zoo. Ik vond het geweldig, ook al sleurde mijn vader mij
zo snel mogelijk langs alle attracties zodat hij snel naar het hotel
terug kon om zijn zakelijke e-mails te bekijken. Ik liep zo langzaam
mogelijk, want ik wilde elk dier met mijn ogen verslinden. De dierentuin had een verbazingwekkend ecosysteem. Het ene moment
stonden we in het Midwesten en even later waren we in een re-
genwoud. De lucht was vochtig en warm, en we werden omringd

door gigantische bomen en planten. Onze huid was bedekt met een dun laagje zweet. We liepen over een zwaaiende hangbrug en toen hoorde ik het gebulder van een enorme waterval.

Mijn zintuigen konden het niet allemaal in zich opnemen: de geuren, de warmte en de dieren die door de boomtoppen en over de grond renden. Eerst wist ik niet wát ik nu eigenlijk zag. Boven ons, in een boom van kunststof met dikke takken, zat een slingeraap met witte bakkebaarden en lange smalle handen. Ik dacht dat hij een klein dekentje om zijn hals had geslagen, het leek net de cape van de een of andere superheld. Ik wees ernaar en lachte. 'Kijk eens,' zei ik tegen mijn moeder, die haar neus dichtkneep alsof ze de muffe lucht van het oerwoud niet wilde inademen. 'Kijk eens naar die aap.'

Ze keek en haar hand liet haar neus los. Meteen pakte ze mijn hand. 'Niet kijken, Brynn,' zei ze zacht. 'Dat wil je niet zien.'

'Wat niet?' vroeg ik, en ik probeerde nog meer te zien. 'Wat?'

Toen zag ik het. Het 'dekentje' was in werkelijkheid het slappe lichaam van een ander, veel kleiner aapje. De grote aap – de moeder, denk ik – tilde het bewegingsloze lichaam voorzichtig van haar schouders, legde het op een tak en prikte erin met een lange vinger. Het aapje bewoog niet.

Ik was verbijsterd. De moeder greep het kindje bij een arm en zwaaide het op haar rug, maar het kindje gleed gewoon langs haar lichaam. Toch bleef de moeder het proberen, prikken en optillen en schudden. Zo jong als ik was, wist ik dat de moeder ontkende, weigerde te accepteren dat haar kindje dood was. 'Oh,' zei ik en de tranen stroomden over mijn wangen.

'Niet kijken,' zei mijn moeder terwijl ze probeerde een hand voor mijn ogen te houden en me met haar andere hand weg te trekken. 'Dat is zo verdrietig.' Allison nam niet eens de moeite nog een keer te kijken. Ze trok alleen maar vol walging haar neus op en liep voor ons uit samen met mijn vader de brug over.

Negen jaar later, toen Allison zestien was, gebeurde er hetzelfde. Ik was degene die het zag. Ik zag de baby, met haar blauwe lippen en haar roerloze armen en haar hoofdje dat opzij viel. Ik was degene die het zag en verdriet had, omdat mijn zus weigerde te accepteren dat ze een baby had gekregen. Daar heb ik nog altijd last van. In mijn dromen zie ik die baby nog steeds, elke nacht weer, haar gezichtje is op het lichaampje van dat dode aapje geplakt, haar armen zijn om de hals van de moeder geslagen die haar tevergeefs op haar rug zwaait.

Ik neem een douche en kleed me aan. Ik weet dat ik te laat kom voor de les van tien uur. Ik ren de trap af, met vochtige schouders van mijn natte haar, loop langs mijn oma en zeg dag. Ik haal mijn medicijnen uit mijn tas en een flesje water uit de koelkast. Onderweg naar de universiteit haal ik twee pillen uit het potje en ik slik ze allebei in met een slokje water, in de hoop dat die kleine pilletjes naar mijn hersenen reizen en de beelden van dode baby's – van een mens en een mensaap – verjagen.

Allison is dan misschien wel degene die naar de gevangenis is gegaan, ik ben degene die in de gevangenis zit en nooit vrij zal komen.

Allison

IK HIELD VAN CHRISTOPHER, MEER DAN VAN WIE OOK, EN MISSCHIEN IS dat nog steeds zo. Hij was lief en knap, en hij gaf me het gevoel dat ik het mooiste meisje ter wereld was. Hij was slim. Ontzettend slim. Zei dat hij economie studeerde en een kei was in de daghandel. Hij leek inderdaad veel geld te hebben, betaalde altijd voor alles, wapperde met grote bankbiljetten en kocht dingen voor me. Toen we een week samen waren, gaf hij me een gouden armband die er heel duur uitzag. Toen hij die armband om mijn pols deed en zijn vingers over de huid van mijn pols streken, begon ik te trillen.

'Alleen die armband,' mompelde hij in mijn oor. 'Ik wil je zien als je alleen die armband draagt.' Hij kleedde me helemaal uit. 'Laat me naar je kijken, ik wil het zien.'

Ik schaamde me niet, helemaal niet. De woeste blik in zijn ogen maakte me bang, maar wond me ook op. Voor het eerst in mijn leven maakte ik me geen zorgen over mijn school of sport of ouders. Ik voelde me vrij en geliefd. Ik voelde me normaal.

Toen mijn studieadviseur me apart nam en me vertelde dat ik niet meer de beste van de klas was en de kans aanwezig was dat ik beurzen misliep als ik niet beter mijn best ging doen, realiseerde ik me pas in welke situatie ik me bevond.

'Is er thuis iets aan de hand?' vroeg ze. Ik verzekerde haar dat er niets mis was. 'Heb je een vriendje?'

Ze trok haar wenkbrauwen op toen ik geen antwoord wilde geven. 'Geen enkele jongen is dat waard,' zei ze vastberaden. 'Wil je echt alles waar je zo hard voor hebt gewerkt weggooien voor een jongen? Wil je echt de rest van je leven gedwongen zijn in Linden Falls te blijven?'

Dat wilde ik niet.

'Coach Herrick maakt zich ook zorgen over je. Zeg tegen die jongen dat je je op je school en je sporten moet concentreren. Je moet zelf weten wat je tegen hem zegt, maar zorg dat je weet waar je prioriteiten liggen. Je moet nog heel veel doen de komende twee jaar, Allison. Zorg dat je de juiste keuze maakt.'

De avond dat ik het uitmaakte met Christopher had ik tegen mijn ouders gezegd dat ik bij mijn vriendin Shauna zat te leren. Christopher reed de stad uit en we keken door het autoraam naar de sterren.

'Wat ben je stil vanavond,' zei Christopher terwijl hij met mijn armband speelde.

Ik haalde diep adem. 'Mijn ouders krijgen argwaan. Als zij het ontdekken van ons, mag ik je nooit meer ontmoeten. Ze zullen zeggen dat je te oud voor me bent.' Ik keek naar hem om zijn reactie te zien. Hij zei niets. Hij trok zijn hand terug. Ik zei: 'Ik krijg slechte cijfers. Mijn studieadviseur denkt dat ik beurzen kan mislopen als ik niet...'

'Wat probeer je te zeggen, Allison?' vroeg Christopher. Zijn stem klonk ijskoud.

'Ik denk dat we...' Ik zweeg even. Ik was goed in vrijwel alles wat ik ooit had gedaan, maar dit was ontzettend moeilijk. 'Ik denk dat we het rustig aan moeten doen. Elkaar minder vaak zien.'

'Wil je dat echt?' Hij zat met zijn handen op het stuur, met hangende schouders, zijn hoofd gebogen.

'Het spijt me,' zei ik en de tranen brandden in mijn ogen.

'Stap uit,' fluisterde Christopher.

'Wat?' vroeg ik. Ik dacht dat ik hem niet goed had verstaan.

'Stap uit de auto,' zei hij gedecideerd.

'Wat? Wil je me hier gewoon achterlaten?' vroeg ik met een zenuwachtig lachje.

Hij reikte voor me langs en duwde het portier open. 'Stap uit,' beval hij.

'Christopher...'

'Eruit!' Hij gaf me een duw, niet hard, maar toch een duw.

Ik stapte uit de auto de koude novemberavond in en hij trok het portier dicht en reed weg.

Ik heb een week gehuild en moest mezelf dwingen Christopher niet te bellen, maar ik slaagde er al heel snel in mijn cijfers weer te corrigeren. Studeerde harder, trainde meer, werd nog vastbeslotener als beste van mijn klas te slagen. Mijn docenten hielden op zich zorgen te maken, mijn ouders hielden op zich zorgen te maken. Het zou allemaal goed komen.

Soms moest ik heel goed nadenken om me te herinneren hoe Christopher eruitzag. Ik herinnerde me alleen maar stukjes van hem: zijn bruine ogen, zijn wipneus, zijn lange slanke vingers, de manier waarop hij zenuwachtig met zijn voet kon tikken, altijd in beweging. Ik slaagde er niet in een compleet beeld van hem te vormen en soms vroeg ik me af of hij wel echt was, of we ooit samen waren geweest.

Ik had moeten weten dat ik zwanger was. En als ik heel eerlijk ben, heb ik dat in de maanden voor mijn bevalling een paar keer gedacht. Maar ik wilde niet zwanger zijn en daarom kon ik het maar beter negeren. Anders was ik 'zo'n meisje' geworden, een van die achterlijke, stomme meisjes. En als gevolg daarvan heb ik mijn hele leven verknald. Ik had het liefst zelfmoord gepleegd en dat zou ik ook gedaan hebben als ik daardoor niet 'een van hen' zou zijn geworden: een hulpeloos, slap meisje. Ik had ze wel door de gangen van mijn school zien lopen, prachtig gekleed en perfect opgemaakt. Dat waren de meisjes die meer tijd besteedden aan hun outfit en hun make-up dan aan hun algebra. Die meisjes hádden niet eens algebra, zij hadden basiswiskunde en giechelden naar hun docent, meneer Dorning, die ze zo'n stuk vonden.

Maar eigenlijk was het zielig. Pas na zeven maanden wist ik wat er aan de hand was. De maagstoornis, het dikker worden, de voortdurende vermoeidheid. Ik werd verliefd op een jongen en kijk eens waar ik daardoor terechtkwam? In een gevangeniscel in Cravenville, en nu in een opvanghuis.

Ik kan het verleden niet veranderen. Ik kan niet ongedaan maken wat er is gebeurd. Ik kan dat babymeisje niet tot leven wekken. Maar ik kan wel weer een goede dochter zijn. Ik kan een goede zus zijn.

Claire

we school. Claire drukt haar vingertoppen op de pijnlijke plek aan de zijkant van haar hoofd waar die de vloer raakte na haar val van de ladder. Het is nu een week geleden dat de roofoverval plaatsvond en Joshua wordt nog steeds elke nacht wakker en roept dat ze moet komen. Dan gaat Jonathan naar hem toe en probeert hem te troosten, maar dat is niet genoeg. Hij moet zijn moeder zien, hij wil dat zijn vader met hem meeloopt naar de slaapkamer waar zijn moeder ligt. Dan kruipt hij bij haar in bed en gaat hij met zijn gezichtje dicht bij het hare liggen. 'Je bent hier,' zegt hij dan, alsof het een verrassing is, alsof hij zeker wist dat de beide dieven uit de boekwinkel haar die nacht hadden gestolen. Overdag is hij bang als hij zijn moeder even niet kan zien. Hij blijft vlak bij haar en volgt haar als een schaduw.

'Maak je maar geen zorgen, hoor,' zegt Claire tegen hem, maar zelf is ze ook bezorgd. Ze heeft het nog niet kunnen opbrengen om weer naar de boekwinkel te gaan en vertrouwt op Virginia die de winkel een deel van de dag opent.

Jonathan trekt de deuren van het oude roodstenen gebouw open, waarna hen een verstikkende hitte tegemoet slaat. Dat doet Claire denken aan haar eigen schooltijd in een bijna identiek gebouw een paar kilometer verderop.

'Wie moet jou nu beschermen?' vraagt Joshua met een bezorgde blik op zijn moeder. Zijn ogen zijn rood van alweer een onrustige nacht. Claire en Jonathan kijken elkaar ongerust aan. Ze hebben het erover gehad of ze met Joshua naar een arts moeten, of een psycholoog, iemand die hem kan helpen zijn angst te overwinnen.

'Ik neem nog een medewerkster aan voor de boekwinkel, Joshua,' zegt Claire luchtig. 'Dan ben ik nooit alleen als ik aan het werk ben.'

'Je bent toch gewond geraakt, en toen was ik er,' zegt hij.

'We laten een alarm aanleggen, Josh,' zegt Jonathan. 'Als er dan slechte mannen komen, zal het alarm hen de stuipen op het lijf jagen en dan komt de politie.'

Joshua knikt, met een ernstig gezicht. Hij moet hier even over nadenken. 'Hoe heet het hier?' vraagt hij voor de derde keer die ochtend als ze door de lege, stille gangen van de Woodrow Wilson Elementary School lopen.

'Wilson School,' zegt Jonathan en hij wil de hand van Joshua pakken, maar die trekt zijn hand terug en pakt Claire's bezwete hand.

'Wat is het hier groot,' zegt hij terwijl hij met een verdrietige blik om zich heen kijkt.

'Kijk niet zo verdrietig,' zegt Jonathan tegen hem. 'Je gaat het echt heel leuk vinden.'

'Ik ga niet naar school,' zegt hij met een vastbeslotenheid die Claire inmiddels maar al te goed kent.

De Kelby's hebben de officiële inschrijfdag, drie dagen geleden, gemist. Ze waren wel van plan om te gaan, waren ook in de auto gestapt en ernaartoe gereden en waren zelfs gestopt voor het schoolgebouw, maar het was allemaal te overweldigend geweest voor Joshua. Hele groepen opgewonden, uitgelaten kinderen van alle leeftijden liepen de school in en uit. Josh klampte zich met tranen in zijn ogen aan zijn stoelverhoger vast en weigerde uit te stappen. Ze vertrokken, reden rechtstreeks naar huis en liepen naar binnen. Toen ze binnen waren, controleerde Joshua of alle deuren wel op slot waren.

Een kleine jongen zou zich niet moeten bezighouden met de vraag of alle deuren wel op slot zitten, denkt Claire als ze voor een klaslokaal blijven staan. Een kind zou zich niet moeten bezighouden met de vraag of zijn moeder wel veilig is. 'Jij bent vast Joshua!' zegt een vrouw in de deuropening luid maar heel vriendelijk. Claire voelt Joshua naast zich verstijven. 'Ik ben juf Lovelace.' Ze steekt haar hand uit naar Joshua, maar hij stapt achteruit en daarom geeft Jonathan haar een hand.

'Prettig kennis te maken,' zeggen Jonathan en Claire. Juf Lovelace lijkt ergens in de vijftig en daarom denkt Claire dat ze een ervaren docent zal zijn. Ze heeft kort praktisch staalwolgrijs haar en scherpe blauwe ogen die weinig lijken te missen. Claire kijkt juf Lovelace aandachtig aan om te zien of ze ook een zacht plekje heeft voor verlegen, nerveuze kinderen als Joshua die een beetje meer hulp nodig hebben om hun weg te vinden in de onzekere wereld van de kleuterschool. 'Joshua ziet een beetje op tegen zijn nieuwe school,' vertelt Claire en ze legt haar hand op Joshua's schouder.

'We redden het samen wel, ja toch Joshua?' Juf Lovelace bukt zich als ze dat tegen hem zegt, maar Joshua glipt achter Claire en drukt zijn gezicht tegen haar rug.

'Joshua,' zegt Claire, en ze probeert zacht en geduldig te praten, 'juf Lovelace praat tegen je.' Hij loopt bij hen vandaan het klaslokaal in naar een paar kartonnen blokken, die eruitzien als bakstenen.

'Ga maar iets bouwen, Joshua,' zegt juf Lovelace tegen hem. 'Over een paar minuutjes komen je mama en papa en ik bij je.' Joshua aarzelt even, maar na een bemoedigend knikje van juf Lovelace begint hij de bouwstenen systematisch op elkaar te zetten, zodat er een roestbruine muur om hem heen ontstaat.

'O, Joshua, heb je ook een babyfoto meegenomen voor het prikbord?' roept juf Lovelace.

Joshua is zo verdiept in het bouwen van zijn muur dat hij haar niet lijkt te horen. Claire bijt bezorgd op haar lip. 'Alstublieft.' Claire geeft haar de eerste foto die ze van Joshua heeft gemaakt nadat ze met hem uit het ziekenhuis kwamen. Met een brede grijns heeft Jonathan Joshua op de arm. De baby kijkt in de lens, met grote en rode ogen van het huilen en hij heeft een schattig pruilmondje.

'O, wat een leuke foto, Joshua!' roept juf Lovelace uit en ze loopt met de foto naar Joshua's muur. 'Op wie lijk je? Op je moeder of je vader?'

'Ik ben bedopteerd,' zegt Joshua die haar vanachter de rode bakstenen aankijkt.

Juf Lovelace vertrekt geen spier en roept: 'En jouw mama en papa hebben jou uitgekozen! Wat fijn voor ze.' Ze loopt iets dichter naar zijn fort toe en vraagt met haar kalmerende stem: 'Mag ik je helpen, Joshua?'

Joshua denkt hier even over na en Claire ziet dat hij het heel even overweegt, maar dan slaat de twijfel toe.

'Nee, dank u,' zegt hij beleefd en hij zet een nieuw blokje op zijn muur, zodat zijn gezicht nu helemaal onzichtbaar is.

Juf Lovelace waagt een nieuwe poging. 'Ik zie dat je het leuk vindt om dingen te bouwen, Joshua. Ik zou je graag willen helpen.' Ze haalt de bovenste steen weg zodat ze zijn gezicht weer kan zien.

Joshua schrikt en duwt per ongeluk een aantal stenen om zodat zijn hele muur instort. 'O nee!' Hij kreunt wanhopig als hij de stapel stenen om zich heen ziet liggen.

'O, Joshua,' zegt juf Lovelace troostend, 'geen probleem. We kunnen samen een nieuwe muur bouwen. Zie je wel?' Juf Lovelace begint de blokken weer op elkaar te stapelen. Joshua snikt nog even, maar begint haar dan te helpen. Even later zit Joshua weer veilig achter zijn muur.

Juf Lovelace neemt Jonathan en Claire mee naar een tafel met heel kleine stoeltjes eromheen en vraagt of ze willen plaatsnemen. 'Vertel eens over Joshua,' zegt ze.

'Joshua is een heel lieve, zorgzame kleine jongen, maar af en toe is hij heel zenuwachtig. Vooral als je hem vraagt iets nieuws te proberen,' bekent Claire. 'Soms lijkt hij helemaal in zijn eigen wereldje verdiept en dan is het heel moeilijk hem daaruit te krijgen.'

'Dat is niet ongewoon op deze leeftijd, mevrouw Kelby,' zegt juf Lovelace. 'Ik beloof u dat ik een oogje op hem zal houden en u zal laten weten als er iets aan de hand is.'

'Joshua heeft kort geleden ook een bijzonder traumatische ervaring gehad,' zegt Claire en ze probeert haar stem niet te laten trillen. Jonathan knijpt even in haar hand. 'Vorige week is onze boekwinkel overvallen en Josh was er en heeft alles gezien. Het heeft hem, en mij, ontzettend bang gemaakt.' Claire schudt haar hoofd als ze terugdenkt aan de dieven en het glanzende mes dat die lange jongen in zijn hand had.

'De politie heeft de daders nog niet gearresteerd,' zegt Jonathan, 'en Joshua maakt zich grote zorgen dat hij nu niet steeds bij Claire kan zijn. Hij heeft het gevoel dat hij haar moet beschermen.'

Juf Lovelace fronst bezorgd haar wenkbrauwen. 'Fijn dat u me dit verteld heeft. Laten we maar even afwachten hoe Joshua het de eerste paar dagen doet en dan weer overleggen. We kunnen de schooladviseur altijd vragen met hem te praten, als dat nodig is. Ieder kind dat voor het eerst naar de basisschool gaat moet wennen, en bij de een duurt dat wat langer dan bij de ander.' Ze staat op en loopt naar de plek waar Jonathan in zijn fort zit. 'Het was fijn kennis met je te maken, Joshua,' zegt ze tegen hem.

'Ik vond het ook fijn u te leren kennen,' zegt Joshua bijna onhoorbaar.

Juf Lovelace draait zich om en zegt tegen Claire en Jonathan: 'Het was ook fijn kennis met u te maken, meneer en mevrouw Kelby. Als u zin hebt om als begeleider mee te gaan op een van onze verrassingsuitstapjes, laat het me dan weten.' Iets luider voegt ze eraan toe: 'Dit najaar gaan we op bezoek bij de brandweerkazerne, de appelboomgaard en de pompoenakker. In de winter sleeën we de heuvel achter de school af en bouwen we huizen van peperkoek, en in de lente maken we het allerleukste uitstapje!'

'O, wat dan?' vraagt Claire op het overdreven toontje waarmee ze altijd probeert Joshua ergens enthousiast voor te maken.

'Dat vertellen we pas op de eerste schooldag, eerder niet. Het is zó bijzonder.' Ze kijken alle drie stiekem naar Joshua. Hij zit heel stilletjes achter zijn muur, maar ze zien zijn sandalen heel langzaam dichterbij komen.

'Hmm, dan duurt het dus nog even voor we weten wat dat is. Kom mee, Josh,' zegt Jonathan. 'Wat zeg je tegen juf Lovelace nu ze je met die grote blokken heeft laten spelen?'

'Dank u wel,' zegt Joshua met een schrille, verlegen stem.

'Graag gedaan, Joshua,' zegt juf Lovelace hartelijk. 'Deze blokken liggen op je eerste schooldag hier op je te wachten.'

Jonathan steekt zijn hand uit om hem te helpen opstaan, maar Joshua negeert hem en krabbelt zelf overeind. Hij loopt voor zijn ouders uit het lokaal uit. Zijn voetstappen echoën op de pas geboende vloeren. Hij loopt langzaam, met zijn hoofd gebogen en zijn schouder schuurt langs de geverfde betonnen muur.

'O, Josh,' fluistert Claire, hoewel ze weet dat hij haar niet kan horen. 'Het komt wel goed.'

Allison

IK BEN ZENUWACHTIG OVER HET SOLLICITATIEGESPREK BIJ DE BOEK-winkel. Ik heb nog nooit een echte baan gehad, daar had ik op de middelbare school nooit tijd voor. Op Cravenville hebben we wel geleerd hoe we een sollicitatiegesprek moeten voeren en gister-avond heeft Olene nog met me geoefend, maar toch ben ik on-gelooflijk nerveus. Ik heb geen idee waarom de eigenares van die boekhandel een ex-gevangene zou willen aannemen, maar ze geeft me in elk geval een kans. Olene heeft me verteld dat er leuke be-lastingvoordeeltjes zijn voor bedrijven die mensen zoals ik in dienst nemen.

'Weet ze waarvoor ik in de gevangenis heb gezeten?' vraag ik Olene voordat ik vertrek. Bookends is niet ver van Gertrude House en als ik die baan krijg, kan ik gewoon lopend naar mijn werk.

'Ze kent de feiten,' vertelt Olene, 'maar ze wil helpen en boven-dien betaalt de overheid je salaris.'

'Hoe zie ik eruit?' vraag ik en ik draai even rond. Ik heb me net-jes aangekleed, in geleende kleren van Bea. De rok is iets te kort, de mouwen houden al voor mijn polsen op en de schoenen knellen, maar zo zie ik er een beetje zakelijk uit en ik hoop dat ik een goede indruk maak. Ik zou naar het huis van mijn ouders moeten gaan en wat oude kleren moeten ophalen, maar ik heb ze nog niet te pakken kunnen krijgen. Mijn vader reist veel voor zijn werk en mijn moeder heeft allemaal projecten en zo. Ze hebben het altijd heel erg druk.

'Je ziet er prima uit,' zegt Olene. 'Wil je echt geen lift?'

'Nee, dank je wel, ik vind het niet erg om te lopen,' zeg ik. Ik ge-niet er ontzettend van dat ik naar buiten kan als ik daar zin in heb, van de zon op mijn gezicht en de nachtlucht op mijn huid.

Bookends is net open als ik daar kom. Ik zie de vrouw. Ik neem aan dat het mevrouw Kelby is die ik door het raam zie. Ze glimlacht om iets wat een van haar klanten zegt en stopt de aankoop in een papieren zak met de naam van de winkel erop. Ik kijk naar mijn spiegelbeeld in het raam van de etalage. Daarna haal ik diep adem en ik duw de deur open.

'Hallo,' zeg ik met meer zelfvertrouwen dan ik voel wanneer ik naar haar toe loop. De vrouw is lang, maar niet zo lang als ik. Ze lijkt stevig, sterk en fit, heeft een olijfkleurige huid en dik goudbruin haar dat losjes over haar schouders hangt. Ze draagt een bril met een dik, hip schildpadmontuur. 'Ik ben Allison Glenn,' zeg ik en ik steek mijn hand uit, precies zoals ik heb geoefend. 'Ik ben hier voor een sollicitatiegesprek voor de parttimebaan.' Nu wordt het lastig. Moet ik haar eraan herinneren dat mijn reclasseringsambtenaar dit gesprek heeft geregeld? Moet ik over mijn achtergrond beginnen? Olene en ik hebben besproken wat de voors en tegens zijn als ik zelf over mijn veroordeling begin. Ik weet nog steeds niet wat ik moet doen.

Mevrouw Kelby glimlacht naar me. Een echte, gemeende glimlach. Geen glimlach die op haar gezicht geschilderd lijkt. Een goed teken. 'Allison,' zegt ze. 'Fijn dat je bent gekomen. Wat leuk om kennis met je te maken. Ga maar even zitten, dan kunnen we praten. Het spijt me als we gestoord worden, maar we hebben nu te weinig personeel.'

We gaan zitten en ik sla mijn benen over elkaar, vouw mijn handen in mijn schoot en wacht op haar eerste vraag.

'Vertel me eens iets over jezelf?'

'Nou, ik ben eenentwintig,' begin ik zenuwachtig. 'Toen ik nog op de middelbare school zat, had ik heel goede cijfers en was ik lid van de National Honor Society...' Ik zwijg. Mijn stem is hoog en ik moet wel belachelijk overkomen. Mevrouw Kelby kijkt me verwachtingsvol aan. Ik haal diep adem. 'Mevrouw Kelby, ik zou heel graag voor u willen werken. In het verleden heb ik verschrikkelijke fouten gemaakt, maar dat zal nooit weer gebeuren.' Ik buig naar voren en kijk haar recht aan. 'Ik wil overnieuw beginnen en zou u heel dankbaar zijn als u...' Mijn kin begint te trillen en er springen tranen in mijn ogen. 'Wilt u me alstublieft een kans geven?'

Mevrouw Kelby zwijgt even en dan kijkt ze me aan, met een ondoorgrondelijke blik. 'Weet je, Allison, ik denk dat het wel eens goed kan uitpakken, voor ons allebei. Olene is heel positief over je en ik kan je hulp heel goed gebruiken.' Mevrouw Kelby glimlacht vriendelijk naar me. Zo vriendelijk heeft al heel lang niemand meer naar me gekeken.

Ik schraap mijn keel en veeg mijn tranen weg. 'Dank u wel,' zeg ik opgelucht.

'Geweldig,' zegt ze opgewekt en ze staat op. 'Kun je overmorgen beginnen? Kun je dan om negen uur komen en tot een uur of vier blijven?'

Ik knik. 'Heel graag. Dank u wel, heel erg bedankt!' Ik steek mijn hand uit en zonder enige aarzeling schudt ze mijn hand.

'Graag gedaan. Het is heel fijn om hier te werken. Dan leer je mijn zoontje ook kennen. Hij heet Joshua.'

'Daar kijk ik naar uit. En mevrouw Kelby,' zeg ik, bijna alweer in tranen, 'ik ga heel goed voor u werken. U krijgt hier geen spijt van.'

Ik huppel bijna terug naar Gertrude House. Ik wil iemand over dit sollicitatiegesprek vertellen. Ik wil dat iemand net zo opgewonden is als ik. Maar de enige die ik kan bedenken, is Brynn.

Ik heb jarenlang dezelfde droom gehad, eigenlijk was het een nachtmerrie. Die droom had ik zelfs al voordat ik naar de gevangenis ging. Dezelfde droom, steeds maar weer. Je zou niet verwachten dat iemand als ik over zoiets zou dromen want je verwacht natuurlijk dat ik over baby's en rivieren droom. Nee, het zal je verbazen, maar in mijn droom ben ik thuis, aan het leren voor mijn SAT. Ik zit over mijn boeken gebogen en ben fanatiek aantekeningen aan het maken als het alarm afgaat. Het is zover. Het is tijd. Ik moet de SAT-test gaan doen. Ik stop mijn boeken en schriften in mijn schooltas en slijp zeven HB2-potloden. Het moeten HB2-potloden zijn, dat heeft iets te maken met de computer die daardoor de antwoordbladen kan lezen. Ik loop rustig naar de deur van mijn slaapkamer. Ik ben er klaar voor, ik heb er vertrouwen in dat ik voor deze test zal slagen. Ik steek mijn hand uit en wil de deurknop omdraaien. Dat lukt niet.

Ik blijf het proberen, maar er gebeurt niets. Ik zit opgesloten. In paniek loop ik naar het raam en probeer het omhoog te schuiven, maar ook het raam zit muurvast. Ik krijg geen adem meer. Ik móét mijn slaapkamer uit, ik móét die test doen! Ik bons op de deur, roep mijn moeder, mijn vader, mijn zus, iemand die me eruit kan halen. Ik loop terug naar het raam en begin erop te tikken, probeer de aandacht te trekken van de mensen die beneden zijn. Niemand hoort me. Ik sla nog harder op het raam, mijn vingers beginnen te tintelen en worden koud van zuurstofgebrek, ik zie ze blauw worden. Ik ga dood. Ik moet het raam kapotmaken en in mijn wanhoop begin ik met mijn hoofd tegen het glas te bonken. Het glas trilt en er komt een barst in. Ik voel bloed op mijn voorhoofd, warm en nat. Dat is niet erg. Weer bonk ik met mijn hoofd tegen het glas en de barst wordt groter. Het doet geen pijn en de noodzaak te ontsnappen overheerst al het andere. Steeds weer bonk ik met mijn hoofd tegen het glas, tot ik door het bloed niets meer kan zien en ik glassplinters in mijn huid voel prikken.

Dan word ik wakker, in mijn slaapkamer of in mijn cel, drijfnat van het zweet maar rillend van de kou.

Ik geef het niet op. Nooit. Ik zál ervoor zorgen dat Brynn met me praat, hoe dan ook.

Claire

NA ZIJN BEZOEK AAN het klaslokaal en de kennismaking met juf Lovelace, zei Joshua niet meer dat hij niet naar school wilde. Integendeel, hij leek enthousiast.

Hij tobt over wat hij moet aantrekken en kiest ten slotte een effen rood T-shirt en zijn favoriete kakibroek.

'Je ziet er heel mooi uit, Joshua,' zegt Claire. Hij glimlacht en wiegt trots naar voor en achter in zijn nieuwe tennisschoenen.

Claire verbaast zich over de honderden kinderen die voor de schooldeuren rondhangen en wachten tot de bel gaat. 'Georganiseerde chaos,' zegt ze, en ze kijkt achterom naar Joshua die gebiologeerd naar de meute kijkt.

'Wauw,' mompelt Jonathan. 'Wat moeten we doen? Moeten we hem gewoon afzetten en hem in z'n eentje naar... dat sturen?'

'Nee, we kunnen wel met hem meegaan,' zegt Claire. 'Maar we kunnen wel even wachten tot de bel is gegaan en de meeste kinderen binnen zijn.'

'Ik ga daar niet naar binnen,' roept Joshua angstig vanaf de achterbank. 'Laten we naar huis gaan.'

'Het komt wel goed,' zegt Jonathan troostend. 'Laten we even kijken of alles in je rugzak zit.'

'Ik wil het niet,' zegt Joshua weer, nog zenuwachtiger.

'Kom op, knul, laten we even kijken of je genoeg kleurpotloden bij je hebt.' Jonathan en Joshua bekijken alles wat er in zijn rugzak zit, controleren of hij echt alles bij zich heeft. Claire glimlacht als ze naar hen kijkt, gebogen over de schoolspullen. Tegen de tijd dat ze klaar zijn, is de bel al gegaan en zijn er nog maar een paar leerlingen buiten.

'Kijk eens, Josh,' zegt Claire tegen hem. 'Zie je wel? Alle andere kinderen zijn al naar binnen. Je mag niet te laat zijn, hoor, op je eerste schooldag. Zo te zien heb je alles bij je.' Samen lopen ze naar de hoofdingang. Joshua loopt langzaam, met slepende tred. Als ze voor het lokaal van juf Lovelace blijven staan, gluurt Joshua naar binnen. Hij kijkt met een bezorgde blik naar de ongeveer twintig andere kinderen die ook voor het eerst naar school gaan. Hij kijkt op naar zijn ouders, met trillende lippen.

'Dan ga ik maar,' zegt hij met zijn tweeënveertigjarige ziel in een vijf jaar oud lichaam. 'Tot later, na schooltijd.' Er klinkt verdriet door in zijn stem en Claire voelt zich verscheurd. Ze geeft hem een stevige knuffel. Joshua neemt de volle, zware schooltas aan van Jonathan en stapt voorzichtig het lokaal binnen alsof hij zijn voortijdige dood tegemoet gaat.

Claire bijt op haar wang, probeert niet te gaan huilen. Waarom is alles zo moeilijk voor Joshua? Claire steekt haar arm door die van Jonathan en samen kijken ze naar Joshua. Hij is nu in het lokaal en wordt begroet door juf Lovelace die hem zijn plekje wijst. 'Kijk hem toch eens,' fluistert Claire.

'Ja, kijk hem toch,' zegt Jonathan.

Ze blijven in de deuropening staan tot juf Lovelace haar duim opsteekt en hen beleefd naar buiten duwt. Onderweg naar de auto draait Claire zich nog een paar keer om, half verwachtend dat Joshua naar buiten komt rennen en hun smeekt hem niet achter te laten. Ze weet dat ze dat niet zou moeten zijn, maar ze is een beetje verdrietig. Joshua zal haar nooit meer op dezelfde manier nodig hebben. Andere mensen, leraren en vrienden, zullen zijn leven gaan vullen. En dat is goed, zegt ze tegen zichzelf. Ze wil blij zijn omdat de ochtend zo gladjes is verlopen, omdat hij uit zichzelf het lokaal is binnen gegaan zonder echt in te storten, maar Claire is helemaal niet blij. Opgelucht misschien, maar echt niet blij. 'Het komt wel goed met hem,' zegt Jonathan terwijl hij de hand van zijn vrouw in de zijne neemt.

'Dat weet ik,' zegt Claire stug als ze in de auto stapt. 'Maar ik kan gewoon niet geloven dat hij nu echt in groep 1 zit. Ten eerste heb ik nooit gedacht dat deze dag ooit zou komen en ten tweede had ik nooit verwacht dat het zo goed zou gaan. Ik denk dat ik me veel te veel zorgen heb gemaakt.'

'Laten we ergens gaan ontbijten,' zegt Jonathan opeens.

'O, maar ik heb geen tijd,' zegt Claire. 'Ik moet de winkel open-doen, ik ben toch al laat.' Ze kijkt op het dashboardklokje. Tien voor negen. Nog tien minuten, dan moet de winkel open.

'Laten we even snel naar huis gaan,' fluistert hij suggestief en hij glijdt met zijn hand tussen haar dijen.

'Jonathan!' roept Claire lachend en ze duwt zijn hand weg. 'Ik heb geen tijd.'

'Toe nou, hoe vaak hebben we het huis voor onszelf?' vraagt hij en hij legt zijn hand weer op haar knie.

'Echt?' vraagt Claire, verbaasd over Jonathans impulsieve ge-drag.

'Ja, echt,' zegt hij en zijn hand glijdt onder haar rok.

Claire drukt een kusje op de zachte huid onder zijn kaak en draait zijn gezicht naar haar toe. Ze kust hem en streelt zijn onderlip met haar tong. Ze verlangt naar hem. Een zoet en ondefinieerbaar ver-langen.

'Graag,' fluistert ze in zijn oor. 'Breng me maar naar huis.'

Brynn

ALS IK EINDELIJK BIJ SCHOOL KOM, ZIE IK DAT MISSY MET EEN GROEPJE meisjes bij de koffiekiosk staat. Ze kijkt dwars door me heen. Als ik naar haar toe loop, zegt ze dag, maar kletst meteen daarna door met de andere meisjes. Ze doet alsof ik lucht ben.

Die jongen van het feest zal haar wel over mij hebben verteld. Over Allison.

Zo gaat het dus in de toekomst. Net als in Linden Falls.

Eerst dacht ik dat niets erger kon zijn dan het feit dat Allison niet meer thuis was. Het huis was zo leeg, zo stil. In de dagen vlak na Allisons arrestatie was ik zo stom om naar haar slaapkamer te lopen en op haar bed te gaan liggen. Ik wikkelde mezelf in haar dekbed en drukte mijn neus in haar kussen zodat ik haar geur kon opsnuiven. Allisons trofeeën en prijzen hadden al wat stof verzameld, maar ze glansden nog steeds.

Mijn vader zag dat ik in Allisons kamer was, op haar bed zat, aan haar blauwe linten frunnikte. Even dacht ik dat hij binnen zou komen en naast me op het bed zou gaan zitten. Ik wilde zó graag dat hij me naar zich toe trok en me zou vertellen dat alles goed zou komen. Ik wilde dat hij mijn hand in de zijne zou nemen en me zou vragen naar de avond waarop Allison was bevallen. Ik wilde hem vertellen dat ik daar was, dat ik haar voorhoofd had droog gedept en haar had aangemoedigd te persen en haar dochtertje in mijn armen had gehouden. Maar in opdracht van Allison had ik mijn ouders en de politie verteld dat ik in mijn slaapkamer naar mijn iPod had geluisterd en niets had gehoord. Ik wilde met mijn vader over dit soort dingen praten, maar hij bleef gewoon in de deuropening staan en keek naar me, met een intens teleurgestelde blik op zijn gezicht.

En toen wist ik dat ik nooit, nooit zo zou worden als mijn ouders wilden. De volgende dag, toen ik naar Allisons slaapkamer wilde gaan, zat de deur op slot. Mijn ouders vonden dus dat ik het niet waard was tussen de bezittingen van mijn zus te zitten.

Mijn ouders dwaalden verdoofd door het huis. Mijn moeder huilde constant, mijn vader werkte tot laat in de avond en kwam soms pas diep in de nacht thuis. Het avondeten was een stille nachtmerrie. Zonder Allison was er niets om over te praten. Geen discussies over volleybalwedstrijden of studieplannen. De weinige vrienden die ik had belden zelden. Ik kon het hen niet kwalijk nemen. Wat viel er te zeggen? Mijn vriendin Jessie probeerde het wel. Ze belde en kwam langs, probeerde vrolijk te doen, me mee te nemen naar voetbalwedstrijden en de film, maar ik voelde me verdoofd en verloren. Ik was derdejaars op de Linden Falls High School. Allison zou in de examenklas hebben gezeten. Ik leerde de starende blikken en het gefluister als ik door de gang liep te negeren.

Pas toen mijn eerste rapport naar ons huis werd gestuurd, kwamen mijn ouders in actie. Ik haalde nog net voldoendes en voor gym een onvoldoende. Mijn ouders hadden de brief nog niet gelezen of ze namen me mee naar het kantoor van het schoolhoofd. Mevrouw Buckley was zo'n maffe, energieke directeur die door de gangen paradeerde om te controleren of de leerlingen zich wel zo gedroegen als ze zich hoorden te gedragen. Ze was getrouwd met haar werk, bleef tot laat in de avond op school en begon 's ochtends alweer heel vroeg. Ze was streng, kon sarcastisch en grof zijn, maar ze kende iedere leerling van de Linden Falls High School.

'Waarom heeft niemand ons verteld dat Brynn onvoldoendes haalt?' vroeg mijn moeder kwaad. 'Dit is absoluut onacceptabel.'

'Mevrouw Glenn,' zei mevrouw Buckley. 'We hebben brieven gestuurd. We hebben gebeld. Maar we kregen geen enkele reactie.'

Mijn moeder keek me strak aan. 'Ik heb geen brieven gezien. Ik ben niet gebeld. Jij?' vroeg ze aan mijn vader, maar hij schudde met een bezorgde uitdrukking op zijn gezicht.

'We maken ons allemaal grote zorgen om je, Brynn,' zei mevrouw Buckley. Dat was het eerste wat ze tegen mij zei. 'We weten dat jij en je ouders een heel moeilijke tijd achter de rug hebben, en we willen je helpen.' Ik zonk dieper weg in mijn stoel en zei niets. 'Als je met iemand wilt praten, kunnen we dat wel regelen.'

'Ze hoeft niet met iemand te praten,' zei mijn moeder ongeduldig. 'Ze moet zich concentreren en gaan leren.'

'We zullen een privéleraar voor Brynn regelen,' voegde mijn vader eraan toe. 'We zullen zorgen dat hier verandering in komt. Het is inderdaad een moeilijke tijd geweest, maar niets wat we niet aankunnen.'

'Soms,' begon mevrouw Buckley omzichtig, 'kan een buitenstaander...'

'We hebben geen buitenstaander nodig,' zei mijn moeder scherp terwijl ze opstond. 'Vanaf nu wil ik elke week een verslag van iedere docent van Brynn over haar vorderingen. We zullen een privéleraar voor haar regelen. Dank u voor uw tijd.' Ze draaide zich om en stormde mevrouw Buckleys kantoor uit, met mijn vader en mij achter haar aan.

Zoals beloofd, kreeg ik vanaf dat moment privélessen. Elke dag na schooltijd kwam iemand van het St.-Anne's College, een saaie ouderejaars studente filosofie zonder enige persoonlijkheid, anderhalf uur bij ons thuis en dan zaten we aan de keukentafel wiskundige vergelijkingen en Spaanse woordjes te bestuderen. Mijn privéleraar was meedogenloos. Hoewel ze de dingen heel goed kon uitleggen, zodat ik ze kon begrijpen, was ze ook ongeduldig, klakte met haar tong en knipte met haar vingers als mijn aandacht verslapte.

Na een tijdje kreeg ik allemaal achten en voor gym een zesje. Ik slaagde met redelijke cijfers en de dag na mijn diploma-uitreiking schreef mijn moeder me in voor een zomercursus op het St.-Anne's College.

Ik heb mijn best gedaan, echt waar. Maar zodra ik het lokaal binnen stapte, werd ik doodsbang. Mijn borstkas verkrampte en mijn hartslag echode in mijn oren. Ik hield het er hooguit vijf minuten vol en dan rende ik het lokaal uit.

Op mijn achttiende verjaardag had ik zo veel hoop gehad. Ik had mijn ouders willen vertellen dat ik van het St.-Anne's zou gaan en bij een dierenarts in de buurt zou gaan werken. Het betaalde niet geweldig, maar het was een begin. We waren om mijn verjaardag te vieren uit eten geweest en we zaten aan de keukentafel cake en ijs te eten toen ik de brief op het aanrecht zag liggen. Mijn plezier omdat ik een genoeglijke avond met mijn ouders had doorgebracht was op slag verdwenen. Het was al meer dan twee jaar geleden dat Allison was gearresteerd en hoewel mijn ouders zelden over haar praatten, was er altijd wel iets wat ons aan haar herinnerde. Haar knappe gezicht keek me stralend aan op foto's die nog altijd op een belangrijke plek in huis stonden. Allisons brief staarde me aan en mijn eerdere vastbeslotenheid verdween. Het maakte niet uit dat Allison in de gevangenis zat, het maakte niet uit dat ze nog eens acht jaar vast zou zitten. Ze was er altijd.

Ik zette mijn bord met cake en ijs op het aanrecht, naast Allisons brief en liep naar mijn slaapkamer. Ik heb uren naar mijn moeders potje met slaappillen zitten kijken tot ik eindelijk de moed had verzameld om het deksel open te draaien en de pillen in mijn hand te schudden. Ze waren kleiner dan ik had gedacht en ik glimlachte bij de gedachte dat iets wat zo weinig woog een einde aan mijn verdriet kon maken. Ik schreef geen briefje. Wat zou ik moeten zeggen? Het spijt me dat ik mijn zus niet ben? Dat ik er geen zin meer in had om op mijn tenen langs de randen van mijn wereld te lopen in een poging iedereen een plezier te doen en uiteindelijk niemand een plezier te doen, vooral mezelf niet? Dat ik dat beeld van het blauw aangelopen gezichtje van de baby nog steeds niet kon vergeten, haar kleine vingertjes en teentjes, en dat ik ziek werd van die herinnering?

Ik nam de pillen een voor een in. Bij elk pilletje dat ik op mijn tong legde, was ik me bewust van alles wat mij werd aangedaan: nooit slim genoeg, nooit knap genoeg, nooit sportief genoeg, nooit, nooit genoeg. Ik begroef me onder mijn dekens om te sterven. Heel even, vlak voordat ik in slaap viel, vroeg ik me af of mijn ouders me zouden missen. Dat dacht ik niet. Hun verdriet om het verlies van Allison nam hen helemaal in beslag.

Ik denk dat mijn zelfmoordpoging gelukt zou zijn als mijn moeder niet naar mijn kamer was gekomen om haar slaappillen te zoeken. Ze zag me bewusteloos op bed liggen, met haar pilllenpotje naast me. Toen ik wakker werd, lag ik op de spoedeisende hulp en werd mijn maag leeggepompt. Een paar dagen later was ik op weg naar New Amery om bij mijn oma te gaan wonen.

Een jaar later dacht ik dat alles stukken beter ging. Dat het enige wat ik moest doen was Allison bij me vandaan houden, mijn ouders bij me vandaan houden, het verleden vergeten en me op de toekomst richten. Maar ik had het mis.

Ik heb om twaalf uur een les, maar ik stap weer in mijn auto en rijd terug naar huis. Mijn oma is niet thuis. Milo kijkt me hoopvol aan, hij wil uit. In plaats daarvan loop ik naar het kastje boven de koelkast waar mijn oma haar drank bewaart. Ik weet dat het dom is, ik weet dat ik het niet moet doen, maar ik pak een fles, haal een groot glas en vul het tot aan de rand met de zoet ruikende, rode wijn. Mijn maag is nog steeds van slag door mijn zuippartij van de vorige avond, maar dat kan me niets schelen. Ik verlang terug naar die korte tijd waarin ik dacht dat ik op een andere school zat, dat ik vriendinnen had, dat het mogelijk was dat een leuke jongen zich voor me interesseerde, dat niemand mijn verleden kende.

Ik pak de fles en loop naar mijn slaapkamer. Ik ga op mijn bed zitten, neem een grote slok uit het glas en wacht. Wacht tot de zachte warmte van de alcohol zich door mijn benen en vingertoppen verspreidt. Wacht tot de drank mijn gedachten verdooft. Het was stom. Ontzettend stom, te denken dat ik opnieuw kon beginnen.

Claire

ALS CLAIRE ALLISON NA HET SOLLICITATIEGESPREK ZIET WEGLOPEN, valt het haar op hoe opgewekt ze lijkt. Toen ze de winkel binnen kwam, had Allison somber geleken en bedrukt door haar verleden, hoewel ze haar best had gedaan zelfvertrouwen uit te stralen. Allison Glenn leek een aardige meid, ondanks haar verleden. Iedereen heeft een tweede kans nodig, daar gelooft Claire oprecht in. Als zij en Jonathan maar één kans hadden gekregen ouders te worden, zou Joshua nooit in hun leven zijn gekomen.

Op een ijskoude nacht in januari zeven jaar geleden, slechts één week nadat ze hun vergunning hadden gekregen om pleegouder te worden, had Dana Jonathan en Claire gebeld. Rond middernacht had men een meisje van drie ontdekt dat door Drake Street dwaalde. Ze droeg geen jas of hoed, kon de jongens die haar voor de bar ontdekten niet vertellen waar haar huis was en bij wie ze hoorde. De jongens belden de politie, waarna het ministerie van Jeugd en gezin zich ermee had bemoeid en hen had opgebeld. 'We komen eraan,' zei Jonathan tegen Dana. Hij vroeg niet aan Claire of ze wel een kind wilde opvangen. Hij wist dat ze dat wilde. Claire wilde hoe dan ook een kind. Het maakte niet uit of het een jongen of een meisje was, hoe oud het was, waar het vandaan kwam, welke huidskleur het had. Dat was niet belangrijk. En Claire wist dat Jonathan een klein hartje tegen zich aan wilde drukken en het kind wilde vertellen dat het allemaal goed zou komen.

Heel lang wás het ook goed en tegelijk ook niet. Ella's moeder Nicki, een deeltijdstudente van twintig, had in de nacht waarin Ella wegliep in haar flat samen met haar vrienden drank en drugs genomen. Nicki ontdekte bijna twaalf uur later dat Ella weg was. Toen pas was ze zo nuchter dat ze merkte dat Ella niet bij haar in de flat was.

Die ochtend, toen Claire en Jonathan naar het ziekenhuis gingen waar Ella werd onderzocht op sporen van misbruik of onderkoeling, zei Dana tegen Ella dat ze een tijdje bij de Kelby's zou gaan wonen. Ella keek hen alleen maar verbaasd aan. 'Waar is mijn mama?' vroeg ze steeds weer. 'Ik wil mijn mama.' Ze schopte geen scène toen ze in de auto werd gezet, maar bleef naar buiten kijken en verdraaide haar hoofd zodra ze iemand op straat zag lopen, alsof ze iemand zocht. Pas toen ze voor het huis stopten, leek Ella te begrijpen dat ze voorlopig niet naar huis zou gaan. Haar vermoeide ogen vulden zich met tranen en ze begon zo te rillen dat ze klappertandde. Ze scheen niet warm te kunnen worden.

'Het is goed, Ella,' zei Claire toen ze haar in een grote deken wikkelde en op de bank zette. 'Heb je honger?'

Eerst zei Ella niets, maar ze keek naar de puppy van de onbekende mensen die aan haar voeten snuffelde.

'Dat is Truman,' zei Jonathan tegen Ella. 'Hij is een bulldog. We hebben hem nog maar een week.'

'Gaat hij me bijten?' vroeg ze met een verrassend gemelijke stem.

'Nee hoor,' zei Claire geruststellend. 'Hij is een lieve hond. Wil je hem aaien?'

Ella perste haar lippen op elkaar en deed haar ogen dicht alsof ze diep nadacht. Even later deed ze haar ogen open en haalde ze diep adem, alsof ze al haar moed verzamelde.

'Hij bijt echt niet,' beloofde Jonathan en hij tilde Truman op de bank naast haar. 'Hij gaat je misschien likken, maar hij zal je echt niet bijten.'

Aarzelend stak ze een mollig handje uit en ze zwaaide er snel mee langs Trumans kop. Ze giechelde. Ze deed het steeds weer, een snel klopje en lachen, tot Jonathan en Claire met haar mee lachten. Truman keek hen allemaal stuk voor stuk aan met een blik waarmee hij hen duidelijk leek te willen maken dat hij hen hun gang maar liet gaan. Twintig minuten later was Ella in slaap gevallen, met haar gezicht tegen Trumans hals. Jonathan en Claire konden haar alleen maar aan blijven kijken en werden verliefd op haar.

Korte tijd later had Claire het gevoel dat Ella van haar was. Ze wist dat het gevaarlijk was om dat te denken. Ze wist dat ze niet echt het recht had Ella haar kind te noemen, maar ze hield van het kleine meisje. Ze hield van haar alsof zij Ella negen maanden lang in haar eigen baarmoeder had gedragen. Ella was het mooiste kind dat ze ooit had gezien, met haar grote bruine ogen die het ene moment wantrouwig konden kijken en het volgende moment vol tranen konden staan. Ze zei meteen papa tegen Jonathan, hoewel ze haar moeder ontzettend leek te missen.

Het was wel duidelijk dat Nicki haar dochter terug wilde, maar niet in staat was haar leven op orde te krijgen. Ze deed opstandig en ruzieachtig tegen haar maatschappelijk werker, kwam te laat voor de afgesproken bezoekjes onder toezicht en hield zich niet aan andere afspraken. Ze bleef er een puinhoop van maken. Claire snapte er niets van. Hoe was het mógelijk dat iemand niet hemel en aarde wilde bewegen om dit verbazingwekkende wonder van een kind bij zich te mogen hebben? Maar toch, als Nicki en een supervisor op bezoek kwamen, ging ze meteen naast Ella op de grond zitten en drong ze probleemloos haar leven weer binnen. Elke keer als Claire Nicki en Ella samen zag, werd ze jaloers, hoewel ze zich schaamde om dat toe te geven. Dan keken ze naar elkaar en raakten ze elkaar aan alsof ze nooit gescheiden waren geweest. Claire zag vaak dat Nicki haar handen zacht om Ella's mollige wangetje legde en ze stelde zich dan voor dat Nicki haar zwangere buik waarschijnlijk op dezelfde manier had gekoesterd. Het was zo'n intiem, bezitterig gebaar dat Claire er niet naar kon kijken; het deed elke keer weer pijn.

Ella woonde iets langer dan een jaar bij Jonathan en Claire. Jonathan dacht niet dat Nicki in staat zou zijn de noodzakelijke veranderingen in haar leven aan te brengen om Ella terug te krijgen, maar toch deed ze dat. Claire kan zich nog haarscherp Jonathans grimmige, ongelovige blik herinneren toen ze Ella in februari moesten afstaan. Het was een koude middag, vergelijkbaar met de nacht waarin Ella bij hen was gekomen, maar nu droeg ze de geschikte kleren voor dit weer: een donzen lavendelkleurig jack met bijpassende muts en handschoenen die ze voor haar hadden gekocht. Ze keek met haar bruine ogen opgewonden naar hen op. 'Ga ik mammie zien?' vroeg Ella steeds maar weer.

'Ja, Bella Ella,' zei Claire. Dat was haar koosnaampje voor haar: Mooie Ella. 'Maar deze keer blijf je bij je mama voor...' Ze kon zichzelf er niet toe brengen *altijd* te zeggen. Wie weet, dacht Claire, misschien maakt ze weer een fout en komt Ella weer bij ons terug, hoewel ze dat niet echt geloofde. Nicki wilde Ella echt terug. 'Voor een heel lange tijd,' zei Claire.

Ella dacht hier ernstig over na voordat ze antwoordde. 'Papa gaat mee,' zei ze. Het was geen vraag. Jonathan slaakte een kreetje en Claire verbeet haar eigen tranen.

'Nee, papa gaat niet mee,' zei Claire tegen haar. Ze probeerde het opgewekt te zeggen. Dat was het minste wat ze kon doen, dacht ze. Waarom zou ze haar eigen spanning overbrengen op Ella? 'Je gaat bij je mama wonen, Ella,' zei Claire voor misschien wel de honderdste keer. 'Is dat niet geweldig?'

'Dattissoo,' beaamde Ella. 'Maar papa komt mee, en jij ook, mama Claire,' drong ze aan.

'Nee, Ella. Deze keer niet,' zei Claire. Jonathan zat naast haar, achter het stuur. Ze hoorde hem snuiven en legde haar hand op zijn knie. Toen ze bij Dana's kantoor waren, haalde Jonathan Ella uit haar autostoeltje en tilde haar uit de auto. Hij drukte haar stevig tegen zich aan in een poging haar tegen de koude wind te beschermen. Op dat moment drong het tot Claire door hoe verkeerd dit was. Ze had gedacht dat ze de overdracht wel aankonden. Ze hadden gedaan wat ze hadden beloofd te zullen doen. Een jaar lang hadden zij en Jonathan Ella beschermd, gekleed, gevoed en gekoesterd. Van haar gehouden. En nu moesten ze haar teruggeven. Aan een vrouw die haar kleine meisje op straat had laten zwerven, in haar eentje, midden in de nacht, een vrouw die liever samen met haar vrienden dronk en feestvierde dan elke seconde te genieten van het feit dat ze Ella had, zoals zij hadden gedaan. De koude wind sneed langs Claire's wangen toen ze Dana's kantoor binnen stapten, het gebouw waar ze Ella altijd naartoe brachten als haar moeder haar mocht bezoeken.

'Ella, kom eens hier. Geef mij maar een afscheidskus.' Claire dwong zichzelf opgewekt te klinken.

'Tot ziens, mama Claire,' sjirpte Ella toen ze naar haar toe dribbelde. Ze zoende haar midden op haar mond en Claire tilde haar op en gaf haar een stevige knuffel. 'Ik hou van je, Bella Ella,' piepte Claire. De tranen biggelden over haar wangen.

'Dag, papa,' zei Ella toen ze zich loswrong en naar Jonathan toe liep. '*See you later, alligator,*' zei ze en ze hield zich stevig aan Jonathans been vast. Jonathan bleef even doodstil staan en Claire zag dat hij zich wanhopig afvroeg wat hij moest doen. Het kostte hem grote moeite normaal adem te halen.

'*See you later, alligator,*' herhaalde Ella dwingend.

Jonathan knielde en met een glimlach die niet in zijn ogen zichtbaar was, zei hij: '*After a while, crocodile.*'

Ella giechelde om dit bekende spelletje. '*See you soon, you big baboon.*' Ze sloeg haar armen om Jonathan heen en drukte haar hoofdje tegen zijn hals.

'Ik hou van je, Ella. Dat mag je nooit vergeten, oké?' Jonathans stem was zo zielig schor dat Claire haar ogen dichtkneep.

'Ik hou ook van jou.' Ella liet Jonathan los en draaide zich om naar Nicki. 'Laten we gaan, mammie. Laten we gaan. Dag, mama Claire, dag papa.'

'Kom mee, Ella,' zei Dana. 'Dan leggen we je tassen in mama's auto.' En voordat ze zelfs maar met haar ogen kon knipperen, had Ella hen al achtergelaten.

Claire en Jonathan liepen hand in hand bij Ella vandaan en reden zwijgend naar huis. Het huis leek nu al leeg, verlaten. Zelfs Truman wist niet wat hij ervan moest denken. Hij snuffelde in alle hoeken en dwaalde bezorgd van kamer naar kamer, op zoek naar Ella.

Claire herinnerde zich dat ze die avond hadden geprobeerd te vrijen. Aarzelend kleedden ze elkaar uit, een shirt voorzichtig over een hoofd getrokken, broeken losgeritst en omlaag getrokken. Ze stonden naakt midden in hun donkere slaapkamer, de vorst op de ramen; kanten gordijnen verborgen hen voor de straat beneden, Jonathans vereelte vingers streelden de zachte huid aan de binnenkant van haar dijen. Claire's lippen streken langs zijn hals, bleven hangen op het ruwe plekje net onder zijn kin dat hij tijdens het scheren had gemist. Ten slotte hielden ze ermee op en lieten ze, verdrietig en uitgeput, hun handen langs hun zij vallen. Claire legde haar hoofd tegen Jonathans schouder en hij rustte zijn kin op haar hoofd. Het huis was stil, te stil. Het besef dat ze niets meer hadden om naar te luisteren. Dat ze niet meer bang hoefden te zijn dat Ella misschien uit bed kroop, naar hun slaapkamerdeur zou lopen, op haar tenen zou proberen de koperen knop om te draaien en de deur open zou gooien en hen naakt en wel zou betrappen. Ella's kleine piepstemmetje dat vanuit de schaduw zou vragen: 'Wadoenjullie? Mag ik binnenkomen?' Waarna zij zich snel zouden beheersen zodat ze tussen hen in kon liggen.

Claire, nog steeds in het donker, voelde Jonathans eerste traan langs haar slaap en over haar wang glijden. Claire weerstond de drang hem weg te vegen terwijl hij over haar lichaam druppelde, langs haar sleutelbeen, tussen haar borsten. Claire pakte Jonathans hand en nam hem mee naar het bed. Teder trok ze zijn boxershort uit en deed aan elke verkilde voet een dikke sok. Ze deed hem een oud T-shirt aan en trok zijn armen door elke mouw. De hele tijd was Jonathan zachtjes aan het huilen. 'Ik weet het,' zei Claire steeds maar weer. 'Ik weet het.' Ze trok de dekens op tot aan zijn kin en kroop naakt naast hem in bed. Jonathan sliep bij vlagen en onrustig. Claire sliep helemaal niet.

Claire kon heel lang niet eens over Ella praten. Ze dacht aan de laatste Halloween met Ella. Ella was verkleed als een prinsesje in een glanzend zilveren jurkje en plastic hoge hakjes die ze na een paar honderd meter al had uitgeschopt. 'Dit zijn afschuwelijke schoenen,' zei ze terwijl ze ze uitschopte. Claire dacht aan de keer dat ze haar opgerold naast Truman op zijn ronde hondenbed hadden gevonden, diep in slaap, met hun voorhoofden tegen elkaar aan. Soms zag ze een vage glimlach op Jonathans gezicht verschijnen, heel even maar, voordat hij weer verdween. Dan wist ze dat hij ook aan Ella dacht.

Ze probeerden het opnieuw, probeerden nieuwe vruchtbaarheidsbehandelingen en praatten erover het adoptietraject in te gaan. Ze hadden zo genoten van Ella. En nu stonden ze alweer met lege handen. Kinderloos.

Maar nog geen jaar later was Joshua bij hen gekomen. Hij is van ons, dacht Claire. Voor altijd. Ze had een tweede kans gekregen moeder te zijn.

Nu heeft ze het gevoel dat ze hetzelfde voor iemand anders moet doen. Claire zal Allison Glenn die tweede kans geven. Een nieuwe start, een nieuw begin. Een nieuw leven.

Charm

CHARMS DIENST IN HET ZIEKENHUIS LOOPT UIT. ALS ZE GUS PRO-beert te bellen om hem te laten weten dat ze zo snel mogelijk thuiskomt, neemt hij niet op. Hij leek in orde toen ze hem van-ochtend verliet. Ze had tegen twaalven met hem gepraat en hoe-wel hij moe klonk, had hij gezegd dat hij vanavond graag aardap-pelpuree wilde eten.

Terwijl ze naar huis rijdt, blijft ze op de *redial*-knop drukken, maar hij neemt nog steeds niet op. Ze stopt met piepende remmen voor het huis en rukt het portier open. Als ze naast de bloembedden wat tuingereedschap ziet liggen, rent ze naar de achterdeur. Wan-hopig roept ze: 'Gus! Gus! Waar ben je?' Charm loopt snel door het kleine huis naar zijn slaapkamer en als ze de deur opendoet, ziet ze hem. Hij ligt op bed, diep in slaap. Zijn borstkas gaat op en neer en hij haalt rochelend adem.

Charm loopt zachtjes naar de woonkamer en laat zich op de bank zakken. Die bank hadden ze al toen Charm hier kwam wonen. De kussens zijn doorgezakt en de blauwgroen geruite stof is versleten en vaal van kleur. Maar hij zit lekker en ruikt naar thuis. Ze is ont-zettend moe. Ontzettend moe door haar bezorgdheid om Gus en door school. Ze gaat liggen, trekt een plaid over zich heen en doet haar ogen dicht. Ze is nog maar eenentwintig en heeft het gevoel dat ze honderd is, dat haar botten broos zijn en haar haren grijs. Als de telefoon gaat, is ze te moe om op te nemen. Laat het antwoord-apparaat maar opnemen, zegt ze tegen zichzelf, wees zuinig met je energie.

'Wilde even weten hoe het met je is.' Haar moeder. Ze klinkt heel onschuldig, heel moederlijk, maar in de loop der jaren heeft

Charm ontdekt dat haar moeder nooit iets onschuldigs zegt of doet. Reanne vertelt iets over haar werk en over Binks. Bijzonder dat ze nog altijd bij elkaar zijn. Ze besluit met de vraag of Charm volgende week komt eten. 'Ik moet de komende vier avonden werken, maar maandagavond zijn Binks en ik allebei vrij. We zouden het fijn vinden als je zou kunnen komen en een hapje mee wilt eten. Niks bijzonders, hoor.'

Charm overweegt even om de telefoon op te pakken voordat haar moeder ophangt om dat gesprek maar achter de rug te hebben, maar besluit het niet te doen. Als alles normaal gaat – nou ja, normaal voor haar moeder – belt Reanne toch niet terug. Maar als ze wél een bepaalde reden heeft, zal ze binnen vierentwintig uur terugbellen en Charm is bang dat Gus daar wakker van zal worden. Daarom besluit ze de telefoon toch maar op te pakken.

'Charmie,' zegt haar moeder liefjes.

'Hallo mam,' zegt ze, en ze probeert even enthousiast te klinken.

'Ik belde je nét en toen nam je niet op.' Ze klinkt gekwetst.

'Sorry, kom net thuis. Ik heb het antwoordapparaat nog niet afgeluisterd.' Charm probeert oprecht te klinken.

'Luister, kun je maandagavond komen eten?' vraagt Reanne.

'Eh...' zegt ze, om tijd te rekken. 'Dan moet ik eerst op mijn dienstrooster van het ziekenhuis kijken. Ik moet op de gekste tijden werken.' Charm legt de telefoon neer, loopt naar de koelkast en haalt er een blikje frisdrank uit. Ze trekt het open, neemt een lange slok en loopt langzaam terug naar de telefoon. 'Mam, hé, sorry, maar ik vrees dat ik dan in het ziekenhuis ben. Dan begin ik met mijn stage op psychiatrie. Misschien een andere keer.' Charm verbergt een boertje met de rug van haar hand.

'Kijk eens op je rooster, welke avond kun je dan wel?' dringt haar moeder aan.

'De komende weken zit ik behoorlijk vol. Wat vind je van Thanksgiving?' stelt Charm voor.

Daar denkt ze even over na. 'Dat duurt nog twee maanden. Ik zou je echt graag willen zien. Het is al veel te lang geleden. Bovendien wil ik je een leuk nieuwtje vertellen.'

Vraag het niet, vraag het niet, zegt Charm in gedachten tegen zichzelf. 'Wat dan?' vraagt ze toch.

'Nee, je zult moeten wachten,' zegt ze plagend. 'Zeg maar welke avond je wel goed uitkomt, dan zorgen Binks en ik dat we ook kunnen.' Zie je wel hoe flexibel ik ben en hoe star jij bent, lijkt haar toon te suggereren.

'Oké. Wat denk je van vanavond?' zegt Charm meteen.

'Vanavond? Maar dat is veel te kort dag.'

'Vanavond ben ik vrij, mam,' zegt Charm geduldig. 'Maar verder zit ik de komende drie weken behoorlijk vol.'

'Nou, goed dan,' zegt ze, balend.

'Zal ik iets meenemen?' vraagt Charm, verbaasd dat haar moeder haar écht wil zien.

'Het toetje, kan dat? Kom maar om een uur of zeven. Ik moet nog heel veel doen om op tijd klaar te zijn.' Ze klinkt opgewonden, als een klein meisje dat zich voorbereidt op haar verjaardagsfeestje.

'Mam, ik ben het maar. Je hoeft niets bijzonders klaar te maken,' zegt Charm tegen haar.

'Onzin. Ik zie je toch al zo zelden. Vanavond moet iets bijzonders worden.'

Dat is het gekke met haar moeder, denk Charm. Ze zegt van die verbazingwekkend eenvoudige, lieve dingen en dan hoor je dat ze ze echt meent. Charm wordt er elke keer weer door overvallen. Toch verzamelt ze haar moeders woorden als gladde, glanzende kiezelsteentjes en bergt ze op voor later, als ze tijd heeft ze tevoorschijn te halen en te bewonderen, erover na te denken.

'O, en voor ik het vergeet,' zegt ze, 'je broer belde. Heeft Gus je dat verteld?'

'Zoiets zei hij wel,' zegt Charm nonchalant.

'Hij zei iets raars. Zei dat hij me iets over jou moest vertellen. Weet jij wat hij bedoelde?'

'Nee.' Dat is het enige wat ze kan uitbrengen nu haar hart weer op hol slaat.

'Zie je om zeven uur, liefje.'

Charm staat er nog steeds, met de telefoon in haar hand en probeert niet te huilen als Gus binnenkomt. Hij ziet er uitgerust uit en zijn huid heeft een gezonde roze kleur.

Schuldbewust vertelt ze hem dat ze vanavond bij haar moeder gaat eten.

'Natuurlijk moet je gaan, Charm,' zegt hij. 'Ze is je moeder. Je moet haar even opzoeken.'

'Met jou is het veel gezelliger,' zegt Charm. 'En je bent aardiger.'

'Misschien wel,' zegt hij, en hij drukt een zakdoek tegen zijn mond en begint te hoesten. 'Maar ik blijf niet eeuwig leven.'

'Gus,' zegt Charm waarschuwend.

Maar hij glimlacht en geeft haar een klopje op haar hoofd. 'Ga maar naar je moeder,' zegt hij op zo'n toon dat Charm het gevoel heeft dat ze weer tien is.

Claire

NA CLAIRE'S SOLLICITATIEGESPREK MET ALLISON GAAT DE DAG ONT-
zettend langzaam voorbij en elke keer als de bel die aan de deur
hangt rinkelt, slaat haar hart een slag over. Ze vraagt zich af of ze
zich ooit weer veilig zal voelen in haar eigen winkel, ondanks de
alarminstallatie en de extra hulp. Ze kijkt elke paar minuten op de
klok en houdt de deur in de gaten om te zien of Jonathan en Joshua
al binnenkomen. Ze wilde dat ze Virginia had gevraagd te komen
werken, zodat ze met Jonathan mee kon om Joshua van school te
halen.

Eindelijk komen Jonathan en Joshua binnen, om halfvier. Jonathan heeft een brede grijns op zijn gezicht en Joshua ziet er moe
uit. Zijn dunne haar zit in de war, zijn shirt hangt uit zijn broek, er
zit een vlek op zijn korte broek en zijn schoenveters zitten los.

'Hé scholier!' roept Claire. 'Hoe was je eerste schooldag?'

'Josh heeft een heerlijke dag gehad!' roept Jonathan tot Claire's
opluchting.

'Natuurlijk is dat zo,' zegt ze en ze geeft Joshua een stevige knuffel.

'Het was heel leuk,' zegt Joshua met een vage glimlach om zijn
mond. 'Ik heb met de blokken gespeeld en ik mocht in de beide
pauzes op de schommel!'

'Bingo!' zegt Claire even enthousiast als hij. 'Weet je al waar jullie uitstapje dit najaar naartoe gaat?'

'De dierentuin!' roept hij. 'We gaan naar de dierentuin, naar de
olifanten en de apen!' Joshua kromt zijn schouders, zwaait met zijn
armen en vertrekt zijn gezicht in zijn beste aap-imitatie en begint
door de winkel te sjokken. Jonathan en Claire kijken elkaar aan en

schieten in de lach. Als Joshua een paar rondjes heeft gelopen, komt hij weer naar hen toe. Ze staan bij de toonbank waar de kassa op staat en hij brult, alsof hij een vreselijk geheim verraadt: 'Maar er waren ook bananen.'

'Daar hebben we het al over gehad, Josh,' zegt Jonathan tegen hem. 'We hebben je verteld dat er op school ook dingen zijn die je niet lust. Weet je nog wat je dan moet zeggen?'

'Nee, dank u,' zegt Joshua verdrietig. 'Maar dat maakte niets uit. Het kind dat moest uitdelen gaf me er toch een. Ik heb mijn neus niet dichtgeknepen en ik moest bijna kotsen,' bekent hij. 'Maar dat heb ik niet gedaan en ik heb hem gewoon doorgeslikt.'

'Goed van je, Joshua,' zegt Claire. Ze steekt haar hand uit, ter hoogte van Joshua's hoofd, en hij stapt meteen onder haar gespreide vingers. Ze wrijft stevig over zijn hoofd, zijn haar voelt als satijn. Ze voelt elk kuiltje en bultje op zijn hoofd, ze weet precies waar ze zitten alsof ze er een landkaart van heeft. Op dit plekje, vlak boven zijn linkeroor, waar hij volgens haar zijn liefde voor muziek bewaart. Hij is heel kieskeurig met zijn muziek, zoals met de meeste dingen trouwens. Geen luide en dreunende muziek; daar wordt hij onrustig van, dan drukt hij zijn oren dicht en trekt hij zich terug in een andere kamer of in zichzelf. Hij houdt van zachte, kalmerende muziek.

Ze strijkt over de bovenkant van zijn hoofd, daar waar zijn blonde haar altijd koppig rechtop staat. Op die plek krijgen de ideeën voor zijn gebouwen vorm. Hij kan uren bezig zijn met het bouwen van enorme bouwsels van Lego of houten blokken die de zwaartekracht trotseren. Zijn slaapkamer ligt vol met die blokjes en af en toe vinden ze die felgekleurde plastic blokjes terug in Trumans drollen in de achtertuin.

Ze beweegt haar vingers iets meer naar het zuiden op Joshua's hoofd, naar het bobbeltje vlak boven zijn rechteroor. Daar bewaart hij al zijn herinneringen aan de tijd voordat hij bij hen kwam. Voordat hij van hen was. Hier, denkt ze, bewaart hij misschien wel zijn voorraad verdriet en angst, blijvend en zwerend, die zich uit in zijn verlegenheid, zijn frequente in zichzelf gekeerde buien en zijn fobieën. Claire kneedt dat kleine knobbeltje, probeert het weg te masseren, maar hij wriemelt zich onder haar handen vandaan en zegt: 'Niet doen.' Alsof hij haar berispt omdat ze het enige wat zijn eerste moeder hem heeft gegeven probeert weg te nemen. Ze zal wel op haar eigen manier van hem gehouden hebben, denkt Claire, en hij probeert dat zo goed mogelijk vast te houden.

'We moeten dit vieren,' zegt Jonathan. 'Wat wil je vanavond eten, Josh?'

'Pizza,' zegt Joshua meteen. 'Pizza bij Casanova,' zegt hij vastbesloten.

'Goed dan, pizza. Ga maar even naar achteren en pak iets lekkers terwijl we wachten tot Virginia en Shelby hier zijn.' Claire steekt haar armen uit en Joshua laat zich even optillen voor een knuffeltje. Daarna sloft hij weg, zijn veters tikkend op de hardhouten vloer.

'Pff,' zegt Claire tegen Jonathan als Joshua haar niet meer kan horen.

'Zeg dat wel,' beaamt Jonathan. 'Eén dag voorbij, nog tweehonderd te gaan.'

'Misschien komt alles wel goed,' zegt Claire hoopvol terwijl ze haar armen om Jonathans middel slaat.

'Het komt wel goed. Maak je maar geen zorgen. Zeg, ik moet ervandoor,' zegt Jonathan. Hij drukt een zoen op haar lippen. 'Ik ben om halfzes terug en dan kunnen we naar Casanova.'

Als ze Joshua heeft geholpen om boterhammen met pindakaas klaar te maken en hem een glas melk heeft gegeven uit de kleine koelkast die ze in de opslagruimte heeft staan, loopt Claire de winkel weer in in afwachting van klanten. Na de beroving wil ze niet dat er nog iemand alleen in de winkel werkt. Ze weet dat extra personeel haar extra geld kost, maar dankzij de belastingvoordelen als je iemand aanneemt die voorwaardelijk vrij is, kan het. En ze heeft echt nog een parttimer nodig, want dankzij de opknapbeurt van het centrum van Linden Falls, lopen er veel meer voetgangers door Sullivan Street en de andere historische straatjes parallel aan de Druid. Een van de middelbare scholieren die drie jaar in de winkel heeft gewerkt, gaat naar de universiteit. De andere, Shelby, is lief maar heeft het druk met school en kan maar een paar avonden per week werken. Virginia, de gepensioneerde vrouw die meestal in het weekend werkt, gaat de winter doorbrengen in Florida.

Claire hoopt van harte dat het allemaal goed zal gaan met Allison Glenn. Olene Jurgison heeft haar geen details over Allisons verleden verteld, maar Claire kent Olene al jaren via de Linden Falls Downtown District Organization. Ze hebben samen liefdadigheidswerk en andere maatschappelijke activiteiten gedaan en af en toe komt Olene met het voorstel iemand uit haar opvanghuis aan te nemen. Claire heeft altijd nee gezegd, tot nu.

Om vijf uur stopt Jonathan voor Bookends, en nemen Joshua en Claire afscheid van Virginia en Shelby. Casanova is niet ver en daarom lopen ze er hand in hand naartoe. Het is begin september en het zonlicht is al veel minder fel, zoals altijd als de zomer overgaat in de herfst.

Jonathan en Claire gaan aan een tafeltje zitten, terwijl Joshua naar een groepje kinderen loopt die vanachter een plexiglazen ruit toekijken hoe het pizzadeeg wordt uitgerold en in de lucht gegooid. 'Ik vind het niet logisch klinken dat je als veiligheidsmaatregel een ex-gevangene aanneemt,' zegt Jonathan nadat Claire hem heeft verteld dat ze Allison Glenn heeft aangenomen.

'Dat weet ik wel,' zegt Claire. 'Maar Olene is erg positief over dat meisje. Zegt dat ze heel slim is en goede vooruitzichten heeft.'

'Wat heeft ze op haar kerfstok? Ik bedoel, wil je echt dat Joshua optrekt met een meisje dat in de gevangenis heeft gezeten?' vraagt hij.

'Ik weet niet wát ze heeft gedaan,' geeft ze toe. 'Alleen dat ze is veroordeeld voor een ernstige misdaad, maar wegens goed gedrag vervroegd is vrijgelaten. We willen haar een frisse start geven, zonder de ballast van haar verleden. Olene heeft me verzekerd dat ze niet gewelddadig is of zo en dat de overheid haar niet beschouwt als een gevaar voor de maatschappij.' Claire ziet aan zijn gezicht dat hij twijfelt. 'Ik weet het,' zegt ze weer. 'Het klinkt niet logisch, maar ik heb een goed gevoel over haar. Joshua is nooit in de winkel als ik er niet ook ben. Praat in elk geval eens met haar. Alsjeblieft?'

Jonathan slaakt een zucht. 'Oké. Ik zal met haar praten.'

'Dank je wel,' zegt Claire. Ze leunt over het tafeltje en zoent hem op zijn mond. 'Het komt echt goed. En bovendien is het in financieel opzicht een goede zaak. Je zult het zien.'

'Mama, papa!' roept Joshua als hij naar hen toe rent. 'De pizzameneer gooide plakjes pepperoni tegen het raam toen we naar hem stonden te kijken en ze bleven aan het glas plakken! Mogen we pepperonipizza eten?'

'Tuurlijk,' zegt Jonathan. 'Dan vragen we of ze de pepperoni die aan het raam is blijven plakken op onze pizza doen.'

De opwinding van Joshua's eerste schooldag heeft hem uitgeput en tegen de tijd dat ze thuiskomen, vallen zijn ogen bijna dicht en zit hij te gapen. Jonathan draagt Joshua het huis in en naar boven, zodat hij zijn gezicht kan wassen en zijn tanden kan poetsen.

Claire stopt Joshua in bed en trekt zijn dekbed zo over hem heen dat er geen bobbels in zitten. Het zachte licht dat door de jaloezieën naar binnen dringt, creëert een halo boven zijn hoofd en accentueert de donkere wallen onder zijn ogen. 'Denk je dat je school leuk gaat vinden, Josh?' vraagt Claire hem terwijl hij de kop van zijn knuffelbulldog streelt. Het beest heeft bijna een kale kop doordat Joshua hem altijd zo fanatiek over zijn kop aait. Joshua denkt hier even over na en haalt dan zijn schouders op. 'Vind je juf Lovelace aardig?' vraagt ze.

'Ja,' zegt hij, maar ze hoort een aarzeling in zijn stem die ze zo goed kent en die 'ja, maar...' betekent. Claire gaat zitten, wacht tot hij verder praat. 'Het is er lawaaierig. De kinderen maken heel veel lawaai,' voegt hij eraan toe.

'Er zitten veel kinderen bij je in de klas. Ik kan me voorstellen dat ze veel lawaai maken,' zegt Claire. Ze strijkt het haar van zijn voorhoofd, maar hij duwt haar hand geïrriteerd weg.

'Ik mis je.' Hij kijkt op naar Claire om haar reactie te peilen en zijn hand begint de knuffel nog fanatieker te strelen. 'En dan wil ik weg.'

Claire haalt diep adem voordat ze antwoord geeft. 'Josh, ik mis jou ook, maar ik heb mijn werk in de boekwinkel en jouw werk is naar school gaan.' Hij geeft geen antwoord. 'Goed, Joshua?'

Joshua zegt niets, maar knikt. Zijn onderlip steekt naar voren en zijn kin trilt.

'Josh,' zegt Jonathan teder. 'Je kunt niet gewoon niet naar school gaan. Je zit nu op de basisschool, dat is het echte werk.'

'Dat weet ik,' grient Joshua en de tranen springen hem in de ogen.

'Wat is er aan de hand, Josh?' vraagt Jonathan, maar Claire weet het al.

'Ik ben bang. Ik wil bij jullie slapen.'

'Josh, je moet in je eigen bed slapen. Dan slaap je veel beter,' zegt Claire, hoewel ze weet dat Joshua midden in de nacht bij hen in bed zal kruipen.

'Waar zijn die slechte mannen nu?' vraagt hij.

'Heel ver weg, Joshua,' zegt Claire om hem gerust te stellen en ze kijkt Jonathan hulpzoekend aan.

'Die durven écht niet terug te komen,' zegt Jonathan. 'Zij weten dat de politie naar hen op zoek is en ze weten dat er een dappere kleine jongen is die hen heeft weggejaagd.'

'Ik was die dappere jongen,' vertelt Joshua hun, alsof ze dat niet al weten.

'Inderdaad, dat ben jij, Joshua. Je was ontzettend dapper,' zegt Claire tegen hem. 'Maar nu hoef je je geen zorgen meer te maken. We hebben nu een alarminstallatie in de boekwinkel.'

'En dat nieuwe meisje komt,' zegt hij. 'Hoe heet ze?'

'Ze heet Allison. En ja, Allison komt ook. Morgen zul je haar zien, dus maak je maar geen zorgen.'

'En we hebben Truman,' mompelt hij slaperig en hij kruipt nog dieper onder zijn dekbed.

'Wij zorgen dat je veilig bent, Josh,' fluistert Jonathan. 'Maak je maar geen zorgen.'

Brynn

'Brynn, wakker worden,' zegt ze steeds weer. 'Het is halfnegen. Je ligt al zo lang te slapen, ben je ziek?'

In paniek spring ik uit bed. Ik vraag me af of ik de hele dag en de hele nacht heb geslapen en alweer te laat ben voor school. Mijn slaapkamer beweegt en ik moet me aan mijn oma vastgrijpen om niet te vallen.

'Griep,' kan ik nog net uitbrengen voordat ik mijn kamer uit ren naar de badkamer waar ik overgeef in de wc. Als ik de deur eindelijk open en beverig de overloop op stap, staat mijn oma met een bezorgde blik op me te wachten.

'Ik begon me al zorgen te maken,' zegt ze. Ze pakt me bij de elleboog en loopt met me mee naar mijn bed. 'Ik heb wel tien minuten geprobeerd je wakker te krijgen. Je voelde ijskoud.'

'De griep,' mompel ik weer. Ik durf haar niet aan te kijken. Ik kruip weer onder de dekens en zie het glas op mijn nachtkastje. Er zit nog een heel klein beetje wijn in. Als mijn oma dat heeft gezien, laat ze het niet merken.

'Zal ik een boterham voor je roosteren of wat soep maken?' vraagt ze en ze gaat naast me op bed zitten.

'Nee,' zeg ik, en ik begraaf mijn hoofd onder de deken zodat ik haar niet hoef aan te kijken. 'Ik wil gewoon slapen.'

Ze blijft nog even zwijgend zitten. Ik wil dat ze weggaat en me met rust laat. Eindelijk zegt ze iets. 'Brynn, gaat het wel goed met je? Is er iets gebeurd?'

'Nee,' zeg ik vanonder mijn dekbed. Ik ruik mijn eigen adem, verschaald en zuur. 'Ik ben ziek.'

'Heb je je medicijnen wel genomen?' vraagt ze omzichtig, alsof ze me beledigt door het alleen maar te vragen.

'Ja, oma,' zeg ik ongeduldig. 'Alsjeblieft, ik wil alleen maar slapen. Ik voel me echt niet goed.'

'Heb je vandaag je medicijnen al genomen?' vraagt ze.

Ik sla het dekbed van me af en ga rechtop zitten. Ik pak het pillenpotje, draai het deksel open en haal er opzichtig een capsule uit zodat mijn oma het goed kan zien. Ik stop hem in mijn mond en slik hem overdreven door, waarna ik mijn mond wijd open doe zodat ze kan zien dat-ie weg is. Ik weet dat ik gemeen doe, ik weet dat mijn oma zich gewoon zorgen om me maakt. Ik ga met een plof liggen, leg een kussen op mijn gezicht en voel me ziek en ellendig.

Na een paar minuten geeft mijn oma me een klopje op mijn been, waarna ze opstaat en heel zachtjes mijn kamer uit loopt. Dan spuug ik de pil, die ik onder mijn tong had verstopt, weer uit.

Allison

IK KAN BIJNA NIET GELOVEN DAT IK DIE BAAN IN BOOKENDS HEB GEKRE-
gen. Elke keer als ik eraan denk dat ik met tranen in mijn ogen
voor mevrouw Kelby zat, schaam ik me. Ik heb de laatste dagen
vaker gehuild dan in de afgelopen eenentwintig jaar. Ik begin morgen en heb helemaal geen kleren die geschikt zijn voor mijn baan.
Mevrouw Kelby heeft maar een paar kledingvoorschriften – geen
spijkerbroek, T-shirt of sweatshirt – maar andere kleren heb ik niet.
Ik heb de hele middag geprobeerd mijn ouders te bellen. Eindelijk
neemt mijn vader op.

'Hallo,' zegt hij. De vertrouwdheid van zijn zelfverzekerde, diepe
stem overvalt me en ik druk de telefoon stevig tegen mijn oor.

'Hallo, papa,' zeg ik, met een benepen stemmetje. 'Met Allison.'

Even is het stil en ik weet dat hij zich afvraagt wat hij moet
doen. Moet hij ophangen of met me praten? 'Ik heb een baan,
papa,' zeg ik snel. 'In een boekwinkel en ik vroeg me af of ik langs
kan komen om wat kleren op te halen. Ik heb geen geschikte kleren om aan te trekken en ik dacht dat ik misschien even in mijn
kast kon kijken om te zien of er nog iets is wat me past. Ik ben niet
echt aangekomen en kan mijn oude kakibroek misschien nog aan
en ik had een paar leuke...' Ik realiseer me dat ik sta te bazelen
en hou mijn mond. Ik hoor mijn vaders ademhaling. 'Papa, mag
ik alsjeblieft langskomen?' Het zweet staat in mijn handen en ik
heb het telefoonsnoer zo strak om mijn vinger gedraaid dat mijn
vinger blauw wordt.

'Papa?' Ik hoor zelf hoe smekend mijn stem klinkt.

Hij schraapt zijn keel en zegt: 'Natuurlijk, Allison. Kom maar
om een uur of zes. Dan zien we wel even wat we kunnen vinden.'

Hij klinkt afwezig, ver weg. Niet koud, maar ook niet warm. Niet hoe je zou moeten klinken als je je dochter al maanden niet hebt gesproken.

'Bedankt,' zeg ik. 'Tot straks dan. Dag.' Ik wacht tot hij dag zegt, maar hoor alleen een zacht klikje. Ze hebben gewoon tijd nodig om aan het idee te wennen dat ik vrij ben, dat ik weer in Linden Falls ben. Ze hebben gewoon nog wat meer tijd nodig.

Als Olene door de straat rijdt waar ik ben opgegroeid, zie ik hoe weinig er is veranderd in de vijf jaar dat ik weg ben geweest. Alles ziet er nog precies hetzelfde uit. Dezelfde keurig gemaaide gazonnetjes, dezelfde grote, roodstenen huizen met dubbele garages en erkers. Ze stopt voor het huis waarin ik ben opgegroeid en daar word ik overvallen door allemaal herinneringen. Mijn moeder zit aan de keukentafel in kookboeken te bladeren, mijn vader zit aan zijn bureau in zijn werkkamer te werken, ik zit in mijn kamer te leren. Brynn loopt op haar tenen door het huis en probeert niet op te vallen.

'Zal ik hier buiten op je wachten, Allison?' vraagt Olene.

'Nee hoor, dat hoeft niet,' zeg ik. 'Mijn vader zal me wel terugbrengen.' Maar ik maak geen aanstalten om uit te stappen. Olene kijkt me afwachtend aan.

'Allison?' Olene klopt even op mijn knie. 'Ga maar naar je ouders. Het zal echt niet zo erg zijn als je denkt.'

Met een vage glimlach zeg ik: 'Bedankt, Olene, maar je kent mijn ouders niet.'

'Hebben ze je gemeen behandeld? Sloegen ze je?' vraagt Olene. 'Je bent nu volwassen. Ze kunnen je niet meer pijn doen.'

'Ze hebben me niet geslagen,' zeg ik lachend. 'Niet met hun vuisten.'

'Wat dan?' vraagt ze.

'Dat is lastig uit te leggen,' zeg ik en ik leg mijn hand op de kruk van het portier. 'Ik was perfect.'

'En...'

'En toen was ik dat niet meer.' Ik duw het portier open, stap uit en zwaai naar haar. Als ik het pad op loop voel ik me weer tien.

Bij de voordeur aarzel ik even. Ik weet niet of ik moet aanbellen of gewoon naar binnen moet lopen. Ik ben hier vijf jaar niet geweest, ik ken mijn plaats hier niet meer. Als ik hier nog een plaats heb... Ten slotte druk ik op de bel. Even later hoor ik voetstappen en doet mijn vader de deur open. 'Hallo, papa,' zeg ik verlegen en ik zet een stap naar hem toe om hem te omhelzen. Ik voel hem verstijven en laat mijn armen langs mijn lichaam vallen. Hij kijkt me met een ongemakkelijke blik aan. Hij is nog dezelfde lange, knappe man die ik me herinner, maar ik verbaas me erover hoe zwaar hij is geworden, over zijn dikke buik die tegen de stof van zijn overhemd drukt. Zijn bruine haar is grijs en dun geworden en hij heeft wallen onder zijn ogen. Ik kijk over zijn schouder om te zien of mijn moeder er is. 'Is mama thuis?'

'Ze is er nu niet,' zegt hij en hij wipt ongemakkelijk van de ene voet op de andere. Achter hem zie ik een paar kartonnen dozen staan.

'O,' zeg ik met een klein stemmetje als het tot me doordringt: ik ga niet met mijn ouders eten, ik ga niet samen met mijn moeder naar mijn kledingkast om te zien welke kleren me nog passen. Ik denk aan mijn oude slaapkamer, met de lichtpaarse muren en mijn gestippelde dekbedhoes. Ik hield van die kamer, die was een toevluchtsoord voor me. Een plek waar ik gewoon mezelf kon zijn.

'Zal ik je helpen om die dozen naar je auto te dragen?' vraagt mijn vader zogenaamd opgewekt.

'Ik heb geen auto, papa,' zeg ik kortaf. 'Ik kom net uit de gevangenis. Ik heb geen auto, ik heb geen kleren, ik heb niets.'

'O, nou...' Met een verdrietige blik vraagt hij: 'Kan ik je dan ergens naartoe brengen?'

'Doe maar geen moeite,' mompel ik en ik draai me om. Maar dan draai ik me vliegensvlug weer naar hem toe en ik zeg: 'Ik wil hem zien.' Mijn vader kijkt verbaasd en ik voeg eraan toe: 'Ik wil mijn kamer zien.'

'Allison,' zegt mijn vader met een kuchje en niet op zijn gemak. Ik glip langs hem heen, stap het huis in en kijk rond. Ik loop naar de saaie woonkamer en alles ziet er nog net zo uit als vijf jaar geleden.

Hetzelfde gebloemde behang, dezelfde bank en stoelen, dezelfde vleugel. Zelfs de geur is hetzelfde. Een mengeling van rozenblaadjes en kaneel. Maar iets klopt er niet, iets is anders, maar ik weet nog niet wat. 'Allison,' zegt mijn vader weer. Nu is zijn stem hard, koud. 'Wat doe je?'

Ik negeer hem en loop de trap op naar mijn slaapkamer. De vloerbedekking voelt zacht onder mijn voeten en de mahoniehouten trapleuning voelt glad en koel onder mijn hand. Opeens blijf ik staan. Ik weet het! Ik weet wat er anders is... De foto's. De foto's zijn allemaal verdwenen. Elke foto van mij is verdwenen. Ik loop verder de trap op. Mijn benen voelen zwaar en mijn hart bonst in mijn borstkas.

'Allison,' roept mijn vader me achterna. 'Je kunt hier niet zomaar binnenlopen...' Zijn stem sterft weg als ik boven aan de trap ben en via de overloop naar de slaapkamers loop. De lucht hier is bedompt en drukt zelfs nog zwaarder op me dan toen ik nog in de gevangenis zat. Ik bedwing de behoefte de trap af te rennen en naar buiten te gaan, de frisse lucht in. De deur van mijn slaapkamer is dicht. Ik pak de deurknop en draai hem rond, waarna hij met een klikje opengaat. Het zwakke zonlicht verzacht de schok niet. Weg zijn de lavendelkleurige muren; spierwit zijn ze nu. Weg is mijn gespikkelde dekbed, weg is mijn bureautje, weg zijn mijn voetbalbekers, mijn blauwe linten, mijn teamfoto's, mijn boekenplanken, mijn knuffels. Alles is weg. Ik bedwing een snik, ren naar mijn kast en zwaai de deur open. Leeg. Geen kleren, geen schoenen, geen dozen met aandenkens. Ik ben uitgewist.

Als ik vanuit mijn slaapkamer naar de overloop strompel, zie ik dat de slaapkamerdeur van mijn ouders op een kier staat. Dan vang ik een glimp op van mijn moeder, haar gezicht is bijna helemaal verborgen in de schaduw.

Als ik de straat uit ren, verwacht ik steeds dat ze mijn naam zullen roepen, mijn arm zullen vastpakken, maar er gebeurt niets. Ze laten me gewoon weglopen. Ik ben boos op mezelf omdat ik me zo gekwetst voel, maar het is wel zo. Ik loop een heel eind. Gertrude House is ongeveer zeven kilometer van het huis van mijn ouders vandaan en ik vraag me af of ik daar wel om acht uur kan zijn – om die tijd verwacht Olene me. Ik hoor dat er een auto achter me aan rijdt en ik draai me om. Het is mijn vader en ik merk dat ik een sprankje hoop krijg, ook al baal ik daarvan.

'Allison,' zegt hij door het open raampje. 'Ik breng je wel.' Hoewel ik het portier maar al te graag wil opendoen en instappen, wil ik het hem niet te gemakkelijk maken.

'Het is wel duidelijk dat jij en mama niets met me te maken willen hebben, laat dus maar zitten.' Ik loop door, in de richting van Gertrude House.

Mijn vader rijdt langzaam achter me aan. 'Allison,' roept hij, 'ik wil alleen maar zeggen dat we meer tijd nodig hebben. Stap alsjeblieft in.' Ik kijk hem lang en hard aan, maar dan stap ik toch in en ga ik naast hem zitten. Hij zet de motor af en kijkt me aan, wrijft over zijn gezicht. 'Allison, bekijk het alsjeblieft vanuit ons standpunt. Dit is heel moeilijk voor ons geweest.'

'Maar ik ben...' begin ik, maar hij valt me in de rede.

'Laat me uitpraten. Dit is heel moeilijk geweest voor je moeder en mij. We hebben eindelijk een soort...' – mijn vader kijkt me smekend aan – '... wat rust gevonden.'

Hij wil dat ik hem vergeef, dat ik zeg dat ik begrijp dat ze me helemaal hebben afgeschreven. Op een bepaalde manier is dat ook wel zo, maar dat maakt de pijn niet minder hevig. Ze zijn klaar met me. Over en uit.

'Oké, papa. Ik begrijp het.' Met een verdrietige glimlach voeg ik eraan toe: 'Zeg maar tegen mama dat ik het begrijp.' Mijn vader ademt uit en begint te rijden. Als we voor Gertrude House stoppen, doet mijn vader de kofferbak open.

'Zal ik je helpen met die dozen?' vraagt hij.

'Nee, ik doe het wel,' zeg ik en ik kan wel zien dat hij opgelucht is. Ik haal de dozen met kleren uit de kofferbak en zet ze op de stoep. 'Bedankt, papa,' zeg ik. 'Doe mama mijn groeten.'

'Doe ik,' zegt hij. Dan haalt hij zijn portefeuille uit zijn zak en haalt er wat bankbiljetten uit. 'Hier, neem maar.'

'Dat hoeft niet, hoor,' zeg ik.

'Nee, toe maar. We willen je dit geven.' Hij drukt de bankbiljetten in mijn hand. 'Succes met je nieuwe baan.'

'Bedankt,' zeg ik, maar mijn keel doet pijn als ik hem zie wegrijden. Ik blijf nog heel lang staan, maar dan voel ik een hand op mijn arm. Ik draai me om, verwacht Olene te zien, maar het is Bea. Samen met Tabatha, met piercings en al.

'Gaat het?' vraagt Bea.

'Ja hoor,' zeg ik en ik veeg mijn tranen weg, in de hoop dat zij ze niet hebben gezien. Bea bukt zich en met haar pezige, sterke armen tilt ze een doos op en Tabatha doet hetzelfde. Eerlijk gezegd gaat het niet. Helemaal niet.

Charm

CHARM GAAT NAAR DE SUPERMARKT EN HAALT EEN APPELTAART BIJ DE broodafdeling en een bak vanille-ijs. Ze overweegt even om het allergoedkoopste merk ijs te nemen, omdat de kans toch groot is dat ze voor het toetje vertrokken is. Maar haar moeder zal zich waarschijnlijk heel opgewekt gedragen en heel liefjes vragen of Gus en zij misschien financiële problemen hebben, waarna ze eraan zal toevoegen hoe jammer dat is, omdat Gus na de scheiding het huis immers heeft gekregen? Charm weet ook dat ze zich niet te buiten moet gaan aan het allerduurste merk ijs, omdat haar moeder dan zal denken dat ze indruk wil maken. Geen Häagen-Dazs vanavond. Charm kiest een grote bak vanille-ijs van een niet al te duur merk.

Reanne begroet Charm hartelijk met een stevige omhelzing. Binks pakt de taart en het ijs van haar aan en klopt haar onhandig op de schouder.

'Ontzettend fijn je te zien, Charm,' zegt Reanne. Ze is aangekomen. Haar welvingen zijn veranderd in vetkwabben en haar haar ziet er eerder broos en slecht onderhouden uit dan dat het is gebleekt door de zon.

Ze heeft rimpeltjes rondom haar ogen en haar make-up heeft zich in de rimpeltjes verzameld. Charm moet zich bedwingen om haar vinger niet nat te maken en het weg te vegen.

Haar moeder heeft heel veel moeite gedaan. Ze heeft een gebloemd tafelkleed op de kleine keukentafel gelegd en kaarsen aangestoken.

'Wauw,' zegt Charm als ze dat allemaal ziet. 'Is er iets te vieren?'

'Kom eerst maar eens zitten. Het eten is klaar. Laten we maar beginnen voor het koud wordt,' zegt ze terwijl ze in de richting van de tafel knikt.

'Oké, oké.' Charm lacht ingehouden en gaat zitten. 'Het ruikt heerlijk,' zegt ze vriendelijk.

'Je moet Binks bedanken voor de kip, die heeft hij klaargemaakt. Maar ik heb de aardappelpuree gemaakt, waar je zo van houdt!'

Charm voelt zich opeens schuldig. Gus is nu thuis, met alleen maar een vrijwilliger van de hospice die op hem let. 'Daar is Gus ook dol op.'

Reanne kijkt snel even naar Binks om te zien of hij die opmerking heeft gehoord, maar hij is bezig de kip over de borden te verdelen. Ze wacht tot hij is gaan zitten en de schalen met eten zijn rondgegaan. Charm neemt een paar hapjes. De kip is droog en ze heeft moeite het vlees door te slikken. Binks glimlacht en knikt naar Reanne en zij schuift heen en weer in haar stoel alsof ze niet kan wachten iets te zeggen.

'Wat is er?' vraagt Charm, bang voor het antwoord.

'Binks en ik gaan trouwen!' krijst Reanne helemaal blij, en Charm vertrekt haar gezicht tot een glimlach. Ze probeert haar lippen te bewegen, maar er gebeurt niets. Binks en Reanne kijken haar verwachtingsvol aan.

'Wauw,' zegt Charm zacht. Ze wordt overvallen door het gevoel dat ze weg moet uit dit appartement met die vettige, naar sigarettenrook stinkende lucht en kitscherige snuisterijen.

'En...?' Haar moeder buigt zich naar Charm toe, wacht tot ze meer zegt. Binks kijkt naar zijn bord. Er zit aardappelpuree in zijn snor.

'En... ik ben heel blij voor jullie,' zegt Charm, maar haar trillende stem verraadt haar. Het enige waar ze aan kan denken, is hoe graag Gus met haar moeder had willen trouwen. Die verbazingwekkend aardige, verantwoordelijke, knappe man hield van haar moeder, maar ze had hem in de steek gelaten. 'Gefeliciteerd,' voegt Charm er zwakjes aan toe.

'Je bent niet blij,' zegt Reanne gemelijk. 'Je bent niet blij. Je kunt het niet uitstaan dat het zo goed met me gaat.'

'Mam,' zegt Charm vermoeid. 'Dat is het niet. Ik ben wel blij voor jullie, maar ik ben gewoon verbaasd.'

'Verbaasd? Verbaasd waarover, Charm?' Nu is ze kwaad. 'Verbaasd dat ik verliefd ben en ga trouwen? Na alles wat ik heb meegemaakt, had ik gedacht dat jíj daar toch wel begrip voor zou hebben!'

'Wát heb je dan meegemaakt?' vraagt Charm ongelovig, hoewel ze weet dat het niet handig is haar moeder boos te maken. Haar moeder zal haar woorden verdraaien, het doen voorkomen alsof Charm ondankbaar is, jaloers. 'Wát heb je meegemaakt?' vraagt Charm nog een keer, zachter nu. 'Je bent echt ongelooflijk, mama. Het spijt me dat ik een beetje sceptisch ben nu je je eindelijk tot één man wilt beperken. Dat is niet bepaald waar je om bekendstaat.'

'Tuttut, Charm,' zegt Binks op redelijke toon. 'Je hoeft niet zo respectloos te doen.'

'Weet je wat respectloos is?' vraagt Charm met een gevaarlijk lage stem. 'Respectloos is de ene man na de andere mee naar huis nemen zodat je kinderen geen idee hebben wie er de volgende ochtend aan de ontbijttafel zit. Respectloos is mannen mee naar huis nemen die flirten met je negen jaar oude dochter!' Reanne kijkt even verbaasd, alsof ze zich in gedachten van al haar vroegere vriendjes afvraagt wie Charm boven haar kan hebben verkozen. 'Respectloos is een kind opvoeden met de gedachte dat mannen stomme koeien zijn die je als vuilnis weg kunt gooien. Respectloos is scheiden van de enige nette man die van jou en je kinderen hield, en zijn hart breken. Dát is respectloos.' Charm duwt haar stoel naar achteren en staat op.

'Ga je weg?' vraagt Reanne ongelovig. 'Maar we zijn nog niet klaar met eten. We hebben nog niet eens over je broer gepraat.'

'Ik ben uitgepraat,' zegt Charm met een strakke blik op haar moeder. Ze loopt naar de deur, maar bedenkt zich dan. Ze weet dat het kinderachtig is, maar ze kan er niets aan doen. Ze loopt naar de koelkast, doet de deur open en pakt de bak met ijs. Zij en Gus zullen vanavond ijs eten. Ze is niet van plan Gus iets te vertellen over haar moeders trouwplannen. In plaats daarvan zal ze hem vertellen dat haar moeder ellendig en eenzaam leek, dat ze vroeg hoe het met hem ging. 'Ik wens je een gelukkig leven.' Charm probeert het zo vriendelijk mogelijk te zeggen, maar het komt er bitter uit. Ze gaat weg en haar moeder en Binks kijken haar met open mond na.

Charm trilt nog van woede als ze thuiskomt. Ze weet niet goed waarom ze zo van slag is door haar moeders trouwplannen. Ze denkt dat het te maken heeft met het feit dat het Gus zal kwetsen. Ze kijkt even bij Gus, die vast in slaap is, en besluit dan een wandeling langs de rivier te gaan maken. Ze vindt het daar heerlijk. In de herfst gaat ze vaak onder de acacia's zitten als hun kleine gele blaadjes als kanarieveertjes om haar heen op de grond vallen. In de winter kan ze uren langs de Druid lopen, ofschoon ze tranen in haar ogen krijgt van de koude wind en haar laarzen enorme voetstappen achterlaten.

Jaren geleden, toen Charm twaalf was, heeft ze in de verse sneeuw een hele rij sneeuwmannetjes getekend, een sneeuwmannetje voor iedere man die haar moeder mee naar huis had genomen, in elk geval voor iedere man die zij zich nog kon herinneren. Met haar vinger schreef ze er de initialen van iedere man bij. Als ze zich zijn naam niet kon herinneren, schreef ze op wat ze zich wel van hem kon herinneren. C.L. stond voor de man die cowboylaarzen droeg. Ze was toen zes en kon zich het gezicht van die man niet meer herinneren, alleen zijn laarzen op de vloer van haar moeders slaapkamer, grijs en versleten. In het donker leek het net alsof ze de kamer bewaakten, klaar om toe te slaan. Toen ze opstond en neerkeek op haar werk, rij na rij na rij sneeuwmannetjes in de sneeuw, had Charm op een bepaalde manier een tevreden gevoel. Het enige wat ontbrak, was een rood vlekje midden in iedere pop. Een gebroken hart. Charms moeder was altijd degene die vertrok, nooit de man. Ze zorgde er altijd voor dat ze meer wilden.

Nadat haar wandeling langs de rivier haar woede heeft bekoeld, gaat Charm terug naar huis, waar ze weer een kijkje bij Gus neemt. Hij ligt roerloos. Ze loopt op haar tenen naar haar slaapkamer en haalt een schoenendoos tevoorschijn die ze al jaren in haar kledingkast verstopt heeft gehouden.

In deze schoenendoos bewaart ze de paar aandenkens aan haar

tijd met de baby. Nog geen drie weken. Eeuwen geleden. Af en toe gaat ze op haar bed zitten en raakt alles even aan. Eerst een paar minuscule babysokjes van een maagdenpalmblauwe kleur. Ze waren te groot voor zijn kleine voetjes zodat ze clownesk leken. Als hij met zijn voetjes trappelde, gleden de sokjes van zijn voetjes en dan wiebelde hij met zijn teentjes alsof hij wilde zeggen: aah, dat is beter. Maar het waren zijn sokjes en hij had ze gedragen, heel kort weliswaar, maar daarom waren ze bijzonder. In de doos zit ook de polsrammelaar in de vorm van een hommel, en een heel klein blauw honkbalpetje van de Chicago Cubs. Ten slotte zitten er twee kleine, ingelijste foto's in. Op een van de foto's staat Charm: ongelooflijk jong en ongelooflijk moe, met een huilende baby met een rood gezichtje op de arm. Op de andere staat Gus, glimlachend, met een rustig slapend kind op de arm. Ze weet dat ze hem nooit iets zal kunnen vertellen over de eerste twee dagen van zijn leven. Dat er van hem werd gehouden door een meisje van vijftien en een zieke man, die beiden geen idee hadden wat ze aan het doen waren, maar die het bleven proberen tot ze niet meer konden.

Allison

IK BEN ONTZETTEND ZENUWACHTIG. ZENUWACHTIGER DAN VOOR MIJN SAT-toets en zenuwachtiger dan toen ik op de uitslag moest wachten. Ik wil dit werk echt goed doen. Mijn leven begint opnieuw en dit is nog maar het begin.

Hoewel het pas begin september is, is de lucht fris en koud, en de bladeren die op de grond vallen hebben nog maar net levendige felgele en vuurrode randen. Ik ben te vroeg bij de winkel en sta buiten ongeduldig te wachten. Mevrouw Kelby zwaait naar me voordat ze in een parkeervak rijdt.

'Goedemorgen Allison,' roept ze als ze uitstapt. 'Heb je al zin in een geweldige dag?'

'Heel veel,' zeg ik. 'Maar ik ben ook een beetje zenuwachtig,' geef ik toe.

'Je doet het vast heel goed,' zegt mevrouw Kelby troostend. 'Vraag maar als je iets wilt weten.' Ze doet de deur van het slot, loopt de winkel binnen en draait het licht aan. Het is er mooi, warm en gezellig. Ik kijk om me heen en zie de vele rijen boeken, van de vloer tot het plafond. De bibliotheek in de gevangenis was niet uitgebreid, maar toen ik daar was heb ik alles gelezen wat ik maar te pakken kon krijgen, ook al waren de boeken verfomfaaid en zaten ze onder de vlekken en vielen ze soms bijna uit elkaar. Maar hier heeft elk boek een glanzende omslag en ik wil er eentje pakken, het openslaan en mijn neus tegen de knisperende, schone bladzijden drukken. Mevrouw Kelby kijkt naar me, met een geamuseerde blik op haar gezicht.

'Ik weet het,' zegt ze. 'Ik moet mezelf elke dag knijpen. Ik blijf me verbazen over al die boeken. Kom, dan geef ik je een rondleiding.'

Ze leidt me rond in de winkel, laat me de kinderafdeling zien met de zitzakken en tafeltjes en stoeltjes die klaarstaan voor een theepartijtje.

Toen Brynn en ik klein waren, hielden we ook altijd theepartijtjes. Dan verkleedden we ons in mijn moeders oude kleren en sieraden, en zetten onze favoriete knuffels en poppen in stoeltjes rondom het tafeltje in onze speelkamer. Ik speelde altijd gastvrouw, en Brynn en de poppen waren mijn gasten.

'Ga zitten,' zei ik dan met een bekakte stem, die niet veel afweek van mijn gewone stem. Dan ging Brynn zitten, haar kleine, magere lichaam in een gebloemde Laura Ashley-jurk, een afdankertje van mijn moeder, en keek me met haar bruine ogen vanonder haar gerafelde strooien hoed aan.

Ik heb een keer rode vruchtenlimonade en koekjes mee naar de speelkamer gesmokkeld, wat onze moeder streng verboden had.

'Thee?' vroeg ik.

'Ja, graag,' antwoordde Brynn dan en ze probeerde mijn eigen geaffecteerde stem na te doen.

Ik schonk de limonade in de theekopjes en we begonnen te nippen en te kauwen, hielden er af en toe mee op om een opmerking te maken over het weer of te roddelen over de buren, zoals we onze moeder en haar vriendinnen hadden horen doen. Brynn stak haar hand uit om nog een koekje te pakken toen ze met haar elleboog de theepot omgooide. De limonade stroomde op het lichte kleed eronder. Brynn raakte in paniek en begon te huilen, omdat ze wist hoe kwaad onze moeder zou zijn.

'Sst, Brynn,' zei ik. 'Straks hoort ze je nog.'

'Sorry.' Brynn begon zelfs nog harder te huilen.

'Hou op met huilen,' zei ik, en ik trok keihard aan een van haar donkere krullen.

'Au!' piepte ze, maar ze hield wel op met huilen. Ze leek niet boos te zijn om wat ik had gedaan, maar leek zo mogelijk nog verdrietiger.

Toen kwam onze moeder de kamer binnen. Ze torende hoog boven ons uit. Ze was lang, zoals ik zou worden, en had sluik blond haar dat ze altijd naar achteren kamde. Ze keek naar de limonade die van het tafeltje druppelde en een vuurrode vlek op het kleed maakte. Brynn zat naast me te snikken.

'Ik heb het gedaan,' zei ik zonder nadenken. 'Het was mijn schuld.'

Zwijgend greep mijn moeder me bij de arm en ze gaf me twee snelle tikken op mijn billen. Het deed niet pijn, maar ik schaamde me, mijn trots was gekrenkt. Brynn sloeg haar handen voor haar ogen, ze wilde het niet zien. Daarna draaide mijn moeder zich om en deed hetzelfde bij Brynn. Ze schrok er zo van dat ze viel.

'Maar ik heb het gedaan,' zei ik verontwaardigd tegen mijn moeder. 'Het was mijn schuld.'

'Jij kreeg klappen omdat je liegt,' zei mijn moeder op kille toon. 'En jij,' zei ze tegen Brynn die nog steeds op de grond lag, 'kreeg klappen omdat je toeliet dat je zus de schuld op zich nam. Ruim dit op,' snauwde ze en ze liep de kamer uit.

'Allison,' hoor ik iemand zeggen. Ik knipper met mijn ogen en zie dat mevrouw Kelby nieuwsgierig naar me kijkt. 'Kom mee, dan laat ik je de opslagruimte zien.'

De hele dag ben ik bezig met me vertrouwd te maken met de winkel, de boeken en de kassa. Om twaalf uur steekt mevrouw Kelby de straat over naar een restaurantje en haalt ze broodjes voor ons. Daarna zitten we een halfuur te kletsen over hoe het is om in Linden Falls op te groeien. Ze beweegt zich op een bijzonder mooie manier. Ik wilde dat ik nog steeds zo veel zelfvertrouwen uitstraalde, maar dat ben ik ergens kwijtgeraakt. Ik denk dat ik het heel leuk ga vinden om met mevrouw Kelby samen te werken. Dit gaat echt goed uitpakken. Ze laat me net zien hoe ik via de computer voor een klant een boek kan bestellen als er een blond jongetje naar binnen stuift.

'Hallo, Josh, kom eens hier. Ik wil je aan iemand voorstellen!' roept mevrouw Kelby tegen hem.

'Hallo, mama. Ik moet nodig.' Hij rent ons voorbij naar het toilet.

'Op school wil hij liever niet naar het toilet,' vertelt ze. 'Het geluid als hij moet doortrekken, jaagt hem de stuipen op het lijf en daarom probeert hij het op te houden.'

'Hoe oud is hij?' vraag ik, om beleefd te zijn.

'Hij is in juli vijf geworden. Hij zit nu op de basisschool.' Ze glimt van trots. We wijden onze aandacht weer aan de computer en zij begint een titel in te toetsen.

Dan komt er een lange man binnen. Hij loopt naar de kassa en leunt over de toonbank om mevrouw Kelby een zoen op de wang te geven. 'Allison, dit is mijn man, Jonathan.'

'Prettig kennis te maken, meneer Kelby.' Ik geef hem een hand. Zijn hand is ruw en vereelt.

'Leuk je te ontmoeten, en zeg maar Jonathan,' zegt hij vriende-lijk.

'En zeg maar Claire tegen mij. Je hebt nu vaak genoeg mevrouw Kelby gezegd.'

'Mama,' zegt de jongen die nu achter ons staat. 'Ik heb dorst.'

'Heb je je handen gewassen?' vraagt Claire.

'Ja. Mag ik wat sap?'

'Eerst moet je hier komen. Ik wil je voorstellen aan Allison,' zegt ze tegen hem. Ik kijk op van het beeldscherm om Claire's zoon te begroeten. 'Joshua, dit is Allison.' Met een brede glimlach voegt ze eraan toe: 'Allison, dit is mijn zoon Joshua.'

De kleine jongen heeft donkerbruine ogen en een wipneus en een scherp, hoekig gezicht. Maar pas als hij glimlacht, vallen al zijn gelaatstrekken op hun plek. Ik hoor Claire praten, ze heeft het over Joshua, maar ik slik moeizaam, probeer niet te laten merken hoe geschrokken ik ben. Mijn hoofd tolt.

'Neem me niet kwalijk,' zeg ik tegen Claire en Jonathan. 'Ik moet even naar het toilet.' Ik probeer rustig en nonchalant te lopen, maar mijn gezicht voelt warm en ik probeer rustig te ademen. Ik doe de deur van de wc achter me dicht en laat de klep neer zodat ik kan gaan zitten. Als ik mijn ogen sluit, zie ik Christophers gezicht.

Joshua Kelby is een mini-uitvoering van de jongen van wie ik hield.

Brynn

OOK AL IS DRANK EFFECTIEVER DAN WELK ANTIDEPRESSIVUM OOK OM DE
avond van Allisons bevalling te verdringen, ik ben niet vergeten dat
ik weer naar huis rende met Allison achter me aan. De regen kwam
met bakken uit de hemel en had de modder van de rivieroever weggespoeld. Ik voelde me vreemd, mijn benen voelden zwaar en trille-
rig. Maar ik rende door, naar het huis. Je móét naar huis, zei ik steeds
weer tegen mezelf. Ik wist niet precies wat ik kort daarvoor had gezien, dat wilde ik ook niet weten. Het zou voorbij moeten zijn. Over
en uit. Maar ik wist dat het eigenlijk nog maar net begonnen was.

Tegen de tijd dat ik binnen was, waren mijn kleren doorweekt.
Ik bleef rillen. Ik keek door de achterdeur naar de tuin en zag Allison door de regen mijn kant op komen. Ze bleef steeds even staan,
greep naar haar buik en boog voorover. Ik wist dat ik naar haar
toe moest lopen om haar te helpen, om haar naar huis te brengen,
maar op dat moment haatte ik mijn zus. Ik haatte alles aan haar,
dat ze perfect was en slim en knap, dat ze zwanger was geworden
en van mij verwachtte dat ik dat geheimhield. Behalve Allison en
ik zou niemand ooit iets van dat babymeisje weten, niemand zou
ooit weten dat ze had bestaan. Maar ik haatte haar vooral omdat
ik zeker wist dat ze ermee weg zou komen en zonder zelfs maar
terug te blikken op wat er was gebeurd, zou kunnen doorgaan met
haar perfecte leventje. Ik draaide haar mijn rug toe en schopte mijn
doorweekte tennisschoenen uit en zompte naar de linnenkast om
een handdoek te pakken.

Ik hoorde de hordeur piepen en boven het geluid van de regen
uit die tegen de ruiten sloeg, hoorde ik dat Allison me zwakjes riep.
'Brynn, alsjeblieft!'

Niet gaan, zei ik tegen mezelf. Het is allemaal haar schuld. Ze moet haar eigen rotzooi maar opruimen.

'Brynn!' riep ze weer. Ik hoorde de paniek in haar stem. 'Er is iets mis. Alsjeblieft. Help me.'

Negeer haar, zei ik weer tegen mezelf. Ga naar boven naar je kamer en doe de deur dicht. Doe net alsof dit niet is gebeurd. Ik was al halverwege de trap toen ik iemand hoorde vallen. Laat haar maar. Dat zou zij ook doen.

Haar gekreun kwam uit de keuken en ik ging op de trap zitten. Ik drukte mijn handen tegen mijn oren en wiegde naar voor en achter. Ga niet naar haar toe, doe het niet, zei ik steeds weer tegen mezelf. Laat haar daar maar. Ze is je zus niet, ze is een monster.

Het gekreun hield ineens op en toen hoorde ik alleen nog maar het constante getik van de regen op het dak. Ik spitste mijn oren, probeerde andere geluiden te horen, bewegingen, in de keuken. Stilte. Toen drong de waarheid tot me door, fel, zoals de regen tegen het raam. Steeds weer en weer en weer. Wie is het monster? Wie is het monster? Ik stond vlug op en stootte een foto van de muur waarop Allison naast mijn ouders stond en een prijs in ontvangst nam. Ik zag hem naar beneden stuiteren en op zijn kop op de vloer van de gang vallen.

'Allison!' schreeuwde ik. 'Allison!' Ik rende de trap af naar de keuken en daar lag ze! Ze lag op de betegelde vloer en probeerde haar broek uit te trekken. Ze was lijkbleek en amper in staat haar hoofd op te tillen. Alsjeblieft, zei haar smekende blik. Ze had geen stem meer, ze kon het niet eens uitschreeuwen van pijn. Ze gaat dood, dacht ik. Onze ouders zouden ons hier vinden, in de keuken. Allison, dood, blauw, halfnaakt en onder het bloed. En ik, naast haar, terwijl ik niets deed.

'Het is de placenta,' piepte Allison. Wat een opluchting! Het zou toch goedkomen. Ze ging niet dood. Het was bijna voorbij.

Allison kreunde even heel zacht. Ik zag iets uit haar glijden en hield mijn vochtige handdoek klaar om het op te vangen. 'Het is oké, Allison,' zei ik in tranen. 'Ik ben hier.'

Allison

NADAT IK BEVALLEN WAS VAN DAT KLEINE MEISJE, NADAT BRYNN ALLE
bebloede lakens had verzameld en naar beneden was gegaan om
ze weg te gooien, nadat we naar de rivier waren geweest, voelde
ik opnieuw weeën. Ik verwachtte een paarsige massa tussen mijn
benen vandaan te zien komen, maar het wás de placenta niet! Ik
knipperde een paar keer en probeerde het zweet uit mijn ogen te
vegen. Ik keek op het klokje van de magnetron en zag dat het bijna
kwart over negen was. Nee, riep ik zwijgend. Echt niet. Dit was te
gek voor woorden. Maar ook al kon ik mijn ogen niet geloven, ik
werd wel overtuigd door de luide kreet die de vermeende nage-
boorte slaakte. Een baby! Een klein jongetje met een puntkinnetje
en een wipneusje, precies zoals die van Christopher. Brynn zat op
haar knieën, ving de baby op toen hij uit me gleed en slaakte een
ongelovige kreet.

Ik stak een trillende hand naar hem uit en op datzelfde moment
stak hij zijn handje uit naar mij. Onze vingers zochten elkaar en
voor het eerst sinds heel lange tijd glimlachte ik.

Brynn

IK KEEK ALLISON ONGELOVIG AAN. ZE HAD ZO'N VREEMDE GLIMLACH OP haar gezicht, geen gelukkige glimlach maar een verbaasde glimlach. Maar die verdween algauw.

'Nee! Alsjeblieft,' jammerde ze, en ze keek niet langer naar het rode gezichtje van de baby die ik in mijn trillende handen hield. 'Alsjeblieft, we moeten hem hier weg zien te krijgen.'

'Ik begrijp er niets van,' zei ik met een blik op het huilende kind.

'Het is een baby,' zei ze op kille toon. Toen ze de tranen in mijn ogen zag, bood ze haar excuses aan. 'Sorry, Brynn. Maar mama en papa komen over een paar uur thuis. We moeten opschieten.'

'Ze lijken precies op elkaar,' zei ik zacht. Ik dacht aan het kleine meisje, dood nu. Weg.

'Het is een jongen,' zei Allison schor, met een smartelijk gezicht.

'Kom op. We moeten hem zien kwijt te raken.'

Allison

OP DE EEN OF ANDERE MANIER SLAAG IK ERIN HET TOILET WEER UIT TE lopen en terug te gaan naar de winkel. Ik kan zelfs nog vrolijk 'tot ziens' roepen naar Claire's man en Joshua die net vertrekken. Een echt bewijs heb ik niet, maar toch weet ik zeker dat Claire's zoontje mijn zoontje is.

Ik weet zeker dat Claire aan mijn gezicht kan zien dat er iets mis is, en dat is ook zo. Nadat we bijna twee uur lang zwijgend aan het werk zijn geweest, kijkt Claire me met een bezorgde blik aan.

'Allison,' zegt ze. 'Je bent griezelig stil. Je maakt je toch geen zorgen over je werk van vandaag?'

'Een beetje wel, denk ik,' zeg ik, blij met dat excuus voor mijn gedrag.

'Nou, dat hoeft niet. Je hebt het geweldig gedaan,' zegt Claire. 'En hoe zit het met jou? Wil je morgen terugkomen?'

Ik zeg bijna nee, maar beheers me. Als ik ontslag neem, zal ik nooit kunnen bewijzen dat Joshua mijn zoon is. 'Ik wil heel graag terugkomen, als dat mag van je,' zeg ik tegen haar zonder haar aan te kijken.

'Natuurlijk mag dat van me. Nu moet je maar naar huis gaan en uitrusten. Dan zie ik je morgen om negen uur.' Claire loopt met me mee naar de deur. 'Wil je een lift naar huis?' vraagt ze met een blik naar de dreigende wolkenlucht.

'Nee hoor, ik vind de frisse lucht wel fijn,' zeg ik. 'Nogmaals bedankt, Claire. Tot morgen dan.'

Als ik terugloop naar Gertrude House is de zon helemaal opgeslokt door de grijze regenwolken en tolt mijn hoofd door de mogelijkheid dat Claire's zoon het jongetje kan zijn dat ik vijf jaar eerder heb gebaard, dat hij Christophers zoon kan zijn, dat hij de broer kan zijn van het meisje dat ik volgens de rechter heb vermoord.

Ik moet het aan iemand vertellen. Ik zou Devin kunnen opbellen en haar vragen wat ik moet doen, maar ik weet wat ik eigenlijk zou moeten doen. Ik zou tegen Claire moeten zeggen dat ik niet in de boekwinkel wil werken. Daarna zou ik een manier moeten vinden om uit Linden Falls te verdwijnen.

Ik heb het jongetje dat ik vroeger heb weggegeven nooit willen zien. Ik had het gevoel dat ik mijn plicht had gedaan door zijn vader een kans te geven hem op te voeden. Dat is kennelijk niet gebeurd. Ik weet dat ik zo snel mogelijk bij de Kelby's vandaan zou moeten rennen, maar dat kan ik niet. Ik heb veel te veel vragen. Ik wil weten wat voor mensen Joshua hebben geadopteerd, ik wil weten wat voor iemand mijn kind is. Ik wil weten hoe Joshua hier is terechtgekomen en wat er met Christopher is gebeurd.

Als ik bij Gertrude House kom en de deur opendoe, zie ik Olene. 'Hoe was je eerste dag?' vraagt ze.

'Goed,' zeg ik, maar ik kijk haar niet aan. Meer durf ik niet te zeggen. Ik voel dat Olene me nieuwsgierig nastaart als ik snel naar boven loop. In onze kamer zit Bea op het bovenste bed.

'Hallo,' zegt ze, zonder op te kijken van haar tijdschrift. 'Hoe was je werk?'

Ik schop mijn schoenen uit en laat me op het onderste bed vallen. 'Goed,' zeg ik. Dan voeg ik eraan toe: 'Vreemd.'

'Ik weet wat je bedoelt,' zegt Bea boven me. 'Het is net alsof je jezelf ziet en dan denk je, dit is normaal. Dit is iets wat een normaal mens zou doen.'

'Ja, zo is het precies,' lieg ik. 'Ik weet niet of ik wel terug wil,' beken ik.

Bea is even stil. Dan zie ik haar benen over de rand van het bed zwaaien. Ze is blootsvoets en ik zie eelt en littekens op haar voetzolen. Ze springt lichtvoetig op de grond en bukt zich om me aan te kunnen kijken. Van zo dichtbij zie ik dat ze minder oud is dan ik dacht, dertig misschien, maar ze heeft diepe rimpels in haar voorhoofd en kleine rimpeltjes rondom haar ogen. 'Olene heeft die baan voor je geregeld.'

'Ja,' zeg ik.

'Ze doet er heel veel moeite voor om ons aan een baan te helpen. Daarvoor zet ze haar goede naam en reputatie op het spel.' Er klinkt geen beschuldiging of veroordeling door in Bea's stem. Ze zegt alleen hoe het zit.

'Ik ga wel terug,' zeg ik met een klein stemmetje.

Bea glimlacht en steekt voor het eerst haar hand naar me uit. Ik zie een tatoeage aan de binnenkant van haar onderarm, een prachtige vogel. In zijn bek heeft hij de initialen O.V. die eruitzien als een olijftak. Ik wil haar vragen wat dat betekent, maar wil niet dat ze denkt dat ik nieuwsgierig ben. 'Kom mee,' zegt ze. Ze pakt mijn hand en trekt me overeind. 'Het is *spa night*.'

'*Spa night*?' vraag ik.

'Ja, Flora leert voor schoonheidsspecialiste en wil af en toe op ons oefenen.'

'O nee!' zeg ik en ik trek me los. 'Flora kijkt me nog altijd aan alsof ze me in mijn slaap zou willen vermoorden. Ik laat haar echt niet aan me zitten.'

'Kom mee!' zegt Bea en dat klinkt als een bevel. 'Dan kijk je gewoon. Flora is de slechtste niet, alleen een beetje gespannen als ze mensen nog niet kent. Ze heeft heel veel meegemaakt.'

Ik kreun even. 'Wij allemaal toch zeker?'

'Ja, ik neem aan van wel,' zegt Bea. 'Maar je zou haar een kans moeten geven. Je kent haar verhaal niet.'

'Weet je,' zeg ik geïrriteerd, 'ik ben bereid haar een kans te geven als ze mij ook een kans geeft. Ik weet echt wel dat zij achter al die verdomde poppen zit die overal opduiken. Ze kent me niet eens, maar heeft haar oordeel al klaar.' Ik ga weer op mijn bed zitten. 'Ga maar zonder mij. Ik ga proberen mijn zus te bellen.'

'Zelf weten,' zegt Bea, 'maar vanavond krijgen we een pedicure.' Ze kijkt naar haar voeten en wriemelt met haar tenen. 'Ik heb nog nooit een pedicure gehad.'

Degene aan wie ik wil vertellen dat ik Joshua heb gevonden, is

Brynn. Misschien helpt het haar om te begrijpen dat er ook iets goed is voortgekomen uit die afschuwelijke avond van mijn bevalling. Maar ik krijg Brynn alweer niet te pakken. Mijn oma vertelt me dat ze ergens naartoe is. Ik word jaloers. Ik zou ook op de universiteit moeten zijn en tijd met mijn vrienden moeten doorbrengen. Dan maakt mijn jaloezie plaats voor schuldgevoelens. Brynn verdient alle pleziertjes die ze maar kan krijgen. Ik weet dat ze heeft geleden onder de gevolgen van mijn arrestatie, dat ze is gepest en belachelijk is gemaakt door wat ik heb gedaan. Dat ze daarom bijna een einde aan haar leven heeft gemaakt.

'Wil je haar vertellen dat ik heb gebeld?' vraag ik mijn oma.

'Natuurlijk,' zegt ze. 'Hoe gaat het met je, Allison? Heb je papa en mama al gezien?'

'Het gaat goed,' zeg ik. 'Mama en papa verwelkomen me niet bepaald met open armen, maar sinds vandaag heb ik werk. In een boekhandel.'

'Fijn voor je!' zegt mijn oma enthousiast. 'Zie je wel, je leven begint alweer vorm te krijgen.'

'Oma, praat Brynn wel eens over die avond? Heeft ze jou verteld wat er is gebeurd?'

Het is stil aan de andere kant van de lijn en ik ben al bang dat de verbinding is verbroken, of erger, dat mijn oma heeft opgehangen. 'Oma?' zeg ik.

'Nee, ze praat er nooit over,' zegt mijn oma verdrietig. 'Maar ik wilde dat ze dat wél deed. Of in elk geval met haar arts. Het is niet goed om alles op te kroppen. Ik zal haar zeggen dat je hebt gebeld, Allison. Goed op jezelf passen, hè?'

'Bedankt, oma. Dag,' zeg ik en ik hang op. Ik ben dus niet de enige die goed een geheim kan bewaren.

Mijn haar voelt zwaar en kriebelig in mijn nek en ik vraag me af of ik Flora durf te vragen of ze mijn haar wil knippen in plaats van me een pedicure te geven. Dan denk ik weer aan wat Olene zei over hoop en ik loop de wenteltrap af, naar de kamer waar ik mensen hoor lachen.

Charm

HOE VAAK CHARM OOK EEN MOEDER MET EEN PASGEBOREN BABY ZIET – en in het ziekenhuis gebeurt dat heel vaak – ze moet altijd denken aan die avond, vijf jaar geleden.

Gus zat in zijn stoel te snurken. De ramen stonden wijd open en een koel briesje, ongewoon voor juli, blies door de hordeur naar binnen. Eerder die avond had het af en toe geregend en alles rook fris en schoon. Charm zat in het donker tv te kijken met het geluid zacht zodat Gus er niet wakker van zou worden. Hij sliep niet zo goed de laatste tijd. Hij had steeds meer moeite met ademhalen en werd daardoor elke nacht een paar keer wakker. Toen wisten ze nog niet dat dit de eerste verschijnselen waren van zijn longkanker.

Charm hoorde het grind knarsen. Er kwam een auto aan. Ze stond op en keek naar buiten. Een kleine auto, met de koplampen aan, stopte voor het huis en er stapte iemand uit. Ze kon niet zien of het een man of een vrouw was, maar wie het ook was, de persoon liep langzaam en schuifelde naar de voordeur alsof hij of zij heel oud was óf heel veel pijn had. De persoon was lang en had iets in de armen en bleef steeds even staan, als om uit te rusten, op krachten te komen. 'Gus,' riep Charm zachtjes. Ze was opeens bang. Hij sliep door. Ze deed het buitenlicht aan.

Het was Allison Glenn, een junior op haar highschool. Allison was knap, slim, sportief – aardig zelfs – en Charm had geen idee waarom ze naar haar huis kwam. Charm wist niet eens zeker of Allison wel wist wie ze was. Allison droeg een trainingsbroek en een sweatshirt, en had haar blonde haar opgestoken. Hoewel ze er ziek uitzag en haar gezicht lijkbleek was, was ze heel knap. Charm probeerde te zien wie er achter het stuur van de auto zat. Een ander meisje, haar donkere haar verborg haar gezicht. Charm hoorde haar huilen. 'Gus,' riep ze weer, luider nu.

Voordat ze iets kon zeggen, zelfs nog voordat ze de hordeur open kon doen, zei Allison iets. Haar stem klonk vermoeid, bang. 'Is Christopher hier?' Ze keek zenuwachtig om zich heen.

'Ik roep hem wel even. Kom binnen,' zei Charm en toen viel haar blik op het bundeltje in haar trillende handen. Ze trilden zo erg dat Charm dacht dat ze het zou laten vallen.

'Nee, ik wacht hier wel even,' zei ze. Haar tanden klapperden. Gus kwam achter Charm staan en keek over haar schouder. 'Ze is op zoek naar Christopher,' zei Charm tegen hem.

Gus maakte een ongeduldig geluidje, zoals altijd als iemand Christophers naam noemde. 'Hm,' mompelde hij. 'Wie ben je?'

Het gehuil in de auto werd luider, wanhopiger. 'Gaat het wel goed met haar?' vroeg Charm bezorgd.

Allison keek bezorgd achterom. 'Dat komt wel goed. Alsjeblieft, haal Christopher.'

Charm rende naar haar broers slaapkamer en klopte aan.

'Wat is er?'

'Er is iemand voor je,' riep ze. 'Schiet op!' drong ze aan, en ze klopte weer op de deur.

'Jezus, ik kom al. Wie is er dan?' Christopher, lang en knap, trok de deur open zodat er een wolk sigarettenrook naar buiten kwam.

'Christopher,' snauwde Charm. 'Je mag in huis niet roken.'

'Wie is het dan?' vroeg hij weer. Hij negeerde haar opmerking en streek met zijn hand door zijn dikke bruine haar.

'Allison Glenn,' zei Charm. Christopher verstijfde en ze zag iets in het gezicht van haar broer wat ze nog niet eerder had gezien: hoop.

'Hoe ken je Allison?' vroeg ze terwijl ze achter hem aan naar de voordeur liep.

'Christopher,' zei Allison. Ze probeerde haar stem in bedwang te houden, maar dat mislukte. Ze zag er afschuwelijk uit.

'Gaat het wel met je?' vroeg Christopher. Hij herstelde zich snel en voegde er met een ondoorgrondelijke blik en op kille toon aan toe: 'Wat doe je hier?'

Charm en Gus zagen dat ze elkaar aankeken, Allison en Christopher probeerden allebei koel en onverschillig te lijken. Allison, wist Charm, was een meisje dat gewend was haar zin te krijgen, maar ze zag er ontzettend ziek en ellendig uit. Geen partij voor Christopher, dacht ze. Maar ze had het mis.

'Hier.' Ze drukte het dekentje in Christophers handen. 'Hij is van jou. Jij moet het maar regelen.' Christopher keek verbaasd naar het bundeltje in zijn handen en liet het bijna vallen toen er een zacht gepiep uit kwam.

'Jezus.' Christopher werd bleek. 'Wat is dat?'

'Voorzichtig zijn,' zei ze en ze keek Christopher met een ijskoude blik aan. 'Een baby,' zei ze terloops. 'Hij is van jou en ik kan... Ik kan hem niet houden.'

Charm kwam dichter bij Christopher staan en stak haar hand uit naar de baby.

De handdoek viel open en ze zagen een vertrokken, rood gezichtje. De baby begon te huilen, net als het onbekende meisje dat in de auto bleef zitten, met schokkende schouders van het snikken. 'Waarom?' vroeg Charm.

'Ik kan het gewoon niet,' zei Allison en ze wankelde terug naar de auto.

'Hé!' schreeuwde Christopher haar achterna. 'Hé, ik wil die baby niet. Kom verdomme terug!' Ze negeerde hem en stapte in de auto.

Gus en Charm keken elkaar aan en toen naar de baby, die fanatiek met zijn magere armpjes zwaaide. 'Sst,' fluisterde Charm, nu al verliefd.

Gus riep Allison achterna: 'Je denkt toch niet echt dat hij voor deze baby zal gaan zorgen, wel?'

Ze bleef staan en keek hun kant weer op, met een afschuwelijk trieste blik. 'Hij zal wel moeten.'

Gus en Charm stonden zwijgend en verbijsterd naar het kleine jongetje te kijken toen Christopher – met zijn rugzak in de hand –

de regenachtige avond in rende en zonder achterom te kijken verdween. De hordeur sloeg achter hem dicht. Gus riep hem kwaad
terug, maar Charm keek vol bewondering naar de baby. Ze voelde
een mengeling van angst en verbazing.

Hoe moest ze voor dit broodmagere kind met zijn rode gezichtje
zorgen? Ze was immers zelf nog een kind?

Brynn

IK BEN IN DE KEUKEN MET MILO AAN HET TRAINEN. IK LEER HEM DAT hij op zijn plaats moet blijven ook al is het zijn etenstijd en staat zijn volle bak op hem te wachten. Het lijkt wreed hem te dwingen op zijn plaats te blijven, maar dat is essentieel voor zijn gehoorzaamheidstraining. Eerst heb ik hem geleerd een paar minuten te wachten voordat hij mag eten en nu hebben we dat verlengd tot twintig minuten. Hij zit met een hoopvolle blik en met elke spier gespannen naar me te kijken en te wachten op het teken dat hij zijn gang mag gaan.

Er zijn mensen die denken dat honden helderziend zijn, dat ze een paranormaal inzicht hebben in de wereld om hen heen, waardoor ze al weten dat hun baasje thuis is voordat ze het huis binnen komen of dat ze gevaar kunnen voorvoelen. Maar dat zesde zintuig heeft eerder iets te maken met de verbijsterende reukzin van een hond. Ze weten al van tevoren of iemand een epilepsieaanval krijgt of een hartaanval. Andere mensen denken dat honden bepaalde vormen van kanker kunnen voelen zelfs nog voordat een arts de diagnose kan stellen.

Hierdoor denk ik aan Allison. Ik vraag me af of alles anders zou zijn gelopen als we toen een hond hadden gehad. Zou een bijzonder intuïtieve golden retriever Allisons zwangerschap hebben kunnen signaleren? Zou hij lang genoeg aan Allisons bijna niet-bestaande dikke buikje hebben geroken zodat onze ouders of ik hadden geweten dat er iets aan de hand was? Of misschien, heel misschien, had zo'n hond mijn ouders al voordat Allison door de politie werd afgehaald, kunnen laten weten hoe ziek Allison was zodat ik niet had hoeven doen wat ik heb gedaan? Ik weet het niet.

Het was al erg genoeg dat de politie mijn zus meenam, maar wat het nog erger maakte was dat het mijn schuld was dat ze werd gearresteerd. Ik was degene die in paniek raakte en de politie belde. Het was niet mijn bedoeling om Allison in de problemen te brengen. Maar na de avond van haar bevalling had ik niet meer geslapen. Ik kon alleen nog maar aan die baby denken. Het was gewoon niet goed dat ze koud en nat in de rivier lag, en ik kon maar niet ophouden met rillen en ik kon geen adem krijgen. Allison had heel hoge koorts en ze bloedde, er was zo veel bloed. Ik probeerde mijn ouders duidelijk te maken dat Allison ziek was, maar zoals gewoonlijk waren ze alleen maar met zichzelf bezig. Mijn moeder keek alleen maar om het hoekje van Allisons kamer en vroeg: 'Gaat het wel, Allison?' en dan zei Allison dat het goed ging en schold me uit zodra mijn moeder weg was.

Ik weet niet waarom ik de telefoon heb gepakt en 911 heb ingetoetst, maar dat heb ik wel gedaan. Toen de telefoniste opnam, begon ik te hyperventileren en ze bleef me maar vragen of het goed met me ging en of ik een ambulance nodig had. Ten slotte kwam het hoge woord eruit. 'Mijn zus, de baby in de rivier, alstublieft,' huilde ik. 'U moet haar helpen...' En toen begon ik te huilen en kon ik er niet meer mee ophouden. Vijf minuten later stond de politie voor de deur en ook al zei mijn vader dat niemand de politie had gebeld, dat er geen baby was, dat het allemaal een grote vergissing was, ze kwamen toch binnen.

Toen ze haar hadden meegenomen, kon ik nog steeds niet langer dan twee of drie uur achter elkaar slapen. Elke keer als ik mijn ogen sloot, zag ik de blauw aangelopen baby weer voor me en elke keer als ik mijn ogen opendeed, zag ik de afkeurende blik van mijn ouders. Ze konden niet echt iets zeggen, want de dokter had gezegd dat Allison wel dood had kunnen gaan als we haar niet naar het ziekenhuis hadden laten brengen. Maar ik weet dat mijn ouders kwaad op me waren omdat ik de politie had gebeld en omdat de hele wereld daardoor wist dat hun perfecte dochter toch niet zo perfect was.

Ik geef Milo het teken dat hij vrij is en hij rent naar zijn bak en schrokt gulzig zijn brokken naar binnen. Daarna komt hij naar me toe en schurkt even langs mijn benen als om me te bedanken. Hij spitst zijn oren als de telefoon gaat en begint heel zacht te grommen. Afwezig zeg ik dat hij stil moet zijn. Als ik opneem en tegen hem zeg dat hij moet gaan liggen, begint hij zachtjes te janken.

'Hallo,' zeg ik.

'Brynn, hang alsjeblieft niet op,' zegt ze gehaast. 'Laat me alsjeblieft langskomen. Ik moet met je praten. Alsjeblieft.' Eerst herken ik de stem niet, maar opeens besef ik wie het is. Ik kan bijna niet geloven dat zij het is. Vroeger klonk Allison altijd zo zeker van zichzelf. Het meisje dat ik aan de telefoon heb, klinkt wanhopig, bang, maar ze is het wel, mijn zus, en haar stem is als een steek in mijn hart. 'Ik heb hem gevonden,' zegt ze snel, 'ik heb het jongetje gevonden...'

Zonder antwoord te geven, smijt ik de telefoon neer.

Ik voel mijn borstkas verkrampen van paniek, hoewel ik al maanden geen echte paniekaanval heb gehad. Waarom kan Allison me niet met rust laten? Het kan me niets schelen dat ze uit de gevangenis is, het kan me niets schelen dat ze het goed wil maken. Ik ben beter af zonder haar, ik ben beter af als ik vergeet wat er die avond is gebeurd. 'Nee, nee, nee!' roep ik, en Milo geeft me antwoord met felle, luide kefjes. 'Nee!' schreeuw ik weer naar de telefoon.

De telefoon gaat weer over, luid en schel, en ik laat me slap op het koude linoleum zakken en druk mijn handen tegen mijn oren.

Allison

IK LOOP BOOKENDS BINNEN ALSOF ER NIETS IS GEBEURD. CLAIRE BE-
groet me met een kop koffie en een donut. 'Je bent teruggekomen!'
zegt ze plagend. 'Ik dacht dat ik je misschien had weggejaagd. Leuk
kapsel trouwens.'

'O nee,' zeg ik, 'ik vind het hier heerlijk. Nogmaals bedankt voor
de kans.' Met een zelfverzekerd gebaar strijk ik door mijn nieuwe
kapsel. 'Dank je wel.'

'Kom op, gisteren is er een nieuwe zending boeken binnengeko-
men. Ik zal je laten zien hoe je ze moet inboeken.'

We werken een tijdje zonder iets te zeggen. Ik kan er nog steeds
niet over uit, over al die boeken, en ik moet mezelf dwingen om
door te werken en ze niet te gaan lezen.

'Het zal wel moeilijk voor je zijn hier,' zegt Claire na een tijdje. Ik
schrik. Ze kan het toch niet weten. Dat kán niet. 'Opnieuw moeten
beginnen. Dat zal wel heel moeilijk zijn.'

Ik knik. 'Dat is ook zo,' fluister ik. 'Het lijkt alsof de hele wereld
is veranderd, maar ik niet. Ik ben eenentwintig, ik zou afgestudeerd
moeten zijn, beginnen met mijn loopbaan... Maar nu ben ik hier.'

'Daar mag je je niet door laten weerhouden!' roept Claire uit.
'Niemand van eenentwintig weet echt wat hem de rest van zijn
leven te wachten staat. Ik in elk geval niet. Weet je wat ik deed
toen ik zo oud was als jij?' Ik schud mijn hoofd. 'Ik was bibliothe-
caresse.'

'Echt waar?' Ik neem aan dat ik niet verbaasd zou moeten zijn,
maar dat ben ik wel.

'Natuurlijk,' zegt Claire, 'kunnen de meeste mensen na hun diploma niet meteen een eigen bedrijf beginnen. Ik moest nog zo veel

leren in de bibliotheek en ik moest eerst Jonathan leren kennen voordat ik besefte dat ik een boekwinkel wilde openen.'

'Hoe heb je Jonathan dan ontmoet?' vraag ik.

Claire schiet in de lach. 'Tijdens een overstroming, gek genoeg.'

'Echt waar?' vraag ik, onder de indruk. 'Hoe dan?'

'Kom mee, laten we even iets eten aan de overkant, dan zal ik het je vertellen.'

'Kunnen we dat zomaar doen?' vraag ik verbaasd. 'Kunnen we zomaar weggaan?'

'Dat is het mooie van een eigen bedrijf,' zegt Claire. Ze doet de deur achter ons op slot en dan lopen we naar een restaurantje aan de overkant. Als we zitten, geeft de serveerster ons de menukaart en bestellen we hamburgers met patat.

'Hier hebben ze heerlijk eten,' zegt Claire. 'Eigenlijk is dit restaurant een van de redenen dat ik besloot dat gebouw aan de overkant te kopen. Het idee dat ik hier even naartoe kon wanneer ik maar wilde, was gewoon te verleidelijk.'

'Je hebt je man dus tijdens een overstroming leren kennen?' vraag ik om het gesprek weer op het verhaal van Claire en Jonathan te brengen.

'Nou ja, min of meer,' zegt Claire.

Claire

'ER WERD EEN OVERSTROMING VERWACHT IN DE LENTE WAARIN IK VIJF-
entwintig werd,' vertelt Claire. 'Die lente begon schitterend. Elke
ochtend begon fris, met een graad of tien, maar tegen tienen was
dat al opgelopen tot eenentwintig. We wisten allemaal dat de over-
stromingen vanuit het noorden onze kant op kwamen – steden en
boerderijen langs de Mississippi in Minnesota en Wisconsin waren
al verwoest – maar het was gewoon moeilijk te geloven omdat het
dat voorjaar helemaal niet extreem veel had geregend. En het was
zelfs nog moeilijker je voor te stellen hoe vernietigend de overstro-
mingen waren die onze kant op kwamen.'

'Mijn ouders hebben een keer over die lente verteld. We... We
woonden bij de Druid...' Allison zwijgt beschaamd en kijkt naar
haar bord.

Claire doet net alsof ze het niet ziet en vertelt verder. 'We wilden
de bibliotheek met zandzakken beschermen. We hadden heel veel
vrijwilligers. De Vrienden van de Bibliotheek Organisatie, onze lo-
kale Rode Hoeden Club, leden van de Jaycees, zelfs de dakloze man
die op koude of regenachtige dagen de bibliotheek binnen kwam
om het Des Moines Register te lezen of achter een enorme we-
reldatlas te zitten doezelen. Iedereen had zich verzameld voor de
bibliotheek, klaar om te helpen.'

Claire glimlacht als ze denkt aan de eerste keer dat ze Jonathan
zag. Hij was lang en had het gezicht van een wetenschapper en het
lichaam van een bouwvakker. Hij had ernstige, peinzende blauwe
ogen en droeg een bril met een dun metalen montuur. Hij had een
diepe rimpel in zijn voorhoofd. Zijn lange, slanke gestalte was sterk
en pezig. Hij droeg werkhandschoenen en had een schep bij zich

toen Claire de menigte bedankte dat ze kwamen helpen. Ze voelde dat ze begon te blozen omdat ze merkte dat hij naar haar keek. Ze vertelde over de duizenden boeken die ze probeerden te redden, plus de computers en kunstcollectie die ook gevaar liepen. In de bibliotheek brachten medewerkers de inventaris van het gebouw naar de hoger gelegen verdiepingen, maar het was een enorme hoeveelheid werk.

'Ik moest een zak openhouden, terwijl Jonathan er zand in schepte. Dan bond ik de zak dicht en tilde die in de wachtende armen van de dakloze man die Brawley bleek te heten. Daarna gaf een lange rij mensen de zak door. Toen het vier uur was, had ik blaren op mijn handen en was de huid van mijn onderarmen geschaafd door het zand dat Jonathan in de zakken schepte. "Je moet even rusten," zei Jonathan ten slotte.' Claire herinnert zich nog goed dat Jonathan op zijn schop leunde en met zijn arm het zweet van zijn gezicht veegde waarna er zandkorreltjes op zijn bezwete wangen bleven plakken. 'Toen is het begonnen.' Claire haalt haar schouders op. 'Het gekke is dat die overstroming is uitgebleven. We hebben al die zandzakken voor niets klaargelegd. Maar een paar maanden later trouwden Jonathan en ik, we kochten een huis en openden Bookends. Toen kwam Joshua.' Claire glimlacht peinzend naar Allison. 'Grappig hè, hoe alles zich zomaar kan ontwikkelen?'

Claire ziet de blik op Allisons gezicht. Allison wil haar iets vragen, maar is te verlegen, te gegeneerd. Iets te...

Allison

IK WEET DAT IK DE VRAAG ZORGVULDIG MOET FORMULEREN ZODAT HET klinkt alsof het een gewone vraag is. 'Hoelang waren jullie getrouwd toen jullie Joshua kregen?' vraag ik. Ik probeer normaal te klinken, maar vanbinnen schreeuw ik.

Er verschijnt een pijnlijke trek op haar gezicht. 'Joshua is geadopteerd. Iemand anders heeft het moeilijke gedeelte gedaan, maar wij mogen van hem genieten.'

'Hoe oud is hij ook alweer?' vraag ik. Mijn stem klinkt te hoog.

'Hij is vorige maand vijf geworden,' zegt Claire trots. 'We weten niet zeker op welke dag hij precies is geboren, maar volgens ons was hij net een maand oud toen hij bij de brandweerkazerne werd achtergelaten.'

'Brandweerkazerne? Is hij bij een brandweerkazerne achtergelaten?' Mijn stem klinkt nog steeds niet als mijn stem. Ik schraap mijn keel en neem een slokje frisdrank. Dit klinkt niet logisch. Zo is het niet gebeurd!

'Zijn moeder heeft hem midden in de nacht achtergelaten bij de brandweerkazerne aan Oak Street. Een van de brandweerlieden belde maatschappelijk werk en zij hebben hem naar het ziekenhuis gebracht. De dag daarna kregen we een telefoontje van maatschappelijk werk en mochten we Joshua mee naar huis nemen.'

'Hebben ze nog ontdekt wie ze was? De moeder?' Mijn hart bonkt in mijn keel. Ze kán het niet weten, denk ik. Er zijn maar vier mensen die weten dat Joshua mijn kind was.

Claire schudt haar hoofd. 'Nee. Dat zijn we nooit te weten gekomen. We denken dat het een jong meisje uit de stad was die de baby daar heeft achtergelaten en er vervolgens vandoor is gegaan.'

'En de vader?' vraag ik.

Claire haalt haar schouders op. 'Geen idee. Jonathan en ik zijn heel lang bang geweest dat iemand hem zou opeisen, maar dat is nooit gebeurd. Zes maanden nadat we hem mee naar huis namen, hebben we hem officieel geadopteerd.' Claire schuift het bord van zich af. 'Zo, dat was lekker, maar ik heb genoeg gehad. We moeten eigenlijk terug.'

Opeens realiseer ik me dat ik mijn maaltijd helemaal niet kan betalen. Het geld dat mijn vader me heeft gegeven, ligt nog in het opvanghuis. Claire ziet denk ik de blik van afschuw op mijn gezicht, want ze raakt mijn hand even aan.

'Ik betaal,' zegt ze. 'De volgende keer ben jij aan de beurt.'

'Oké, bedankt,' zeg ik opgelucht. We lopen terug naar de winkel en de rest van de middag hebben we het druk met een stroom klanten. Pas als Joshua komt binnenstormen en ik hem de tweede keer zie, weet ik het zeker. Hij lijkt precies op Christopher. Zijn gezicht heeft dezelfde scherpe vorm en hij heeft dezelfde prachtige bruine ogen. Alleen zijn haar heeft hij niet van Christopher, dat is lichtblond en steil, zoals het mijne.

'Hallo, mama. Hallo...' Joshua denkt diep na en knijpt zijn ogen tot spleetjes. Ik weet dat hij zich mijn naam probeert te herinneren.

'Allison,' zegt Claire.

'Hallo, Allison,' zegt hij. Ik kijk aandachtig naar zijn gezicht en vraag me af of hij me op de een of andere manier herkent. Misschien wel als hij lang en aandachtig naar me kijkt en mijn stem hoort. Ik weet dat het belachelijk is om te geloven dat hij zich in mijn armen zal laten vallen en zal fluisteren: eindelijk kom je me halen, ik wist het wel! Maar een deel van me hoopt dat ik iets van herkenning in zijn ogen zal zien, zoals het licht van een vuurvliegje op een warme zomeravond.

Maar hij kijkt me amper aan en dan is hij weg. 'Mag ik wat lekkers?' roept hij vanuit de achterkamer.

Hij kent me niet. Ik ben niemand voor hem. Ik zou opluchting moeten voelen, maar dat is niet zo. Ik voel me een beetje verdrietig.

'Weet hij het?' vraag ik Claire als Joshua het niet meer kan horen. 'Weet hij dat hij geadopteerd is?'

'Ja hoor,' zegt Claire. 'Daar hebben we nooit een geheim van gemaakt. Elk jaar vieren we zijn verjaardag en zijn adoptiedag.'

'Vraagt hij wel eens naar haar? Naar zijn moeder?' Ik ben bijna bang voor het antwoord.

'Niet echt,' zegt Claire. 'Maar we hebben hem verteld dat ze iets heel goeds heeft gedaan. Dat ze hem een beter leven gunde en dat ze heel veel van hem gehouden moet hebben om hem op te geven.'

'O,' zeg ik. 'Dat is lief.'

'Dus,' zegt Claire en ze wijst naar de kalender, 'wat vind je van de donderdag, zaterdag en zondag?'

Ik probeer me op de dagen te concentreren, maar op de kalender staat een foto van Joshua, met een voetbal in zijn armen en gekleed in felgroene voetbalkleren. 'Allison?' vraagt Claire. 'Zijn dat te veel uren?'

Ik dwing mezelf haar aan te kijken. 'Nee hoor, hoe meer uren hoe liever.'

'Geweldig. Op zaterdag werk je samen met Virginia. Ze is hier tot oktober, want zij en haar man gaan de hele winter naar Florida. Als je wilt, kun je wel wat uren van haar overnemen.'

Ik hoor Claire wel, maar ik kan alleen maar aan Joshua in zijn groene voetbalkleren denken. Hij voetbalt. Net als ik vroeger. Ik vraag me af wat we nog meer gemeen hebben.

Charm

ZE HOEFT PAS OVER TWEE UUR IN HET ST.-ISADORE TE ZIJN. VOOR HAAR studie moet Charm op alle afdelingen van het ziekenhuis werken. Volgende week begint ze op de afdeling Psychiatrie. Daar hoor ik thuis, denkt ze. Het zal voor haar niet vreemd zijn om met deze patiënten te werken, gezien Charms moeder en haar vriendjes... driekwart van die mannen was waarschijnlijk geestesziek. Allemaal behalve Gus natuurlijk. Omdat ze zich schuldig voelde omdat ze zomaar was weggelopen, heeft ze haar moeder gebeld om haar excuses aan te bieden. Toen hun gesprek bijna was afgelopen, stelde Charm echter toch de vraag die ze niet had willen stellen: ben je nog steeds van plan met Binks te trouwen? Haar moeder reageerde hierop door de verbinding te verbreken.

Ze heeft al stage gelopen op de afdelingen Geriatrie, Interne geneeskunde, Pediatrie en Kraamzorg. Kraamzorg was het zwaarst. Ze zag al die prachtige pasgeboren baby's, in een dekentje gewikkeld zodat ze zich veilig en beschermd voelen. Charm had niet geweten hoe ze de baby moest inbakeren; Gus ook niet. Ze hadden gewoon een dekentje over hem heen gelegd en er maar het beste van gehoopt. Had ik het maar geweten, denkt Charm vaak. Ik had zo veel meer kunnen doen.

Nadat Allison Glenn was vertrokken en Christopher de benen had genomen, bleven Gus en Charm verbijsterd achter. Charm drukte de huilende baby tegen haar borst, wiegde hem, en probeerde hem te troosten.

'Kende je dat meisje?' vroeg Gus aan Charm boven het gehuil van de baby uit.

'Dat was Allison Glenn,' zei Charm ongelovig. Allison Glenn en

Christopher? Charm kon het zich nog steeds niet voorstellen, haar broer en Allison Glenn. Samen. Vrijend. 'Ze zit bij mij op school. Binnenkort is ze ouderejaars. Haar zusje zit bij mij in de klas,' vertelde ze Gus.

'We moeten iemand bellen. We moeten zorgen dat die baby in een ziekenhuis komt,' zei Gus na een hevige hoestbui.

'Misschien komen ze wel terug,' fluisterde Charm. De baby huilde niet meer en kneep zijn waterige oogjes dicht tegen het felle licht en zijn mond leek op een roze cirkeltje.

'Ik weet het niet,' zei Gus. 'Hij zou naar een arts moeten.'

'Allison Glenn is zo ongeveer het slimste meisje van de school. Ik wist niet eens dat ze zwanger was,' zei Charm vol bewondering. 'Ze komt wel terug, of anders Christopher wel. Ze kunnen toch niet zomaar weglopen. Ze móéten wel terugkomen.'

Gus leek niet overtuigd. Charm kon zich niet voorstellen dat ze de baby naar het ziekenhuis zouden brengen zodat de hele wereld Allison Glenns geheim zou horen. 'Jij was toch brandweerman, Gus. Je zei dat je een keer een baby ter wereld hebt gebracht...'

'Ik heb geholpen die baby ter wereld te brengen en daarna hebben we haar meteen naar het ziekenhuis gebracht,' viel hij haar in de rede, hijgend. 'Dat meisje zou zelf ook naar het ziekenhuis moeten. En deze baby moet ook naar het ziekenhuis.'

'Kunnen we niet even wachten, alsjeblieft?' smeekte Charm. 'Hij lijkt in orde.'

Gus slaakte een zucht en liet zich zwaar in een stoel zakken. 'We moeten wat dingen voor hem kopen: flessenmelk en luiers. We geven ze een paar uur, Charm. Niet meer. Dit is geen spelletje.'

Gus ging met tegenzin de nacht in en kwam even later terug met vier zakken vol met alles wat ze maar nodig konden hebben voor een pasgeboren baby.

'Kijk toch eens naar al die spulletjes,' zei Charm vol verbazing. Ze gaf de slapende baby aan Gus. 'Ik wist niet dat een baby zo veel nodig had.' Uit een van de zakken haalde ze twee omslagdoeken, tissues, flessen, poedermelk en een kleine blauwe pyjama met een beer erop geborduurd, en ze legde alles op het aanrecht. Het laatste wat ze uit de zak haalde, was een blauw-rood honkbalpetje van de Cubs. 'Gus?' Charm keek haar stiefvader verbaasd aan. 'Een honkbalpetje?'

Glimlachend haalde hij zijn schouders op. 'Die moeten ze al heel jong krijgen.'

Die eerste nacht bleven ze op, gaven de baby om beurten de fles, hielden hem vast, werden allebei een beetje verliefd op hem, maar wisten ook dat het niet kon duren. Ze wisten dat als Christopher of Allison niet terugkwam, ze iets moesten doen.

'Flink zijn,' fluisterde Charm in het oortje van de baby. 'Alles komt goed, hoor.'

Nu loopt Charm naar Bookends. Ze wil de vijfjarige Joshua en Claire zelf wel eens zien. Vanuit haar auto ziet ze Joshua door de etalageruit; hij danst een rondje, zwaait met een hondenkoekje boven Trumans kop en lacht. Je bent flink, denkt Charm. Heel flink. Claire loopt naar Joshua toe, pakt het koekje van hem af en bukt zich om het aan Truman te geven. Charm glimlacht. Het gaat goed met hen. Opeens ziet ze door het glas een lang meisje met halflang blond haar. Hoewel ze haar gezicht niet kan zien, heeft ze iets bekends dat Charm niet meteen kan plaatsen. Het komt door haar houding, door de manier waarop ze haar hoofd scheef houdt. Pas als Charm weer naar huis rijdt, weet ze aan wie dat meisje haar doet denken: Allison Glenn.

Charm schiet in de lach en schudt haar hoofd. Dat is onmogelijk, dat kan écht niet. Het duurt nog jaren voor Allison Glenn vrij zal komen. Ze is gek aan het worden.

Brynn

NADAT ALLISON DOOR DE POLITIE WAS MEEGENOMEN, PROBEERDE IK TE gaan slapen. Toen ging de telefoon. Ik nam op, probeerde mijn tranen terug te dringen en hoopte tegen beter weten in dat het Allison was. Dat was niet zo.

'Ik bel over de baby,' zei een man. Ik wist niet wie hij was, maar toen begon het me te dagen. Die nacht waren Allison en ik naar zijn huis gereden. Waar ze de baby had achtergelaten.

Hij vertelde me dat Christopher was vertrokken en niet zou terugkomen. Nooit. En dat Allison de baby moest komen halen.

'Dat kan ze niet doen,' snikte ik. 'Ze is weg. U moet de baby hier weghouden,' zei ik wanhopig. Ik dacht aan wat mijn ouders zouden doen als ze erachter kwamen dat Allison nog een kind had. Egoïstisch natuurlijk, maar ik dacht ook aan mezelf. Mijn ouders zouden nooit geloven dat Allison in haar eentje met een pasgeboren baby naar Christophers huis zou zijn gereden. Ze zouden meteen weten dat ik haar had geholpen en ik kon hun woede niet verdragen, niet in mijn eentje. 'U moet voor hem zorgen. Alstublieft,' smeekte ik. Hij bleef maar vragen waar Allison naartoe was en ten slotte zei ik: 'Ze zit in de gevangenis. Ze hebben haar meegenomen.'

'Waarom?' vroeg hij, duidelijk verbaasd.

'Zet de tv maar aan,' zei ik, alweer naar adem snakkend. 'Maar houd die baby hier weg. Mijn ouders... Niemand hier kan voor hem zorgen. Hij kan maar beter bij iemand anders zijn. Breng hem maar naar een plek waar hij veilig is. Alstublieft!' smeekte ik.

Als ik er helemaal niet op bedacht ben, denk ik aan dat jongetje. Ik vraag me af waar hij is terechtgekomen. Ik weet dat Charm Tullia en haar stiefvader hem niet meer bij zich hebben. Toen die herfst de school weer begon, zag ik Charm op de gang. We hebben elkaar twee jaar lang in de gaten gehouden, maar het met geen woord over die baby gehad. Op één keer na.

Na Allisons arrestatie roddelde iedereen over me en dan keken ze me aan alsof ik een griezel was. Als er geen docenten in de buurt waren, was er altijd wel iemand die een lullige opmerking maakte. Ik raakte nooit gewend aan die opmerkingen, maar ik leerde er wel mee om te gaan. Ik leerde niemand aan te kijken, hield mijn hoofd altijd gebogen. Ik zorgde ervoor niet op te vallen, maar ze bleven pijnlijke dingen roepen. Hoe gaat het met de moordenaar in de gevangenis? Nu is je zus niet meer zo'n hete meid, hè? Ben jij soms ook een babymoordenaar? Er klonk altijd een verwrongen klank in hun stem. Ze genoten van elke seconde van Allisons diepe val. Het waren altijd dezelfden: de meisjes met wie ze altijd voetbalde of volleybalde en de jongens met wie ze altijd lunchte.

Tegen het einde van mijn juniorjaar – negen maanden na Allisons arrestatie – was ik zo dom om, nadat de bel was gegaan, in het lokaal te blijven voor een gesprek met de docent. Je zou denken dat die stomkoppen wel vertrokken waren, een andere zwakkeling hadden gezocht om te pesten en een waardeloos gevoel te geven. Toen ik het lokaal uit liep, was de gang bijna verlaten.

Ik wist dat ik in de problemen zat toen Chelsea Millard, een senior die vroeger een van de beste vriendinnen van mijn zus was geweest, en twee van haar schoothondjes de lege gang in liepen. Hoewel het lente was en al behoorlijk warm, kreeg ik kippenvel op mijn armen en ik begon te rillen toen ik zag dat Chelsea haar rug rechtte. Er verscheen een blik van terechte verontwaardiging op haar gezicht.

Mijn tweede fout was mijn aarzeling. Ik had gewoon met gebogen hoofd door moeten lopen. Maar dat deed ik niet. Ik struikelde een beetje, en Chelsea en haar vriendinnen grinnikten om mijn onhandige danspasjes. Ze gingen om me heen staan, met de handen in hun zij en hun ellebogen naar buiten en keken me met een minachtende blik aan.

'Hoe gaat het met je zus?' vroeg Chelsea vals. 'Ik durf te wedden dat de vrouwen daar gek op Allison zijn.' Haar vriendinnen lachten en het viel me op hoe lelijk gemene mensen zijn, hun ogen veranderen in smalle spleetjes en hun glimlachende mond gaat op een uitgedroogde appel lijken. Een bittere grijns, alsof ze net iets zuurs hebben geproefd. Ik keek hen aan, gebiologeerd door hun grotesk veranderende gezichten, en rilde van afschuw.

'Zuur,' zei ik voordat ik het wist. Ze hielden meteen op met lachen. Hun gezichten ontspanden van verbazing, maar toen knepen ze hun ogen nog dichter. Zwarte, kwade spleetjes. 'Sst,' zei ik hardop tegen mezelf. 'Hou je mond. Niet praten.' Ik wist dat ik me vreemd gedroeg, maar ik kon er niets aan doen.

'Zei je net tegen me dat ik mijn mond moest houden?' vroeg Chelsea ongelovig en ze kwam nog dichter bij me staan. Het zweet stond op mijn voorhoofd. Het zweet stond tussen mijn borsten en gleed langs mijn rug naar beneden. O, prima, dacht ik opgelucht, ik begin te verdampen. Ik sloeg mijn hand voor mijn mond om niet te gaan giechelen. Ik dacht niet dat ik dat hardop had gezegd, maar wist het niet zeker.

'Je bent gek,' snauwde Chelsea. 'Net als die babymoordenaar van een zus van je.' Ik keek naar beneden naar mijn schoenen en vroeg me af of ik steeds kleiner werd. Ik hoopte dat ik zou blijven druppelen en smelten tot er niets meer van me over was.

'Houd je daaronder iets verborgen?' vroeg een van Chelsea's vriendinnen. Ze stak haar hand uit naar mijn T-shirt. Ik deinsde achteruit en botste tegen de rij kluisjes achter me aan.

'Verstop je een baby, net als je zus?' Weer probeerde ze mijn shirt te pakken en ze kreeg nu een stukje stof in handen, plus een stukje van de zachte huid van mijn maag waar ze aan trok. Ik schreeuwde het uit van verrassing en van pijn.

'Laat haar met rust,' zei een vastberaden meisjesstem. Het middaglicht stroomde door de hoge ramen aan weerszijden van de gang naar binnen, zodat ik niet goed kon zien wie er naar ons toe kwam. Toen ze dichterbij was gekomen, zag ik dat het Charm Tullia was.

'Laat haar met rust,' zei Charm op vlakke toon. Ze leek helemaal niet bang of geïntimideerd door de oudere meisjes, alleen maar kwaad.

'Wat wil je ertegen doen?' vroeg het meisje dat mijn shirt nog steeds vast had.

Charm negeerde haar en bleef Chelsea strak aankijken. Het leek wel alsof ze elkaar eeuwig aankeken tot Chelsea haar blik neersloeg en tegen haar vriendinnen zei: 'Kom op, we gaan. We hebben les. Mafketels,' zei ze hardop en ze botste expres tegen Charm op. Haar vriendinnen liepen vlak achter haar aan.

'Gaat het?' vroeg Charm, en ze raakte even mijn arm aan. Ik keek naar haar kleine hand met afgekloven nagels en was verbaasd dat die niet door mijn huid was gegaan. Ik was dus niet tot niets verdampt.

'Ik ben hier nog steeds,' zei ik zacht.

Het was mijn bedoeling haar te bedanken. Ik wilde haar bedanken. Maar ik verdween gewoon in het niets.

Allison

IK PAK HET TELEFOONBOEK EN ZOEK DE ACHTERNAAM TULLIA OP. ER is er maar één, ene Reanne Tullia aan Higgins Street. Geen Christopher. Ik denk aan Charm Tullia, Christophers zusje. Charm, haar stiefvader en Christopher zijn naast Brynn de enige andere mensen die iets af weten van Joshua. Hoe heette haar stiefvader ook alweer? Ik weet nog waar ze vijf jaar geleden woonden, maar ik kan er niet naartoe, zelfs niet als ze daar nog wonen. Ik moet met hen praten. Zal ik deze Reanne Tullia durven bellen? Het kan geen kwaad, denk ik. Ik zou gewoon naar Christopher of Charm kunnen vragen en het daarbij laten, ja toch? Ik haal diep adem en begin met trillende handen Reanne Tullia's nummer in te toetsen. Dan hang ik op.

Ik zal eerst proberen nog wat meer informatie te krijgen en dan ga ik naar Devin, spreek ik met mezelf af. Diep vanbinnen weet ik dat dit riskant is, dat het stom is, maar ik pak toch de telefoon weer en kies het nummer dat ik uit mijn hoofd weet. Hij gaat over en over en over, en net als ik wil ophangen houdt hij op.

In Gertrude House leer ik geduldig te zijn. De vrouwen hier laten me eindelijk met rust. Ik denk dat ze nu inzien dat het helemaal niet leuk is te proberen me de stuipen op het lijf te jagen, nu ik niet van slag raak door al die poppen die ze overal hebben achtergelaten. Toch word ik door vrijwel iedereen genegeerd, behalve door Olene en Bea en soms Tabatha.

Bea is een goede prater en kan ook goed luisteren. Ze blijft maar doorgaan over haar vier kinderen die in leeftijd variëren van negen maanden tot twaalf jaar. Ze wonen bij haar zus in een stad op een halfuur hiervandaan. Ze vertelt me dat haar oudste, een jongen, een briljante student is en een van de beste pitchers in zijn honkbalteam en dat haar drie dochters de slimste, liefste meiden zijn.

'Heb je ze de laatste tijd nog gezien?' vraag ik als we staan te koken. 'Mogen ze je in Gertrude House opzoeken?'

Bea schudt haar hoofd en laat een handjevol pasta in een pan met kokend water vallen. 'Nee. Ik wil niet dat ze me nu al zien. Daar ben ik nog niet klaar voor.'

'Hoezo moet je daar klaar voor zijn?' vraag ik. 'Je bent nu toch uit de gevangenis en zij wonen vlakbij. Ik weet zeker dat ze je heel graag willen zien.'

'Misschien,' zegt Bea. 'Maar ik wil eerst zeker weten dat ik de mama ben die ik zou moeten zijn. Ik wil gezond zijn. Ik wil dat ze trots op me zijn.'

'Je bent hun moeder, natuurlijk zijn ze trots op je,' zeg ik tegen haar.

Weer schudt ze haar hoofd. 'Ik was high toen ik naar haar school ging om haar overgangsrapport te bespreken. Ik liep wankelend door het lokaal en heb de schoenen van haar leraar ondergekotst. Toen was ze echt niet trots op me. Ik wil zeker weten dat ik nuchter kan blijven en ik wil een goede baan krijgen. Daarna wil ik mijn kinderen zien.'

'Ik weet het niet,' zeg ik. 'Mijn ouders leken vanaf de buitenkant alles waar een kind trots op zou moeten zijn, maar ze leken zich niet echt voor ons te interesseren.' Ik doe de koelkast open en haal de saladedressing eruit. 'Ga je kinderen opzoeken, Bea. Het enige wat ze echt willen is bij je zijn en voelen dat jij je echt interesseert voor wie ze zijn en wat ze doen. Dat zal voldoende zijn.'

'Het is niet het juiste moment,' zegt Bea op zo'n manier dat ik weet dat ik het onderwerp moet laten rusten. Maar dat kan ik niet.

'Weten ze nog wie je bent?' vraag ik. 'Ik bedoel, je jongste? Je hebt haar na haar geboorte niet meer gezien. Denk je dat ze op de een of andere manier nog weet wie je bent?'

Bea schiet in de lach. 'God, dat hoop ik toch niet. Dat arme kind is in de gevangenis geboren.' Ernstiger zegt ze: 'Ik hoop dat ze zich niets van die afschuwelijke plek kan herinneren. Mijn zus is een goede moeder voor mijn kinderen geweest. Ik wil hun moeder weer worden, maar misschien moet ik me met veel minder tevredenstellen. Wie weet kan het verleden ze op een bepaald moment niets meer schelen, misschien zijn ze al blij als ze me weer leren kennen. De tijd zal het leren.' Bea vist met een vork een paar sliertjes pasta uit de pan. Ze haalt de sliertjes van de vork en gooit ze tegen de keukenmuur, waar ze blijven plakken. 'Ik kan nooit onthouden of pasta nu aan de muur moet blijven plakken of ervan af moet glijden. Nou ja.' Ze giet de pasta af en schreeuwt dan met haar schrille stem: 'Het eten is klaar!'

Ik wilde dat dat genoeg was voor Brynn. Dat we gewoon weer contact hebben. Dan zou dat wat al die jaren geleden is gebeurd niet meer zo belangrijk zijn. Brynn was altijd trots op me, ze keek altijd tegen me op. Dat wil ik weer. Ik wil dat ze weer trots op me is.

Nee, niet trots. Ik wil alleen maar dat ze me áárdig vindt. Ik wil haar gewoon kunnen vertellen dat ik Joshua heb gevonden en dat hij heel veel op Christopher lijkt, maar mijn haar heeft. Dat Joshua me op een bepaalde manier aan haar doet denken. Doordat hij zo gek is op dieren, doordat hij alles precies zo wil en niet anders. En ik wil dat Brynn me over haar leven vertelt. Hoe het op school is, of ze een vriendje heeft of niet, of ze net zo gek wordt van onze ouders als ik. Ik wil een zus voor Brynn zijn, iets waar ik vroeger helemaal niet goed in was. Maar iedereen verdient een tweede kans, toch?

Zelfs ik.

Charm

STEEDS WEER BELDE GUS NAAR ALLISON GLENNS HUIS EN PROBEERDE hij met iemand over de baby te praten. Eindelijk nam er iemand op. Gus zei: 'Ik bel over de baby.' Toen Gus naar de persoon aan de andere kant van de lijn luisterde, werd hij lijkbleek. 'Ik begrijp het,' zei hij en hij hing op.

'Wat is er?' vroeg Charm. 'Wat zeiden ze?'

Gus wreef met een trillende hand over zijn gezicht en liet zich zwaar op een stoel zakken. 'Zet de tv aan,' zei hij.

'Wat?' vroeg Charm. Ze begreep er niets van.

'Zet de tv aan,' zei Gus weer. Charm gaf hem de baby, zette de tv aan en begon te zappen tot Gus zei dat ze moest stoppen. Een verslaggeefster stond met een ernstig gezicht aan de oever van de Druid.

'Gus...' begon Charm, maar ze zweeg toen ze zijn gezicht zag.

'Hier was het, aan de oever van de rivier de Druid, dat een man die met zijn kleinzoon aan het vissen was het dode meisje vond,' zei de journaliste en ze wees naar de rivier. 'Channel Seven News heeft net gehoord dat een tienermeisje is gearresteerd in verband met deze zaak. Omdat de verdachte minderjarig is, zal haar identiteit niet bekend worden gemaakt, maar we kunnen u wel vertellen dat dit meisje door de politie uit haar woning in Linden Falls is gehaald en om onbekende redenen naar het ziekenhuis is gebracht.'

Charm keek Gus niet-begrijpend aan. 'Dit heeft toch niets te maken met de baby en Allison?'

De baby begon onrustig te worden en met zijn dunne armpjes te zwaaien. Gus tilde hem op en legde hem tegen zijn schouder. 'Rustig maar,' fluisterde hij in zijn oor. 'Dat onbekende meisje dat gear-resteerd is,' zei hij knikkend naar de televisie, 'was Allison Glenn. En dat kleine meisje dat ze in de Druid hebben gevonden, is het zusje van dit kleine jongetje.'

Allison

ELKE DAG ALS IK BOOKENDS BINNEN LOOP, BEN IK BANG DAT CLAIRE OF zelfs Joshua één blik op mijn gezicht werpt en zich opeens realiseert wie ik ben. Zou ik hiermee mijn voorwaardelijke vrijlating in gevaar brengen? Zouden ze me hierom kunnen terugsturen naar de gevangenis? Want ook al zag ik er tegenop om Cravenville te verlaten, de korte tijd dat ik daar weg ben heeft me doen inzien dat ik er nooit meer naar terug wil. Maar nu ik haar heel aandachtig aankijk, zie ik geen enkele verandering in Claire. Ze begroet me vriendelijk en we kletsen even over koetjes en kalfjes.

Ik begin Claire steeds aardiger te vinden. Ze praat met me alsof ik iemand ben. Ze praat niet neerbuigend tegen me en bekijkt me ook niet wantrouwig vanwege mijn verleden. Ik vind het fijn om in Bookends te werken. Ik vind de Kelby's aardig. Ik weet dat ik haar zou moeten vertellen dat ik vermoed dat Joshua mijn zoon is, maar dat kan ik niet. Dat wil ik niet.

Om halfvier stormt Joshua de boekwinkel binnen. Zijn anders zo bleke gezicht is nu vuurrood gespikkeld en zijn lippen zijn vertrokken van woede. Op zijn huid en zijn kleren zitten gekke plekjes die het licht reflecteren. Ik kijk beter en zie dat hij onder de oranje glittertjes zit. Joshua probeert ze van zijn armen te vegen, maar het enige resultaat is dat ze aan een ander deel van zijn lichaam blijven plakken. Jonathan komt achter Joshua de winkel binnen, met een gefrustreerde en verbijsterde blik op zijn gezicht. Claire stapt achter de toonbank vandaan. 'Wat is er aan de hand?' vraagt ze ongerust.

'Josh heeft een zware dag gehad op school,' zegt Jonathan. 'En er kwam lijm en glitter aan te pas.'

'Wat is er gebeurd?' vraagt Claire. Joshua jammert en slaat zijn armen met een opstandig gebaar over elkaar.

Nu pas ziet Jonathan me staan. 'Hallo, Allison,' zegt hij. 'Zijn lerares zegt dat ze tijdens het knutselen kartonnen bladeren tekenden en uitknipten. Daarna smeerden ze er lijm op en strooiden daar glitter op. Joshua kreeg lijm aan zijn vingers en dat is, zoals we allemaal weten, erger dan in bad gaan, zand en naar de kapper gaan bij elkaar, en daarna kreeg hij glitter op zijn handen. Juf Lovelace heeft Joshua geholpen om de lijm van zijn handen te wassen, maar daarna waren zijn handen natuurlijk niet helemaal droog en daardoor wond Joshua zich hevig op en vervolgens is het allemaal alleen maar erger geworden.'

Ik zie dat Claire rilt als ze zich realiseert wat er nu gaat gebeuren. Joshua krabt fanatiek aan zijn armen en begint te huilen. 'Josh, hou daarmee op!' zegt Claire op scherpe toon. 'Je krabt jezelf helemaal open.' Joshua draait zich om zodat hij met zijn rug naar ons toe staat en gaat verder met krabben. Ik weet niet of ik me ermee moet bemoeien of verder moet gaan met de controle van de alarminstallatie en net doen alsof alle ophef me ontgaat.

'Dus volgens juf Lovelace,' zegt Jonathan boven Joshua's gehuil uit, 'heeft Joshua zijn blaadje verfrommeld waardoor hij nog meer lijm en glitter op zijn lichaam kreeg. Daarna pakte hij in een woedeaanval de pot met glitter en smeet die door het lokaal. Over alle andere kinderen, hun werkstukken, de lerares en hemzelf heen. Vervolgens werd Joshua' – zegt Jonathan met een wanhopig gebaar – 'uit de klas gestuurd.'

'O, Joshua,' zegt Claire teleurgesteld. Ze legt haar handen op zijn magere schouders, maar dan gaat hij zitten en begint hij zelfs nog harder te huilen.

Zonder er zelfs maar over na te denken, ga ik op mijn knieën zitten, zo dicht bij Joshua dat hij me kan zien. Hij houdt even op met huilen en kijkt me vanuit zijn ooghoek bezorgd aan. Ik begin te praten voordat hij weer kan gaan huilen. 'Joshua, volgens mij heb je een verschrikkelijke dag gehad.' Hij draait zich van me af en begint weer te huilen, maar nu minder heftig, zodat ik doorpraat.

'Volgens mij wil je nu wel eens van die glitter af.' Nu is hij stil. Hij haalt moeizaam adem, maar ik zie dat hij luistert en daarom schuif ik iets dichter naar hem toe en praat door met een lage, rustige stem. De stem die ik gebruik voor Flora in het opvanghuis als ze kwaad is. 'Ik durf te wedden dat je niet weet dat er een magische soort plakband is dat speciaal wordt gebruikt om glitter te verwijderen.' Ik sta op en loop naar de toonbank, trek een la open en pak een rol schildertape.

Joshua kijkt met een argwanende blik naar de schildertape. 'Dat is gewone tape,' zegt hij.

Ik haal nonchalant mijn schouders op en zeg: 'Het lijkt op gewone tape. We kunnen het proberen, als je wilt. Of wil je dat niet, je mag de glitter natuurlijk ook wel houden.' Ik leg de tape op de toonbank. Dit is iets wat ik in de gevangenis heb geleerd: als het maar enigszins kan, moet je iemand de kans geven zijn figuur te redden.

Hij denkt er even over na en staat dan, tot onze verbazing, op. 'Oké, ik wil het wel proberen.' Ik scheur een stukje tape van de rol en vouw hem met de lijmkant naar boven.

'Wil je het zelf proberen,' vraag ik, 'of heb je liever dat je mama of papa het doet?'

'Doet het pijn?' vraagt Joshua angstig.

'Helemaal niet,' zeg ik.

'Dan moet jij het doen,' zegt hij tegen me. Het klinkt als een bevel.

'Joshua,' zegt Claire waarschuwend.

'Wil jij die magische tape alsjeblieft op me plakken?' vraagt hij dan.

'Tuurlijk,' zeg ik. 'Nu moet je opletten, dit is heel bijzonder.' Heel voorzichtig, heel zachtjes, wrijf ik de gevouwen tape over de mouw van zijn T-shirt en daarna laat ik Joshua zien hoeveel oranje glitter erop zit. 'Cool, hè?' zeg ik glimlachend. Hij glimlacht terug. En dan is het er, onze klik. Heel subtiel, een glimp slechts, eigenlijk hooguit een spatje, maar het is er wel. Ik kan niet zeggen dat hij me herkent, maar er is een link gelegd, heel dun en heel fragiel. Ik kijk op naar Claire en ze glimlacht naar me, met iets van respect. Dan kijk ik naar Jonathan, die ook onder de indruk is.

Het volgende halfuur ben ik samen met Joshua in de kinderhoek van de boekwinkel bezig de glitter van zijn shirt, zijn broek en zelfs van zijn schoenen te halen. De glitter die aan zijn vingers, gezicht en haar plakt, is een ander verhaal. Joshua ziet ertegenop die tape op zijn huid te plakken. 'Dat doet pijn,' zegt hij tegen me, met een ernstige en verwachtingsvolle blik op zijn smalle gezichtje.

'Tja, je moet het zelf weten,' zeg ik. 'Je kunt de glitter laten zitten of we kunnen proberen het van je huid af te krijgen met deze magische tape. Als het pijn doet, kan ik stoppen.'

'Mag ik het zelf proberen?' vraagt hij hoopvol.

'Natuurlijk,' zeg ik en ik doe voor hoe hij de tape moet vouwen. Hij drukt hem lichtjes tegen zijn huid, trekt hem weg en kijkt aandachtig naar alle glitters op de tape.

'Dat deed niet pijn,' zegt hij zakelijk en hij gaat net zolang door tot er geen enkele glitter meer op zijn handen zit. Joshua vindt het goed dat ik hem help met zijn haar en gezicht áls ik hem maar beloof dat ik niet te hard trek en meteen ophoud als hij dat zegt. Hij doet zijn ogen dicht en tilt zijn gezichtje naar me op en de hele tijd dat ik aan het werk ben, neem ik zijn lange gezicht en puntige kin in me op. Ik onthoud de blauwe adertjes op zijn gesloten oogleden en de blonde wimpers die op zijn huid liggen, zijn dunne lippen onder zijn wipneusje dat zo op die van Christopher lijkt. Als ik hem met tegenzin vertel dat we klaar zijn, vraagt hij: 'Mag ik kijken?' Hij rent naar het toilet waar hij zichzelf in een spiegel kan zien. Ik loop terug naar de voorkant van de winkel waar Claire met een klant bezig is. Joshua komt een paar minuten later terug, met een brede grijns. 'Het is gelukt,' vertelt hij Claire. 'Misschien kan ik wat tape meenemen naar school.'

'Tuurlijk,' zegt Claire. 'Maar ik denk dat je lerares ook wel wat van die tape heeft. Wat zeg je tegen Allison?'

'Dank je wel,' zegt Joshua verlegen tegen me.

'Graag gedaan,' zeg ik.

'Mam, mag ik iets eten?' vraagt Joshua aan Claire en ik voel iets wat ik niet kan benoemen.

'Haal maar wat crackers uit de achterkamer,' zegt ze tegen hem.

'Wauw,' zegt Claire met een bewonderende blik naar mij. 'Dat heb je geweldig aangepakt.' Ik begin te blozen. 'Waar heb je dat geleerd?'

Ik haal mijn schouders op alsof het niets voorstelt. 'Het is altijd goed om iemand de kans te geven te kiezen. Dan voelt zo iemand zich niet klemgezet.'

Claire schudt haar hoofd. 'Dat heb ik in zo ongeveer elk boek over opvoeden gelezen, maar tegen de tijd dat ik daaraan denk, is Joshua al zo opgefokt dat het te laat is. Een volgende keer moet ik dat ook eens proberen.'

Ik kijk ongemakkelijk naar mijn voeten. 'Wil je dat ik iets speciaals ga doen? Boeken op de planken zetten of zo?' vraag ik.

'Weet je waar je me echt mee zou helpen?' vraagt Claire met een blik op de bulldog die voor de deur staat. Zijn adem vormt een grote condensvlek op de glazen deur. 'Vind je het erg om Truman even uit te laten? Ik wil Josh nu eigenlijk niet alleen laten.' Met een verontschuldigende glimlach voegt ze eraan toe: 'Ik weet dat dit niet in de functiebeschrijving staat van een medewerkster in een boekwinkel, maar Truman en de winkel zijn eigenlijk een en hetzelfde.'

'Geen probleem,' zeg ik. 'Truman is een geweldige hond. Waar ik woon, mag ik geen huisdieren hebben.' Ik haal snel mijn jas uit de achterkamer. Als ik terugkom, is Jonathan verdwenen – weer aan het werk, denk ik – en Claire en Joshua zijn al verdiept in een boek. Ik doe Truman aan de riem en samen stappen we de koele september-lucht in. Ik loop met hem naar een stukje gras langs de stoep voor de winkel en wacht geduldig tot hij zijn behoefte heeft gedaan.

Ik voel het op mijn rug, zo zacht als een vallend blaadje. Iemands blik. Ik draai me om en zie dat het Claire's man is. Hij zit in zijn witte truck naar me te kijken, met een ondoorgrondelijke uitdrukking op zijn gezicht. Voordat ik me kan inhouden, zwaai ik even naar hem. Alsof hij zich probeert in te houden, glimlacht hij ook en zwaait terug. Hij zet de truck in de versnelling en begint langzaam te rijden. Heel even denk ik dat hij zal stoppen en iets tegen me zal zeggen, maar dat doet hij niet. In plaats daarvan rijdt hij weg en ik blijf hem heel lang nakijken, tot hij de hoek is omgeslagen en uit het zicht is. Ik vraag me af of hij op de een of andere manier weet wie ik ben. Maar dat kan hij niet weten. Dat kan niet!

Truman begint aan zijn riem te trekken en dus loop ik met hem terug naar Bookends. Joshua staat voor het raam te kijken, terwijl de grijze uitlaatgassen van zijn vaders truck om me heen dwarrelen.

Charm

CHARM ZIT IN DE LEGE BADKUIP, HELEMAAL AANGEKLEED. DIT LIJKT DE enige plek in huis waar ze het gerochel van Gus niet hoort. Ze weet dat ze moedig zou moeten zijn, naar hem toe zou moeten gaan, bij hem zou moeten gaan zitten. Ze wordt immers verpleegkundige? Maar alles wat ze heeft geleerd, heeft haar hier niet op voorbereid. Gus gaat dood op een manier waarop niemand dood zou mogen gaan, zelfs de gemeenste mens ter wereld zou niet mogen lijden zoals hij lijdt. Hij is aan het stikken, langzaam, pijnlijk, waar zij bij is en ze kan niets doen om hem te helpen, ook al kijkt hij wanhopig naar haar op. In gedachten ziet ze zijn zwarte longen in zijn borstkas, vechtend om lucht. De longontsteking heeft heel snel toegeslagen. Zijn huid heeft een ziekelijke grijze kleur gekregen en zijn hele lichaam is vermagerd zodat hij vel over been is. Hij doet haar denken aan die foto's van mensen in concentratiekampen die ze tijdens de geschiedenisles wel heeft gezien. Het enige wat niet mager is, zijn zijn gezicht en hals. Daar is hij opgezwollen. Soms vindt ze het moeilijk naar hem te kijken, naar dat opgezwollen gelige vlees, maar af en toe glimlacht hij en dan herkent ze hem weer. De grappige, energieke Gus die altijd naar haar school kwam als er iets te doen was, de Gus die haar heeft geleerd hoe ze een vrije trap moest nemen en hoe ze *kolaches* moest maken. Nu lijkt hij iemand die ze niet kent.

Charm overweegt haar moeder te bellen, maar weet niet goed wat ze tegen haar moet zeggen. Charm heeft haar moeder maar twee keer in haar leven écht nodig gehad, de keer dat haar moeders geschifte vriendje haar in het nauw had gedreven terwijl Reanne aan het werk was en de keer dat Allison Joshua bij haar achterliet.

Beide keren was haar moeder er niet. Nu zou ik wel een moeder kunnen gebruiken, denkt Charm. Iemand die me helpt voor Gus te zorgen, die tegen me zegt dat het allemaal wel goed komt. Helaas is Reanne Tullia die iemand niet.

Charm klimt uit de badkuip en bekijkt zichzelf in de spiegel. Haar ogen zijn bloeddoorlopen en ze ziet rimpeltjes om haar lippen. Ze weet dat ze ze op elkaar perst tegenwoordig. Ik zie er zo oud uit, denkt ze. Ik ben eenentwintig en zie er nu al uit als een oude vrouw.

Charm heeft haar begeleiders op school verteld dat ze een tijdje vrij moet hebben om voor Gus te zorgen. Ze waren heel begripvol. Ze weet dat ze pas weer naar school zal gaan na Gus' begrafenis.

Met tegenzin verlaat ze haar schuilplaats en loopt ze naar Gus toe. Hij heeft zijn ogen een beetje open en ze trekt een stoel naar het bed en gaat bij hem zitten. Charm heeft zijn oude televisie naar zijn slaapkamer gebracht en samen kijken ze naar domme soaps en herhalingen van oude detectives. Het geeft niet waar ze naar kijken, zolang het geluid maar zo hard staat dat ze het rochelend geluid in zijn borstkas niet meer kan horen. Als Gus een hoestbui krijgt, helpt Charm hem voorzichtig rechtop te gaan zitten. Dan wrijft ze over zijn rug, zoals ze hem met Joshua heeft zien doen toen hij nog bij hen was. Charm geeft klopjes op Gus' rug en fluistert bemoedigende woordjes in zijn oor, alsof híj nu een baby is. 'Het is al goed, het is al goed. Toe maar.' Gus grijpt de lakens vast met zijn magere, skeletachtige handen. Als de hoestbui eindelijk voorbij is, geeft Charm hem een slokje water. Ze schudt de kussens achter zijn hoofd op en zet voorzichtig het zuurstofmasker weer op zijn neus. Dan gaat ze weer zitten tot zijn ademhaling rustig is en hij in slaap valt.

Jane heeft ervoor gezorgd dat mensen van de hospice langskomen om te helpen en daar is Charm dankbaar voor. Ze zijn heel aardig en behulpzaam, maar toch kijkt Gus altijd naar Charm. Hij volgt Charm met zijn waterige blauwe ogen als ze door het vertrek loopt, alsof hij haar smeekt hem te helpen. Hij kraamt meestal onzin uit en hij noemt Charm vaak Reanne, wat haar bijna fysiek pijn doet. Doris, de vrijwilligster van de hospice, probeert haar uit te leggen dat het door de kanker en de pijnstillers komt dat hij zo praat.

Het is herfst geworden, het weer is bar en boos, met felle regenbuien. Het regent nu vrijwel constant. Ze vindt het deprimerend, dag na dag thuiszitten. Charm wil terug naar school, maar ze moet er niet aan denken Gus thuis te laten met alleen vreemde mensen om zich heen. Ze weet dat hij nu elk moment kan sterven en is vastbesloten hem niet in de steek te laten, zoals haar moeder heeft gedaan. Ze wil bij hem zijn tot zijn ogen dichtvallen en niet meer opengaan, tot hij niet meer om elke ademteug hoeft te vechten.

Gus' tweepersoonsbed is vervangen door een ziekenhuisbed. Daardoor is het voor de vrijwilligers gemakkelijker hem te helpen en het bed te verschonen. Gemakkelijker om hem weg te rijden als hij is gestorven, denkt Charm. Hij lijkt wel een lege cocon zoals hij daar nu ligt, met zijn gerimpelde huid strak over zijn botten gespannen. Hij hoest niet meer zo veel en hij ligt zo stil dat ze alleen aan het op en neer gaan van zijn borstkas ziet dat hij nog leeft.

Charm vraagt zich af of haar moeder weet dat Gus doodgaat en of het haar iets kan schelen. Ze vraagt zich af wat ze moet doen, waar ze naartoe moet, wat er van haar zal worden. Hoewel ze altijd onafhankelijk is geweest, zonder een echte vader of moeder, heeft ze wel altijd Gus gehad.

Ze voelt een lichte beweging naast zich en doet de lamp op het nachtkastje aan zodat ze Gus' gezicht kan zien. In het zachte licht lijkt Gus bijna de oude. Jeugdig, knap, gelukkig.

'Hoe gaat het met je, Gus?' vraagt Charm fluisterend. Alleen al luisteren lijkt hem pijn te doen. 'Kan ik iets voor je halen?' Zijn ogen zijn open en helder, en hij probeert een hand op te tillen om het zuurstofmasker weg te halen. 'Laat mij maar,' zegt ze en ze haalt het zuurstofmasker weg. Een tijdje terug had ze hem hiermee geplaagd, gezegd dat hij op Horton leek, de olifant uit de Dr. Seuss-boeken. Gus had erom gelachen. Hij likt zijn droge, gebarsten lippen. Charm steekt een rietje in zijn mond en hij zuigt. De inspanning lijkt hem uit te putten. 'Nog iets?' vraagt ze. 'Kan ik iets voor je doen?' Charm probeert haar emoties weg te drukken. Ze heeft patiënten zien sterven, kinderen zien sterven, maar nog nooit iemand die ze kent. Niemand van wie ze hield.

'Nee,' zegt Gus schor. 'Kom eens bij me zitten.' Hij klopt zwakjes op een plekje naast zich op het bed. Charm aarzelt. Dan moet ze de zijkant wegklappen die voorkomt dat hij uit bed valt en er is niet veel plek, ook al is hij zo mager als een lat.

'Kom maar,' zegt hij.

Charm klapt de zijkant weg en schuift Gus een eindje opzij. Hij maakt geen enkel geluid, maar zijn gezicht vertrekt van de pijn. 'Het spijt me, het spijt me.' Charm kreunt, maar hij klopt weer op het bed om haar te laten weten dat het goed met hem gaat. Ze probeert zich zo klein mogelijk te maken en gaat naast hem liggen. 'Wil je televisiekijken?' vraagt ze en ze pakt de afstandsbediening. Hij schudt zijn hoofd. 'Wil je je masker weer op?' vraagt Charm, omdat ze weet dat hij niet lang zonder kan, dat hij in paniek kan raken als hij moeite krijgt met ademhalen.

Weer schudt hij zijn hoofd. Doordat hij zo opgezwollen is, zijn de scherpe hoeken van zijn knappe gezicht verdwenen. Zijn donkere haar vormt een sterk contrast met zijn bleke huid, en zijn warrige wenkbrauwen maken zijn ogen nog kleiner, nog dieper verzonken. Een blauwe vijver tussen het riet.

'Vertel,' zegt hij op zijn gewone commandotoontje. Hij kan nog altijd bazig doen zonder gemeen te klinken.

'Nou,' begint Charm, 'volgende week begin ik op Orthopedie. En als het Halloween is, werk ik nog op Pediatrie en dan verkleedt iedereen zich, zelfs de artsen.'

Gus knikt en ze zwijgen even. Ze weten allebei dat hij met Halloween al overleden is.

'Die kleine jongen,' zegt Gus met een rauwe stem.

Charms hart slaat een slag over. Ze wist dat ze het over Joshua zouden hebben, dat ze het nog één keer over hem moesten hebben.

'Het spijt me.' Hij praat hijgend en met veel moeite.

'Wat dan?' vraag Charm ongelovig. 'Wat spijt je? Het was Christophers schuld. Het was Allison Glenns schuld. Niet van jou. Joshua is veilig. Hij is gelukkig. Hij is bij mensen die van hem houden.' Ze begint boos met haar vingers te tikken. 'Zijn moeder heeft in de gevangenis gezeten omdat ze zijn tweelingzusje heeft verdronken. Je wist dat Christopher nooit terug zou komen om voor hem te zorgen en God weet dat mijn moeder nergens goed voor is!'

'Sst,' hijgt Gus en hij legt zachtjes zijn hand op haar wang. 'Stil maar.' Dit is te veel voor Charm, dat deze vriendelijke, ontzettend zieke man haar probeert te troosten. Zij was degene die smeekte of ze de baby langer konden houden. Maar de uren werden dagen en toen drie weken. Charm bleef Gus smeken om meer tijd, ervan overtuigd dat haar broer terug zou komen naar de kleine jongen van wie ze zo snel was gaan houden. Ze begint te huilen.

'Het spijt me. Ik had het je moeten vertellen,' snikt Charm. 'Ik had je moeten vertellen dat ik hem naar de brandweerkazerne had gebracht.' Ze kijkt haar stiefvader hulpeloos aan. 'Ik kon het niet meer doen. Ik wilde wel, maar kon het niet. Ik was zo moe. Ik wist dat ik te lang had gewacht met hem op een veilige plaats achter te laten en ik was bang dat ik je in de problemen zou brengen en daarom heb ik je niets verteld.'

'Je bent een goed meisje, Charm,' mompelt Gus. 'Je bent slim en moedig. Moediger dan ik ooit ben geweest.' Charm kijkt naar hem. In de loop der jaren heeft Gus verteld over de vele branden die hij heeft geblust. De rook, de vlammen, de hitte. 'Je bent voor die kleine jongen blijven zorgen, zelfs nadat je hem bij de brandweerkazerne had achtergelaten. Je hebt ervoor gezorgd dat hij veilig was.'

'Je hebt niet eens de kans gehad afscheid van hem te nemen.' Gus zegt niets. Het gesprek vermoeit hem. 'Soms wilde ik dat ze hem nooit naar ons huis had gebracht,' zegt Charm, waarmee ze eindelijk hardop uitspreekt wat ze al zo lang voelt. 'Soms wilde ik dat ik hem nooit in mijn armen had gehad. Ik wilde dat ik nooit had geweten dat hij een zusje had dat in de rivier was gegooid. Ik wilde dat je beter werd.' Charm slikt moeizaam, probeert niet te huilen en verbergt haar gezicht tegen zijn broze schouder.

Moeizaam slaat Gus zijn andere arm om haar heen.

'Dochter,' zegt Gus schor. Meer is er niet te zeggen. Ze blijven nog lang zo liggen, Gus klopt zachtjes op haar rug en Charm slorpt het allemaal op, als een kat die het laatste zonnestraaltje probeert te vinden.

Allison

NADAT JOSHUA DAT ONGELUKJE MET DIE GLITTERS HAD EN IK HEM MET die magische tape heb geholpen, komt hij steeds naar me toe als ik aan het werk ben. Hij biedt aan me boeken aan te geven of de centen in de kassa te tellen. In heel korte tijd ken ik de lange lijst van dingen waar Joshua van houdt of die hij haat. Hij haat het als zijn vingers kleverig zijn, hij haat de geur van bananen, onweer en zijn kamer opruimen. Hij houdt van Truman, met Lego spelen, Dr. Pepper drinken – ook al zegt zijn moeder dat zijn tanden daardoor gaan rotten en uit zijn mond zullen vallen – en dingen bouwen met zijn vader.

Ik weet dat ik hem op een afstandje zou moeten houden. Als ik hem dichtbij laat komen, komt er alleen maar ellende van. Ik zou tegen hem moeten zeggen dat hij moet oprotten, dat ik me op mijn werk moet concentreren.

Maar dat doe ik niet. 'Wat vind je van voetbal?' vraag ik als ik denk aan die foto van hem in zijn groene voetbalkleren. 'Hou je van voetballen?'

'Gaat wel. Ik kan het niet zo goed,' zegt hij een beetje triest. 'Er is altijd wel iemand die de bal van me afpakt.'

'Ik kan je wel wat aanwijzingen geven,' bied ik aan. 'Vroeger heb ik heel veel gevoetbald.'

'Oké,' zegt Joshua, en hij bukt zich om Truman te aaien. 'Dan neem ik morgen mijn voetbal mee.'

'Ik denk niet dat je moeder het goedvindt dat we in de winkel voetballen,' zeg ik en ik heb meteen spijt van mijn aanbod. Heel even kijkt Joshua verslagen.

'Dan moet je maar naar ons huis komen,' zegt Joshua, opeens

weer blij. 'Dan kun je mij leren voetballen en kan ik je mijn kamer laten zien en mijn papa's werkplaats.'

'Ik weet niet...' Ik wend mijn blik af als ik een klant hoor binnenkomen, dankbaar voor die afleiding. Ik kom te dichtbij, word te betrokken.

Ik zie dat Devin langzaam mijn kant op komt lopen, niet op haar gebruikelijke bruuske, zakelijke manier. Ze lijkt bijna te aarzelen. Heel anders dan anders. Ze weet het. Ze weet het van Joshua. Brynn heeft haar gebeld en haar verteld dat ik zijn moeder ben. Ze komt me vertellen dat ik terug moet naar de gevangenis. Ik ben nu drie weken vrij en nu moet ik terug. Ik ga nog liever dood.

'Josh, ga je huiswerk maar maken,' zeg ik als Devin voor me blijft staan. Er is iets mis. Heel erg mis.

'Wie is dat?' vraagt Joshua. Hij blijft bij me staan.

'Joshua, val je Allison lastig?' Claire's stem komt achter me vandaan.

'Nee, ik help haar,' zegt Joshua.

'Allison,' zegt Devin vriendelijk. 'Kan ik even met je praten?'

Claire kijkt ons bezorgd aan. Ik weet dat ik hen aan elkaar zou moeten voorstellen, maar de woorden blijven in mijn keel steken. Daarom knik ik alleen maar en ik loop achter Devin aan naar buiten. Ik sluit mijn ogen en wacht tot Devin me vertelt dat ze me meeneemt naar het politiebureau. De lucht is koel en voelt prettig op mijn hete wangen, ik probeer het gevoel te onthouden.

'Allison?' vraagt Devin en ik open mijn ogen. Ze kauwt op de binnenkant van haar wangen, weet niet goed wat ze moet zeggen en ik vraag me af of ik nog afscheid van Claire kan nemen, haar kan bedanken dat ze me een kans heeft gegeven. Ik vraag me af of ik Joshua ooit weer zal zien. 'Allison.' Ze wil mijn hand pakken. 'Het gaat om je vader.'

'Mijn vader?' vraag ik verward. Ik kijk naar Devins hand in de mijne. Ze draagt een grote diamanten ring aan haar vinger. Ze gaat trouwen, denk ik. Ik wil haar feliciteren, maar ze valt me in de rede.

'Hij is vandaag in zijn kantoor flauwgevallen,' vertelt Devin. 'Hij ligt nu op de intensive care in ziekenhuis St.-Isadore. Ze weten nog niet wat er aan de hand is, maar het lijkt een hartaanval.' Ik kijk haar vragend aan en, zoals altijd, is het net alsof Devin weet wat ik denk. 'Je moeder heeft Barry gebeld. Meneer Gordon.' Ik knik. Dat klinkt logisch. Mijn vader en een van de vennoten van Devins advocatenkantoor, Barry Gordon, zijn al jaren vrienden. 'Wil je naar het ziekenhuis?' vraagt Devin. 'Ik kan je er wel naartoe brengen.'

Ik denk aan mijn laatste ontmoeting met mijn vader, aan het feit dat alles wat aan mij herinnert uit huis was verwijderd. 'Ik weet niet of ze me daar wel willen hebben,' zeg ik met een klein stemmetje.

'Maar wat wil jij, Allison?' vraagt Devin. 'Wat wil jij doen?'

Opeens wil ik mijn vader zien. Stel dat hij doodgaat? Het kan niet zo zijn dat ik mijn moeder voor het eerst weer zie tijdens de begrafenis van mijn vader. Ik leg de situatie snel uit aan Claire en zij stuurt me met een knuffel weg. 'Hou me op de hoogte en maak je maar geen zorgen over je werk. Ga maar naar je familie.'

Ik kan haar niet vertellen dat zij, in de paar weken dat ik terug ben in Linden Falls, meer mijn familie is dan mijn ouders. 'Dank je wel' kan ik alleen maar zeggen. 'Ik bel je nog wel.'

Devin zet me af voor het ziekenhuis. Ze biedt aan met me mee te komen, maar ik bedank haar. Zeg dat het niet nodig is. Maar dat is het niet, ik wil gewoon niet dat Devin getuige is van mijn eerste ontmoeting met mijn moeder. Ik weet niet hoe ze zal reageren als ik aan het ziekbed van mijn vader verschijn. Ik weet niet of ze me zal verwelkomen door me te omhelzen of me zal zeggen dat ik weg moet gaan.

De laatste keer dat ik in het St.-Isadore was, herstelde ik van de bevalling en was ik gearresteerd voor de moord op mijn pasgeboren dochtertje. Ik vertrok in een rolstoel die werd geduwd door een agent en ik was geboeid. De bedrijvigheid in het ziekenhuis is nog precies zoals ik het me herinner. Verpleegkundigen en artsen lopen doelbewust door de gangen, bezoekers iets aarzelender. Ik loop naar de informatiebalie en vraag op welke verdieping mijn vader ligt en neem dan de trap naar de zesde verdieping. Ik krijg het benauwd bij de gedachte dat ik in een bedompte, krappe lift zou moeten stappen die me aan mijn gevangeniscel doet denken.

Ik zie haar het eerst. Ze zit alleen op een brede bank in de wachtkamer van de intensive care. Haar haar heeft dezelfde lichtblonde kleur als vroeger, maar het is korter geknipt in een bijzonder scherpe bob die even onder haar kin eindigt. Ze draagt een spijkerbroek en haar bemodderde tuinkleren. Ze was zeker in de tuin aan het werk toen ze werd gebeld. Ze is waarschijnlijk heel vlug naar het ziekenhuis gegaan. Mijn moeder draagt nooit een spijkerbroek in het openbaar, ze draagt nooit haar tuinschoenen buiten de tuin. Ze staart naar de muur van de wachtkamer, haar heldere blauwe ogen hebben me nog niet gezien. Haar gezicht is iets zachter sinds de laatste keer dat ik haar zag, hoewel ze dunner is, er brozer uitziet.

Ze lijkt niet op haar hoede nu, en ik weet dat ik nu iets moet zeggen omdat ik het anders niet meer durf.

'Mama,' zeg ik zacht en dat woord eindigt met een schorre hapering.

Ze schrikt en kijkt me aan. Dan zie ik dat ze veel ouder is geworden deze jaren, maar nog steeds heel knap is. 'Allison,' zegt ze en ik meen een blije klank in haar stem te horen. Meer aanmoediging heb ik niet nodig. Even later zit ik naast haar op de bank, met mijn armen om haar smalle schouders geslagen. Ik snuif haar geur op, een combinatie van haar lelietjes-van-dalenparfum en de aarde waarin ze werkte toen ze het telefoontje kreeg.

'Hoe gaat het met papa?' vraag ik in tranen. 'Komt het weer goed met hem?'

Mijn moeder schudt haar hoofd. 'Ik weet het niet,' zegt ze hulpeloos. 'Ze vertellen me niets.' Ze kijkt naar haar handen. Haar lange, slanke vingers zijn gerimpeld en de knokkels beginnen dik te worden. 'Hij wordt nog geopereerd.'

'Ik ga het zo wel even vragen,' zeg ik. 'Ik kijk wel even of ik meer te weten kan komen. Heeft iemand Brynn of oma al gebeld? Gaat het wel goed met je? Heb je al gegeten?'

Ze schudt haar hoofd en kijkt naar haar voeten. 'Ik ben vergeten andere schoenen aan te trekken.' Haar kin begint te trillen, ze slaat haar handen voor haar ogen en begint te huilen. 'Hij is alles wat ik heb,' huilt ze. 'Hij is alles wat ik nog heb.'

Charm

EIGENLIJK WIST ZE WEL DAT ZE NIET VOOR HEM KON ZORGEN. ZE HAD geworsteld met haar beslissing. Charm wist zeker dat hij naar haar had geglimlacht, hoewel in het boek dat ze in de bieb had gevonden stond dat baby's niet écht glimlachen voor ze zes weken oud zijn. Maar Charm was ervan overtuigd dat de baby, toen hij met zijn vuistjes zwaaide, echt en gemeend naar haar had geglimlacht. Ze wisten allebei al vanaf het begin dat hun tijd samen maar van korte duur zou zijn. Charm en Gus konden het niet eens opbrengen hem een echte naam te geven. Gus noemde hem Kiddo of Buddy en Charm fluisterde lieve woordjes in zijn oor. Hé, snoepje, zei ze als ze hem uit zijn provisorische bedje tilde dat ze hadden gemaakt door zachte dekentjes in een wasmand te leggen. Goedemorgen, zoetje. Schatje, knuffeltje, jochie, ventje van me... Dan keek hij Charm met zijn wijze oude ogen aan alsof hij wilde zeggen: 'Het duurt niet lang meer, hè? Nog even en dan ben ik hier weg.' Charm vond het vreselijk en ze huilde en huilde maar tot de voorkant van zijn jumpsuit drijfnat was en dan begon hij zelf te jammeren zodat Charm uiteindelijk niet meer wist of hij nu huilde of zij.

Charm raakte uitgeput door al die weken waarin ze zijn aanwezigheid geheim moest houden en amper sliep, en het was wel duidelijk dat Gus met de dag zieker werd. Het kwam vaak voor dat ze 's nachts eerst wakker werd doordat de baby huilde van de honger en daarna door Gus' droge hoest. Charm kón ten slotte niet meer, voor een baby én een zieke man zorgen was te veel. Gus had haar in huis genomen toen niemand anders dat wilde, zonder iets te vragen of een oordeel te geven, en hij behandelde de baby alsof hij er altijd was geweest, alsof hij bij hun gezin hoorde. Gus was bijna een vader voor haar. De baby had nog bijna geen indruk in de wereld achtergelaten, maar Gus liet een indruk na die diep was, blijvend. Gus was stervende en ze moest kiezen tussen degene wiens reis nog maar net was begonnen en degene wiens reis ten einde liep.

Het was al laat in de avond toen Charm eindelijk de beslissing nam. Ze liep door de woonkamer te ijsberen met de baby tegen haar schouder gedrukt, in een poging hem in slaap te krijgen. Zelf was ze al half bewusteloos en daardoor bleef haar voet achter een tafelpoot hangen waardoor de baby uit haar armen viel. Ze had hem laten vallen. Hij lag op de vloer en keek haar met grote ogen aan, alle lucht was uit zijn lichaampje geklapt en zijn mond ging open en dicht alsof hij Charm iets wilde vertellen wat ze allang wist.

Stilletjes, zonder Gus te wekken, stopte ze alle babyspulletjes bij hem in de wasmand en reed met hem naar de brandweerkazerne aan Oak Street in Linden Falls, een stadje verderop, aan de andere kant van de Druid. Dezelfde brandweerkazerne waar Gus vroeger had gewerkt. Ze vroeg zich af wat daar de reden voor was, maar ze vertelde zichzelf dat het, als Gus daar had gewerkt, wel een goede plek zou zijn. Zij zouden wel voor hem zorgen.

Ze tilde hem uit de wasmand die ze voor de passagiersstoel had gezet en drukte hem even tegen zich aan. Uitgeput van het huilen was hij in slaap gevallen. Hij hield zijn lieve kleine vingertjes en handje als een roze bloem onder zijn kin. Ze móést dit onmogelijke doen: de enige persoon op de hele wereld weggeven die vanaf het eerste moment en zonder voorwaarden vooraf van haar had gehouden. Ze legde hem voorzichtig terug in de wasmand en droeg hem naar de brandweerkazerne, steeds om zich heen kijkend of niemand haar zag. Het was een bewolkte, warme nacht en er was niemand buiten. Ze drukte een zoen op zijn zachte wangetje en fluisterde 'Lief zijn, snoepje van me' en zette hem in de schaduw. Verdrietig dacht ze terug aan alle keren dat ze als kind samen met haar vriendinnen beldeurtje had gespeeld en ze drukte op de bel naast de ingang van de brandweerkazerne. Toen rende ze weg.

Brynn

DE TELEFOON GAAT ALS IK DE VOORDEUR VAN MIJN OMA'S HUIS VAN
het slot draai. Milo rent naar me toe en besnuffelt mijn zakken waar
ik altijd hondensnoepjes in bewaar. De katten, Lucy en Leith, draai-
en om mijn benen en miauwen hongerig. 'Even wachten, jongens,'
zeg ik tegen hen. De telefoon blijft gaan en ik roep: 'Oma! Oma!
Telefoon!'

Ik laat de telefoon rinkelen, loop naar de kast en haal er twee
blikjes kattenvoer uit. Ik hoor mijn oma's stem: 'Op dit moment
kunnen we de telefoon niet aannemen. Spreek alstublieft uw naam
en telefoonnummer in, dan bellen we u terug.' Na de pieptoon hoor
ik Allisons stem. Geïrriteerd laat ik de blikjes kattenvoer op het
aanrecht vallen en ze rollen eroverheen. Ik loop met grote stappen
de trap op zodat ik de boodschap die ze inspreekt niet hoef te horen. Waarom laat ze me niet met rust?

Haar stem achtervolgt me de trap op en ik blijf roerloos staan.
'Brynn, neem alsjeblieft de telefoon op, neem alsjeblieft op!' Ik
schud mijn hoofd en loop door. 'Brynn! Het is papa. Alsjeblieft,'
smeekt ze. Langzaam loop ik de trap weer af. 'Papa ligt in het ziekenhuis. Mama is een hoopje ellende. Ik weet niet wat ik moet doen.
Je moet met me praten. Alsjeblieft!'

Allison huilt nu en ik loop naar de telefoon. 'Brynn, ik heb je
nodig,' jammert ze tot slot.

Ik probeer niet te veel te denken aan wat er die avond precies
is gebeurd. Dat was de enige keer in mijn hele leven dat mijn zus
mij om hulp vroeg. Dat herinner ik me wel, over dat kleine detail
lig ik te denken als ik niet kan slapen. Die avond had mijn zus me
echt nodig. Ik was juist altijd degene die háár nodig had, om me te

beschermen tegen de kinderen uit de buurt, mijn ouders, docenten. Tegen mezelf. En zij liet me dat nooit vergeten. Het was al zo lang geleden dat ze me zomaar had geholpen. Nee, ze rolde altijd met haar ogen, slaakte een diepe zucht of schudde haar hoofd. Toch was het helemaal niet lastig voor Allison om me te helpen. Alles ging haar zo gemakkelijk af. Maar toen we ouder waren en de verschillen tussen ons duidelijker werden, vond ze altijd wel een manier om mij het gevoel te geven dat ik onbelangrijk en dom was.

Allison heeft me brief na brief geschreven, waarin ze steeds weer hetzelfde schreef. *Het spijt me*, schreef ze, alsof dat alles goedmaakt. Spijt waarvan, wil ik haar vragen. Spijt omdat je me behandelde alsof ik een irritante ziekte was? Spijt omdat je me hebt gedwongen je te helpen met de bevalling? Spijt omdat je me hebt gedwongen je geheimen te bewaren? Ik maak haar brieven niet eens meer open, ik stop ze in de onderste la van mijn kast. *Dat doet pijn, hè?* wil ik haar vragen. Het doet pijn als je hulp nodig hebt en het doet pijn als je daarom moet smeken. Het spijt me, het spijt me, het spijt me. Dat zei ik altijd. Voor alles. Maar nu niet meer.

Wie heeft er nu spijt? wil ik haar vragen. Wie heeft er nu spijt?

Ik steek mijn hand uit en neem de telefoon aan.

Charm

CHARM IS BUITEN, ZE MAAKT EEN WANDELING ALS HIJ STERFT. HET IS een heerlijk zonnige dag en ze móét het huis even uit. Ze loopt even bij Gus binnen om dag te zeggen voordat ze weggaat. Dat doet ze elke keer voor ze weggaat, voor het geval dat. Ze bukt zich, drukt een zoen op zijn wang en fluistert: 'Tot straks.' Hun standaard afscheid. Gus slaapt al twee dagen. Hij doet geen enkele keer zijn ogen open en zegt niets. Ze wil zo graag dat hij haar nog een keer 'dochter' noemt. Dat heeft ze nog nooit iemand – zelfs haar moeder niet – horen zeggen. Het is zo'n prettig woord, nu ze erover nadenkt. Dochter. Doch-ter. Als een leesteken. Het wil zeggen: deze hier, zij is van mij. Zo definitief, voor altijd.

Als ze terugkomt van haar wandeling langs de rivier, is hij overleden. Zijn borstkas beweegt niet meer, zijn ogen zijn dicht. Hij heeft rust.

Charm kan niet in haar eentje in Gus' huis blijven en Jane biedt aan haar te komen halen zodat Charm bij haar kan logeren. Eén nachtje, of langer als ze dat wil. De lijkwagen is al gekomen en vertrokken. Charm was verbaasd over die lange zwarte auto, hij leek op een kever en reed heel langzaam naar de voorzijde van het huis. Ze had de neiging haar schoenen uit te trekken en ze naar die auto te smijten. De man van de uitvaartonderneming was heel aardig. Hij had een zachte, kalme stem waardoor Charm het gevoel had dat hij Gus goed zou behandelen. Hij vertelde haar dat Gus zelf alles al had geregeld voor zijn begrafenis: hij had de kist uitgezocht, de muziek, alles. De begrafenisondernemer vroeg of Charm al wist wat Gus tijdens de begrafenis moest dragen. Alsof hij het na de begrafenis weer kon uittrekken.

Doris, Gus' favoriete vrijwilligster van de hospice, helpt haar kiezen. Samen struinen ze door zijn kast, die volhangt met kakibroeken en overhemden die nu allemaal veel te groot voor hem zijn. Helemaal achter in een hoekje van de kast haalt Doris een zwart pak in een plastic hoes tevoorschijn dat netjes op een knaapje hangt.

'Wat denk je hiervan?' vraagt ze en ze houdt het omhoog.

'Ik weet het niet.' Charm aarzelt. Gus droeg nooit een pak.

'Hij moet een reden hebben gehad dit te bewaren,' zegt Doris. Ze trekt het plastic omhoog om te kijken welke maat het is. 'Dit zou hem moeten passen.'

'Het is prima, denk ik.' Charm haalt haar schouders op. Opeens is ze bekaf. Haar ogen prikken en ze wil gewoon dat deze dag voorbij is.

'Ga even liggen, Charm,' zegt Doris. 'Rust maar even uit.'

'Ik voel me prima. Ik ga even buiten zitten tot Jane er is.' Doris belooft het pak naar de uitvaartonderneming te brengen en gaat naar de keuken.

Charm zit op het trapje aan de voorkant van het huis te wachten tot Jane er is. Nu ze kleren voor Gus hebben uitgezocht, denkt ze aan kleren voor zichzelf. Charm heeft helemaal geen geschikte kleren voor een begrafenis, geen rok, geen jurk en zelfs geen broek. Alleen haar verpleegstersuniform en een spijkerbroek. Ze heeft geen goede schoenen, alleen haar verpleegstersklompen met dikke zolen en een paar oude tennisschoenen. Charm kijkt naar haar voeten. Ze zitten onder de modderspatten na haar wandeling langs de rivier en bij de grote teen zit een gaatje. Charm kan geen verpleegstersuniform of een verbleekte spijkerbroek en een T-shirt aan naar Gus' begrafenis. Ze krijgt een paniekaanval, heel anders dan het ellendige, verloren gevoel door het verlies van Gus. Meer het gevoel alsof er een plastic zak over haar hoofd is getrokken, waardoor ze geen zuurstof krijgt. Charm staat snel op en rent het huis in. Doris is Gus zijn bed aan het afhalen.

'Wat is er aan de hand, Charm?' vraagt Doris gealarmeerd als ze de tranen over Charms wangen ziet stromen.

'Wat moet ik doen?' vraagt Charm hulpeloos, met haar handpalmen omhoog zodat Doris kan zien hoe leeg ze zijn. 'Ik heb niets.'

'O, Charm,' zegt ze. Ze laat de lakens vallen die ze in haar hand heeft en loopt snel naar haar toe. Doris slaat haar zachte, brede armen om haar heen. Charm is zeker dertig centimeter langer dan Doris en haar tranen druppelen in Doris stevige gepermanente haar. 'Het komt wel goed, hoor. Gus hield van je. Hij heeft goed voor je gezorgd.'

Charm blijft huilen, ze snapt Doris niet. 'Hij is dood.'

'Charm.' Doris laat haar los en zet een stap naar achteren zodat ze haar kan aankijken. 'Gus heeft alles aan jou nagelaten. Dat heeft hij me verteld, zijn huis, zijn spaargeld, zijn levensverzekering.' Doris slaat haar armen weer om Charm heen. Nu voelt Charm zich beter. Heel even kan ze zich bijna voorstellen dat haar moeder haar stevig vasthoudt.

Als ze een klop op de deur horen, weet Charm dat Jane er is. 'Ik ga wel,' zegt Doris en ze dept haar eigen rode ogen. 'Ga jij je gezicht maar wassen en pak je tas.' Charm loopt naar de badkamer naast Gus' slaapkamer en draait de koudwaterkraan open. Ze kijkt naar haar spiegelbeeld. Ze kan niet geloven wat Doris haar over Gus heeft verteld. Haar gezicht is vlekkerig en haar ogen zijn opgezet van het huilen. Ze spat het koude water tegen haar gezicht en dat voelt goed. Ze opent het medicijnkastje, ze wil tijd rekken. Charm wil niet dat Jane haar zo ziet; ze zei altijd hoe moedig en sterk ze was. Charm wil dat ze dat blijft denken.

In het medicijnkastje vindt ze scheermesjes en scheercrème, tandpasta en wattenstaafjes. Er staan potjes medicijnen en pleisters en een nagelknipper. Er staat een flesje eau de cologne die ze Gus twee jaar geleden met kerst heeft gegeven. Voorzichtig pakt ze het flesje en maakt het open. Gus' geur – niet zijn zieke, stervende geur, maar de geur die zij zich herinnert: deze eau de cologne vermengd met de geur van zijn shampoo – spoelt over Charm heen en ze glimlacht. Dit is wat ze zich wil herinneren. Ze draait het flesje weer dicht en stopt het in haar zak. Charm loopt naar de woonkamer, maar blijft staan en loopt terug naar de badkamer. Ze loopt naar de douche en pakt Gus' shampoo, een goedkoop merk dat naar groene appels ruikt. Met haar beide prijzen loopt ze naar buiten waar ze Jane begroet. Ze weet niet of ze hier ooit weer terugkomt om te wonen.

Charm

GUS' BEGRAFENIS IS AFSCHUWELIJK, MAAR OOK MOOI. CHARM VOELT
zich belachelijk in haar nieuwe jurk en pumps, ook al wilde ze zich
netjes kleden voor Gus om hem te bedanken voor alles wat hij voor
haar heeft gedaan. Maar de jurk past haar niet goed en ze kan niet
zonder te wankelen op haar nieuwe schoenen lopen. In de veilig-
heid van haar kerkbank, waar niemand het kan zien, trekt ze ze uit
en drukt ze haar tenen in het dikke rode tapijt. Jane en Doris zitten samen met Charm voor in de kerk en het verbaast haar te zien
hoeveel mensen er zijn gekomen om van Gus afscheid te nemen.
Tientallen. De meesten zijn vrienden van de brandweer en velen
van hen huilen.

Charm ziet haar moeder alleen zitten, achter in de kerk. Charm
probeert boos te worden, wil zich beledigd voelen alleen al om-
dát haar moeder naar Gus' begrafenis komt, maar dat gevoel ebt
snel weg. Reanne ziet er mooi uit, hoewel ze absoluut ongeschikt
gekleed is voor deze gelegenheid. Ze draagt een kort jurkje met
een lage hals en enorm hoge hakken. Het valt Charm op dat Binks
niet met haar moeder is meegekomen en ze is aangenaam verrast
dat haar moeder ervoor heeft gekozen om afscheid van Gus te nemen zonder een andere man aan haar zijde. In de loop der jaren
is Charm eraan gewend geraakt altijd een man naast haar moeder
te zien en nu lijkt ze kleiner, minder belangrijk, zonder Binks aan
haar zijde. Charm verlangt ernaar dat haar moeder door het mid-
denpad van de kerk naar voren loopt en op de plaats naast Charm
komt zitten. Ze verlangt naar haar moeders arm om haar schouders,
verlangt naar haar troost.

Maar Reanne blijft achter in de kerk zitten en Charm in haar bank. De priester vertelt heel veel grappige verhalen over Gus en iedereen glimlacht door zijn tranen heen. Gus was een vrije geest, een gelukkige man, een sterke man. Dat moet zijn geweest in de tijd voordat haar moeder hem afdankte, denkt Charm, toen zijn glimlach niet geforceerd was en hij gemakkelijker in de lach schoot. Halverwege de dienst hoort ze het onmiskenbare gesnik van haar moeder, laag en hijgerig. Charm draait zich om in haar stoel en ziet haar moeder huilen met een zakdoekje voor haar mond gedrukt. Op de een of andere manier slaagt haar moeder er zelfs in om aantrekkelijk te huilen.

Na de dienst wacht Reanne tot Charm achter in de kerk is en dan probeert ze haar te omhelzen. Charms verlangen naar moederlijke liefde is echter weggeëbd en ze ontwijkt haar moeders armen. Reanne vraagt wel naar Gus' testament, of hij haar toevallig nog iets heeft nagelaten.

'Daar weet ik niets van,' zegt Charm en ze loopt naar buiten. Het is koel en bewolkt. Charm hoopt dat het pas na de begrafenis zal gaan regenen.

Reanne loopt achter haar aan de steile trap van de kerk af. 'Over je broer...' begint Reanne, waarna Charm meteen zoekend om zich heen kijkt. 'Is hij hier?' vraagt ze en ze probeert niet bezorgd te klinken. Haar maag verkrampt bij het idee dat Christopher terugkomt naar Linden Falls en in dezelfde stad zal zijn als Joshua.

'Nee, maar hij heeft wel gebeld,' zegt Reanne terwijl ze snel om zich heen kijkt. Jane en Doris staan beleefd een stukje bij hen vandaan zodat Charm en Reanne onder vier ogen met elkaar kunnen praten. Charm wilde dat ze naar haar toe kwamen om haar te redden. 'Hij begon weer over jou. Iets over toen je op highschool zat. Heel vreemd.'

'Hij was waarschijnlijk high,' zegt Charm, waarop Reanne verstijft.

'Hij klonk niet high,' zegt ze verdedigend, maar ze verandert snel van onderwerp. 'Zo, heeft Gus ooit verteld wat hij wil dat er met het huis gebeurt?'

'Zoals ik al zei, weet ik daar niets van,' zegt Charm ongeduldig.

Ze heeft hoofdpijn van het huilen en wil alleen nog maar bij haar moeder vandaan.

Reanne sist in haar oor. 'De enige reden dat Gus jou bij zich liet wonen, is omdat hij hoopte dat hij me daardoor terug kon krijgen. Hij dacht dat als hij aardig voor je was, ik wel bij hem terug zou komen,' fluistert ze met een stijve glimlach.

Charm heeft al lang geleden geleerd dat ze haar moeder het gemakkelijkst op de kast kan krijgen door zo rustig mogelijk met haar te praten. 'Hij gaf zo veel om me dat hij me zijn huis en zijn spaargeld heeft nagelaten. Wat heeft hij jou nagelaten?' Ze zwijgt even voor het effect. 'Niets. Hij heeft jou niets nagelaten.'

Met trillende lippen zegt Reanne: 'Ik ben nog steeds je moeder. Je hebt het recht niet zo tegen me te praten.'

Er komen meer mensen de kerk uit en ze lopen tussen Charm en haar moeder door. Ze omhelzen haar en zeggen tegen haar hoe trots Gus op haar was, dat hij altijd zei hoe slim ze was, dat hij dacht dat ze het nog eens heel ver zou schoppen, dat ze een geweldige verpleegkundige zou worden. Charm begint weer te huilen. Tot haar verbazing perst Reanne zich door de menigte heen en komt naar haar toe. Ze slaat een arm om haar schouders en trekt haar tegen zich aan. 'Stil maar, Charm, het is oké,' zegt Reanne sussend. Charm kijkt op naar haar moeder en door haar tranen heen ziet ze dat Reanne niet eens naar haar kijkt als ze deze troostende woorden uitspreekt, maar stiekem naar de mensen om hen heen.

Charm maakt zich los uit haar moeders omhelzing en vraagt aan Jane: 'Mag ik met jou meerijden naar de begraafplaats?'

Na de begrafenis loopt Reanne weer naar Charm toe, maar deze keer is Binks bij haar.

'Hé, prinses Charming,' zegt Binks grappend, zoals elke keer als ze hem ziet. 'Het spijt me van je... Gus.'

'Bedankt,' zegt Charm, en ze wilde maar dat ze weggingen.

'Hoe ben je eigenlijk aan de naam Charm gekomen?' vraagt hij.

'Moet je aan mijn moeder vragen, zij heeft hem bedacht,' zegt ze, en ze doet haar best niet onbeleefd te klinken.

'Jij was mijn geluksbedeltje, heel charmant,' zegt ze terwijl ze een sigaret en een aansteker tevoorschijn haalt.

'Mam, niet hier,' moppert Charm. 'Het is verdomme een begrafenis.'

Reanne negeert haar en blaast sigarettenrook uit haar mondhoek. 'Na je geboorte wist ik dat alles goed zou komen. Ik zou gaan trouwen, een huisje krijgen. Dat was ook zo, een tijdje.' Reanne haalt haar schouders op. Charm kijkt verbaasd naar haar moeder en kan zich niet voorstellen dat ze ooit anders is geweest. Toen Charm nog jong was, lachte Reanne gemakkelijk en trok ze zich van weinig dingen iets aan. Ze maakte zich nooit druk over geld of rekeningen en of er wel genoeg te eten was. Pas als je vanaf een afstandje naar haar keek terwijl ze dat niet wist, zag je de harde blik in haar ogen. Ze kón een leuke moeder zijn, maar ze wás geen goede moeder. Reanne lacht als een boer die kiespijn heeft. 'Toen veranderde mijn geluk in ellende.'

'Hé, zie ik eruit als ellende?' vraagt Binks gekwetst.

'Nee hoor, schat,' zegt Reanne tegen hem. 'Ik bedoelde alleen maar dat ik mijn eigen huis niet meer heb. Ik mis het om mijn eigen huis te hebben.'

'Je had bij mijn vader kunnen blijven, hij had een huis. Juan had een huis, die man Les had een huis. Gus had ook een huis,' kan Charm niet nalaten op te merken. Alle andere bezoekers zijn vertrokken, behalve Jane die Charm een lift zou geven.

'Charm, je weet dat ik niet bij je vader kon blijven,' zegt Reanne met een zielig stemmetje. 'Hij bedroog me en sloeg je broer.' Charm rolt gefrustreerd met haar ogen, haar moeder begrijpt nooit wat je zegt.

'Heb je een relatie gehad met een man die Juan heette?' vraagt Binks ongelovig.

'Hij was aardig,' zegt Charm kortaf.

'Hij kon niet omgaan met de culturele verschillen,' zegt Reanne en ze wuift met haar hand de hele zes maanden weg die ze met Juan heeft samengewoond.

'Het enige culturele verschil was dat jij daarnaast nog met een andere man naar bed ging,' snauwt Charm. Ze heeft er genoeg van en begint bij hen vandaan te lopen.

'Hé, kijk uit wat je zegt!' gilt Reanne die achter Charm aankomt.

'Rustig aan, jullie,' zegt Binks in een poging hen te kalmeren. 'Het is een zware dag geweest, voor jullie beiden.' Hij steekt zijn hand uit naar Reanne. Het gebaar lijkt haar te vertederen.

'Mam, ik wil geen ruzie met je maken,' zegt Charm terwijl ze over haar ogen wrijft.

'Ik wil ook geen ruzie met jou maken,' zegt Reanne met een bezorgde frons. 'Je lijkt uitgeput. Slaap je vannacht in Gus' huis?'

'Nee, ik slaap vannacht bij Jane en daarna zie ik wel hoe ik me voel,' zegt Charm. 'Ik spreek je nog wel, mama. Oké?'

Reanne omhelst Charm even en Binks klopt haar op de rug. Als Charm naar Jane's auto loopt, roept Reanne haar achterna: 'Charm, ik ben laatst gebeld door een meisje dat zei dat ze met jou op highschool heeft gezeten.' Charm draait zich om en kijkt haar moeder geërgerd aan. 'Mam, kunnen we het daar later over hebben? Ik wil hier nu gewoon weg.'

'Ze zei dat ze Allison Glenn heette. Ze zei dat ze hier net weer was komen wonen en weer contact met je wilde. Ik herinner me de naam, maar kan haar niet meer plaatsen. Was ze een vriendin van je?'

Charm wil doorlopen, weg van haar moeder en Binks, weg van de begraafplaats met de rijen en rijen grafstenen en de eenzame berg aarde boven op Gus, maar haar lichaam verraadt haar. Ze kan geen stap meer zetten. In plaats daarvan staat ze daar op haar belachelijk hoge hakken en staart ze haar moeder met haar mond wijd open aan.

'Gaat het wel?' vraagt Reanne argwanend. 'Je ziet er gek uit. Ken je haar?'

Dan weet Charm het weer. Ze had gelijk over het meisje dat ze door het raam van Bookends heeft gezien. Allison Glenn. Het meisje dat haar dochtertje heeft vermoord en haar pasgeboren zoontje in de steek heeft gelaten was uit de gevangenis. Ze was terug in Linden Falls en had op de een of andere manier Joshua gevonden.

Brynn

ALS IK MIJN SPULLEN PAK VOORDAT IK VERTREK OM MIJN VADER TE ZIEN – om Allison te zien – vraag ik me af of ik hier wel goed aan doe. Ik heb eindelijk mijn moeder te pakken gekregen en ze klonk vreselijk, helemaal niet als mijn moeder, maar onzeker van zichzelf, onzeker over wat ze moest doen. Pas toen ik voorstelde dat oma met me mee zou komen naar Linden Falls stak mijn oude moeder de kop weer op.

'Die vrouw is hier niet welkom,' zei ze op kille toon.

'Mam, hij is haar zoon...' probeerde ik uit te leggen, maar ik gaf het op. Mijn oma is een keer zo dom geweest zich hardop af te vragen of mijn moeder wel echt van mijn vader hield en sinds die tijd is het huis van mijn ouders verboden terrein voor haar.

Ik vind het een verschrikkelijk idee dat ik terugga naar huis. Ik probeer redenen te bedenken waarom ik hier moet blijven. Ik zal minstens twee schooldagen missen en bovendien moeten mijn huisdieren verzorgd worden.

'Ga maar,' zegt mijn oma. 'Ga maar kijken hoe het met je vader gaat en laat me dan weten of ik inderdaad naar dat ziekenhuis moet, of je moeder dat nu leuk vindt of niet. Ik kan wel voor die schurftige straathond en die vlooienbakken van katten van je zorgen. Maar vraag me niet meer te doen dan ze voer en water te geven,' zegt ze plagend, 'want ik raak ze met geen vinger aan.'

Voordat ik wegga, omhels ik haar. Misschien is het wel een goed idee om New Amery te verlaten. Missy wil nog steeds niets met me te maken hebben. Ik kan het gefluister horen en ik zie hoe de mensen nu naar me kijken. Alweer ben ik dat zusje van die moordenares. Ik slaap niet veel en 's avonds sta ik vaak even naar het kastje boven de koelkast te kijken. Dan vraag ik me af of ik nog wat zal drinken voordat ik naar bed ga.

'Misschien zou ik Milo mee moeten nemen,' zeg ik. 'Hij is er niet aan gewend dat ik weg ben.'

'Onzin,' zegt ze. 'We redden ons wel. Ik vind het fijn als de dieren hier blijven. We zullen je missen, maar het is goed dat je Allison gaat zien. Alles uitpraten, opnieuw beginnen.'

'Ik zal jou ook missen, oma. Maar zondag ben ik weer thuis, zeker weten,' zeg ik en ik druk een kus op haar wang.

'Vergeet niet je medicijnen in te nemen,' zegt ze nog.

Ik aai Milo nog even en vertrek.

Hoe dichter ik bij Linden Falls kom, hoe sneller mijn hart gaat kloppen. De Druid loopt parallel aan de snelweg. Als ik erlangs rijd, zie ik dat babymeisje in de rivier drijven, met de stroom mee, net zo hard als mijn auto... ze probeert me in te halen. Ik druk het gaspedaal zo diep mogelijk in, probeer dat beeld te verdrijven. Ik weet dat dit niet kan. Die visser vond haar kleine lichaampje en mijn ouders hebben voor haar gezorgd, ook al weet ik niet wat dat betekent. Er was geen rouwdienst, geen begrafenis. Wat hebben ze met haar gedaan? Ik wil het ze vragen, maar we praten er nooit over, niet over Allison, nergens over. Ik hoop dat waar die baby ook is, ze warm is en droog.

Ik hoor een sirene en in de achteruitkijkspiegel zie ik een politiewagen met knipperende lichten. Ik kijk naar de snelheidsmeter. Ik rijd honderd waar je zeventig mag. Geweldig. Ik laat het gaspedaal los en rijd de vluchtstrook op. De politieman zal het me niet gemakkelijk maken. Hij pakt mijn rijbewijs en loopt langzaam terug naar zijn auto. Ik hoop dat hij mijn auto niet zal doorzoeken, want ik heb een oud pillenpotje gevuld met hydrocodone, een restje sterke pijnstillers die mijn oma na haar knieoperatie heeft geslikt, en een half flesje perzikschnapps onder mijn stoel verstopt. Ik wilde gewoon iets hebben om in slapen als ik daar ben. Ik wacht zenuwachtig tot de agent terugkomt. Als hij eindelijk weer terug is, zegt hij: 'Brynn Glenn.'

'Ja?' zeg ik.

'Een paar jaar geleden was ik een van de eerste agenten die ter plaatse was, nadat die baby in de rivier was gevonden.' Ik kijk naar mijn handen en zeg niets. 'Ik heb mijn vrouw begraven en in de oorlog heb ik mannen en kinderen zien sterven, ik heb zelfs een keer een man moeten doodschieten, maar ik heb nog nooit zoiets zieligs en eenzaams gezien als die baby die steeds tegen de rivierbedding sloeg.' Zijn stem klinkt niet kwaad, er klinkt zelfs geen oordeel in door en heel even denk ik dat we iets gemeen hebben.

Ik wil zeggen: Ik weet het. Ik weet hoe u zich voelt. Ik wil zijn hand pakken en vragen: Ziet u haar 's nachts ook als u uw ogen sluit? Schreeuwt ze naar u in uw dromen en soms zelfs als u wakker bent? Staren de mensen naar u en kijken ze u vreemd aan omdat u soms aan haar denkt en zomaar blijft staan en begint te huilen om dat kleine meisje dat niet eens een naam heeft? Vraagt u zich wel eens af hoe uw leven zou zijn verlopen als u die nacht niet in Linden Falls was geweest?

Voordat ik zoiets kan zeggen, buigt de agent zich naar me toe en zegt, met zijn gezicht zo dicht bij het mijne dat ik kan zien dat zijn ogen dezelfde kleur hebben als een husky, ijsblauw: 'Ik hoor dat ze uit de gevangenis is, je zus. Ze is een zieke trut. Het is een wonder dat ze geen zelfmoord heeft gepleegd om wat ze heeft gedaan. Begrijp niet hoe ze met zichzelf kan leven.' Hij geeft me mijn rijbewijs terug en een bekeuring voor te snel rijden van tweehonderd dollar, en loopt weg zonder nog een keer achterom te kijken.

Ik haat dit stadje. Als het niet om mijn vader was, zou ik hier nooit terugkomen. Ik ga mijn vader en moeder zien. Ik ga Allison zien. Daarna ben ik klaar met ze, met iedereen.

Allison

BRYNN EN IK SPREKEN MET ELKAAR AF IN EEN RESTAURANT OP LOOPAF-stand van Gertrude House. Ik ben er twintig minuten voor de af-gesproken tijd, bestel een kop koffie en terwijl ik op Brynn wacht, probeer ik een boek te lezen dat Claire me heeft geleend. De woor-den staan op de bladzijden, maar ik begrijp ze niet. Ik vraag me alleen maar af of Brynn wel of niet zal komen. Ik hoor haar niet aankomen tot haar onmiskenbare stem zegt: 'Allison?'

Ik kijk op naar mijn zus en ze ziet er nog net zo uit als ik me haar herinner: klein, met donker, wild haar. Ze is eenvoudig gekleed, helemaal in het zwart. Ze heeft donkere wallen onder haar ogen die daardoor scherp afsteken tegen haar bleke huid. Ze bijt op haar lip en kijkt met een onzekere blik op me neer.

'Brynn,' zeg ik, en ik sta op. Ik omhels haar. Ze is te mager en ik kan haar botten voelen, dun en hol als van een vogeltje. 'Wat fijn je te zien. Bedankt dat je bent gekomen,' zeg ik beleefd. Ik moet mezelf eraan herinneren dat dit Brynn is. Gewoon Brynn.

Ze antwoordt niet. Ze maakt zich van me los en gaat tegenover me zitten. Ik ga weer zitten en weet opeens niet wat ik moet zeggen. Gelukkig komt de serveerster er dan aan om Brynns bestelling op te nemen. 'Thee alsjeblieft. Decaf als het kan,' bestelt ze. Tegen mij zegt ze: 'Cafeïne houdt me wakker.'

'Wil je ook iets eten?' vraag ik. 'Ik trakteer.'

'Nee, dank je, dat hoeft niet,' zegt ze. Haar blik schiet zenuwach-tig door het restaurant en blijft overal op rusten behalve op mij.

'Ik ben zenuwachtig,' beken ik met een lachje. 'Nu je hier bent weet ik niet wat ik moet zeggen. Ik wil zo veel tegen je zeggen, maar ik weet niet hoe ik dat moet doen.'

'Dat is voor het eerst,' zegt Brynn terwijl ze een servet pakt. 'Dat jij niet weet wat je moet doen.' Er klinkt geen woede of valsheid in haar stem door, maar haar woorden kwetsen me wel.

'Heb je papa al gezien?' vraag ik.

Ze knikt. 'Hij ziet er afschuwelijk uit, maar de dokter zegt dat hij weer beter wordt.' We zitten even zwijgend tegenover elkaar. Brynn kijkt alsof ze niet kan wachten hier weg te gaan.

'Het spijt me,' zeg ik opeens. 'Het spijt me heel erg.'

'Dat heb je me al verteld,' zegt ze nuchter en ze begint haar servet in reepjes te scheuren.

'Ik heb het in brieven aan je geschreven, ik heb het tegen je gezegd aan de telefoon, maar ik heb het je nog nooit in je gezicht gezegd.' Brynn blijft aan het servetje plukken tot het op confetti lijkt. 'Brynn, kijk me aan alsjeblieft.' Ik buig me zo ver mogelijk over het tafeltje heen. Ze tilt haar hoofd op en kijkt me kalm aan, met een harde en ongeëmotioneerde blik.

'Brynn, het spijt me zo dat ik je in die positie heb gemanoeuvreerd. Ik had beter moeten weten. Ik heb een stomme fout gemaakt en heb jou daarin meegesleept. Ik weet dat dit niet veel betekent na alles wat er is gebeurd, maar je hebt me geholpen, echt waar. Ik zou nooit in staat zijn geweest om...'

Ik hou op met praten. Brynns gezicht is verstard. Ze is er nog niet klaar voor om over die nacht te praten. 'Nou ja, hoe dan ook, het spijt me en ik ben blij dat je hier bent,' zeg ik tot slot. 'Vertel me eens over je opleiding. Ik wil er alles over horen.'

'Ik kan beter naar huis gaan voordat mama zich zorgen gaat maken,' zegt Brynn met een blik op haar horloge.

'Slaap je in het huis?' vraag ik, maar aan mijn stem is te horen hoe gekwetst ik ben. 'Heeft mama gezegd dat je daar mocht slapen?'

'Ze kon toch moeilijk anders?' snuift Brynn terwijl ze opstaat. 'Ik kan nergens anders naartoe. Ik blijf maar tot morgen, dan ga ik weer terug naar oma.'

'Ga je nu al weg?' vraag ik verbaasd. 'Je bent er net.'

'Ik ben moe. Ik wil gewoon naar bed.' Ze heeft donkere wallen onder haar ogen en verbergt een geeuw achter haar hand.

Ik laat een paar bankbiljetten op het tafeltje vallen en Brynn en ik lopen de kille avond in.

'En, ga je me nog iets over hem vertellen?' vraagt ze opeens. 'Daarom ben ik hier toch zeker? Papa interesseert je geen zak. Je wilde alleen maar dat ik kwam omdat je het jongetje hebt gevonden.'

'Dat is niet eerlijk,' zeg ik verontwaardigd. 'Ik ben ontzettend bezorgd over papa.'

'Toe nou toch, Allison,' snauwt Brynn kwaad. 'Je kunt het niet uitstaan dat ik bij mama slaap en jij klem zit in dat opvanghuis. Je kunt het niet uitstaan dat ik nu degene ben die het goed doet, en dat mama en papa nu trots op mij zijn...'

'Trots op jou? Mama en papa hebben je uitgewist. Net zoals ze mij hebben uitgewist. Ben je al binnen geweest?' Brynns gezicht verschrompelt. Ik weet dat ik mijn mond zou moeten houden, maar dat kan ik niet. 'Ze hebben alle foto's van jou weggehaald. Niet alleen de foto's van mij, Brynn. Ook die van jou.'

'Nou en,' zegt Brynn weifelend en ik weet dat ik haar gevoelens heb gekwetst.

'Het spijt me, Brynn.' Ik grijp haar mouw om haar tegen te houden. Ze trekt zich los, maar toch zie ik allemaal rode krassen op haar arm.

'Het spijt je?' roept ze vol ongeloof. 'Weet je wel wat ik elke nacht zie als ik mijn ogen dichtdoe?'

'Brynn,' zeg ik ellendig. 'Dat weet ik. Ik zie haar ook.'

'Nee,' zegt Brynn met een lage, ijskoude stem. 'Dat denk ik niet. En nu wil je dat ik dat jongetje ontmoet? Haar broertje? Wil je dat ik alles weer moet doormaken?' Brynn schudt woest met haar hoofd.

'Ik wilde... Ik dacht...' zeg ik ellendig. 'Ik wilde je over Joshua vertellen. Hem aan je laten zien.'

'Wat ben je van plan te gaan doen?' vraagt ze op scherpe toon als we door de donkere straat naar haar auto lopen.

'Ik dacht dat je me misschien kon helpen dat te beslissen,' zeg ik, niet op mijn gemak.

'Denk eens na, Allison,' zegt ze. Ze blijft opeens staan. 'Je kunt echt maar één ding doen.'

Ik trek mijn wenkbrauwen op als ik hoor hoe zeker ze klinkt, hoe vastbesloten.

Brynn is veranderd. Ze is niet meer het besluiteloze meisje dat ik vijf jaar geleden achterliet. 'Ik ben blij dat jij weet wat ik zou moeten doen, Brynn, want ik weet het echt niet.'

'Is hij gelukkig?' vraagt ze.

'Volgens mij wel,' zeg ik. 'In het algemeen wel.'

'Zijn zijn ouders goed voor hem? Is hij veilig?'

'Het lijken geweldige ouders,' zeg ik.

'Wat is er dan zo moeilijk, Allison?' Ze haalt haar autosleutels uit haar jaszak. 'Hij is gelukkig, hij is veilig en hij heeft geweldige ouders. Waarom zou je dat voor hem bederven?'

'Dat wil ik niet,' zeg ik verdedigend. 'Ik wil niets bederven. Ik weet alleen niet of ik ontslag moet nemen of niet.'

'Of niet, Allison? Deel blijven uitmaken van zijn leven? Daar kan toch niets goeds van komen?' Brynn kijkt me aan, met haar handen op haar heupen. 'Eerlijk gezegd vind ik dat nogal egoïstisch.'

'Egoïstisch?' Ongelovig schud ik mijn hoofd. 'Ik ben misschien van alles, Brynn, maar hoe kun je mij in vredesnaam egoïstisch noemen? Heb ik niet alles gedaan wat menselijkerwijs mogelijk was om het goed te maken met je?' Mijn stem wordt schril en voorbijgangers beginnen ons aan te kijken. Ik ga zachter praten. 'Het geeft me een goed gevoel, dat ik weet waar hij is terechtgekomen. Wil jij hem dan niet zien? Ben je niet eens een heel klein beetje nieuwsgierig?' Brynn lijkt niet overtuigd. 'Ga gewoon even naar hem kijken. Ga even bij de winkel langs morgenmiddag of morgenavond. Dan is hij er. Het zal je echt een beter gevoel geven, echt waar.'

Brynn blijft me lang aankijken. 'Ik zal bij de winkel langsgaan om hem te zien, Allison. Maar daar blijft het bij. Ik wil niet weer ergens bij betrokken raken.'

'Bedankt.' Ik wil haar weer omhelzen, maar besluit het niet te doen. 'Dan zie ik je morgen en bedankt dat je bent gekomen.'

'Ja, nou ja, we zullen zien of dat wel zo'n goed idee was.' Ze draait zich om en wil vertrekken.

Wanneer is ze zo kil geworden? Is dit wat het leven met haar heeft gedaan? Wat ik met haar heb gedaan?

'Kun je je Mousie nog herinneren?' roep ik haar achterna. Ze blijft staan, met haar rug naar me toe.

Ze blijft een tijdje roerloos staan en draait zich dan om. 'Ja,' zegt Brynn. 'Ik kan me Mousie nog herinneren.'

Brynn

IK KAN HET ME HERINNEREN. HEEL STOM ACHTERAF GEZIEN, MAAR toen ik nog thuis woonde was Mousie zo ongeveer mijn huisdier. Onze vader reisde heel veel voor zijn werk en nam vaak kleine flesjes shampoo en lotion mee en heel kleine, dunne stukjes zeep. Ik zal een jaar of vier zijn geweest toen ik op een andere manier naar het zeepje keek dat mijn vader mee naar huis had genomen. Ik stopte het in mijn zak en liep ermee rond en deed net alsof ik het stukjes kaas voerde. Ik noemde het zeepje Mousie en nam het overal mee naartoe. 's Nachts nam ik het mee naar bed en overdag had ik het ook altijd bij me. Mijn moeder rolde alleen maar met haar ogen en zei dat ik dat zeepje van de eettafel moest halen. Mijn vader zei dan met een luguber lachje dat hij nodig onder de douche moest.

Allison, die toen vijf was, was de enige die mijn band met Mousie serieus nam. Ze hielp me om van een schoenendoos een bedje voor Mousie te maken en de zijkanten te versieren met plaatjes van muizen en plakjes kaas. Altijd als papa net deed alsof hij Mousie van me wilde afpakken om te gaan douchen, ging ze voor hem staan en schreeuwde dat hij weg moest gaan.

Toen we ouder werden, werd Allison de *golden girl*, het meisje dat alles goed deed, het meisje dat geen tijd meer had om met haar saaie zusje te spelen. Het verbaast me dat Allison zich Mousie kan herinneren, dat ze zo haar best doet weer een plaats in mijn leven te krijgen. Misschien is Allison veranderd. Misschien heeft ze me wel met de beste bedoelingen gevraagd hiernaartoe te komen. Misschien komt alles wel goed.

Dan denk ik weer aan dat jongetje dat ik morgen in de boekwinkel zal ontmoeten, en dan denk ik aan zijn zusje, en dan begint mijn huid weer te jeuken. Die jeuk die niet weggaat als ik krab. Ik hoor haar huilen en ik begin te neuriën om dat geluid te overstemmen, maar dan kijken de mensen naar me. Daarom stap ik in mijn auto en rijd ik weg.

Allison

IK WEET NIET WAT IK PRECIES VERWACHTTE VAN MIJN EERSTE ONT-
moeting met Brynn, maar volgens mij ging het best goed. Ze liep
niet weg en ze begon niet tegen me te gillen en te schreeuwen.
Brynn lijkt anders dan ik me haar herinner. Harder, kwader. Niet
dat ik het haar kwalijk neem, ze heeft redenen te over om kwaad
te zijn. Maar volgens mij speelt er iets anders. Dat denk ik door
de manier waarop ze haar servet in stukjes scheurde en daarna aan
mijn servet begon. Ze bleef maar zenuwachtig achteromkijken en
hield regelmatig haar hoofd even scheef, alsof iemand iets in haar
oor fluisterde. Ik vraag me af of ik oma zal bellen om te vragen wat
zij ervan denkt, maar misschien overdrijf ik wel. Ik kan niet beweren dat ik Brynn nog steeds ken. Ik heb haar al vijf jaar niet gezien
en mensen veranderen, ik in elk geval wel. Ik zal eens kijken hoe ze
morgen is als ze langskomt om Joshua en Claire te ontmoeten.

Ik weet dat ik het rustig aan moet doen met Brynn, maar ik denk
dat het allemaal wel goed zal komen. Een nieuw begin, een nieuwe
start. Dit is precies wat we nodig hebben. We hebben de rest van
ons leven om weer vriendinnen te worden. Om zussen te worden.

Claire

DE VALLENDE BLADEREN, GELE, RODE EN BRUINE, WORDEN WEGGEBLA-
zen door een windvlaag, verlicht door de straatlantaarns. Het is ongewoon koud voor september. De straten glimmen van het vocht en
de dikke grijze wolken beloven weer regen. Claire betwijfelt of er
vanavond nog klanten zullen komen. De winkel is altijd tot negen
uur open, maar nu overweegt ze hem een uur eerder te sluiten. Joshua speelt met zijn Lego in de kinderhoek nadat hij heeft beloofd
alles snel op te ruimen als er een klant binnenkomt. Claire kijkt
naar Allison en Brynn, met hun hoofden vlak bij elkaar. Ze fluisteren, terwijl Allison steeds een aantal boeken van de planken haalt en
het hout opwrijft met een geurige olie waardoor de winkel lekker
naar citroen ruikt. 'Je mag wel eerder weggaan, Allison,' zegt Claire,
maar Allison wil per se eerst haar werk afmaken.

'Als ik klaar ben, gaan we even koffiedrinken. Dan hebben we
tijd genoeg om bij te kletsen,' zegt ze met een brede glimlach tegen Claire. Sinds de komst van haar zus is Allison een ander meisje
geworden. Haar onrust, zo opvallend de afgelopen dagen, lijkt verdwenen. Claire is blij voor Allison, ondanks het feit dat ze voelt dat
het niet helemaal lekker zit tussen de twee zussen. Allison doet te
erg haar best het Brynn naar de zin te maken, die zich op de vlakte
houdt, afwezig is en eruitziet alsof ze liever ergens anders zou zijn.

Claire voelt een steek van verlangen naar haar eigen zus. Ze heeft
haar al een hele tijd niet meer gesproken en besluit haar vanavond
te bellen om bij te praten. Claire denkt aan een mogelijke broer
of zus voor Joshua. Zelf heeft ze heel fijne herinneringen aan haar
jeugd met haar zus: iemand met wie ze geheimpjes kon delen en het
veilige gevoel dat haar zus alles voor haar zou doen als ze iets nodig

had. Zij en Jonathan hebben wel eens overwogen nog een kind te adopteren. Nu ze ziet hoe blij Allison is dat haar zus er is en ook hoe eenzaam Joshua eigenlijk is doordat hij geen zus of broer heeft, denkt ze dat ze het er maar weer eens over moeten hebben.

Claire hoort het belletje boven de deur rinkelen en ziet vanuit haar ooghoek dat een ander meisje aarzelend de winkel binnen komt, alsof het over de drempel stappen een belangrijke beslissing is. Het duurt even voordat ze zich realiseert dat het Charm Tullia is. Haar bruine haar, vochtig van de mist, heeft ze in een slordige paardenstaart gebonden en ze kijkt bezorgd en is lijkbleek. Ze heeft zich opgedirkt en draagt hoge hakken. Ze trekt haar blauwe jas steviger om zich heen alsof het in de winkel kouder is dan buiten.

'Hallo, Charm,' zegt Claire. 'Hoe gaat het? Ik heb het gehoord, van Gus. Was de begrafenis vandaag? Ik vind het zo erg...'

Charm knikt en kijkt om zich heen alsof ze iemand zoekt. Ze begint langzaam te lopen, nog steeds zoekend om zich heen kijkend. 'Werkt hier een meisje dat Allison Glenn heet?' vraagt ze met een lage, schorre stem.

'Inderdaad. Ze is nu achterin.' Claire kijkt naar Charms gezicht. 'Charm, gaat het wel goed met je? Je ziet er niet goed uit,' zegt ze bezorgd.

'Met mij gaat het prima,' zegt Charm achteloos. 'Mag ik even met haar praten? Het duurt niet lang.'

'Tuurlijk,' zegt Claire verbaasd. 'Ik wist niet dat je Allison kende. Zaten jullie samen op school?'

Charm bijt op haar lip en aarzelt even. 'Allison en ik hadden een gemeenschappelijke... vriend. Ik hoorde dat ze hier werkte en wil haar graag even spreken.' Claire hoort voetstappen en gelach achter zich en voordat ze zich kan omdraaien, blijven Allison en Brynn abrupt staan.

'Allison, hier is iemand voor je,' zegt Claire die meteen begrijpt dat het geen prettig weerzien is. Ze kijkt van het ene meisje naar het andere en ziet dat de drie meisjes elkaar verbaasd aankijken. Allison slaat beschermend een arm om haar zus die er verbijsterd uitziet.

'Allison?' vraagt Charm. 'Kunnen we even praten?'

Allison kijkt om zich heen, van Charm naar Brynn naar de kinderhoek waar Joshua nog steeds aan het spelen is. Claire weet niet goed welke emotie ze op Allisons gezicht ziet. Paniek? Angst? Misschien allebei. Brynn ziet eruit alsof ze weg wil rennen.

'Allison?' vraagt Claire. 'Gaat het?'

'Ja,' zegt ze. Ze knikt, te snel. 'Ik ben gewoon verbaasd. We hebben elkaar al heel lang niet gezien.'

Claire kijkt vragend naar Charm en zij reageert met een korte glimlach. 'Het is oké, Claire.'

'Oké dan,' zegt Claire, niet overtuigd. 'Dan ga ik naar achteren met Joshua zodat jullie kunnen praten. Brynn, kom je ook?' Brynn fluistert ja en dan lopen ze naar Joshua die nog steeds een piratenschip aan het bouwen is, met kanonnen en al, van Lego.

Brynn en Claire gaan bij Joshua op de grond zitten en hebben geen idee wat ze tegen elkaar moeten zeggen.

'Volgens mij regent het niet meer. Laten we naar buiten gaan om te praten,' zegt Allison tegen Charm.

Brynn

HIER KAN NIETS GOEDS VAN KOMEN. IK KAN NIET GELOVEN DAT IK HIER nog steeds ben, in Linden Falls, in deze boekwinkel, met mijn zus die ik nooit weer dacht te zullen zien. Nooit weer had willen zien.

En dan is hier Joshua's moeder. Ze heeft geen idee. Ze heeft geen idee wie zich in haar gezinsleven heeft gedrongen. Wat zou ze doen als ik het haar vertelde? Wat zou ze zeggen als ik tegen haar zei: 'Het meisje dat je zoon heeft gebaard is hier. Hier. Het meisje dat haar baby heeft verdronken. Het meisje dat de baby bij de brandweerkazerne heeft achtergelaten. Het meisje dat alles heeft gezien.' Ik wil medelijden voelen met mevrouw Kelby, maar dat is moeilijk. Ik heb heel weinig sympathie voor ouders die de waarheid niet onder ogen willen zien.

Allison heeft haar zwangerschap goed verborgen gehouden. Ze had er het lichaam voor: lang en met een lang bovenlijf. Het extra gewicht was over haar lichaam verdeeld, niet aan de voorkant een grote bal, zoals bij de meeste vrouwen. Mijn ouders waren naar een zakelijke receptie toen Allison me riep. Natuurlijk rende ik meteen naar haar toe en dat kwam niet alleen omdat iederéén naar Allison toe rende als ze ze riep. Iets aan haar stem, iets aan de manier waarop ze mijn naam riep, maakte dat ik wist dat er iets niet in orde was.

Toen ze mijn naam een tweede keer riep, wist ik dat er iets mis was, heel erg mis. Haar stem klonk benepen en vol pijn. Ik rende vanuit de keuken de trap op en over de overloop naar Allisons slaapkamer. Haar deur stond open en ik zag Allison op haar knieën zitten, met haar armen gestrekt, haar handen zochten steun aan de deurpost. Haar hoofd was gebogen, het haar hing als een sluier voor haar gezicht. Ze droeg haar gebruikelijke wijde sporttrui en joggingbroek. De hals van haar trui was donker van het zweet.

'Wat is er, Allison?' riep ik. Ik rende naar haar toe en liet me op mijn knieën vallen. 'O, mijn god, ben je gewond? Ben je gewond?' vroeg ik wanhopig. Maar ze gaf geen antwoord, ze kon geen antwoord geven, ze leek een nieuwe pijnaanval te krijgen. Ze kreunde en drukte haar handen zo stevig tegen de deurpost dat haar armen trilden. Even later liet ze haar kin op haar borst vallen en begon ze zachtjes te jammeren.

'Vertel me wat er aan de hand is, Allison, vertel me alsjeblieft wat er is.' Ik stond abrupt op. 'Ik ga mama en papa bellen,' zei ik en ik wilde weglopen om haar telefoon te pakken.

'Nee!' riep Allison. Ze stond met veel moeite op en versperde me de weg. Zelfs nu ze vreselijk veel pijn had, was ze flink. 'Nee,' zei ze weer en toen zachter, smekend: 'Alsjeblieft, Brynn, help me alsjeblieft.'

Toen viel ze tegen me aan en voelde ik het. Haar stevige, ronde buik. Ik schrok, zo onverwacht was het.

'Allison?' vroeg ik toen ik voorzichtig mijn hand weer op haar buik legde. Ik hielp haar haar trui uittrekken en zag een hemdje en haar dikke buik.

Hoe was het mogelijk dat ik het niet wist? Hoe was het mogelijk dat mijn ouders het niet wisten? Ze zijn echt niet dom. Maar ze zijn wel egoïstisch. Zodra Allison en ik niet waren wat ze voor ons in gedachten hadden, wilden ze niets meer met ons te maken hebben. Ik wist al heel jong dat ik nooit zou zijn zoals mijn ouders wilden. Maar Allison. Allison deed alles goed. Alles.

Tot ze een stomme fout maakte. Nu is het net alsof ze voor mijn ouders niet meer bestaat.

Als iemand het recht heeft Allison uit mijn leven te zetten, ben ik dat. Ze heeft me bij haar leugens en geheimen betrokken en sinds die tijd verdrink ik erin. Nu ben ik hier en word ik nog een keer bij die hele puinhoop betrokken. En weet je wie eronder gaat lijden? Joshua. Dat jongetje zal nooit meer dezelfde zijn als Allison en Charm met elkaar gaan praten. Maar misschien kan ik hem beschermen, zoals mijn zus nooit heeft gedaan, zoals mijn ouders nooit hebben gedaan.

'Ik ga even kijken wat er aan de hand is,' zeg ik tegen mevrouw Kelby. 'Ik ben zo terug.' Ik sta op en loop door de boekwinkel naar de deur. Maar ik ben te laat. Het gebeurt al.

Allison

IK NEEM CHARM MEE NAAR BUITEN. ZE IS HELEMAAL OPGEDIRKT, ALSOF ze naar de kerk is geweest, maar ze ziet er ellendig en kwaad uit.

'Wat is er aan de hand?' vraagt Charm opgewonden. 'Waarom ben je hier? Ik dacht dat je in de gevangenis zat en nu werk je hier? Ben je gek geworden?'

'Ik wist niet...' Ik probeer het uit te leggen, maar Charm is nog niet klaar. 'Joshua is bij goede mensen. Ze houden van hem. Ze zorgen voor hem. Waarom wil je dat voor hem bederven?'

'Ik wil helemaal niets bederven!' snauw ik. Met moeite zeg ik, veel zachter: 'Ik wist het niet. Ik kreeg deze baan hier en wist helemaal niets van Joshua tot ik hem de boekwinkel zag binnen komen. Zodra ik hem zag, wist ik het. Hij lijkt precies op Christopher. Dat is de laatste keer dat ik hem zag, bij Christopher!'

'Nou, Christopher heeft Joshua bij Gus en mij achtergelaten.' Charm probeert niet te huilen. Haar blik schiet naar het raam van de boekwinkel. 'We probeerden voor hem te zorgen, maar Gus was ziek en ik was nog maar vijftien,' snikt ze. De tranen stromen over haar wangen.

'Is hij weggegaan?' vraag ik. 'Christopher heeft de baby gewoon bij jullie achtergelaten?'

Charm snuift ongeduldig. 'Luister, kennelijk had je een relatie met mijn broer, maar je kende hem niet echt. Je was nog niet weggereden of hij drukte Joshua in mijn armen en ging ervandoor.' Charm ademt zwaar en de motregen vermengt zich met haar tranen en stroomt over haar wangen.

Heel even ben ik sprakeloos. Ik weet niet wat ik had verwacht, maar ik had gedacht dat Christopher van me hield. Ik was degene die het uitmaakte. Ik denk dat ik dacht dat hij alles wat ik hem aanbood zou aannemen. Vooral een stukje van mij. Een stukje van hem.

'Ik wil Joshua's leven niet bederven. Ik zie dat Claire en Jonathan heel goede ouders zijn. Ik wil niet dat ze weten wie ik ben. Ik moet alleen weten wat er is gebeurd,' probeer ik uit te leggen.

'Nu weet je het. Christopher wilde hem niet.' Charm kan bijna niet verder praten en ik kijk achterom, bang dat Claire naar buiten komt. 'Gus en ik hebben geprobeerd voor hem te zorgen, echt waar. Maar dat konden we niet. Toen Christopher was vertrokken en we hoorden dat jij gearresteerd was, heb ik hem bij de brandweerkazerne achtergelaten. Claire en Jonathan hebben hem geadopteerd. Ze zijn heel goede ou–' Charms stem ebt weg, ze kijkt langs me heen. 'O, mijn god,' fluistert ze.

Ik draai me om en zie een man en een vrouw naar ons toe komen. De vrouw loopt doelbewust naar ons toe en de man probeert haar bij te houden. 'O, mijn god,' zegt Charm weer. 'Verdwijn!'

'Charm, ik moet met je praten,' roept de vrouw. Ze heeft iets in haar hand, zwaait ermee boven haar hoofd. Het geklik van haar hakjes benadrukt elk woord dat ze zegt.

Charms ogen worden groot. Ze wankelt achteruit en valt tegen de voorgevel van de boekwinkel. 'Verdwijn,' fluistert ze tegen me, maar ik blijf hulpeloos staan.

Brynn

ALS IK NAAR DE DEUR LOOP, ZIE IK DAT ALLISON EN CHARM RUZIEMAken. Charm lijkt kwaad, maar ik twijfel er niet aan dat Allison zichzelf wel kan redden. Allison kan behoorlijk intimiderend zijn.

'Brynn, je moet me helpen,' zei ze die avond steeds weer terwijl ze zich aan me vastklampte. 'Alsjeblieft, je moet me helpen!'

'Weten mama en papa dit?' vroeg ik toen ik haar naar haar bed bracht. Ze schudde haar hoofd, ging op haar zij liggen en trok haar benen op alsof ze in zichzelf wilde verdwijnen. Snel deed ik de slaapkamerdeur dicht in een poging Allisons geheim bij ons in de kamer op te sluiten.

'Laat me even nadenken,' zei ik. 'Laat me even nadenken.' Ik keek om me heen. De lakens op haar bed waren vochtig en zaten onder de bloedspatten. 'Luister, Allison,' zei ik. 'We moeten iemand bellen. Laat me een ambulance bellen.' Ik wilde haar mobieltje van het nachtkastje pakken. Op het beeldscherm van Allisons computer zag ik een website over wat er allemaal gebeurt tijdens een bevalling. Dit kan ik niet aan, dacht ik.

'Nee!' gromde Allison. Haar lange, sterke arm schoot uit en greep de telefoon voordat ik hem te pakken kreeg. 'Nee, je mag niemand bellen! Alsjeblieft, ik kan dit wel. Alsjeblieft, Brynn, help me alsjeblieft!' Allison kreeg weer een wee en kreunde, maar ondertussen hield ze haar mobieltje stevig vast. Ze wilde niet dat ik iemand belde.

Ik ging naast haar zitten en streek het haar van haar bezwete voorhoofd. 'Waarom niet?' vroeg ik verbaasd.

'Ik heb er een puinhoop van gemaakt,' zei Allison ademloos toen de wee voorbij was. 'Ik ben met hem naar bed geweest. Ik ben met hem naar bed geweest en toen werd ik zwanger!' zei ze woest.

'Wie? Wie was het, Allison?' vroeg ik.

'Christopher,' jammerde ze.

'Christopher wie?' vroeg ik. Ze gaf geen antwoord. 'Het is oké. Dit overkomt heel veel meisjes. Je kunt de baby afstaan voor adoptie, het komt wel goed.' Ik probeerde het op kalme toon te zeggen, maar ik geloofde zelf niet eens wat ik zei.

'Wat denk je wat mama zal doen als ze dit ontdekt?' snauwde Allison.

'Ze zal kwaad worden, maar daar komt ze wel overheen. Ze zal je helpen een goed tehuis...'

'Ze komt er nooit overheen!' Ik schrok van die woedende uitbarsting. 'Ze zal de baby als haar eigen kind willen opvoeden of zo, of ze zal mij dwingen hem op te voeden. Dan blijf ik eeuwig in dit afschuwelijke stadje! Ze zal mijn leven verpesten!' Ze werd steeds hysterischer tot ze rechtop ging zitten en haar neus bijna mijn neus raakte. 'We moeten ervan af zien te komen!'

'Oké, oké,' probeerde ik haar te kalmeren. 'Zeg dan maar wat ik moet doen.'

Allison had denk ik al uren weeën voor ze me riep. Ze had zich waarschijnlijk in haar kamer verstopt toen mama en papa zich klaarmaakten voor hun etentje. Mijn moeder was zelfs zonder kloppen Allisons kamer binnen gelopen en had tegen haar gezegd dat ze geld op de keukentafel had gelegd zodat we een pizza konden bestellen, dat ze moest controleren of alle deuren wel op slot zaten omdat ze heel laat thuis zouden komen en dat we geen vrienden mochten ontvangen omdat zij niet thuis waren.

Een kwartier nadat ik had ontdekt dat Allison weeën had, was ze zover dat ze kon persen. Ik heb mijn zus nog nooit zo moe, zo verslagen gezien. Haar haar lag in zweterige slierten om haar bleke gezicht en ze kon haar ogen niet openhouden. Ze hield slapjes mijn hand vast en haar benen trilden. 'Alli, laat me de dokter bellen,' smeekte ik. 'Ik ben bang.' Maar ze zei nee, ze zei dat we dit konden doen, dat ze mij nodig had, verder niemand.

Dat had ik haar mijn hele leven al willen horen zeggen. Mijn mooie, machtige, onafhankelijke zus had me eindelijk nodig, mij, het zusje op de achtergrond.

'Alsjeblieft, Brynn,' fluisterde ze met gebarsten, droge lippen. 'Alsjeblieft,' jammerde ze. En dat was het enige woord dat ik nodig had om in actie te komen. Ik begon alles bij elkaar te zoeken dat volgens mij nodig was voor de geboorte van een kind: schone handdoeken en lakens, koele vochtige washandjes, ontsmettingsmiddel, een schaar, afvalzakken. Toen ik Allisons slaapkamer weer binnen kwam, zat ze rechtop, met haar handen om haar knieën geklemd en haar hoofd achterover. 'Ik moet persen!' schreeuwde ze. 'Ik moet persen!'

Ik liet alles vallen en rende naar haar toe. 'We moeten je broek uittrekken, Alli,' zei ik vriendelijk.

'Nee!' schreeuwde ze. 'Nee, ik wil niet dat het komt, Brynn! Alsjeblieft,' snikte ze terwijl ze me wanhopig aankeek. 'Ik wil het niet, laat het ophouden, laat het ophouden!' Mijn zus maakte een triest geluid, ze slaakte een doordringende kreet die zo primitief was, vanuit een plek die zo ver weg was, zo oud, dat ik dacht dat alleen een vrouw tijdens een bevalling zo'n geluid kon maken. Ik trok haar natte, ondergepoepte sportbroek en onderbroek van haar bezwete benen en deed de plafondventilator aan. Ik maakte haar zo goed mogelijk schoon en veegde haar benen af met een washandje dat ik in ontsmettingsmiddel had gedoopt. De ventilator verplaatste de muffe, naar koper ruikende lucht en Allison kreeg kippenvel. Ze leek even op te leven door de koele lucht. Ze perste uit alle macht, klampte zich vast aan de lakens. We keken elkaar aan en ik nam haar gezicht in mijn handen. Ik nam de leiding.

Ik voel dat Claire achter me aan komt en door het raam zien we een man en een vrouw naar Allison en Charm toe lopen. De man is een jaar of vijftig, hij heeft een doek om zijn voorhoofd geknoopt en hij draagt een leren jasje met een adelaar op de mouw. De vrouw is niet op dit weer gekleed, ze draagt een dun zwart jurkje en stiletto's. Ze heeft iets in haar hand.

Joshua en de hond horen het geroep buiten en komen vlug bij ons staan. 'Wat is er aan de hand?' vraagt Joshua zenuwachtig.

'Niets goeds,' mompel ik en mijn maag verkrampt. Dat arme jochie, denk ik. Wie moet hem behoeden voor zijn eigen verleden?

Charm

CHARMS MOEDER BLIJFT VLAK VOOR HAAR STAAN. DE REGENDRUPPELS blijven hangen aan de dikke laag mascara op haar wimpers en er lopen zwarte straaltjes over haar wangen. Ondanks haar angst moet Charm zich beheersen niet te giechelen. Haar moeder lijkt wel een vieze zombie.

'Wat is dit verdomme?' Reanne duwt de foto waar ze mee had lopen zwaaien onder haar neus, zodat het lachen Charm vergaat.

Charm hapt naar adem. 'Waar heb je die vandaan?'

'Jij hebt een baby gehad?' Reanne's stem is laag en gevaarlijk. 'Jij hebt verdomme een baby gehad en me niets verteld?'

'Alsjeblieft,' roept Charm. 'Alsjeblieft, doe dit niet!'

'Doe wat niet, Charm?' vraagt Reanne verhit. 'Dit negeren? Wie is deze baby? Waar is hij? Is dit jouw baby?'

Alles stort in elkaar. Al haar geheimen. Het enige wat ze wilde was Joshua beschermen en ervoor zorgen dat hij op een veilige plek kwam. Ze wilde dat hij een normale jeugd zou hebben met normale ouders. Ze duwt de foto weg, wil er niet naar kijken. 'Je bent naar het huis gegaan,' zegt Charm vol ongeloof. 'Je bent naar Gus zijn huis gegaan en je hebt mijn spullen doorzocht.'

'Wie is de baby op deze foto?' vraagt Reanne weer.

'Sst,' zegt Allison. Ze probeert tussen Charm en haar moeder in te gaan staan. 'Alsjeblieft.' Haar blik gaat naar het raam van de boekwinkel waar Claire, Brynn en Joshua naar hen staan te kijken.

'Bemoei je hier verdomme niet mee,' zegt Reanne met opgeheven wijsvinger. Ze bekijkt Allison van top tot teen. 'Ik weet wie je bent. Je bent een zieke trut.'

'Rea,' zegt Binks smekend.

'Hou je bek,' snauwt Reanne en dan wijdt ze haar aandacht weer aan Charm. 'Ik heb vanmiddag met Christopher gepraat. Hij zei dat ik je naar de baby moest vragen.' Reanne zet haar handen op haar heupen en kijkt haar dochter aan. 'En dat doe ik dus. Vertel me eens over die baby.'

'Waar heb je die vandaan?' fluistert Charm met een blik op de foto die haar moeder vasthoudt.

'Ik ben je moeder,' schreeuwt Reanne alsof dat alles verklaart. 'Heb jij een baby gehad, Charm? Heb je verdomme een baby gehad en me niets verteld?'

'Heb je dat gedaan terwijl wij in de rouwkamer waren?' Charm kan bijna niet geloven wat haar moeder heeft gedaan. 'Wanneer heb je ingebroken?'

'Ik heb niet ingebroken,' zegt Reanne verontwaardigd. 'Ik had een sleutel. Jij nam je mobieltje niet op en daarom ben ik naar het huis gegaan. Ik maakte me zorgen en heb mezelf binnengelaten. Toen heb ik Jane gebeld en zij vertelde me dat je hiernaartoe ging. Luister, Charm, er is iets aan de hand en ik wil weten wat er verdomme...'

Reanne's stem ebt weg en Charm draait zich om. Ze ziet dat haar moeder met een intense blik door het raam van de boekwinkel naar Joshua kijkt. Ze ziet dat haar moeder elke centimeter van zijn dunne, scherpe gezicht bekijkt. Als ze zich er niet mee bemoeit en iets doet, zal haar moeder het snappen. Dan ziet ze hoeveel Joshua op Christopher lijkt en dan is het allemaal afgelopen voor Joshua. Zijn veilige, gelukkige gezin. Reanne zal een manier vinden om zijn leven binnen te dringen, ook al heeft ze daar juridisch gezien geen recht toe, en hem een ellendig leven bezorgen, net zoals ze dat bij Charm en haar broer heeft gedaan. 'Je moet nu weggaan,' zegt Charm ondanks haar tranen. 'Ik kan nu niet met je praten.'

'Ik ga niet weg voordat ik een paar antwoorden krijg,' zegt Reanne chagrijnig.

'Dat doe je altijd moeder. Weggaan!' zegt Charm ijzig. 'Je gebruikt mensen, tot je hebt wat je wilt en dan ga je weg. Je hebt het recht niet hier te komen en van me te eisen dat ik je iets vertel. Dat recht ben je lang geleden al kwijtgeraakt, toen je niet voor mij koos maar voor een andere man, en een andere man, en een andere man!'

Reanne's hand schiet uit en belandt met een droge klap op Charms wang.

Claire

'WAAROM ZIJN ZE ZO BOOS?' VRAAGT JOSHUA, TREKKEND AAN ZIJN MOE-
ders arm. Claire ziet dat Charm bang kijkt en dat de hand van de
vrouw uithaalt voor de klap. Joshua gilt en krimpt ineen als de
vrouw Charm slaat. Claire rent naar de deur en Joshua roept haar
na. 'Mama,' vraagt hij met een trillend stemmetje, 'waar ga je naartoe?'

'Ik ben zo terug,' zegt Claire kalmerend en ze stapt de stoep op.
'Blijf jij maar hier bij Brynn.'

'Wat is er aan de hand?' vraagt Claire. Ze kijkt van Charm naar
de onbekenden en dan weer naar Allison, die even verbaasd kijkt
als Claire zich voelt. 'Charm, gaat het?' Ze kijkt onderzoekend naar
Charms gezicht, waar een felle rode handafdruk op verschijnt die
scherp afsteekt tegen haar bleke huid.

'Het gaat prima met haar,' snauwt de vrouw.

'Jezus, Reanne,' zegt de man zacht. 'Waarom deed je dát nou?'

'Mam,' zegt Charm, en ze begint nog harder te huilen. Ze raakt
voorzichtig haar gezicht aan.

Mam. Dus dit is Charms moeder, denkt Claire. Geen wonder dat
Charm een kapitaal heeft uitgegeven aan zelfhulpboeken. Charm
en haar moeder hebben dezelfde donkere ogen, dezelfde volle lippen. Claire denkt dat de wereldwijze, stoere vrouw voor haar ooit
knap is geweest. Ze bekijkt haar van top tot teen, ziet de te strakke
kleren, de dunne lijntjes om haar mond. Dan valt Claire's blik op de
foto die Reanne vasthoudt. Iets aan die foto komt haar bekend voor.

Ze steekt haar hand uit, pakt Reanne's pols. 'Hé,' zegt Reanne
kwaad en ze probeert zich los te trekken, maar Claire trekt de foto
uit haar hand. Ze kijkt aandachtig naar de foto en ziet een uitgeput

uitziende Charm, een paar jaar jonger, met een baby op de arm. De baby draagt een blauw petje, hij heeft een klein wipneusje, dunne lippen en een puntig kinnetje. Zijn ogen zijn groot en aandachtig, zijn wenkbrauwen gefronst. De gelijkenis is onmiskenbaar. Claire heeft bijna eenzelfde foto van Joshua. Maar daarop is zij de uitgeputte vrouw met de baby op de arm. Jonathan heeft die foto gemaakt op de dag nadat zij hun zoon uit het ziekenhuis mee naar huis hadden genomen.

'O, mijn god,' fluistert ze ongelovig. Ze kijkt naar Charm. 'O, mijn god.'

Claire heeft altijd opgezien tegen de dag waarop ze oog in oog met Joshua's biologische moeder zou komen te staan, maar dit had ze nooit verwacht. 'Charm?' Ze kan de woorden amper uitspreken. 'Ben jij Joshua's moeder?'

Allison

IK KIJK ONGELOVIG NAAR CHARMS GESCHIFTE MOEDER EN VRAAG ME AF of ik nog tijd genoeg heb hier weg te komen.

'Charm,' zegt Claire weer, met een bange blik, 'ben jij Joshua's moeder?'

Charm doet haar mond open om iets te zeggen, maar in plaats daarvan kijkt ze omhoog alsof ze bidt, zodat de regendruppels van haar huid spatten.

Reanne grijpt Charms pols en Charm probeert zich tevergeefs los te rukken. 'Smerige hoer die je bent!' zegt Reanne, rukkend aan Charms arm.

Charm probeert iets te zeggen, maar er komt alleen een gorgelend geluidje uit haar mond. Ik kan het niet meer aanzien.

'Dat ben ik,' zeg ik moeizaam.

Claire kijkt me met een lege blik aan. Niet-begrijpend. 'Dat ben ik. Ik ben Joshua's moeder,' zeg ik, alleen tegen Claire. 'Dat ben ik.'

Brynn

JOSHUA LOOPT ACHTER ME AAN, HUILEND, BLÈREND ALS EEN LAMME-tje. Ik wil bij het raam blijven staan om te zien wat er buiten gebeurt, maar ik moet in beweging blijven. Ik heb het gevoel dat er iets onder mijn huid rondkruipt. 'Wat gebeurt er?' blijft Joshua vragen. Arme knul, denk ik steeds weer. Ik schud mijn hoofd in een poging de herinneringen te verjagen en trek aan mijn haar in een poging de beelden die voor mijn ogen langs flitsen te laten ophouden.

In één machtige perswee met een kreet die zo hard tegen de muren echode dat ik zeker wist dat onze dichtstbijzijnde buren die tientallen meters verderop woonden het zouden horen, verscheen het hoofdje van de baby. De zachte huid van mijn zus rekte uit en scheurde zelfs. 'Hier komt-ie, Allison,' zei ik tegen haar. Mijn stem trilde van angst. 'Hij komt, het is bijna voorbij.'

Allison klemde haar kaken op elkaar van de pijn en jankte hulpeloos. 'Nee!' schreeuwde ze zwakjes. Ze klemde haar benen tegen elkaar en drukte met een hand tegen het hoofdje van de baby om hem terug te duwen.

'Allison!' riep ik in paniek en ik trok haar hand weg. 'Nee!' Ze sloeg zwakjes naar me, maar ze kreeg een nieuwe wee en ondanks haar verlangen de baby binnen te houden liet haar lichaam haar in de steek en duwde de baby met een krachtige golf naar voren. Ik zag vol verbazing dat Allisons lichaam openging en het smalle hoofdje van de baby uit haar gleed. Ze leken met elkaar versmolten, als een verwrongen versie van een godin uit de oudheid.

'Aaaaau!' krijste Allison. 'Nee, nee, nee!' Ze bewoog haar hoofd van links naar rechts. 'Nee, nee, nee!'

'Nog één keer persen, Alli,' zei ik tegen haar. 'Nog eentje en dan is het voorbij. Nu!' beval ik op een toon waarop ik nooit eerder tegen haar had gepraat. Een toon die zorgde dat Allison haar mond hield, dat ze naar me keek. Dat ze me gehoorzaamde. 'Allison, je moet nog één keer persen. Nog maar één keer en dan is hij eruit en doet het geen pijn meer. Dat beloof ik je.'

Allison knikte, ze ademde met korte, oppervlakkige pufjes. Ik legde snel een paar kussens in haar rug en ze ging met moeite rechtop zitten. Met de vastberadenheid die ik al heel vaak bij Allison had gezien, richtte ze haar blik op mij, haar ogen waren staalblauw, bijna woest en ze trok een strak mondje. 'Arrrggghhh!' brulde ze en in een golf van vocht en bloed gleed de baby in mijn wachtende armen. Een meisje. Een klein meisje bedekt met een dikke laag bloederig slijm. Vol afkeer hield ik haar een eindje van me af, alsof ik een vieze zakdoek had gevonden.

'Het is een meisje,' zei ik tegen haar omdat ik niet wist wat ik anders moest zeggen, niet wist wat ik nu moest doen.

'O, god!' schreeuwde Allison. 'Wat moet ik doen? Wat moet ik doen?' Ze had zich terug laten vallen op haar bed en begon te rillen. Haar lichaam schokte helemaal. 'Breng het alsjeblieft weg. Brynn, alsjeblieft,' smeekte ze. 'Breng het weg!' Ik keek neer op het babytje. Het wriemelde of schopte niet. Het huilde niet. Het lag slap in mijn armen, het kleine mondje ging open en dicht, als een vis op het droge.

'Allison, wat wil je dat ik doe?' Ik verbaasde me over de woedende klank in mijn stem.

'Kan me niets schelen, maar breng het hier alsjeblieft vandaan. Alsjeblieft!' Ik keek weer naar de baby. Ze had nog steeds niet gehuild, hoewel haar kleine borstkas op en neer ging. Ik pakte de schaar van het nachtkastje en knipte de navelstreng door. Het verbaasde me hoe lastig het was hem door te knippen. Alsof ik een dik, pulserend touw doorknipte. Met een handdoek probeerde ik de baby schoon te vegen en daarna legde ik haar voorzichtig in een hoekje van de kamer. Ik pakte een andere handdoek en drukte die tussen Allisons benen om te proberen het bloeden te stelpen. Ik was bang dat ze gehecht moest worden. Ik pakte alle vieze lakens en handdoeken en stopte ze in een vuilniszak. Daarna stopte ik Allisons joggingbroek er ook in.

'Maak je geen zorgen, Allison,' zei ik tegen haar en ik legde een deken over haar rillende lichaam. Haar ogen waren dicht en ze leek te doezelen. 'Ik regel alles wel.' Ik keek naar de baby in het hoekje van de kamer. Een dun armpje stak uit de handdoek waar ik haar in had gewikkeld, het leek wel alsof ze iemand wilde vastpakken. 'Ik ben zo terug.' Ik pakte de vuilniszak en rende de trap af terwijl de zak achter me aan stuiterde. Ik wist dat ik heel weinig tijd had om Allisons kamer op te ruimen en de baby en Allison in het ziekenhuis te krijgen. Ik wist dat het heel moeilijk zou zijn om Allison daartoe over te halen. Ze ontkende wat er was gebeurd, ze was in shock of zo. Ik denk dat ze dacht dat het, als ze niet naar de baby keek, betekende dat het niet echt was.

Ik sleepte de vuilniszak door de keuken naar de garage en stopte de zak in een van de grote afvalcontainers. Ik drukte hem er zo diep mogelijk in en trok er ander afval overheen. Vanuit het huis hoorde ik de telefoon rinkelen. Ik aarzelde. Misschien waren het mijn ouders wel, ze vonden nog altijd dat ze moesten vragen hoe het ging. Door het voortdurende gerinkel dacht ik dat het mijn moeder was en ik rende ernaartoe.

'Hallo,' zei ik buiten adem.

'Brynn?' vroeg mijn vader. 'Wat is er aan de hand? Het klinkt alsof je hebt gerend.'

'O, niets,' loog ik. 'Ik was net in de garage, de pizzadoos weggooien.'

'Nou ja, je moeder wilde dat ik even ging vragen hoe het gaat. Alles in orde?'

'Papa, het gaat prima,' zei ik ongeduldig. 'God, wat kan er misgaan?'

'Ik weet het, ik weet het, niets,' gaf mijn vader toe. 'We komen laat thuis, pas na middernacht.' Ik keek naar de klok. Het was bijna negen uur, de zomerzon ging net onder.

'Maak je maar geen zorgen, papa. Het gaat prima,' zei ik.

'Oké, oké,' zei hij. 'Dag, Brynn.'

'Dag, papa.' Ik hing op en rende terug naar Allisons kamer, met twee treden tegelijk de trap op.

Toen ik de deur openduwde, leek het alsof er een massaslachting had plaatsgevonden. Ondanks mijn pogingen om alle bebloede lakens en handdoeken weg te gooien, zag ik een enorme rode vlek op Allisons bed en zelfs de muren zaten onder de bloedspatten. Allison zag er verschrikkelijk uit. Haar oogkassen waren donker en ze rilde nog steeds, ook al was het ontzettend warm in haar kamer.

Ik liep naar de overloop en pakte nog een deken uit de linnenkast om over Allison heen te leggen, toen ik iets zag. Of liever, iets niet zag. Ik draaide me om naar de plaats waar ik de baby in een stapel schone handdoeken had gelegd. Haar huid was blauw en haar armpjes lagen roerloos. Een handje lag onder haar kinnetje. Het andere handje lag slap langs haar zij. Haar dunne beentjes lagen onbeweglijk, gespreid als een kikker die ontleed wordt. 'Nee,' fluisterde ik. 'O nee!'

'Brynn, ik ben bang!' snikt Joshua.

Ik druk die afschuwelijke herinneringen weg en blijf staan, probeer mijn aandacht op Joshua te richten en op wat hij zegt. Maar in gedachten kan ik alleen maar denken: arme baby, arme baby.

Claire

CLAIRE WORDT OVERMAND DOOR EEN ANGST DIE ZO DIEP EN COMPLEET
is dat hij door haar aderen stroomt, het zachte weefsel vult, door
haar botten straalt, een angst die haar de adem beneemt. Deze angst
heeft niets te maken met haar eigen welzijn, met haar eigen veilig-
heid, maar met die van Joshua.

Ze voelt dat iedereen naar haar kijkt, dat iedereen wacht op wat
ze gaat doen. Charms moeder kijkt alsof ze iets wil zeggen, maar
besluit dat ze dat maar beter niet kan doen.

'Misschien kunnen we maar beter naar binnen gaan,' zegt de man
met het leren jasje. Verdoofd loopt Claire achter hem aan de winkel
in. Joshua drukt zich stijf tegen de boekenplanken aan en gaat met
zijn vingers langs de boeken alsof het pianotoetsen zijn.

'Waarom schreeuwt iedereen?' vraagt hij terwijl hij behoedzaam
naar zijn moeder loopt.

'We praten alleen maar, Josh,' zegt ze. Ze pakt hem bij de schouder en duwt hem zachtjes voor zich uit naar achteren.

'Waarom huilt iedereen?' Hij trekt zich los, met gebalde vuisten.
Claire voelt aan haar gezicht en merkt dat het nat is.

'Dat is alleen maar regen, Joshua,' zegt ze, hoewel ze weet dat
haar vingers zout zouden smaken als ze eraan zou likken. Ze moet
hem hier weg krijgen. Ze wil niet dat hij dit gesprek hoort. Ja, hij
weet dat hij geadopteerd is, hij weet dat hij bij de brandweerkazerne
is achtergelaten, maar als Joshua hoort dat Allison misschien wel
zijn echte moeder is, zou dat te veel zijn. Het is al te veel voor Claire
om te verwerken. Het kan niet waar zijn. Het kán gewoon niet waar
zijn.

'Kunnen we nu naar huis?' smeekt Joshua. 'Ik wil naar huis.' Claire kan de angst in zijn stem horen, ze weet dat hij bang is dat deze onbekenden indringers zijn, slechte mensen die hen kwaad kunnen doen.

'Josh, als deze mensen vertrokken zijn, gaan we naar huis. Dat beloof ik je. Nog een paar minuutjes.' Joshua kijkt bezorgd naar Charm die nog steeds huilt. 'Het komt wel goed met haar, Josh. Ik zal zorgen dat het goed met haar komt,' zegt Claire. Hij kijkt naar haar gezicht en ze dwingt zichzelf tot een glimlach. 'Misschien wil Brynn je even mee naar boven nemen.' Claire kijkt verwachtings-vol naar Brynn, maar deze lijkt haar niet te horen. 'Brynn,' zegt ze, iets harder, zodat Brynn schrikt. 'Wil jij Joshua mee naar boven nemen?' Brynn knikt. 'Niet aan papa's gereedschap komen, Josh. Ik kom ook zo boven. Maak je geen zorgen, het is niet zoals de overval. Echt niet.' Hij kijkt argwanend naar de deur naar de bovenverdie-ping en komt niet in beweging tot Brynn zijn hand pakt. Samen lopen ze de trap op naar het appartement.

Als Claire zeker weet dat ze veilig boven zijn, buiten gehoorsaf-stand, loopt ze naar de telefoon en toetst het telefoonnummer van haar man in. 'Jonathan, wil je naar de winkel komen? Alsjeblieft. Ik heb je nodig.'

Allison

CLAIRE NEEMT ONS MEE NAAR DE LEESHOEK EN BIEDT ONS HEEL BE-
leefd een stoel aan. Ondanks alles realiseer ik me weer hoeveel bewondering ik voor haar heb. Altijd zo rustig en beheerst. Altijd zo
evenwichtig. 'Meiden, ik weet niet precies wat er allemaal gebeurt,
maar ik wil dat jullie me dat proberen te vertellen. Eigenlijk begrijp
ik er helemaal niets van.'

Charm en ik zitten naast elkaar op de bank. Ik wilde dat Brynn
hier was, naast me. Ik kan niet geloven dat ik Claire heb verteld
dat ik Joshua's moeder ben. Ik kan het niet opbrengen haar aan te
kijken. Claire zit op de salontafel, met haar gezicht naar Charm
en mij toe. Reanne en Binks staan vlakbij, ze loeren als aasgieren.
Charm begint weer te huilen. 'Allison, vertel me alsjeblieft wat er
aan de hand is. Ben jij Joshua's biologische moeder?' Ik hoor aan
Claire's stem hoe bang ze is. Dat hebben we gemeen, we zijn allebei doodsbang, maar om een andere reden. Zij is bang dat ik hier
ben om Joshua van haar af te pakken en ik ben bang dat de enige
persoon die me in de afgelopen vijf jaar niet heeft behandeld alsof
ik een monster ben zal inzien dat ik dat dus wel ben.

Ik knik en Claire's gezicht vertrekt van verdriet.

'Het spijt me zo,' zeg ik snel. Ik wil het uitleggen, maar weet niet
hoe ik moet beginnen. 'Ik heb de baby bij Christopher achtergelaten.'

'Wie is Christopher?' vraagt Claire.

'Mijn broer,' zegt Charm zacht, en ze begint weer te huilen. Haar
ogen zijn dik van het huilen en haar gezicht is nog steeds vuurrood
door de klap van haar moeder. 'En Joshua's vader,' zegt ze bitter,
tegen haar moeder.

'Onzin,' zegt Reanne ongelovig. Ze kijkt me kritisch aan. 'Christopher zou zich nooit met haar inlaten.'

'Nou, dat heeft hij dus wel gedaan,' snauw ik. Ik zeg tegen Claire: 'Ik wilde niemand pijn doen.'

Reanne snuift ongelovig. Claire draait zich naar haar toe en zegt in tranen: 'Ik vind echt dat je nu maar beter kunt vertrekken.'

Reanne bijt op haar lip alsof ze probeert een nieuwe scheldkannonade in te houden. In plaats daarvan begint ze te hijgen en wordt ze rood. 'Nou, neem me niet kwalijk dat ik wilde zien hoe het met mijn dochter is.' Ze schreeuwt bijna. 'Neem me niet kwalijk dat ik haar wilde waarschuwen voor een geschifte, moordzuchtige trut! Weet je wel wie die meid is?' ratelt Reanne. 'Dat is Allison Glenn. Zij heeft vijf jaar geleden haar pasgeboren dochtertje in de Druid gegooid. Je had levenslang moeten krijgen!'

Mijn maag verkrampt. Ik had niet gedacht dat er iets erger was dan Claire die de waarheid over Joshua zou ontdekken, maar dit is veel erger.

'Hoe weet je dat?' vraagt Claire. 'Hoe weet je dat zij dat meisje is? Er heeft nooit in de krant gestaan wie het was.' Ze kijkt naar me, ze wil niet geloven wat Reanne zegt, maar ik hoor aan haar stem dat ze begint te twijfelen. 'Je kúnt dat meisje niet zijn.'

'Het was niet moeilijk dat te achterhalen. Ik wist dat ik haar naam al eens had gehoord en toen schoot het me te binnen. Ik ken iemand die in Cravenville werkt. Zij heeft me alles over haar verteld.' Reanne wendt zich weer tot mij en zegt wreed: 'Jij had een dochtertje en je wilde haar niet en daarom heb je haar in de rivier gesmeten!'

'Hou je mond, mama!' zegt Charm smekend.

'Allison?' Claire kijkt me ongelovig aan. 'Is dat echt gebeurd? Heb jij dat gedaan?'

'Ik kan het uitleggen.' Ik begin te huilen.

Brynn

IK ZIT IN DE BADKAMER, OP DE RAND VAN DE BADKUIP. JOSHUA LIGT OP de bank, diep in slaap. Ik kan ze beneden horen gillen en schreeuwen en ik druk mijn handen tegen mijn oren zodat ik het niet hoef te horen, maar het geluid komt er doorheen. Daarom draai ik de kraan open. Het water stroomt eruit en overstemt de geluiden beneden.

Nu wordt het stromende water het geluid van de stromende regen in die nacht jaren geleden, tikkend tegen het raam.

Toen ik weer boven kwam, keek ik naar Joshua's kleine zusje. Heel stil en roerloos. 'Nee,' fluisterde ik. 'O nee!'

'Wat is er?' mompelde Allison uitgeput. Ze probeerde haar hoofd op te tillen.

'O, Allison,' zei ik verdrietig. 'Je hoeft je geen zorgen meer te maken.' En zelfs toen ik dat zei, wist ik dat Allison opgelucht zou zijn dat dit was gebeurd. Niet gelukkig, maar opgelucht. Ik ben daar lang blijven staan, wist niet wat ik moest doen. Eindelijk zei ik iets, ook al wist ik niet of ze me wel kon horen. 'Ik regel het wel,' zei ik en ik stopte Allison stevig in nog een deken en hield een flesje water tegen haar lippen. 'Ik ben over een paar minuutjes terug.'

Huilend bukte ik me om het bewegingloze meisje op te tillen. Mijn tranen rolden over haar naakte huid als regen op verschroeide aarde, te weinig, te laat. Wankelend liep ik de trap af en probeerde niet naar het kindje in mijn armen te kijken. Ik liep door de woonkamer waar de foto's het verhaal van onze jeugd vertelden. Allison en ik waren zelfs vertegenwoordigd op een aantal foto's op de 'Wall of Lame', zoals Allison het noemde, tot ze dertien was. Toen was Allison een begenadigd zwemster, voetbalster, turnster, spelster. De wand hing vol foto's van Allison met allerlei linten en bekers in haar hand. Op elke foto stond ze met een nederige glimlach, met een 'kijk nou toch'-blik op haar gezicht.

Maar deze foto's vertelden niet het hele verhaal. Ze lieten niet zien dat Allison een paar minuten voordat de foto was gemaakt haar tegenspeelster tijdens het voetballen zo hard tegen haar ribben stompte dat ze allebei onder de blauwe plekken zaten, of dat ze haar negen jaar oude klasgenootje zo strak had aangekeken dat de jongen begon te blozen en het woord 'leukoplast' verkeerd spelde, een woord dat hij normaal gesproken slapend kon spellen. Niet dat Allison ooit vals speelde – dat deed ze nooit, dat hoefde ze niet – maar ze was intimiderend op een manier die mensen leuk vonden, haar zelfs in aanmoedigden. Haar docenten beschouwden haar als een leerling die je maar eens in je leven kreeg. De meisjes waren jaloers maar schaamden zich daarvoor. De jongens vonden haar knap, onaanraakbaar. Mijn ouders vonden haar perfect.

Ik heb Allison nooit perfect gevonden, maar ik had wel bewondering voor haar vastberadenheid, haar drive. Maar ik wist iets wat ieder ander over het hoofd zag, namelijk dat mijn zus menselijk was. Dat ze overgaf voor elk belangrijk examen dat ze moest maken. Dat ze zichzelf dwong elke avond voor het naar bed gaan honderdvijftig sit-ups te doen. Dat ze nachtmerries had waar ze zo bang voor was dat ze 's nachts bij mij in bed kroop. In die tijd dacht ik dat die nachtmerries haar niet langer kwelden, omdat ze al maanden niet meer naar mijn kamer was gekomen. Maar nu wist ik waarom. Ze wilde niet dat ik wist dat ze zwanger was.

In de maanden voor haar bevalling zag ik iets anders aan mijn zus wat niemand anders zag. Ze was verliefd. Het meisje van wie iedereen zei dat ze te slim was om een echte vriend te hebben, het meisje dat alleen maar aandacht had voor sport en school, was wanhopig verliefd op iemand. De vader van deze arme baby. Ze heeft me nooit iets over hem verteld, maar ik wist dat er iets speelde. Als zij dacht dat niemand naar haar keek, kon ik het zien. Haar schouders ontspanden zich. Er verscheen een glimlachje op haar gezicht en een dromerige blik in haar ogen. Voor het eerst in haar leven leek mijn zus gelukkig. Ik wist ook dat ze 's nachts wel eens stiekem het huis uit sloop. Ik zag een keer door mijn slaapkamerraam dat ze in een auto stapte, zonder licht, een eenzame figuur achter het stuur. In de schaduw zag ik dat ze elkaar omhelsden en wanhopig zoenden, hartstochtelijk.

Maar toen was er iets gebeurd. Het vage, dromerige licht in haar ogen had plaatsgemaakt voor een fanatieke vastberadenheid en ze studeerde zelfs nog harder, trainde zelfs nog meer. Zelfs toen ik het resultaat van haar zwangerschap in mijn armen had, kon ik me amper voorstellen dat dit leventje in haar had gezeten terwijl ze zo hard werkte.

Ik liep door de keuken en via de achterdeur naar buiten. Een koel zomerbriesje blies het haar van mijn voorhoofd. Na de verstikkende hitte in Allisons slaapkamer keek ik omhoog zodat de regen op mijn gezicht viel. Ik legde de handdoek anders om de baby om haar tegen de elementen te beschermen. In het zuiden stond de maan hoog en helder aan de hemel, tuurde tussen gemarmerde wolken door die zich snel verplaatsten. Er was net licht genoeg om te zien waar ik liep, maar het was net donker genoeg om het lieve pakje in mijn armen te verbergen.

Allison en ik hadden niet vaak door het kleine bos achter ons huis gezworven. Onze moeder had ons gewaarschuwd dat we niet te dicht bij de rivier mochten komen die langs ons bos stroomde. 'Een rivier is een levend, bewegend ding,' zei ze. 'Als je ook maar één teen in dat water steekt, zal hij je grijpen en onder water trekken. Je komt er nooit meer uit als je erin bent gevallen.' Ik dacht altijd dat Allison in haar nachtmerries in die rivier verdronk. Dan gilde ze en hapte ze naar lucht en bleef ze maar in haar ogen wrijven, alsof ze zo het water eruit wilde krijgen.

Het zwakke maanlicht verdween toen ik het sprookjesbos van mijn jeugd in liep. Onze moeder had ons doodsbang gemaakt met verhalen over de ziekte van Lyme en kleine wilde dieren met rabiës. Terwijl ik de baby stevig vasthield, stelde ik me voor dat teken hun geïnfecteerde weerhaken in mijn huid plantten om mijn bloed te drinken en dat allerlei dieren met schuim om de bek zich achter de bomen verstopten, klaar om me te bespringen. Ik zette mijn voeten omzichtig neer op de modderige rotsbodem en liep voorzichtig naar de rivier. Ik dook onder laaghangende scherpe takken door die bedekt waren met nieuwe bladeren. In het daglicht zouden ze teer en groen zijn, maar nu in het donker leken ze op gloeiende, harige armen. Toen ik dichterbij kwam hoorde ik de Druid ruisen, luid en woest. Mijn tennisschoenen zakten diep weg in de modder. Het had veel geregend dat voorjaar en alle beken en rivieren waren heel breed en overstroomden het land.

Ik zit op de rand van de badkuip en houd mijn hand onder het stromende water, de stoom vult de ruimte. Ik steek mijn hand in het hete water en zoek op de tast naar de stop om het bad te laten leeglopen. O, wat zou het heerlijk zijn om in het bad te stappen en het warme water op mijn huid te voelen, om helemaal onder water te duiken zodat alles alleen nog maar donker en stil is. Waarom ben ik hiernaartoe gegaan? Ik weet het niet meer zeker.

In de andere kamer hoor ik dat Joshua zijn moeder roept. Ik veeg de tranen weg die ik op mijn gezicht voel en ga naar hem toe.

Claire

CLAIRE KIJKT ALLISON ONGELOVIG AAN. WAS ALLISON HET MEISJE DAT haar pasgeboren dochtertje heeft verdronken? Ze wist dat er iets ergs was gebeurd waarvoor Allison naar de gevangenis was gestuurd, maar ze had niet gedacht dat het om koelbloedige moord ging. Claire weet nog dat ze op het nieuws over die baby had gehoord. Baby verdronken... een zestienjarig meisje... gearresteerd...

'Wat is er gebeurd?' Claire weet nog dat ze dat toen vroeg.

Haar man aarzelde. 'Een zestien jaar oud meisje heeft haar pasgeboren baby verdronken,' zei Jonathan terwijl hij het haar van haar voorhoofd streek.

Claire voelde dat ze misselijk werd.

'Gaat het wel goed met je, Claire?' vroeg Jonathan met een bezorgde blik.

Claire schudde zwijgend haar hoofd. Hoe kon ze haar gevoelens verwoorden? 'Het is niet eerlijk!' zei Claire ten slotte. 'Het is niet eerlijk!' herhaalde ze. Ze wist wel dat ze klonk als een zeurderig kind dat haar zin niet kreeg. Jonathan schoof naar haar toe en stak voorzichtig zijn hand uit. Maar Claire ontweek hem, omdat ze wist dat ze zou gaan gillen als iemand haar nu aanraakte. 'Hoe kán ze zomaar een baby weggooien als wij zo graag een baby willen?' schreeuwde Claire. Jonathan gaf geen antwoord. Wat kón hij ook zeggen?

Vijf jaar geleden had ze er alles voor overgehad om zelf een kind te kunnen krijgen. En dat meisje – dat monster, had ze toen gedacht – had er alles voor over om geen kind te hebben.

Claire kijkt hoofdschuddend naar Allison. Ze kan niet begrijpen hoe een vrouw – een meisje, corrigeert ze zichzelf, omdat ze er zo jong uitziet, zelfs vijf jaar later – iets kan doen wat zo gruwelijk is. Hoe had God dit meisje een baby kunnen geven, en haar lichaam in staat gesteld alle wonderlijke elementen samen te voegen waardoor er een baby was ontstaan? En voor haar, niets!

Jonathan komt gehaast Bookends binnen lopen en Claire rent naar hem toe. 'Jonathan, goddank dat je er bent!'

'Wat is er aan de hand?' Hij kijkt rond, ziet geschrokken gezichten van Allison en Charm, Reanne's kwade frons en Binks' beschaamde verwarring. Zwijgend geeft Claire Jonathan de foto.

'Hij is van ons,' zegt Claire tegen niemand in het bijzonder. 'Wij hebben hem geadopteerd. Joshua is onze zoon.'

Brynn

JOSHUA ROEPT SLAPERIG OM ZIJN MOEDER EN IK LOOP SNEL NAAR HEM
toe. 'Joshua,' fluister ik. 'Het is oké. Je hoeft je nergens zorgen over
te maken. Ik ben hier.'

'Waar is mijn mammie?' vraagt hij, en hij probeert zijn ogen
open te houden.

'Sst,' zeg ik. 'Sst.' Ik ga naast hem zitten en trek hem op mijn
schoot. Hij probeert weg te komen, maar ik houd hem stevig vast.
Ten slotte ontspant hij zich, legt zijn hoofd tegen mijn schouder.
'Het is oké, Joshua. Doe je ogen maar dicht. Zie je, net als ik.' Ik doe
mijn ogen dicht om hem te laten zien wat ik bedoel.

Ik was bijna in de rivier gevallen, precies zoals mijn moeder had
voorspeld, maar met één hand greep ik de stam van een dunne, on-
regelmatige boom vast. Ik viel op mijn knieën in de dikke modder
naast de rivier. Ik legde de dode baby anders in het dekentje en even
overwoog ik haar in de rivieroever te begraven. Maar ik besloot het
niet te doen, want dan zou ik terug moeten naar de garage om een
schep te halen en de tijd verstreek toch al veel te snel. Het leek veel
kouder te zijn en ik rilde bij elke windvlaag. De wolken boven me
braken, zodat de kille, gele maan zichtbaar werd en ik de rivier kon
zien. Hij stroomde meedogenloos langs me heen, klotste schuimend
over de rotsen en sleepte blokken hout en takken mee. Ik drukte een
kus op de koude wang van mijn nichtje en zei dat ik van haar hield
en dat ze als ik mijn zin kreeg voor altijd bij me zou zijn. Ik vroeg me
zelfs heel even af of ik voor haar zou kunnen zorgen. Allison was niet
bepaald een goede moeder. Op mijn eigen onhandige manier voerde
ik een soort begrafenisritueel uit. Ik zei een gebed voor haar op en
wikkelde haar zorgvuldig in de handdoek.

Net toen ik haar zachtjes in het snelstromende water liet vallen, hoorde ik het kreetje. Een zwak, triest kreetje, alsof het koude, stromende water haar weer tot leven had gewekt.

Ik sprong het water in, voelde helemaal geen kou. De rivier stond tot aan mijn knieën en ik was al een paar meter meegesleurd toen ze de eerste keer onder water verdween. Ze kwam heel snel weer boven. Ik probeerde houvast te vinden op de rotsige rivierbodem en sprong naar voren tot ik vlak achter haar was. De handdoek was van haar afgegleden en haar zielige naakte lichaampje rolde buiten mijn bereik. Met een woedende kreet slaagde ik erin vooruit te komen en iets te grijpen – een vinger, een teen, wat wist ik niet – maar de rivier was te sterk, hij denderde en bruiste vooruit, en ik verloor mijn evenwicht en ging kopje-onder. Er stroomde water in mijn ogen, in mijn oren, in mijn mond, en ze glipte uit mijn handen. Ik was haar kwijt.

Die nacht heb ik geprobeerd zelfmoord te plegen. Dat was de eerste keer dat ik het echt probeerde, ook al dacht ik al jarenlang na over de verschillende manieren waarop je dat kon doen: pillen, het pistool dat mijn vader onder zijn sokken in zijn commode had verstopt, op het dak van ons belachelijk grote huis klimmen en als een zwaan naar onze decoratieve oprit vliegen... Ik weet nog dat ik me afvroeg of het bloed wel van het beton geboend kon worden en voelde een verwrongen plezier bij de gedachte dat mijn moeder langs die plek moest lopen, langs het restant van mij, langs die herinnering aan mij. Ze zou het beton waarschijnlijk laten weghalen en de oprit opnieuw laten bestraten.

Nadat ik me realiseerde dat de baby leefde – ádemde – en dat ik haar kwijt was, heb ik geprobeerd mezelf te verdrinken. Ik hield mijn adem in en wachtte op de warme kalmte die moest komen nadat de eerste paniek die je voelt als je verdrinkt was verdwenen. Ik voelde dat de druk groter werd, in mijn hoofd, achter mijn ogen, in mijn longen. Ik probeerde onder het wateroppervlak te blijven, probeerde me vast te houden aan iets wat me onder water kon houden, maar de rivier dacht er anders over. Hij duwde en schoof en spuugde me uit op de rivieroever alsof hij er niet aan moest denken dat hij me moest opslokken, alsof ik een nare smaak in zijn mond zou achterlaten. Ik kon het hem eigenlijk niet kwalijk nemen.

Ik ging aan de oever van de Druid liggen en trok mijn benen op. De regen trommelde op me neer tot ik niets meer voelde. Ik dacht aan wat er zou gebeuren als iemand zou ontdekken wat ik had gedaan en was het liefst weggezakt in de zompige aarde waar ik op lag. Maar dat gebeurde helaas niet. Ten slotte stond ik op. Allison zou wel weten wat ik moest doen, mijn zus zou dat wel weten.

Toen ik haar bij de rand van het bos tegenkwam, zag ik eerst niet dat ze in elkaar kromp van pijn. 'Waar is de baby?' vroeg ze moeizaam.

'De rivier.' Een obsceen woord, vond ik.

'Wat bedoel je?' vroeg Allison. Ik hoorde de angst in haar stem. Ze wist het, ze wíst het.

'Ze was mooi,' zei ik. Ik wist wel dat het op dat moment een ongepaste opmerking was, maar ik wist niet hoe ik het moest uitleggen. Allison begreep me verkeerd en ik zag dat haar ogen groot werden van afschuw. 'Je hebt haar verdronken omdat ze mooi was?' vroeg ze kwaad. Toen greep ze mijn arm. Ik kromp in elkaar, ik dacht dat ze me zou slaan, maar ze hield zich aan me vast alsof ze steun zocht om niet te vallen.

Ik schudde mijn hoofd. 'Nee,' jammerde ik. 'Nee, dat heb ik niet gedaan.'

'Brynn, wat is er gebeurd?' vroeg Allison.

'Het was net alsof hij haar opat,' schreeuwde ik, in een poging het uit te leggen. 'Hij slokte haar op en wilde mij niet.'

'Jezus, Brynn,' zei Allison. Nu ze even geen pijn meer had, schudde ze me heen en weer. 'Je praat onzin! Ik weet waar we haar naartoe kunnen brengen. Christopher zal alles wel regelen. Hij moet wel. Zeg nu alsjeblieft dat je haar niet in de rivier hebt verdronken.'

'Ik dacht dat ze dood was,' fluisterde ik, maar ik kon mijn zus niet aankijken. Wilde haar afkeer en teleurstelling niet zien. 'Ik heb het voor jou gedaan. Ik wilde je helpen.'

'Hoe kan haar vermoorden helpen?' siste Allison en daarna klapte ze weer dubbel van de pijn.

Ik schudde haar hand van mijn arm en zij viel op haar knieën.

'Ben je gek geworden?' vroeg ik ongelovig. 'Je wilde haar niet, je zei tegen me dat ik het weg moest brengen. Zo noemde je haar, een het! Ik wilde haar geen kwaad doen, ik dacht dat ze al dood was!' Ik draaide me om en rende terug naar het huis. Ondankbare trut, dacht ik.

'Wacht!' hoorde ik achter me. 'Alsjeblieft, Brynn, ik heb je nodig. Laat me niet alleen!'

Ik negeerde haar en rende weg, met mijn handen tegen mijn oren gedrukt om haar stem niet te hoeven horen.

Het gewicht van het jongetje op mijn schoot is een troost en een kwelling. 'Joshua,' zeg ik en hij doet zijn ogen open. 'Wist je dat je een zusje hebt?' Zijn mond gaat open en dicht alsof hij iets wil zeggen, maar dan vallen zijn ogen weer dicht. 'Ja, een zusje. Een heel mooi zusje. Wil je haar zien?'

Ik sta moeizaam op, Joshua's slappe lichaam is zwaar in mijn armen, en ik loop in de richting van het stromende water. 'O, maar je bent veel zwaarder dan zij was,' fluister ik in zijn oor. Ik kan de krekels bijna horen sjirpen, het ruisen van de rivier bijna horen, het zomerbriesje in mijn hals bijna voelen. 'Eindelijk, eindelijk,' zeg ik tegen hem, 'kunnen jullie bij elkaar zijn.' Dan leg ik hem in het water, voorzichtig, liefdevol, en ik schenk Joshua aan zijn zusje.

Allison

JONATHAN KIJKT NOG STEEDS GESCHOKT NAAR DE FOTO VAN CHARM met Joshua op de arm. Binks stapt een klein stukje achteruit, alsof hij ongemerkt wil verdwijnen. Charms moeder heeft nog steeds een verwrongen glimlach op haar gezicht en een vreemde blik in haar ogen. Ze lijkt echt te genieten van dit alles.

Ik hoor haar voordat ik haar zie. Het langzame, weergalmende geluid van voetstappen op de trap, een vreemd soppend geluid, het gekraak van een deur die opengaat. Mijn zus stapt uit de schaduwen, ze houdt haar armen op een vreemde manier een eindje van haar lichaam af. 'Brynn, wat is er?' vraag ik. 'Wat is er aan de hand?' Ze geeft geen antwoord, maar loopt naar ons toe. Als ze dicht bij ons is, zie ik dat ze drijfnat is, en tijdens het lopen soppen haar schoenen. Ze heeft een nietsziende, dode blik in haar ogen, maar haar gezicht is ontspannen en ik zie iets nieuws in haar gezichtsuitdrukking. Een uitdrukking die ik nog nooit op haar gezicht heb gezien. Opluchting.

'Brynn,' zeg ik weer, iets harder nu. 'Wat is er?' Nog steeds geen antwoord. Ik ga voor haar staan en pak haar armen. 'Brynn, waar is Joshua?'

'Ze zijn nu bij elkaar,' mompelt ze, en ze glipt als in trance langs me heen.

Claire

CLAIRE KIJKT VERWARD NAAR ALLISONS ZUS DIE LANGZAAM LANGS HAAR heen loopt, met druipende kleren. 'Brynn?' vraagt ze. 'Gaat het? Waar is Joshua?'

Brynn geeft geen antwoord, maar loopt zachtjes in zichzelf mompelend naar de deur van de winkel.

'Brynn,' zegt Claire luider. 'Waar is Joshua?' Niets. Jonathan en Claire kijken elkaar aan en Jonathan grijpt Brynns arm. 'Het is nu oké, ze zijn bij elkaar,' fluistert Brynn. Jonathans greep verslapt en dan rukt ze zich los.

'O, mijn god... Joshua,' jammert Claire zacht en dan rennen zij en Jonathan naar de trap. Allison loopt vlak achter hen aan, glijdt uit en klapt met haar scheenbeen tegen de hardhouten vloer.

'Joshua!' gilt Claire. 'Joshua!' Ze rent het appartement in en loopt naar het geluid van het stromende water.

Charm

CHARM HOORT DAT CLAIRE EN JONATHAN JOSHUA'S NAAM ROEPEN EN ze loopt in de richting van de trap. Brynn botst tegen haar op en dan voelt ze hoe nat haar kleren zijn. 'Wat gebeurt er?' vraagt Charm terwijl ze langs Brynn loopt. 'Waarom ben je zo nat?'

Brynn blijft opeens staan en kijkt naar Charm, met een geconcentreerde frons op haar gezicht. 'Bij elkaar,' fluistert ze. 'Bij elkaar, bij elkaar. Ik moet weg.' Brynn wijst wazig naar de deur. 'Ik moet haar vertellen...'

Charm kijkt gefascineerd naar Brynn die met druipende kleren de boekwinkel uit loopt.

In het appartement boven hoort ze iemand schreeuwen: 'Help! Help!' Charm trapt haar schoenen uit en rent de trap op, met haar moeder en Binks vlak achter zich aan. Haar hart bonst, ze is bang voor wat ze zal zien als ze boven zijn.

Claire

'BEL 911! ALSJEBLIEFT...' SCHREEUWT CLAIRE.

Jonathan haalt zijn mobieltje uit zijn broekzak en belt. 'We hebben hulp nodig!' zegt hij gehaast en hij geeft de telefoniste het adres. 'Ik weet het niet... Ik weet het niet. Wacht even, alstublieft...'

'O, mijn god... Joshua.' Claire trekt aan Joshua's shirt en probeert hem uit de badkuip te sleuren. Zijn kleren zijn drijfnat, loodzwaar en geven mee, en hij glijdt steeds uit haar handen. Jonathan drukt de telefoon in Allisons handen en steekt zijn handen in de badkuip. Hij grijpt een handjevol haar van Joshua, trekt hem omhoog en neemt hem in zijn armen. Allison vertelt met een benepen stemmetje aan de telefoniste van 911 dat ze een ambulance moeten sturen.

Charm, die even geleden bijna hysterisch was door haar moeders getier, is opeens zakelijk en beheerst. 'Leg hem op de grond,' zegt ze tegen Jonathan. Voorzichtig legt hij Joshua op de hardhouten vloer en Claire schrikt van zijn blauwige huid, zijn roerloze borstkas. Als Charm haar oor bij zijn mond legt, vraagt ze: 'Komt er een ambulance aan?'

'Ja, ze komen eraan,' huilt Allison.

Charm buigt zich over Joshua heen en controleert of zijn luchtweg vrij is. Claire en Jonathan staan hulpeloos toe te kijken. 'Kan ik iets doen?' vraagt Allison.

'Ga naar buiten, vang het ambulancepersoneel op en neem ze mee naar boven,' zegt Charm en dan legt ze haar vinger op Joshua's hals.

Allison rent de trap af.

'Ademt hij?' vraagt Claire schor.

Charm schudt haar hoofd en ademt één keer uit in Joshua's mond, waarna ze begint met de borstcompressie, met maar één hand op zijn kleine borstkas.

In de verte horen ze de sirene van de ambulance. 'Ademt hij al?' vraagt Claire weer aan Charm, maar ze weet dat dit niet zo is. Ze klampt zich vast aan Jonathan en ze houden zich wanhopig aan elkaar vast, kijkend, wachtend op een teken van leven. 'Alsjeblieft!' mompelt Claire steeds maar weer. 'Alsjeblieft!' En het enige wat ze kan denken, is dat zij dit kostbare leven heeft gekregen om voor te zorgen en te beschermen en dat ze heeft gefaald. Ze heeft gefaald.

Charm

'ADEM, EEN, TWEE, DRIE, VIER...' FLUISTERT CHARM BIJ ELKE COMPRES-sie. Ze telt tot dertig voordat ze opnieuw begint. Ze is de tel kwijt en weet niet meer hoelang ze al bezig is Joshua te reanimeren. Haar armen worden moe en in de verte hoort ze een ambulance. God-dank.

Naast zich hoort Charm Jonathans hijgende snikken en Claire die Joshua smeekt om adem te halen. 'Adem alsjeblieft, Joshua, als-jeblieft,' smeekt ze.

Charm voelt meer ogen op zich gericht en als ze opkijkt ziet ze haar moeder en Binks in de deuropening staan. Ze wordt woedend. 'Ga weg!' schreeuwt ze. 'Ga nu weg. We hebben ruimte nodig voor het ambulancepersoneel.' Zonder een woord verdwijnen Reanne en Binks. Charm weet dat haar moeder dol is op drama, maar dit nooit heeft gewild. De sirene wordt luider en dan hoort ze ren-nende voetstappen op de overloop. Met een laatste druk op zijn magere borstkas verkrampt Joshua's lichaam en dan stroomt het water uit zijn mond en begint hij weer te ademen, korte en opper-vlakkige teugjes, maar hij ademt! Charm laat zich uitgeput tegen de muur vallen. Het ambulancepersoneel neemt het over en een paar seconden later is Joshua al weggehaald.

'Dank je wel,' zegt Claire tegen Charm en ze legt dankbaar een hand op haar arm. Daarna lopen zij en Jonathan achter het ambu-lancepersoneel aan naar de deur.

Allison knielt naast Charm, met rode ogen van het huilen. 'Je hebt hem gered.'

Waarom, denkt Charm, heb ik dan het gevoel dat ik zijn leven heb verpest?

Claire

aan naar het ziekenhuis. 'Hij haalde adem, hè? Hij haalde adem?' vraagt Claire steeds maar weer.

'Ja hoor, hij haalde adem, hij haalt adem,' zegt Jonathan, als om zichzelf gerust te stellen. 'Jezus, wat gebeurde daarboven?' vraagt hij zich af en Claire kan alleen maar haar hoofd schudden. Ze weet niet waarom Joshua in de badkuip lag. Ze kan zich niet voorstellen wat er in Brynns hoofd omging. Ze wil het niet weten. Als Claire helder had kunnen denken, had ze Joshua nooit, maar dan ook nooit samen met Brynn Glenn naar boven laten gaan. Ze kende haar niet eens en had net gehoord dat haar zus niet degene was die ze voorgaf te zijn. Maar er gebeurde zo veel. Reanne die obsceniteiten en belachelijke beschuldigingen uitte, de foto van Charm. Joshua was doodsbang en ze wilde hem daar alleen maar weg hebben, naar een plek waar hij zich veilig zou voelen. Ze konden toch niet weten wie Allison Glenn echt was? Hadden ze het zo druk gehad met goede ouders voor Joshua zijn dat het hun compleet ontging wat er in hun eigen stadje gebeurde? Ze had geprobeerd het juiste te doen, een goede moeder te zijn, maar was dat voldoende? Was het te laat?

Jonathan kan de ambulance niet bijhouden en tegen de tijd dat ze in het ziekenhuis zijn, is Joshua al weggebracht. Jonathan en Claire zitten in de wachtkamer, houden elkaar vast en huilen. Claire slaagt er op de een of andere manier wel in haar zus te bellen, die belooft hun moeder te bellen. Ze zullen zo snel mogelijk naar Linden Falls komen.

Charm arriveert even later, kijkt om het hoekje van de wachtkamer, aarzelt of ze binnen zal komen.

'Ik heb voor Truman gezorgd en de winkel afgesloten,' zegt Charm. 'Ik heb mijn moeder ook kunnen wegsturen. Zij zal jullie niet meer lastigvallen.'

Claire kijkt om zich heen. 'Waar is Allison?'

Charms ogen zijn bloeddoorlopen en haar neus is rood van het huilen. 'Zij is haar zus gaan zoeken. Het spijt me... het spijt me zo,' snikt ze met een vertrokken gezicht.

'Ik heb de politie gebeld,' zegt Jonathan met een boze klank in zijn stem. 'Er zijn veel te veel vragen over wat er is gebeurd.' Hij strijkt gefrustreerd met een hand door zijn haar. 'Wat is er met Allisons zus gebeurd? Waar is ze?'

'Geen idee,' zegt Charm hulpeloos. Haar kleren zijn nog nat en verkreukeld, en ze is bleek van ongerustheid. Claire heeft het idee dat ze even wanhopig is als zij en Jonathan, en op dat moment weet Claire zeker dat ze Joshua nooit met opzet kwaad zou doen. Toch is ze nog steeds woedend om Charms leugens, haar bedrog.

'Ga nu alsjeblieft weg,' zegt Claire. 'Het spijt me, maar we kunnen je hier nu even niet hebben.' Charm knikt zwijgend en vertrekt.

Het lijkt alsof ze jaren moeten wachten, wachten op nieuws over Joshua's toestand.

Als de dokter eindelijk de wachtkamer binnen komt, voelt de lucht bedompt.

'Joshua wordt weer helemaal beter,' zegt ze met een glimlach. 'Hij is wakker en kan zelf ademhalen. Wilt u hem zien?'

'Natuurlijk,' zegt Claire, en ze begint weer te huilen, van opluchting nu. De dokter brengt Jonathan en Claire naar de kamer waar Joshua ligt. Hij ligt aan het infuus en zijn ogen zijn halfopen, maar als hij zijn ouders ziet, glimlacht hij breed.

'Hé, dat is onze das met drie staarten,' zegt Jonathan schor.

'Nee, ik ben Joshua Kelby,' zegt hij zwakjes.

'Ja, dat ben je,' zegt Claire met vaste stem. Jij bent de wens die we elke ochtend uitspreken als we wakker worden en het gebed dat we elke avond zeggen voor we naar bed gaan, denkt ze, en ze pakt zijn kleine hand.

Brynn

IK MOET NOG ÉÉN DING DOEN EN DAN KAN IK UITRUSTEN. IK MOET naar haar toe, haar laten weten dat hij eraan komt. Ik duw de deur open, stap de duisternis in en voel de koele lucht op mijn gezicht en mijn natte huid. 'Over de rivier en door de bossen...' neurie ik, me amper bewust van de verbaasde blik waarmee de mensen naar me kijken. Ik zal er wel gek uitzien, denk ik en ik begin te giechelen. Nu is het niet ver meer. Ik weet dat het niet precies dezelfde plek is als waar ik het kleine meisje heb achtergelaten, maar het is dichtbij genoeg. Het zal wel moeten. In de verte hoor ik een sirene en ik vraag me af of ze mij komen halen. Het zou tijd worden. Ik ga iets sneller lopen. Ze hadden me vijf jaar geleden moeten halen. Ik wilde het hun vertellen, maar Allison zei: 'Nee, je moet je mond houden.' En dat heb ik ook geprobeerd, maar elke keer als ik mijn ogen sloot, zag ik weer dat ze werd meegesleurd, hoorde ik haar kreetje tot ik het niet meer kon verdragen. Nadat die man haar koude lichaampje had gevonden, belde ik de politie. Ik wilde hun vertellen dat ik het had gedaan, ik, ik, ik! Maar toen ze eindelijk kwamen, kon ik alleen nog maar huilen en Allison zei dat ik mijn mond moest houden. En dat deed ik dus. En toen namen ze haar mee.

Heel lang vond ik het zo erg, de wetenschap dat het mijn schuld was dat zij in de gevangenis zat en ik thuis was, naar school ging, mijn leven leefde. Maar op een bepaald moment begreep ik het, al vrij vlug. Het was net zoals toen we nog klein waren en er nog maar een klein stukje taart over was. Allison pakte altijd het stukje met het suikerbloemetje en ik moest genoegen nemen met het witte glazuur. Dat had ze weer gedaan, ze had weer het stukje met het suikerbloemetje gepakt. Zij was degene die vertrok, zij was degene die wegging, ook al was het naar de gevangenis, en ik moest blijven. Toen begonnen ze naar me te staren en wilden ze dat ik net zo was als zij. Toen ik dat niet was, hielden ze op met kijken. Wat erger was. Dus toen vond ik het niet meer zo erg.

Je kunt de Druïd horen voor je hem ziet. Hij stroomt naar het zuiden door het centrum van de stad, door het platteland, vlak achter ons huis. Hij kronkelt en meandert tot hij in de Mississippi stroomt en dan is het net alsof hij er nooit is geweest, alsof hij in het niets is verdwenen. Magisch. De rivier in dit deel van de stad ruikt meestal naar dode vis en de dieselolie van motorboten, maar de regen heeft dat allemaal weggespoeld en de lucht is fris en schoon. Ik sta aan de rand van het voetpad, hoog boven het zwarte water. Druïd betekent tovenaar. Magisch.

Ik ben bang, heel bang, en ik kijk of ik Allison zie. Ik wil mijn zus! Iemand raakt mijn arm aan: 'Gaat het?' hoor ik.

'Ik wil mijn zus,' zeg ik, en ik begin te huilen. 'Hij heeft zijn zusje nodig. Ik moet haar vertellen dat hij eraan komt.'

'Kan ik iemand voor je bellen?' vraagt de stem.

'Nee, nee, nee, nee!' zeg ik. 'Ik moet het haar vertellen.'

Als ik van de rand af stap, raak ik in paniek. Ik val in het koude water en het vult mijn oren, mijn neus, mijn mond. Ik wil mijn zus roepen, maar mijn woorden worden luchtbellen en stijgen stilletjes omhoog naar het wateroppervlak. Als ik ophoud met trappen, ophoud me te verzetten, zie ik haar. Zo perfect, zo klein, precies zoals ik me haar herinner. 'Hij komt eraan,' zeg ik tegen haar en ik steek mijn handen naar haar uit. 'Hij komt er zo aan.' En als ik haar in mijn armen neem, zinken we langzaam, vredig, naar de bodem van de rivier. En we wachten.

Charm

CHARM VERKOOPT HET HUIS EN GEBRUIKT IETS VAN HET GELD DAT GUS haar heeft nagelaten om een betere auto te kopen. Na die afschuwelijke avond weet ze dat ze uit Linden Falls moet vertrekken. Toch heeft het acht maanden geduurd voordat Charm echt alles inpakte en wegreed.

Het idee dat ze afscheid moet nemen van Joshua is afschuwelijk. Charm dacht dat het de eerste keer moeilijk was, maar de tweede keer zal erger zijn. Deze keer weet ze dat ze niet terugkomt. Nooit meer.

De dag voor ze vertrekt, belt Charm Claire op en vraagt of ze naar de winkel mag komen om afscheid te nemen. Gelukkig zegt Claire ja. Als Charm binnenkomt, rent Joshua door de winkel met Truman achter zich aan. Als hij Charm ziet, blijft hij staan. Hij kijkt haar peinzend aan.

'Je hebt in me geademd,' zegt hij ernstig.

Charm bijt op haar lip, ze weet niet goed wat ze moet zeggen.

'Josh, jochie,' zegt Claire, 'Charm is hier om afscheid te nemen. Wij vertrekken over een paar dagen.'

Joshua denkt hierover na. 'We gaan bij mijn oma wonen in...'

'Josh,' zegt Claire waarschuwend. 'Vergeet niet dat het een geheimpje is. We gaan oma verrassen.'

'Ik hoop dat je het heel fijn hebt bij je oma, Joshua,' zegt Charm tegen hem. Ze probeert niet te huilen en realiseert zich verdrietig dat Claire niet wil dat zij weet waar ze naartoe gaan. 'Ik wilde alleen even afscheid nemen voordat jullie weggaan. Ik zal je missen, Josh.' Charm knielt zodat ze hem kan aankijken en ziet Claire naast zich verstijven. Toch slaat Charm haar armen om Joshua heen en geeft hem een stevige knuffel. Ze probeert het gevoel van zijn zachte haar tegen haar wang, van de knokige botten van zijn ruggenwervels te onthouden. Joshua knuffelt Charm ook, stevig.

'Ik heb iets voor je, Joshua,' zegt Charm, en ze maakt zich onwillig van hem los. Ze kijkt op naar Claire om te zien of ze hem iets mag geven. Claire lijkt onzeker, maar knikt.

'Wat? Wat dan?' vraagt hij opgewonden. Charm staat op, wrijft haar ogen droog en geeft hem het cadeauzakje.

Hij rukt het uit haar handen en Claire zegt zachtjes: 'Wat zeg je dan, Josh?'

'Dank je wel,' zegt hij afwezig. Hij steekt zijn hand in het zakje met groen pakpapier en haalt er het Chicago Cubs-honkbalpetje uit dat Gus voor hem had gekocht toen hij net geboren was. Het petje dat Charm vijf jaar lang in een schoenendoos heeft bewaard, samen met de bezwarende foto van haarzelf met Joshua, en de kleine laarsjes en de rammelaar.

Het petje dat hem, volgens Gus, ooit zou passen.

'O, een honkbalpetje!' zegt Joshua, onder de indruk. 'Net zo een als Luke heeft, maar dan mooier.' Hij zet het petje op zijn hoofd en de klep zakt voor zijn ogen.

'Wat een mooi petje,' zegt Claire.

'Ja, we recruteren de Cub-fans al heel jong,' zegt Charm, zoals Gus altijd zei, en ze glimlacht door haar tranen heen.

'Ik ga even in de spiegel kijken,' zegt Joshua en hij rent weg naar de badkamer.

'Dat was heel lief van je,' zegt Claire ernstig. 'Je bent heel goed geweest voor Joshua, Charm. Je zou een... je zou een geweldige tante zijn geweest.' Claire aarzelt even. 'Ik hoop dat je begrijpt waarom we contact tussen jullie beiden niet aanmoedigen. Dat zou te verwarrend voor hem zijn. En dan heb ik het nog niet eens over je broer.'

'Mijn broer zal nooit, nooit proberen een relatie met Joshua op te bouwen of hem van jullie af te pakken,' zegt Charm vol overtuiging tegen Claire. 'Christopher kan niet nog meer problemen gebruiken. Mijn moeder' – zegt ze met een zucht – 'is mijn moeder.

Ook zij zal niet proberen contact op te nemen met Joshua. Ze vindt het heerlijk de boel op te stoken en er dan vandoor gaan.'

'Ik weet dat je altijd alleen maar het beste voor Joshua wilde, Charm. Je hebt zijn leven gered en daar ben ik je dankbaar voor.'

Charm haalt haar schouders op, weet niet wat ze daarop moet zeggen. 'Dit is voor jou,' zegt ze ten slotte. Ze geeft Claire een grote envelop.

'Wat is dit?' vraagt Claire.

'Medische gegevens. Allison en ik hebben alle informatie verzameld die we maar konden vinden over onze families,' vertelt Charm. 'Het zit daar allemaal in. Ook foto's van Allison en Christopher, van Gus en mij, van de grootouders,' zegt Charm. Als ze Claire's gezicht ziet, voegt ze eraan toe: 'Als je ooit denkt dat hij ze zou moeten zien, bedoel ik. Allison en ik zullen nooit, nooit zelf contact met Joshua opnemen. Dat beloven we. We willen dat hij gelukkig en veilig is. En dat is hij, zolang hij bij jou en Jonathan is.' Charm voelt de tranen prikken en weet dat ze moet gaan.

Ze loopt naar de deur, dwingt zichzelf om niet achterom te kijken.

'Charm!' roept Claire en Charm draait zich om, hoopvol, verwachtingsvol. Joshua's petje staat schuin op zijn hoofd en hij heeft zijn armen om zijn moeders middel geslagen. Hij lijkt zo gelukkig. 'Dank je wel,' zegt Claire en ze kijkt Charm met tranen in haar ogen aan. 'Dank je wel voor mijn zoon.'

Allison

EEN HELE TIJD WAS IK BANG DAT IEDEREEN ZOU DENKEN DAT IK ER IETS mee te maken had dat Brynn Joshua probeerde te verdrinken, alsof het een grote samenzwering was. De politie heeft me urenlang ondervraagd. Ze schudden hun hoofd toen ik bleef volhouden dat ik er niets mee te maken had; ze probeerden me iets te laten bekennen, wat dan ook. Maar ten slotte kwam Devin me redden, alweer. Zij slaagde erin Brynns medische gegevens te pakken te krijgen en de verslagen van haar bezoeken aan haar psychiater in New Amery. Tijdens deze sessies praatte Brynn vaak over haar schuldgevoel omdat ze had gedacht dat de baby al dood was toen ze haar meenam naar de rivier. Mijn oma vond Brynns dagboeken met tekeningen van de avond waarop ik van de tweeling beviel. Brynn had talloze tekeningen gemaakt van de Druid die de baby meesleurde. Op een afschuwelijke tekening was een levenloze Brynn te zien op de bodem van de rivier met twee baby's in haar armen, een meisje en een jongetje, met twee navelstrengen aan één placenta.

Ten slotte ben ik dus vrijgesproken en mijn strafblad zal worden geschrapt, mijn dossier verzegeld. Ik kan Linden Falls nu verlaten wanneer ik wil, als ik dat wil. Ik zou naar een stadje als Wellman kunnen verhuizen, waar niemand ooit van me heeft gehoord of naar een grotere stad als Des Moines waar het niemand iets kan schelen. Ik kan de staat verlaten of het land. Dat mag ik helemaal zelf bepalen.

Mijn moeder vroeg me of ik Brynns lichaam wilde identificeren. Mijn vader lag nog steeds in het ziekenhuis en zij kon het niet opbrengen. Ik vond dat goed. Dat was het minste wat ik voor Brynn kon doen. Ik had Brynn teruggehaald naar Linden Falls, ik had haar gedwongen het jongetje te ontmoeten wiens zusje zij per ongeluk had verdronken. Ik had haar niet kunnen redden. Arme, kwetsbare Brynn, die alleen maar bij haar dieren wilde zijn. Ik heb dan misschien niet geweten wat ze Joshua wilde aandoen, maar ik was wel de katalysator.

Ik identificeerde haar op een videoscherm; ik was niet eens in dezelfde ruimte als zij. Ze lag op een metalen tafel, bedekt met een laken dat een vrouw terugsloeg om haar gezicht te laten zien. Ik wist meteen dat het Brynn was. Zonder haar bleke huid en blauwe lippen zou je denken dat ze sliep. 'Dat is mijn zus,' zei ik.

Brynns begrafenis was klein en heel verdrietig. Ik zat tussen mijn ouders en mijn oma in, maar ik pakte de hand van mijn oma toen ze Brynns kist in de grond lieten zakken. Tussen de weinige mensen zag ik Olene, Bea, en verrassend genoeg ook Flora. Na afloop bleef ik alleen achter met mijn ouders.

'Waar ga je naartoe?' vroeg mijn moeder, haar ogen waren rood van het huilen. Ze leek uitgeput en oud.

'Naar de universiteit.' Ik zweeg even. 'Ik weet nog niet waar,' zei ik. 'Weg.' Ik moet weg uit Linden Falls, weg uit Iowa. Ik wil ergens naartoe waar niemand me in verband zal brengen met Brynn, Joshua, de Kelby's of Christopher. Ik zou me graag willen inschrijven bij de University of Illinois in Champaign. Devin is geweldig geweest. Ze zei dat ze een aanbevelingsbrief voor me zou schrijven en heeft me beloofd dat ze me op alle mogelijke manieren zal helpen. Als alles goed gaat, wil ik rechten gaan studeren. Ik weet niet zeker of ik contact met mijn ouders wil houden.

'Dat is verstandig,' zei mijn vader, goedkeurend knikkend. Hij is afgevallen in het ziekenhuis en hield zich stevig aan mijn moeder vast. Ik wachtte of een van hen me zou omhelzen of even knuffelen. Maar ze stonden daar maar en leken zich niet op hun gemak te voelen. Gefrustreerd schudde ik mijn hoofd en draaide me om om te vertrekken.

'Ik begrijp het niet,' zei mijn moeder ten slotte. Ze pakte mijn mouw vast om me tegen te houden. Ik draaide me om, hoopvol. Misschien zouden we eindelijk praten. Echt praten.

'Je hebt alles opgegeven.' Ze keek naar me met... wat? Verwarring, medelijden, afkeer? 'Je had naar elke universiteit kunnen gaan. We hebben je alles gegeven. Je had alles kunnen worden wat je wilde. Waarom ben je voor haar naar de gevangenis gegaan? Voor haar heb je je hele toekomst opgegeven. Ik begrijp gewoon niet waarom?'

Ik stapte achteruit, maakte me los van mijn moeder. Om haar te beschermen, wilde ik hun vertellen. Iemand moest haar beschermen. Brynn zou de vragen en beschuldigingen van de politie nooit hebben overleefd. Ze had hun nooit kunnen uitleggen dat het een ongeluk was, dat zij echt dacht dat de baby al dood was. Omdat ik van haar hield, wilde ik tegen hen schreeuwen. Omdat zij de enige was die van me hield als ik niet perfect was. Ze zouden het niet hebben begrepen, wat ik ook zou zeggen.

'Was het de moeite waard, Allison?' drong mijn moeder aan. 'Was zij al die leugens waard?'

'Ja,' zei ik alleen maar terwijl ik mijn moeder strak aankeek. 'Brynn was het waard.'

Uiteindelijk heb ik Brynn nergens tegen beschermd. Ik dacht dat ik er juist aan deed om de schuld op me te nemen. Ik wilde haar nog meer verdriet besparen. Maar ik denk dat ik het onvermijdelijke alleen maar heb uitgesteld. Ik hoop dat ze korte tijd rust heeft gevonden en de liefde en de steun heeft gehad die ze verdiende in de tijd dat ze bij onze oma woonde. Dat ze troost heeft gevonden bij haar dieren.

'Nou.' Mijn vader klapte halfhartig in zijn handen. 'Wat vind je ervan als ik een cheque voor je uitschrijf zodat je een goede start kunt maken?' bood hij aan, alsof dit alles goed zou maken. Ik had geen baan, geen woning en geen cent te makken. Het zou verstandig zijn om het geld aan te nemen.

'Nee, bedankt,' zei ik en dat was dat. Dus dit was het einde voor mijn ouders en mij. Ze zouden me nooit zien afstuderen, trouwen of kinderen krijgen. Ik keek verbaasd naar mijn moeder. Waren haar tranen voor het verlies van Brynn, voor het verlies van mij? Huilde ze omdat we niet de dochters waren geworden die ze had gewild?

Ik zou het nooit weten.

Nadat mijn ouders me hadden laten staan en teruggingen naar het stille, geïsoleerde leven dat ze voor zichzelf hadden gecreëerd, zag ik mijn oma. Ze stond naast Brynns graf en huilde zachtjes. 'Oma?' vroeg ik zacht. 'Gaat het?' Ik legde mijn hand op haar schouder.

'Ik dacht dat het beter met haar ging,' snikte ze. 'Ze ging naar die arts. Ze was op de goede weg met haar school en haar dieren.'

'O, oma,' zei ik, en ik begon weer te huilen. 'Het is allemaal mijn schuld. Het was haar schuld niet, van de baby. Dat was mijn schuld.'

Mijn oma trok me in haar sterke, dikke armen. Ik torende boven haar uit. 'Allison, liefje, er is heel veel schuld uit te delen.'

Mijn oma liet me los en samen liepen we langzaam naar haar auto. 'Gaan je ouders proberen dat jongetje te bezoeken?' vroeg ze.

'Nee. Denk je nou echt dat Joshua ook maar in de buurt van mijn ouders zou moeten komen?' Ik trok een gezicht en rilde bij die gedachte.

'Nee, dat denk ik niet. Heb je geen afscheid van hem genomen? Van Joshua?' Ze pakte mijn hand.

'Nee. De Kelby's willen duidelijk niets met me te maken hebben en dat kan ik ergens wel begrijpen. Na die avond in de boekwinkel heb ik Joshua niet meer gezien.'

'Je hebt meegeholpen zijn leven te redden. Dat is toch niet niks.'

'Het zijn goede mensen, maar ik zal hen altijd aan al die afschuwelijke gebeurtenissen doen denken. Hoewel ik er niets mee te maken had dat Brynn Joshua probeerde te verdrinken, weet ik toch dat ze me nooit meer zullen vertrouwen. Ik had meteen ontslag moeten nemen toen ik me realiseerde wie Joshua was. Ik had Brynn nooit iets over hem moeten vertellen.'

Mijn oma deed het portier open en ik vroeg me af wat er zou zijn gebeurd als zij vaker in de buurt was geweest toen Brynn en ik nog klein waren. Ik heb heerlijke herinneringen aan de enkele keer dat ik haar opzocht en bij haar logeerde. Ik weet nog dat ik met Brynn tussen mijn oma's bloemen speelde, dat we onze neus in de zijdeachtige bloemblaadjes van spierwitte pioenrozen drukten en hommels wegjoegen die ons belaagden omdat we hun territorium waren binnengedrongen. Zou haar vriendelijkheid iets veranderd hebben?

'Wil je een lift?' vroeg ze.

'Nee, bedankt. Olene wacht op me.'

'Nog één knuffel,' eiste ze met een glimlach, en ik bukte me om haar te omhelzen. 'En, Allison,' zei ze toen ze instapte en met haar opgezwollen, knokige vingers de sleutel in het contact stak, 'als het nodig is, of als je dat wilt, ben je meer dan welkom om een tijdje bij mij in New Amery te komen wonen. Zolang je wilt.'

'Echt waar?' vroeg ik verbaasd. Ik wilde niets liever dan Linden Falls verlaten en gewoon samen met mijn oma wegrijden. 'Ik moet hier nog een paar dingen regelen,' zei ik spijtig tegen haar. 'Mag ik komen als ik daarmee klaar ben? Over een paar dagen of zo?'

'Natuurlijk,' zei ze. 'Kom maar als je klaar bent. Dan kun je kennismaken met Brynns dieren.'

'Ik kan niet wachten,' zei ik, en ik bukte me om haar een kus op de wang te drukken.

Ik wilde dat ik een betere zus was geweest, ik wilde dat ik er was geweest om Brynn te helpen. Maar dat kon ik niet. Toen alles moeilijk werd, zag Brynn alleen maar somberheid en wanhoop. Ze had geen enkele hoop dat alles ooit beter zou worden. Ze dacht dat Joshua zonder zijn zusje nooit gelukkig zou kunnen zijn. Ik weet niet of iemand Brynn tegen zichzelf had kunnen beschermen. Maar ik kan mezelf redden. Ik kan gelukkig zijn.

Toen ik naar Olene en de anderen liep, herinnerde ik me dat Olene me had gezegd dat ik de wereld met hoop in mijn hart tegemoet moest treden. En dat is precies wat ik ga doen.

Ik weet dat ik Joshua Kelby – mijn zoon – nooit meer zal zien. Maar ik hoop dat hij sterk en gelukkig is en dat er veel van hem gehouden zal worden. Ik hoop dat zijn ouders op het juiste moment tegen hem zullen zeggen: 'Er is een meisje geweest dat zo veel van je hield dat ze je alles wilde geven.' Dat hoop ik.

Nawoord van de auteur

Tegenwoordig hebben alle vijftig staten van de Verenigde Staten Safe Haven-wetten ingevoerd. Hoewel de details van deze wetten per staat variëren, is het de bedoeling van de wet een veilige plek te creëren voor ouders, of voor iemand die toestemming van de ouders heeft, om een baby achter te laten bij een ziekenhuis of een andere instelling zonder bang te hoeven zijn hiervoor gearresteerd te worden.

Wanneer een baby in de staat Iowa bij een Safe Haven-locatie wordt achtergelaten, zal deze instelling meteen contact opnemen met de Kinderbescherming. Het ministerie van Human Services zal meteen de Jeugdrechtbank en het Openbaar Ministerie inschakelen en een verzoek indienen voor een Ex Parte Order van de Jeugdrechtbank, waardoor het ministerie van Human Services de voogdij over het kind krijgt. Nadat de baby door een medicus is onderzocht, mag het kind in een pleeggezin worden ondergebracht. De datum en het tijdstip van de hoorzitting om het kind aan de ouderlijke macht te onttrekken, worden in de krant gepubliceerd. De ouders hoeven niet aanwezig te zijn bij de hoorzitting die moet plaatsvinden binnen dertig dagen na de ontdekking van het kind bij de Safe Haven-locatie. Er zijn geen duidelijke cijfers bekend van het aantal kinderen dat bij een Safe Haven is achtergelaten. De verschillende staten, county's en gemeentes houden deze gegevens niet op dezelfde manier bij.

Deze wetten zijn niet onomstreden. Sommige tegenstanders zijn ervan overtuigd dat Safe Haven-wetten het in de steek laten van kinderen aanmoedigen en voorkomen dat vrouwen prenatale en postnatale medische zorg vragen, waardoor de gezondheid van zowel moeder als baby in gevaar zou worden gebracht. Tegenstanders voeren aan dat deze wetten een juridische 'pleister' zijn en niets doen aan de reden waaróm moeders hun kind in de steek laten of vermoorden. Voorstanders van deze wetten wijzen erop dat hierdoor levens worden gered en dat de anonimiteit van deze programma's de ouders beschermt.

Heather Gudenkauf

Dankwoord

Schrijven is weliswaar een eenzame bezigheid, maar het is ook onmogelijk zonder dat de wereld binnensijpelt en soms zelfs binnenstormt. Ik ben de vele mensen dankbaar die er voor mij en mijn gezin waren. Veel dank gaat uit naar mijn ouders, Milton en Patricia Schmida; zij zijn mijn steun en toeverlaat. Mijn broers en zussen en hun gezinnen, mijn levensredders – bedankt Greg, Mady en Hunter Schmida en Kimbra Valenti, Jane, Kip, Tommy en Meredith Augspurger, Morgan en Kyle Hawthorne, Milt, Jackie, Lizzie en Joey Schmida, Molly, Steve, Hannah, Olivia, en Myah Lugar, en Patrick en Sam Schmida. Ook dank aan mijn Gudenkauf-familie, die altijd voor ons klaarstaat: Lloyd, Lois, Steve, Tami, Emily, Jenni, Aiden, Mark, Carie, Connor, Lauren, Dan, Robyn, Molly, en Cheryl, Hailey en Hannah Zacek.

Ik ben de volgende mensen die de Gudenkaufs altijd hebben gesteund ontzettend dankbaar: Jennifer en Kent Peterson, Jean en Charlie Daoud, Ann en John Schober, Rose en Steve Schulz, Cathie en Paul Kloft, Sandy en Rick Hoerner, Laura en Jerry Trimble, Mike en Brenda Reinert, en hun gezinnen. Dank je wel Danette Putchio, Lenora Vinckier, Tammy Lattner, Mary Fink, Mark Burns, Cindy Steffens, Susan Meehan, Bev en Mel Graves, Barbara en Calvin Gatch, Ann O'Brien, pastoor Rich Adam en de gemeente van St.-Joseph's in Wellman, Iowa, Kae en Jerry Pugh, Sarah Reiss en de vele gezinnen dichtbij en veraf die altijd voor ons klaarstonden. Ook veel dank aan de educatieve coaches, schoolhoofden, docenten, medewerkers en studenten van het DCSD, vooral van de George Washington Middle School, Carver, Kennedy, Bryant en Marshall Elementary Schools, maar ook Jones Hand van Hand Preschool.

Veel dank gaat uit naar mijn agent Marianne Merola, die altijd mijn belangen voor ogen houdt en me in de juiste richting leidt. Haar leiding en vriendschap hebben veel voor me betekend. Mijn redacteuren Valerie Gray en Miranda Indrigo hebben een betere schrijver van me gemaakt met hun vriendschap, steun, inzicht en suggesties. Ook dank aan Heather Foy, Pete McMahon, Andi Richman, Nanette Long, Emily Ohanjanians, Kate Pawson, Jayne Hoogenberk, Margaret Marbury, Donna Hayes en alle anderen bij MIRABooks, die me onder hun vleugels hebben genomen en ter wille van mij keihard hebben gewerkt. Een speciaal dankjewel gaat naar Natalia Blaskovich, die me waardevolle informatie heeft gegeven over de wetten en het strafrecht van Iowa.

Zoals altijd gaan al mijn liefde en dank uit naar Scott, Alex, Anna en Grace – zonder jullie had ik dit niet kunnen doen.

Lees ook de volgende thriller van
Heather Gudenkauf:

Het is de laatste dag voor de vakantie als de melding binnenkomt dat een onbekende gewapende man de school in Broken Branch in gijzeling heeft genomen.
Agente Meg Barrett is een van de eersten die ter plaatse is, dolblij dat haar dochter onverwachts door haar vader is opgehaald en niet in de klas zit. Maar Holly heeft dat geluk niet – haar kinderen Augie en P.J. zitten wel gevangen in het schoolgebouw. Wie is deze man? De lijst van verdachten is lang, en zoveel mannen hebben een motief: een wanhopige vader, een ontslagen oud-leraar, een verbitterde ex-man...
Door noodweer wordt het dorpje afgesneden van de rest van de wereld en komt er geen hulp meer van buitenaf. De inwoners van Broken Branch zijn op zichzelf aangewezen om de dader onschadelijk te maken, terwijl Augie wanhopig probeert in het klaslokaal van haar broertje P.J. te komen...

Paperback, 320 blz., ISBN 978 90 325 1332 0

Op de volgende pagina's vindt u een voorproefje uit *Broer*.

Holly

Ik zweef in dat heerlijke gebied tussen waken en slapen. Pijn heb ik niet, dankzij de morfinepomp, en ik kan bijna geloven dat de spieren, pezen en huid van mijn linkerarm weer keurig zijn aangegroeid tot een bleek, glad velletje. Mijn krullende bruine haar valt weer losjes over mijn rug, mijn favoriete oorbellen bungelen aan mijn oren en ik kan allebei mijn mondhoeken optrekken tot een brede lach, zonder veel pijn, bij de gedachte aan mijn kinderen. Ja, medicijnen zijn een geweldige uitvinding. Maar hoewel deze verantwoord voorgeschreven en door de zusters zorgvuldig toegediende narcotica de scherpe randjes van de nachtmerrie verzachten, weet ik dat dit heerlijke, soezerige gevoel niet lang kan duren. Straks zal ik weer moeten vechten tegen de pijn en de wetenschap dat Augie en P.J. duizenden kilometers bij me vandaan zijn, terug naar de plek waar ik zelf ben opgegroeid, de stad waar ik nooit meer naar wilde terugkeren, het huis waar ik nooit meer een voet zou willen zetten, de man die ze nooit hadden mogen ontmoeten.

Het blikkerige melodietje dat Augie, mijn dochter van dertien, in mijn mobiel heeft geprogrammeerd, wekt me uit mijn slaap. Ik open het oog dat niet onder de dikke zalf zit en niet met een korst is dichtgeplakt en roep mijn moeder, die even de kamer uit is. Dan steek ik mijn hand uit naar de telefoon op het tafeltje naast mijn bed. De zenuwen in mijn verbonden linkerarm krijsen van verontwaardiging. Voorzichtig beweeg ik mijn bovenlichaam om met mijn goede hand de telefoon te pakken en ik druk het toestel tegen mijn overgebleven oor.

'Hallo?' Het klinkt vervormd, hijgend en hees, alsof mijn longen nog vol zitten met rook.

'Mam?' Augies stem, bevend en onzeker, heel anders dan ik gewend ben van mijn dochter. Augie is een slimme, zelfverzekerde meid, vol initiatief, iemand die niet over zich heen laat lopen.

'Augie? Wat is er?' Ik knipper met mijn ogen om het waas van de morfine kwijt te raken. Mijn tong voelt droog en plakt tegen mijn gehemelte. Ik wil een slok water nemen uit het glas op mijn blad, maar mijn enige functionerende hand houdt de telefoon al vast. De andere ligt hulpeloos op de deken. 'Alles oké? Waar ben je?'

Het blijft een paar seconden stil. 'Ik hou van je, mam,' fluistert Augie dan, en plotseling begint ze zacht te snikken.

Ik schiet overeind in bed, opeens klaarwakker. Een felle pijn slaat door mijn verbonden arm naar mijn hals en mijn gezicht. 'Augie, wat is er aan de hand?'

'Ik ben op school.' Ze huilt zoals ze doet wanneer ze zich daar uit alle macht tegen verzet. Ik zie haar voor me, met gebogen hoofd, de lange haren rond haar gezicht gevallen, ogen stijf dichtgeknepen tegen de tranen. Ik hoor haar hijgende, oppervlakkige ademhaling in mijn oor. 'Hij heeft een revolver. Hij heeft P.J. en hij heeft een revolver.'

'Wie heeft P.J.?' Angst knijpt mijn keel bijna dicht. 'Augie, waar zit je? En wie heeft er een revolver?'

'Ik zit in een kast. Hij heeft me in een kast opgesloten.'

De gedachten tollen door mijn hoofd. Wie kan ze bedoelen? Wie zou mijn kinderen zoiets aandoen? 'Hang nu op,' zeg ik tegen haar. 'Hang op en bel de politie. Nu meteen, Augie! En bel me dan terug. Kun je dat doen?' Ik hoor haar snotteren. 'Augie,' zeg ik nog eens, wat scherper nu. 'Kun je dat?'

'Ja,' zegt ze eindelijk. 'Ik hou van je, mam,' voegt ze er zachtjes aan toe.

'Ik hou ook van jou.' Mijn ogen vullen zich met tranen en ik voel dat het vocht zich verzamelt onder het verband over mijn gewonde oog.

Ik wacht tot Augie de verbinding verbreekt als ik drie snelle schoten hoor, gevolgd door nog twee en Augies doordringende gil.

Het verband over de linkerkant van mijn gezicht begint weg te glijden; door mijn eigen geschreeuw raken de pleisters los die het op zijn plaats houden. De kwetsbare, pas aangebrachte huid dreigt los te laten. Ik ben me nauwelijks bewust van de verpleegsters en mijn moeder, die naar mijn bed komen rennen en de telefoon uit mijn hand rukken.

Augie

Mijn broek is nog vochtig van het moment waarop we vanochtend uit de schoolbus stapten en Noah Plum me van de schoongeveegde stoep in een sneeuwhoop duwde, op weg naar school. Noah Plum is de grootste eikel uit de achtste klas, maar om een of andere reden ben ik de enige die dat ziet, terwijl ik hier pas acht weken ben en de anderen hier al hun hele leven wonen. Behalve misschien Milana Nevara, met haar Mexicaanse vader, de dierenarts van de stad. Maar zij was pas twee toen ze hiernaartoe kwam en had hier dus net zo goed geboren kunnen zijn.

Het is ijskoud in de klas en mijn vingers voelen verdoofd. Meneer Ellery zegt dat het eind maart niet meer hoort te vriezen en dat daarom de verwarming is uitgeschakeld. Meneer Ellery, mijn meester en een van de weinige goede dingen aan deze school, zit aan zijn bureau werkstukken na te kijken. Iedereen, behalve Noah natuurlijk, schrijft in zijn schrift. Elke dag na de middagpauze beginnen we met ons dagboek en mogen we de eerste tien minuten van de les schrijven wat we maar willen – ook hetzelfde woord, steeds opnieuw, als we dat leuk vinden, zei meneer Ellery.

'En als het nou een vies woord is?' vroeg Noah.

'Je doet je best maar,' zei meneer Ellery, en iedereen moest lachen. Daarna geeft meneer Ellery je de kans om hardop voor te lezen wat je hebt geschreven, als je daar zin in hebt. Ik heb het nog nooit gedaan. Ik ga die idioten echt niet vertellen wat ik denk. Ik heb *Harriet the Spy* gelezen en ik hou mijn schrift altijd bij me, zonder het uit het oog te verliezen.

Op mijn oude school in Arizona hadden we meer dan tweehonderd kinderen in de achtste klas en verschillende leraren voor elk vak. In Broken Branch zijn we maar met tweeëntwintig en geeft meneer Ellery bijna alle vakken zelf. Hij is niet alleen leuk, maar ook de allerbeste leraar die ik ooit heb gehad. Hij is grappig, maar hij maakt nooit grapjes ten koste van iemand anders en hij doet niet sarcastisch, wat sommige leraren zo geestig vinden. Hij accepteert het ook niet als mensen een ander zitten te pesten. Dan hoeft hij ze alleen maar aan te kijken en houden ze vanzelf hun mond. Zelfs Noah Plum.

Meneer Ellery schrijft altijd een onderwerp voor het dagboek op het bord voor het geval we zelf niets kunnen bedenken. Vandaag heeft hij geschreven: 'In de voorjaarsvakantie ga ik...'

Zelfs meneer Ellery's vermanende blik helpt vandaag niet, want iedereen zit te fluisteren en te lachen omdat we zin hebben in vakantie. 'Nou, jongens,' zegt meneer Ellery, 'nu weer aan het werk. En als er tijd overblijft, kunnen we nog Pictionary spelen.'

'Jaaa!' hoor ik de kinderen om me heen fluisteren. Geweldig. Ik open mijn schrift bij de volgende lege pagina en begin te schrijven.

'In de voorjaarsvakantie vliegen we terug naar Arizona, naar onze moeder.' De enige geluiden in de klas zijn het krassen van potloden over papier en Erika's irritante gesnotter. Ze heeft altijd een loopneus en staat wel twintig keer per dag op om een papieren zakdoekje te pakken. 'Het kan me niet schelen als ik nooit meer sneeuw of koeien zie. Of mijn opa.' Ik hoop vurig dat mijn moeder zo ver is opgeknapt dat we na de voorjaarsvakantie niet meer terug hoeven naar Broken Branch. Maar mijn opa gelooft daar niets van. Mijn moeder komt voorlopig niet uit het ziekenhuis, zegt hij. Ze zal in Arizona moeten blijven tot ze voldoende is hersteld om in het vliegtuig te stappen en hiernaartoe te komen, zodat oma en opa, die ik een paar maanden geleden pas voor het eerst heb ontmoet, voor ons allemaal kunnen zorgen. Maar het kan me niet schelen wat mijn opa zegt. Na de voorjaarsvakantie ga ik echt niet meer terug naar Broken Branch.

Ik kijk op van mijn schrift als ik een harde knal hoor, als van een tak die afbreekt in een sneeuwstorm. Meneer Ellery heeft het ook gehoord. Hij staat op van achter zijn tafel, loopt naar de deur van de klas en stapt de gang in. Even later komt hij terug en haalt zijn schouders op. 'Zo te zien heeft iemand een ruit gebroken aan het einde van de gang. Ik ga wel even kijken. Jullie gaan gewoon door met je werk. Ik ben zo terug.'

Maar voordat hij het lokaal uit is, klinkt de bevende stem van mevrouw Lowell, de secretaresse van de school, door de intercom. 'Docenten, dit is een *lockdown*, Code Rood. Ga allemaal naar uw schuilplaats en vergrendel de deuren.'

Noah snuift. 'Ga allemaal naar uw schuilplaats,' bauwt hij mevrouw Lowell na. Niemand anders zegt iets. We kijken allemaal naar meneer Ellery, wachtend op zijn instructies. Ik ben hier nog niet lang genoeg om te weten wat Code Rood is, maar het belooft niet veel goeds.

Mevrouw Oliver

De ochtend waarop de man met de revolver Evelyn Olivers klas binnen stapte, droeg ze twee dingen die ze had gezworen in haar drieenveertigjarige loopbaan als lerares nooit te zullen dragen: denim en kraaltjes. Mevrouw Oliver was er vast van overtuigd dat een lerares er als een lerares behoorde uit te zien: goed verzorgd, bloesjes met een kraag, rokken en broekpakken keurig gestreken, pumps glimmend gepoetst. Niet die rommel die de jongere leraressen tegenwoordig droegen: minirokken, tennisschoenen, diep uitgesneden shirts. Tatoeages, onvoorstelbaar! Meneer Ellery bijvoorbeeld, die jonge leraar van de achtste klas, had een tatoeage op zijn rechterarm: een combinatie van zwarte flitsen en krullen die mevrouw Oliver als Aziatisch meende te herkennen. 'Het betekent "leraar" in het Chinees,' had meneer Ellery haar een keer verteld toen hij een mouwloos T-shirt droeg en haar pijnlijk genoeg betrapte toen ze naar zijn bovenarm staarde. Het was een snikhete augustusmiddag in de week voor het begin van het nieuwe schooljaar, toen alle docenten bezig waren hun lokalen gereed te maken. Mevrouw Oliver snoof afkeurend, maar onwillekeurig vroeg ze zich af hoe pijnlijk het moest zijn om zo nauwkeurig en systematisch een inktpatroon in je huid te laten injecteren.

Het ergst was *casual friday*, als de docenten, zelfs de oudere, op school verschenen in jeans en sweatshirts met de naam en het logo van de school: de Broken Branch Consolidated School Hornets.

Maar op deze ongebruikelijk koude dag in maart, de laatste dag voor de voorjaarsvakantie, droeg mevrouw Oliver de denim jurk waarvan ze nu wist dat ze erin zou sterven. Schandalig, dacht ze, na al die jaren van vlijmscherp gestreken plooirokken en kriebelende steunkousen.

De vorige week, nadat alle kinderen van de derde klas waren vertrokken, had mevrouw Oliver voorzichtig de gekreukte, roze en geel gestreepte cadeautas opengemaakt die ze had gekregen van Charlotte, een mager, slonzig meisje van acht, met schouderlang, glanzend zwart haar waarin permanent een volhardende familie luizen huisde.

'Wat is dat nou, Charlotte?' vroeg mevrouw Oliver verbaasd. 'Ik ben van de zomer pas jarig.'

'Dat weet ik,' antwoordde Charlotte en ze grijnsde, met een spleetje tussen haar tanden, 'maar mijn moeder en ik dachten dat u er meer aan zou hebben als ik het u nu vast gaf.'

Mevrouw Oliver verwachtte een geurkaars met een appelluchtje, zelfgebakken koekjes of een handbeschilderd vogelhuisje, maar in plaats daarvan kwam er een denim stonewashed jurk tevoorschijn, geborduurd met kraaltjes, die met zorg in het patroon van een twinkelende regenboog waren gerangschikt. Charlotte keek haar vol verwachting aan door de pony die over haar anders zo ondeugende grijze ogen hing.

'Ik heb de kraaltjes zelf geborduurd. Nou ja, voor het grootste deel,' verklaarde Charlotte. 'Mijn moeder heeft geholpen met de regenboog.' Ze legde een groezelig vingertje op de kleurige boog. 'Rood, oranje, geel, violet, blauw, indigo en groen. Precies zoals u ons hebt geleerd.' Charlotte lachte stralend met haar kleine, gelijkmatige melkgebit nog helemaal intact.

Mevrouw Oliver was allang blij dat Charlotte de juiste kleuren van de regenboog had onthouden. Ze had het hart niet haar te vertellen dat ze zich in de volgorde had vergist. 'Hij is prachtig, Charlotte,' zei ze, en ze hield de jurk voor zich. 'Daar heb je hard aan gewerkt, dat zie ik wel.'

'Ja,' beaamde Charlotte plechtig. 'Twee weken. Eerst wilde ik een verjaardagstaart op de voorkant borduren, maar mama zei dat u de jurk vaker zou dragen als hij niet alleen bij een verjaardag paste. Ik had bijna geen kralen genoeg. Mijn kleine broertje dacht dat het snoepjes waren.'

'Ik zal hem zeker vaak dragen. Heel erg bedankt, Charlotte.' Mevrouw Oliver stak een hand uit om Charlotte op haar schouder te kloppen. Het meisje leunde onmiddellijk tegen haar aan, sloeg haar armen om het stevige middel van haar lerares en drukte haar gezicht tegen de knoopjes van haar gesteven witte blouse. Mevrouw Oliver voelde iets kriebelen onder haar staalgrijze haar en weerstond de neiging om te krabben.

Het was haar man, Cal, die mevrouw Oliver had overgehaald de jurk te dragen. 'Wat kan het voor kwaad?' had hij die ochtend nog gevraagd toen hij haar voor de open kleerkast zag staan, starend naar de felgekleurde overgooier.

'Ik heb nooit denim gedragen naar school, en daar ga ik zeker niet mee beginnen nu ik vlak voor mijn pensioen sta,' antwoordde ze zonder hem aan te kijken. Ze herinnerde zich dat Charlotte aan het begin van de week vol verwachting de klas was binnen gestormd om te zien of ze de jurk aanhad.

'Ze heeft er twee weken aan gewerkt,' zei Cal nog eens, aan de ontbijttafel.

'Het is niet professioneel!' snauwde ze, met het beeld voor ogen hoe Charlotte's houding in de loop van de week steeds moedelozer was geworden als ze weer de klas binnen kwam en haar lerares zag staan, in haar gebruikelijke halfwollen pantalon, met blouse en vest.

'Haar vingers bloedden ervan,' zei Cal met zijn mond vol havermout.

'Het gaat vandaag flink vriezen. Het is veel te koud voor zo'n overgooier,' antwoordde mevrouw Oliver een beetje triest. De vorige dag had Charlotte haar niet eens willen aankijken. Ze had uitdagend haar lippen op elkaar geknepen en geweigerd antwoord te geven als haar lerares haar iets vroeg.

'Dan trek je een warme onderbroek en een coltrui eronder aan,' opperde haar man zacht, terwijl hij achter haar kwam staan en haar in haar nek zoende, op een manier die haar zelfs na vijfenveertig jaar huwelijk nog een heerlijke huivering bezorgde.

Omdat hij gelijk had – Cal had altijd gelijk – had ze zich geïrriteerd van hem losgemaakt en gezegd dat ze te laat op school zou komen als ze zich niet snel ging aankleden. Ze trok de overgooier aan en liet Cal met zijn havermout aan de keukentafel achter, waar hij nog een kop koffie dronk en de krant las. Ze had hem niet gezegd dat ze van hem hield en hem geen afscheidskus gegeven op zijn rimpelige wang. 'Vergeet niet de Crock-Pot aan te zetten,' riep ze nog toen ze de lichtgrijze ochtend in stapte. De zon was nog niet op, maar warmer zou het die dag niet worden. De temperatuur leek met het uur te zakken. Toen ze in haar auto stapte voor het ritje van vijfentwintig minuten van haar huis in Dalsing naar de school in Broken Branch besefte ze niet dat het misschien de laatste keer zou zijn.

Het was de moeite waard, dacht ze, toen ze zag dat er op Charlotte's gezichtje na een week van doffe teleurstelling opeens een lach van pure blijdschap doorbrak nu mevrouw Oliver toch de overgooier droeg. Natuurlijk had Cal gelijk gehad. Wat kon het voor kwaad om dat onpraktische, opzichtige ding een dagje aan te trekken? Goed, in de lerarenkamer trokken sommige mensen hun wenkbrauwen op, maar dat was niets nieuws. En het betekende veel voor Charlotte, die nu weggedoken achter haar tafeltje zat, net als de vijftien andere derdeklassers, starend naar de man met de revolver. In elk geval, dacht mevrouw Oliver, een beetje beschaamd over zo'n ongepaste gedachte, zouden ze haar niet in die vervloekte jurk kunnen begraven als de man haar een kogel in haar borst zou schieten.

Meg

Ik probeer te bedenken wat ik de komende vier dagen met al mijn vrije tijd moet doen als ik een beetje doelloos in mijn patrouillewagen door Broken Branch rij. Dit wordt het eerste jaar dat ik Maria niet bij me heb in de voorjaarsvakantie. En zo te zien laat het voorjaar op zich wachten, al is het officieel twee dagen geleden begonnen.

Tim heeft alle recht op Maria, deze keer. De afgelopen twee vakanties is ze bij mij geweest. Maar ik had het allemaal gepland voor morgen, mijn vrije dag. We zouden banketletters bakken, bladerdeeg met amandelspijs, de enige familietraditie die ik uit mijn jeugd heb overgehouden. Daarna zouden we een tent opzetten om ouderwets te kamperen in de huiskamer. En als het echt ging sneeuwen, zoals voorspeld, zouden we op sneeuwschoenen naar de voet van Ox-eye Bluff skiën en warme chocola, marshmallows en oestersoep eten als we terugkwamen. Ik had zelfs Kevin Jarrow, de parttimer op ons politiebureau, gevraagd mijn zaterdagdienst over te nemen, zodat ik alle tijd had voor Maria. Maar Tim hield voet bij stuk. Eindelijk had hij vijf volle dagen vrij van zijn werk als ambulanceverpleger in Waterloo, waar we allebei zijn opgegroeid.

'Hoor eens, Meg,' zei hij toen hij me eergisteren belde, 'ik vraag niet veel, maar ik wil graag Maria, deze vakantie...'

'Ze is geen artikel op je boodschappenlijstje,' zei ik kwaad. 'We hadden dit toch al besproken?'

'Nee, jíj had het besproken,' zei hij. En zo was het ook. 'Ik wil graag een paar dagen met haar doorbrengen. Dat lijkt me niet onredelijk.'

'Waar komt dat opeens vandaan?' vroeg ik.

'Hé, elke minuut met Maria is welkom, dat weet je best. Bovendien is ze de vorige twee vakanties bij jou geweest.' Hij begon kwaad te worden. Ik stelde me hem voor in de duplex waar we ooit samen hadden gewoond, terwijl hij zijn voorhoofd masseerde, zoals hij altijd deed als hij zich gefrustreerd voelde.

'Ik weet het,' zei ik zacht. 'Maar ik had alles al gepland.'

'Je kunt ook een tijdje bij ons logeren,' zei hij voorzichtig.

Ik zuchtte. Ik was te moe voor een gesprek als dit.

'Meg, je weet dat ik nooit heb gedaan wat jij van me dacht.'

Daar gaan we weer, dacht ik. Om de paar maanden beweert Tim dat hij geen verhouding zou hebben gehad met zijn collega, dat ze een onbetrouwbare leugenaarster was die iets meer wilde, maar dat hij haar had afgewezen. Soms heb ik bijna de neiging hem te geloven, maar nu niet.

'Je kunt haar woensdag komen ophalen, na school,' zei ik tegen hem.

'Ik hoopte eigenlijk morgen, als ik klaar ben met mijn werk. Om een uur of twaalf.'

'Dan mist ze haar laatste schooldag voor de vakantie, als ze juist leuke dingen doen.' Het klonk wat flauw, dat weet ik, maar ik kon niets anders verzinnen.

'Meg,' zei hij, op die toon van hem. 'Meg, toe nou...'

'Mij best!' snauwde ik.

Dus moest ik gisteren afscheid nemen van mijn mooie, grappige, lieve, volmaakte dochter van zeven. 'Ik zal je elke dag bellen,' beloofde ik haar, alsof het een afscheid voor eeuwig was. 'Twee keer!'

'Dag, mam,' zei ze, en ze drukte een snelle kus op mijn wang voordat ze bij Tim in de auto stapte.

'Als het nog niet heeft gedooid wanneer je terugkomt, binden we onze sneeuwschoenen weer onder,' riep ik haar nog na.

'Morgenavond eten we bij mijn ouders en op zondag bij mijn zus.' Hij trok een ernstig gezicht. 'Vorige week liep ik je moeder tegen het lijf.'

'O,' zei ik, alsof het me niet interesseerde.

'Ja. Ze willen Maria heel graag zien.'

'Dat zal wel.'

'Is het goed als ik met Maria naar ze toe ga?'

Ik haalde mijn schouders op. 'Je doet maar.' Mijn ouders waren geen slechte mensen, maar ze deugden ook niet echt. 'Als je haar maar niet in die stacaravan achterlaat. Dat ding is een doodskist. En let erop dat Travis niet in de buurt rondhangt als je op bezoek komt.' Mijn broer Travis is een van de belangrijkste redenen waarom ik bij de politie ben gegaan. Toen we opgroeiden verziekte hij het leven van mijn ouders en maakte mijn jeugd tot een hel. Het leek wel of de politie elke week op de deur van de caravan klopte, als ze Travis weer in zijn kraag hadden gevat. Ze gaven hem genoeg kansen om zijn leven te beteren, maar het ging steeds weer mis. In de zomer toen ik dertien was en Travis zestien, bedreigde hij mijn vader met een keukenmes, sloeg mijn moeder in haar gezicht en rukte mij een pluk haar uit mijn hoofd toen ik hem wilde wegtrekken. Dat was het moment waarop de politie de zaak eindelijk serieus nam.

'Wat wil je dat ik doe?' vroeg agent Stepanich, die regelmatig bij ons langskwam, vermoeid. Zijn jonge vrouwelijke collega, agente Demelo, stond er zwijgend bij en keek naar het gebroken glas, de omgevallen stoelen en de kale plek op mijn hoofd. Welkom in ons gezellige huis, wilde ik zeggen, maar in plaats daarvan staarde ik naar de grond met een rode kop van schaamte.

Ik verwachtte dat mijn ouders zouden antwoorden dat het nu genoeg was en dat ze Travis maar moesten oppakken wegens zware mishandeling, maar weer wilden ze geen aanklacht indienen.

'Wat wil je dat ik doe?' vroeg agente Demelo, en ik keek verbaasd op toen ik besefte dat ze het alleen aan mij vroeg.

'Eh, nou...' zei agent Stepanich, 'dit is een beslissing van de ouders.'

'Ik kan me niet voorstellen dat die pluk haar daar vanzelf op de grond terecht is gekomen of dat Meg die zelf uit haar hoofd heeft gerukt,' zei agente Demelo, terwijl ze me strak aankeek. Ik was verbaasd dat ze zich mijn naam herinnerde, en ze maakte vooral indruk omdat ze zo duidelijk het advies van haar meerdere negeerde. 'Laat eens horen wat zíj wil dat we doen,' drong ze aan.

Travis trok een grimas. Hij was bijna een kop groter en vijfendertig kilo zwaarder dan ik, maar op dat moment voelde ik me sterker en machtiger, in de wetenschap dat alleen een onnozele lafaard op zo'n manier zijn eigen familie zou aftuigen. Hij voelde zich onoverwinnelijk, maar in die ene seconde besefte ik dat er een uitweg was voor ons gezin.

'Ik wil een aanklacht indienen,' zei ik, en daarbij richtte ik me uitsluitend tegen agente Demelo, die niet veel ouder leek dan ikzelf maar een zelfvertrouwen uitstraalde waar ik jaloers op was.

'Weet je dat wel zeker?' vroeg agent Stepanich.

'Ja,' verklaarde ik ferm. 'Dat weet ik zeker.' Agent Stepanich draaide zich om naar mijn ouders, die verbijsterd toekeken, maar toch knikten. Travis werd in de handboeien geslagen en afgevoerd. Een paar dagen later kwam hij terug. Ik dacht dat hij wraak op me zou nemen, maar hij bleef op afstand en raakte me met geen vinger aan. Maar problemen kreeg hij toch. In de loop van de jaren kwam hij regelmatig in de gevangenis terecht, de laatste tijd steeds voor drugsbezit. Die arrestatie van twintig jaar geleden had Travis' karakter niet veranderd, maar voor mijn gevoel wel mijn leven gered.

'Travis komt niet in de buurt van Maria,' beloofde Tim. Hij keek alsof hij nog iets wilde zeggen, maar beperkte zich tot: 'Ik spreek je nog wel, Meg.' En hij reed weg met Maria, die nog vrolijk naar me zwaaide.

Mijn ruitenwissers kunnen nauwelijks de dichte sneeuw bijhouden die nu valt. Geweldig. Als ik straks thuiskom, na een dienst van tien uur, kan ik ook nog een paar uurtjes sneeuwruimen. Ik vraag me af of ik morgen nog wel banketletters moet bakken en besluit ervan af te zien. Ik heb eigenlijk meer zin in uitslapen, tv-kijken, een pizza bij Casey's halen en zwelgen in zelfmedelijden.

Mijn telefoon trilt in mijn jaszak en ik werp een blik op de display. Misschien is het Maria. Nee, Stuart. Verdomme. Ik prop de mobiel weer in mijn zak. Stuart is journalist en schrijft voor de *Des Moines Observer*. Hij woont anderhalf uur rijden van Broken Branch en ik heb een maand geleden een streep onder onze relatie gezet toen ik ontdekte dat hij toch niet echt van zijn vrouw af was, zoals hij beweerde. Nee, ze wonen nog onder hetzelfde dak en volgens haar zijn ze zelfs gelukkig getrouwd. De ironie ontgaat me niet. Ik ben zelf van mijn ex gescheiden omdat hij vreemdging, en nu ben ik zelf die 'ander' in de nachtmerrie van een bedrogen echtgenote. Stuart kwam met de bekende smoesjes: dat hij van me hield, dat zijn huwelijk niets meer voorstelde, dat hij van haar zou scheiden, enzovoort. En dan was er nog een andere kwestie. Stuart had me gebruikt voor de grootste primeur uit zijn carrière. Als hij zijn kop niet hield, beet ik hem toe, zou ik hem neerknallen met mijn Glock. Het was maar half een grapje.

Ten slotte neem ik toch op. 'Stuart, ik ben aan het werk,' snauw ik tegen hem.

'Wacht nou even!' zegt hij. 'Dit is zakelijk.'

'Des te meer reden om op te hangen,' zeg ik kortaf.

'Ik hoor net dat er een indringer is op jullie school,' zegt hij op die luchtige, zelfverzekerde toon van hem. De klootzak.

'Waar heb je dat gehoord?' vraag ik voorzichtig, zonder te laten blijken dat het nieuws voor me is.

'Iedereen weet het al, Meg. De telefoon op onze redactie staat roodgloeiend. De kinderen zetten het op Facebook en Twitter. Wat gebeurt daar allemaal?'

'Ik doe geen mededelingen over een lopend onderzoek,' antwoord ik beslist, maar het duizelt me. Een indringer op school? Als er iets aan de hand was, zou ik het toch moeten weten.

Lees verder in *Broer*.

Lees ook van Heather Gudenkauf:

In de vroege ochtend van een warme dag in augustus verdwijnen twee zevenjarige meisjes spoorloos. Calli Clark, die sinds een traumatische gebeurtenis in haar peutertijd niet meer praat en Petra, haar hartsvriendin die voor haar spreekt. Zijn ze samen weggelopen? Zijn ze meegelokt? Iedereen helpt zoeken, iedereen is verdacht.

Calli's moeder Antonia is aanvankelijk vol vertrouwen dat haar dochter snel terugkomt. Calli gaat vaker alleen het bos in en kent het op haar duimpje. Hoewel ze ervan overtuigd is dat haar agressieve en vaak afwezige man niets met de verdwijning van de meisjes te maken heeft, slaat de twijfel toe wanneer Antonia in haar achtertuin een grote en een kleine voetafdruk vindt. Samen met Petra's vader en de hulpsheriff, Antonia's schoolliefde, gaat ze op zoek naar de meisjes.

Maar ook Calli's oudere broer Ben, haar steun en toeverlaat, gaat het bos in. Alleen. Zonder dat hij weet dat hij daarmee zijn eigen leven op het spel zet.

'Meeslepende thriller met een spannende ontknoping.' *Opzij* ★★★★

'Een beklemmende thriller.' *Veronica Magazine* ★★★★

'Dit is echt een héél sterk debuut. Werkelijk prachtig!' *Crimezone* ★★★★

'Spannend en ontroerend tegelijkertijd.' *Viva*

'Een boek om stil van te worden.' *Yes*

Paperback, 304 blz., ISBN 978 90 325 1259 0